Wir sind in Paris, Gruß Jennnifer

Gisela Böhne

edition oberkassel

Alle Rechte vorbehalten.
Verlag: edition oberkassel Verlag Detlef Knut, Lütticher Str. 15, 40547 Düsseldorf
Umschlaggestaltung: im Verlag unter Verwendung eines Fotos von © Regina Knut
Lektorat: Dr. Mechthilde Vahsen
gesetzt mit Adobe InDesign

© Gisela Böhne
© edition oberkassel, 2018

www.edition-oberkassel.de
info@edition-oberkassel.de

Das Werk inklusive aller Abbildungen ist urheberrechtlich geschützt. Jede Verwertung außerhalb der Grenzen des Urheberrechtgesetzes ist ohne Zustimmung des Verlages und der Autoren unzulässig und strafbar.

1. Auflage 2018
Printed in Europe

ISBN(Print): 978-3-95813-1453
ISBN(Ebook): 978-3-95813-1460

1. Der Anruf

Jenny schob einen Stuhl neben das Fenster, setzte sich und legte ihre Hände auf den Bauch. Sie trug eine Hose mit dehnbarer Taille, obwohl das noch nicht nötig war. Aber bald würde man erkennen, dass sie ein Baby erwartete. Sie liebte den Blick aus diesem Fenster auf den Stadtwald, die Eichen und Buchen und den Flieder am Rande des Waldes. Die Bäume sprachen mit ihr; sie wiegten ihre Wipfel bei Wind, neigten die Äste bei Sturm oder hielten ganz still. Heute konnten sie sich nicht entscheiden. Aprilwetter halt. Die weißen Blüten des Magnolienbaumes leuchteten in der Abendsonne.

Von hier aus konnte sie sehen, wenn Bastian nach Hause kam. Eigentlich schade, dass sie selten die Möglichkeit hatte, vor ihm da zu sein, denn sie arbeitete in ihrer Boutique. Ein freies Wochenende war ein Geschenk, das es zu genießen galt, und dieses Wochenende war besonders.

Gerade holte Bastian Evi bei Verena ab. Seine Ex wollte an diesem Freitagabend dienstlich nach London fliegen. Jenny hatte Spiele aus ihrer Kindheit hervorgeholt, die für ein siebenjähriges Mädchen passend waren. Evi hatte jedes Mal viel Spaß daran, vor allem, wenn sie gewann. Morgen und übermorgen würde sie ihren Papa ganz für sich alleine haben, denn Jenny hatte bereits die Fahrkarte für ein Wochenende bei ihrer Freundin in Paris.

Wenn Evi eingeschlafen war, würde der Abend ihr und Bastian gehören. Heute würde sie ihm endlich sagen, dass sie gerne ihr Studium wieder aufnehmen wollte. Er würde ihr bestimmt zu diesem Entschluss gratulieren, und außerdem mussten sie Abschied nehmen, weil sie zwei Tage in Paris sein würde. Im Schlafzimmer hatte sie Blütenblätter vom Magnolienbaum auf ihren Betten verteilt und überall Teelichter aufgestellt. Schon bei dem Gedanken daran spürte sie seine Nähe.

Bastians Wagen bog um die Ecke. Jenny ging in den Flur und zupfte vorm Spiegel an ihren kupferroten Locken. Sie hörte, wie er die Tür aufschloss. Evi kam angesprungen, umarmte Jenny und fragte: »Im Fernsehen kommt *Lenas Ranch*. Darf ich das gucken?«

»Darfst du«, sagte Jenny lachend, und schon war Evi im Wohnzimmer verschwunden. Bastian hängte seinen Mantel sorgfältig auf einen Bügel an der Garderobe. Dann sah er sie mit einem Blick an, den sie nicht deuten konnte, der jedoch ihre Haut prickeln ließ. Er beugte sich zum Begrüßungskuss zu ihr herab. Sie schlang beide Arme um seinen Hals und küsste ihn.

»Oh«, sagte Bastian, »das war mehr als nur ein Begrüßungskuss. Ist dieser Kuss typisch für eine werdende Mutter im vierten Monat?«

»Vielleicht, aber heute einfach nur, weil es ungewöhnlich ist, früh Feierabend zu haben und dabei zu wissen, dass du gleich kommst. Es ist so gar nicht selbstverständlich.«

Bastian sagte nichts dazu. Seine Augen strahlten, mehr als sonst, nein, anders als sonst. »Ich habe eine Überraschung für dich. Ich habe beantragt, mehr im Innendienst eingesetzt zu werden.«

»Und?«

»Der Chef hat es mir zugesagt.«

»Wirklich?«, fragte Jenny leise. Bastian nickte und nahm sie in die Arme. Es tat beinahe weh. Jenny liebte seine Kraft und seine Zärtlichkeit. Er erreichte sein Ziel, setzte sich durch. Sie wollte auch stark sein. Sollte sie es ihm jetzt sagen?

Sie holte Luft. »Bastian, ich ...«

»Was ist? Raus mit der Sprache.«

»Ich möchte nun doch mein Studium beenden.«

»Das ist nicht dein Ernst?«

»Ich träume schon lange davon, Lehrerin zu werden. Und ich bereue es sehr, Alexander zuliebe kurz vor dem Examen aufgehört zu haben.«

»Das war ein Fehler, der schwer nachzuvollziehen ist.«

»Viele Kunden sind nur meinetwegen wiedergekommen. Deswegen brauchte mich Alexander in seiner Boutique. Bastian, ich möchte mein Studium jetzt endlich mit dem *Master of Education* abschließen.«

»Schatz, du erwartest ein Baby, pardon, wir erwarten ein Kind!«

»Wir sind sowieso davon ausgegangen, dass wir eine Möglichkeit finden, wie ich in der Boutique weiterarbeiten kann. Worin liegt der Unterschied? Wäre es eine finanzielle Frage, wenn mein Verdienst eine Zeit ausfallen würde?«

»Nein, natürlich nicht, aber ...«

Bastians Handy klingelte. »Es ist Thomas«, murmelte er und nahm das Gespräch an. »Na, was gibt's? ... Oh, Hallo, Mama.« Binnen Sekunden veränderten sich seine Gesichtszüge. Jenny konnte nicht verstehen, was Bastians Mutter sagte. Sie redete offensichtlich ohne Pause. Bastian hörte konzentriert zu. Seine Mimik war wie versteinert.

»Auf der Intensivstation? Wo?«

Jenny wagte nicht, ihn zu unterbrechen. Offensichtlich war etwas mit seinem Vater.

»Ich fahr gleich los. Tschüs, Mama.«

Mit ungewohnt tonloser Stimme sagte Bastian: »Thomas hatte einen schweren Unfall mit dem Trecker.«

»Dein Bruder!«, sagte Jenny entsetzt.

»Ja. Er ist die Böschung unterhalb des Hofs hinuntergerutscht und umgekippt. Zum Glück ist er nicht unter den Trecker geraten, sondern hinausgeschleudert worden. Er lebt, aber Mama weiß nicht, wie schwer er verletzt ist. Er wurde mit dem Hubschrauber nach Bielefeld ins Krankenhaus gebracht. Seine Anja ist mit dem Auto hinterhergefahren.«

»Und deine Eltern und Lisa?«

»Sind auf dem Hof geblieben. Mama war schrecklich aufgeregt. Sie sagte, Papa könnte nicht telefonieren und die kleine Lisa würde nur weinen. Mein Gott, wenn Thomas ernsthaft verletzt ist und nicht wieder gesund wird oder gar ... Ich muss sofort hinfahren. Ich hole meine Reisetasche.« Schon griff Bastian zum Kellerschlüssel.

Jenny hielt seine Hand fest und zog ihn in die Küche. »Und was ist mit Evi?«, fragte sie.

Mit einem Seufzer setzte sich Bastian an den Küchentisch, stützte den Kopf in eine Hand und sagte: »Kannst du bitte das Wochenende mit ihr verbringen?«

»Bastian, ich fahre morgen nach Paris zu meiner Freundin.«

»Ich wollte mit Evi in den Zoo gehen. Das kannst du auch.«

»Darum geht es nicht. Ich freue mich schon seit Monaten auf

Paris und auf Claudia. Außerdem möchte ich ihre Tochter und den kleinen Philippe kennenlernen.«

»Und das kannst du nicht verschieben?«

»Claudia muss als Fotografin oft am Wochenende arbeiten, und ihr Mann ist zurzeit beruflich in Bangladesch. Gemeinsame freie Tage sind für uns eine große Seltenheit.«

»Und wenn du Evi mitnimmst?«

»Hältst du das für eine gute Idee? Wie wird Verena darauf reagieren? Du weißt, wie sie mir gegenüber ist.«

Bastian erwiderte: »Bitte, ich muss zu meinen Eltern und zu Thomas. Evi mag dich doch sehr.« Eben, das ist ja das Problem, ging es Jenny durch den Kopf. Aber sie sagte nur: »Okay, ich nehme sie mit, aber erklär es ihr bitte vorher. «

Mit den Worten: »Danke, du bist ein Schatz. Ich packe meine Sachen ein«, verschwand Bastian im Schlafzimmer. Jenny bereitete für ihn Brote und eine Thermosflasche Tee für unterwegs zu. Von Frankfurt bis Schnatbach würde er mindestens dreieinhalb Stunden brauchen.

Bastian kam wieder, gab ihr einen Kuss und sagte: »Du denkst an alles.«

Sie schaute ihn an. »Wie hat Evi reagiert?«

»Erst wollte sie unbedingt mit nach Schnatbach zu Lisa und Oma und Opa. Ich habe ihr erklärt, dass es dieses Mal nicht geht, und versucht, ihr Paris schmackhaft zu machen. Aber du kannst das bestimmt besser als ich. Ich habe ihr erzählt, dass deine Freundin eine Tochter hat.«

Jenny seufzte, mahnte ihn, vorsichtig zu fahren, und ging nachdenklich ins Wohnzimmer. Evi stand bereits am Fenster. Jenny legte den Arm um sie. Bastian stieg ins Auto, winkte und fuhr los. Die Sonne war inzwischen untergegangen. Evi schluchzte. Jenny drückte sie und sagte: »Die Tochter meiner Freundin in Paris ist nur zwei Jahre älter als du. Sie spricht Französisch und Deutsch, denn ihr Papa ist Franzose, aber ihre Mama ist Deutsche. Ihr werdet euch bestimmt verstehen.«

»Dann ist sie schon neun Jahre alt«, stellte Evi fest und wischte sich ihre Tränen ab. »Wie heißt sie?«

»Marie-Christine«, sagte Jenny.

»Cool. Dann heißen wir ja beide auch Marie.« Evi wandte sich wieder dem Fernseher zu und fragte: »Darf ich die Sendung zu Ende sehen?«

»Jawohl, Eva-Marie.« Jenny erlaubte es Evi, um mit Claudia ungestört telefonieren zu können.

Danach würde sie für Bastians Tochter da sein – und für ihr ungeborenes Baby. Ihr durfte jetzt nicht auch noch etwas passieren. Die Ärztin hatte gesagt: »Es ist alles okay. Das Ultraschallbild sieht gut aus. Denken Sie trotzdem daran, dass Sie mit 36 Jahren als Spätgebärende gelten, besonders weil es Ihr erstes Kind ist. Wenn Sie die Schwangerschaft entspannt angehen, sehe ich keine Probleme.«

Hoffentlich war es mit Thomas nicht so schlimm, wie es sich anhörte. Und Verena? Wenn Jenny an Bastians Ex dachte, wurde ihr mulmig. Eigentlich müsste sie Verena anrufen, aber irgendwie war es ein Glück, dass sie nicht ihre Handynummer hatte. Beruflich war Verena erfolgreich und eine klar denkende Physikerin, aber wenn es um ihre Tochter ging, war ihr Verhalten unvorhersehbar.

Zwei Stunden später wählte Jenny Bastians Nummer.

Er reagierte sofort: »Hallo, Schatz, hast du deine Freundin in Frankreich erreicht?«

»Ja, sie freut sich auf mich und Evi.«

»Ist Evi eingeschlafen?«

»Ja, sie liegt in deinem Bett. Auf diese Weise hat sie wenigstens etwas von dir, meinte sie.«

»Sie wollte nur neben dir schlafen.«

Jenny nickte unwillkürlich und fragte: »Ist viel Verkehr?«

»Mehr als sonst. Es ist Freitagabend.«

»Melde dich, wenn du angekommen bist.«

»Mach ich.«

»Ich hab dich lieb.«

»Ich dich auch. Grüß alle von mir und alles Gute für Thomas.« Jenny wusste nicht, ob Bastian die letzten Worte noch gehört hatte. Würde es ihm überhaupt möglich sein, mit seinem Bruder zu sprechen?

***

Die Autobahnabfahrt Kassel-Wilhelmshöhe lag hinter ihm. Bastians Gedanken kreisten um Thomas. Was wäre, wenn er den Unfall nicht überlebte? Er war noch so jung. Der Bruder – schwer verletzt im Krankenhaus. Unvorstellbar! Bastian erinnerte sich, wie sie zusammen Fußball gespielt hatten und ... verdammt! Er musste scharf bremsen. Er sollte sich auf den Verkehr konzentrieren. Am liebsten würde er direkt zum Klinikum in Bielefeld fahren. Aber er musste erst seine Eltern aufsuchen. Wer machte die Arbeit auf dem Hof? Die Eltern halfen zwar mit, so gut es ging, und Anja natürlich auch, aber die Hauptlast lag bei Thomas. Kam morgen schon ein Dorfhelfer? Die Pferde mussten schließlich versorgt werden.

Die Fahrt kam ihm heute endlos vor, obwohl der Verkehr nachgelassen hatte. Endlich tauchte das Ortsschild von Schnatbach auf. Kurz darauf fuhr Bastian auf die erst kürzlich gepflasterte Hofeinfahrt. Er wollte gerade die Kurzwahltaste von Jenny drücken, da wurde seine Autotür aufgerissen und Lisa umarmte ihn. Sie zitterte am ganzen Körper. Er streichelte ihr über den Kopf und sagte: »Jetzt bin ich ja da. Alles gut. Alles gut.« Dabei dachte er: Wenn jemand es mit diesen Worten ausdrückt, dann will er trösten, und gar nichts ist gut. Da sah Bastian seine Mutter im Türrahmen stehen. Sie wirkte so klein, in sich zusammengesackt.

Bastian nahm Lisas kleine Hand in seine große und folgte seiner Mutter in die Wohnküche. Dort stand sein Vater neben einem Küchenstuhl, auf dessen Lehne er sich abstützte. Bastian umarmte seine Eltern herzlich und fragte: »Was hört ihr von Thomas?«

»Er ist operiert worden und liegt auf der Intensivstation. Kannst du hinfahren und Anja ablösen? Lisa braucht jetzt ihre Mutter, und dein Vater will unbedingt mit zu Thomas.«

»Ich will auch zu Papa«, sagte Lisa. Bastian sah in die verweinten Augen seiner Nichte. Er hockte sich hin, sodass er mit Lisa auf Augenhöhe war, und erklärte ihr: »Ich fahre jetzt mit Opa zu deinem Papa, und du darfst mit Oma aufbleiben, bis deine Mama hier ist. Danach geht ihr alle zusammen schlafen. Jetzt ist es draußen dunkel und für kleine Mädchen viel zu spät für einen Besuch im Krankenhaus.« Bastian gab sich Mühe, beruhigend und bestimmt zu sprechen. Es half. Lisa nahm ihren Teddy, kuschelte sich in Opas Ohrensessel und sagte: »Ich warte auf Mama.« Ihr fielen die Augen zu. Sie würde gleich einschlafen.

Bastian lehnte das Angebot seiner Mutter, ihm den Eintopf vom Mittagessen aufzuwärmen, ab, und sagte zu seinem Vater: »Ich bringe nur eben die Reisetasche auf mein Zimmer.« Dort angekommen, teilte er Jenny in einer SMS mit, dass er auf dem Hof war und nun mit dem Vater ins Krankenhaus fahre. Als Bastian wieder in die Küche kam, schlief Lisa im Sessel und seine Mutter saß mit gefalteten Händen daneben. Sein Vater hatte bereits den Mantel an und wartete.

Es hatte aufgehört zu regnen. Bastian fuhr langsamer als gewöhnlich, denn sein Vater mochte es nicht, wenn er zügig fuhr.

»Weißt du, wie es passiert ist?«

»Mama hat den Aufprall gehört. Sie ist sofort hinausgelaufen. Ich habe den Notruf gewählt. Dann bin ich auch raus. Der Trecker war umgestürzt, weil der Straßenrand wegen des Dauerregens aufgeweicht war. Thomas lag neben dem Trecker. Er stöhnte. Der Kopf war voller Blut.« Der Vater konnte nicht weitersprechen.

Nach einer Weile fragte er: »Muss Jenny morgen arbeiten?«

»Es ist Evi-Wochenende. Evi ist bei Jenny. Verena musste zu einem Termin nach London.«

Am Klinikum angekommen, fuhr Bastian vor den Haupteingang, ließ den Vater aussteigen und sagte: »Du kannst schon reingehen. Ich suche inzwischen einen Parkplatz.« Sein Vater ging mit schleppenden Schritten zum Eingang. Bastian konnte sehen, dass er dringend eine neue Hüfte brauchte, aber der Vater schob die Operation immer wieder auf.

Als Bastian auf der Intensivstation ankam, öffnete ihm eine Krankenschwester die Tür zu einem Raum, an dessen gegenüberliegender Seite eine große Glasscheibe war. Davor standen sein Vater und Anja. Hinter der Scheibe lag Thomas mit Halskrause, an Schläuche angeschlossen. Der Kopf war verbunden und fixiert. Er hatte die Augen geschlossen. Bastian nahm seine Schwägerin in den Arm. Anja flüsterte unter Tränen: »Er hat Rippenbrüche, die heilen, aber die Folgen der Kopfverletzung können sie nicht einschätzen. Die Operation hat er überstanden. Sie sagen, er wird nicht querschnittsgelähmt sein.« Der Vater atmete schwer. Mit rauer Stimme fügte er hinzu: »Hoffen wir, dass es so ist.«

2. Verena

Jenny schreckte hoch. Das Handy klingelte. »Hallo, Bastian.«
»Hab ich dich geweckt?«
»Nein. Ich habe auf deinen Anruf gewartet. Ich muss eingeschlafen sein. Wie geht's Thomas?«
»Sie mussten Thomas am Kopf operieren. Sie haben gesagt, er wäre stabil und würde auf der Intensivstation ständig überwacht. Dazu, ob alles wieder in Ordnung kommt, wollte der Arzt sich nicht äußern. Wir können jetzt nichts für ihn tun. Dir geht es doch gut trotz der ganzen Aufregung?« Seine Stimme klang besorgt.
Jenny stand auf und ging im Zimmer auf und ab. »Lieb, dass du fragst. Ich bemühe mich, ruhig zu bleiben.« Ihr Blick fiel auf ein Foto, das im Regal stand. Es zeigte Bastian und Evi. Sie hatten darauf beide das gleiche strahlende Lachen. In ein paar Monaten würde sie auch ein Foto von Bastian und ihrem Baby aufstellen können. Sie ließ sich in einen Sessel fallen. Sie wusste, welche Frage jetzt kommen musste.
»Jenny, hast du Verena angerufen?«
»Das musst du tun. Mir wollte sie ihre Handynummer nicht geben. Außerdem war sie im Flieger nach London, als deine Mutter anrief. Wir mussten entscheiden, was wir mit Evi machen.«
»Wahrscheinlich hast du recht. Ich werde morgen früh versuchen, Verena zu erreichen.«
»Ich sollte ihre Nummer haben. Du musst sie davon überzeugen.«
Jenny hörte, dass Bastian seufzte. Dann sagte er: »Ich versuch's. Du kennst ihre Einstellung.«
»Bastian, ich glaube, Evi ist wach. Wir telefonieren morgen wieder. Alles Gute für Thomas!«
»Danke. Schlaf gut.«
Jenny klappte ihr Handy zu. Diese Notlüge musste sein. Zu einer Diskussion über Verena hatte sie heute Abend keine Lust mehr. Zu genau hatte sie Verenas Worte im Ohr: »Du brauchst meine Nummer nicht. Du hast nichts mit Eva-Marie zu tun. *Ich* bin ihre Mutter.«

***

»Bastian, du kannst jetzt ins Bad.« Dieser Satz und die Stimme seiner Mutter klangen vertraut. Viele Jahre lang waren das die ersten Worte gewesen, die er am Morgen hörte.

»Danke, Mama«, rief Bastian unwillkürlich zurück, genau wie früher, und reckte sich. Dann wurde ihm die aktuelle Situation wieder bewusst.

Schlagartig war er hellwach.

Während er sich rasierte, dachte er daran, dass er Verena unbedingt anrufen musste, bevor er mit seiner Mutter ins Krankenhaus fuhr. Begann ihr Kolloquium früh, weil es sich um eine Tagung handelte, oder lag die Betonung darauf, dass es ein Festkolloquium zu Ehren eines Professors war? Verena hatte so etwas gesagt, aber er interessierte sich nicht mehr für ihre beruflichen Ambitionen.

Zurück in seinem Zimmer tippte Bastian auf ihre Kurzwahltaste. Nun geh ran, dachte er. Es dauerte. Er wollte keine SMS schreiben. Die Situation ließ sich mündlich besser erklären.

»Hallo, Bastian, lässt du schon lange klingeln? Ich war gerade unter der Dusche. Wir treffen uns nämlich gleich zum gemeinsamen Frühstück. Du glaubst gar nicht, was hier für interessante Leute sind! Geht es Evi gut? Gib sie mir. Hallo, Evi, meine Süße ...«

»Eva-Marie ist nicht bei mir«, unterbrach Bastian ihren Redeschwall.

»Wie, ist nicht bei dir. Wo bist du denn?«

»Bei meinen Eltern in Schnatbach.«

»Du hast unsere Tochter bei Jenny zurückgelassen und besuchst deine Eltern?«

»Thomas hatte einen lebensgefährlichen Unfall und liegt im Krankenhaus. Ich musste sofort hierher fahren.«

»Und jetzt vergnügt sich Jenny mit Evi in Frankfurt.«

»Nein. Sie sind mit dem TGV nach Paris gefahren.«

»Evi und Jenny sind in Paris!« Bastian konnte hören, wie Verena die Luft einzog, bevor sie rausplatzte: »Also, das war das letzte Mal, dass ich dir Eva-Marie ...«

»Verdammt noch mal, jetzt reicht's! Verena, jetzt hörst du

mir mal zu. Jenny hatte für dieses Wochenende einen Besuch bei ihrer Freundin in Paris geplant.«

»Und dann hat sie Evi einfach mitgenommen, ohne mich zu fragen?«

»Du warst auf dem Weg nach London.«

»Jenny hätte ihre Fahrt nach Paris verschieben können. Das hat sie sich ja raffiniert ausgedacht.«

»Rede nicht so einen Unsinn. Wenn Thomas keinen Unfall gehabt hätte, wäre ich mit Evi in den Zoo gegangen.«

»Wer's glaubt!«

Nach kurzem Anklopfen steckte Bastians Mutter den Kopf zur Tür rein. »Bastian, kommst du zum Frühstück?«

Bastian nickte, wartete, bis seine Mutter die Tür wieder geschlossen hatte und sagte mit fester Stimme: »Wäre es dir lieber gewesen, wenn Jenny das Wochenende allein mit Evi in Frankfurt verbracht hätte? Jennys Freundin hat eine Tochter in ihrem Alter. So war es die beste Lösung.«

»Wann ist Evi wieder in Frankfurt?«

»Morgen Abend.«

»Sie verbringt noch einen Tag mit Evi in Paris! Das nutzt sie wirklich ….« Verena brach mitten im Satz ab. Bastian hörte eine Stimme im Hintergrund, als wäre jemand bei ihr im Zimmer.

»Verena, Jenny war mit ihrer Freundin verabredet, schon vergessen?« Bastians Stimme war energischer geworden.

Da sagte Verena in einer verstellt freundlichen Tonlage, die sicher für die Person in ihrem Zimmer gedacht war: »Ich werde zum Frühstück abgeholt. Gib mir mal Jennys Handynummer, damit ich meine Tochter anrufen kann.«

»Du hättest ihre Nummer haben können. Ich gebe ihr deine Nummer. Sie wird dir eine SMS schicken. Dann kannst du sie anrufen und mit Evi sprechen.«

»Es ist d e i n Evi-Wochenende. Mein Flieger geht am Montagvormittag. Ich werde Evi – wie verabredet – von der Schule abholen.«

»Tu das«, sagte Bastian, steckte sein Handy weg und schloss mit einem Knall das Fenster seines Zimmers, das er zum Lüften geöffnet hatte. Sie denkt wie immer nur an sich, dachte er, stürmte in die Küche, murmelte ein »Guten Morgen« und setzte sich an den Tisch. Seine Eltern musterten ihn. Dann fragte seine Mutter: »Schlechte Nachricht von Thomas?«

»Nein, nein, ich habe nicht mit dem Krankenhaus gesprochen.«

»Und mit wem hast du telefoniert?«, fragte sie und goss ihm Kaffee ein. Bastian biss in sein Brot, ohne zu antworten. Das Thema »Verena« wollte er jetzt nicht anschneiden.

»So verärgert, wie er wirkt, hat er mit Verena telefoniert«, stellte sein Vater fest.

»Ihr wart so ein gut aussehendes Paar«, sagte die Mutter.

»Ja, auf dem Hochzeitsfoto«, brummelte der Vater.

»Eben, und ich soll es nicht aufstellen«, beschwerte sich die Mutter mit einem Seitenblick auf Bastian und fügte hinzu: »Eva-Marie hat die gleichen blonden Haare wie ihre Mutter.«

»Bastian ist jetzt mit Jenny zusammen«, rügte der Vater in einem Tonfall, dem Bastian anmerkte, dass es diese Diskussion schon häufiger gegeben hatte.

»Du kannst ein Bild von Verena und Evi hinstellen. Es muss ja nicht das Hochzeitsfoto sein«, sagte Bastian, stand auf, nahm seine Jacke, half seiner Mutter in den Mantel und ging mit ihr zum Auto.

»Von dir und Jenny gibt es kein Hochzeitsfoto«, bemerkte die Mutter beiläufig.

Aha, dachte Bastian, daher weht der Wind.

»Wenn wir heiraten, erfährst du es als Erste, versprochen.« Bastian hielt seiner Mutter die Wagentür auf.

»Ja, wenn«, seufzte sie beim Einsteigen.

3. Im TGV nach Paris

Jenny und Evi saßen im TGV nach Paris.
»Wann sind wir da?«, fragte Evi.
»Es dauert noch. Wir sind doch gerade erst losgefahren.«
»Der Zug fährt aber schnell. Hält der überhaupt nicht an?«
»Nein, das ist eine sogenannte Sprinterverbindung zwischen Frankfurt und Paris, die ist ohne Zwischenhalt«, sagte Jenny. Die Reise würde vier Stunden dauern. Das war lange für ein kleines Mädchen.

Evi holte wie selbstverständlich einen Nintendo aus ihrem Rucksack. Blitzschnell begann sie, mit ihren Fingern auf dem Videospiel herumzuklicken. Sie schaute kurz auf und sagte: »Ich habe von Mama ein neues Spiel bekommen. Ich kann es schon ganz gut, aber ich muss noch besser werden.«

Jenny zweifelte, ob dieses Videospiel das Richtige für eine Siebenjährige war oder nur bequem für die Person, die auf das Kind aufpassen sollte. Was wäre, wenn sie Evi den Nintendo wegnehmen würde? Nein, das ging nicht, jedenfalls nicht gleich.

Jenny nahm ihr Buch »Sauve-moi« von Guillaume Musso aus der Tasche und begann zu lesen. Der Titel »Rette mich« und der Klappentext hatten sie angesprochen. Sie hatte es sich extra für diese Fahrt gekauft – wie immer, wenn sie französische Autoren las, in der Originalfassung. In der deutschen Übersetzung hieß das Buch »Eine himmlische Begegnung« und war gerade als Taschenbuch herausgekommen. Mal sehen, welcher Titel besser passte.

Jenny und Evi saßen einander gegenüber, Jenny in ihr Buch vertieft und Evi in ihr Videospiel. Eine ganze Zeit später schaute sie hoch.

»Ist dein Buch spannend?«
»Ja, sehr.«
»Liest du mir was vor?«
»Gern, aber nicht aus diesem Buch.«
»Weil es kein Buch für Kinder ist?«
»Auch, aber vor allen Dingen, weil es auf Französisch geschrieben ist.«

»Und das kannst du lesen?«

»Ja, Evi, das kann ich – schon lange.« Jenny zog das Jugendbuch, das sie in der Bahnhofsbuchhandlung gekauft hatte, aus der Tasche. »Möchtest du selbst lesen? Im zweiten Schuljahr kann man doch schon lesen, oder?«

»Du sollst lesen. Es klingt immer so schön, wenn du das machst.«

»Aber heute muss ich leiser lesen als sonst, damit wir die anderen Passagiere nicht stören.«

Jenny las mit ihren angeborenen schauspielerischen Fähigkeiten. Ein fremdes Mädchen schaute um die Ecke und fragte, ob es zuhören dürfe. Seine Mutter kam und wollte ihre Tochter zurückholen. Jenny lud beide ein, sich auf die freien Plätze zu setzen, und las weiter vor. Die Kinder lauschten fasziniert.

Später holte Jenny Papier und Buntstifte hervor. Die Mädchen malten. Danach spielten sie mit den mitgebrachten Spielen. So ging die Zugfahrt kurzweiliger vorbei als erwartet.

Der TGV kam pünktlich in Paris an. Der Zugführer wünschte den Passagieren auf Französisch, Deutsch und Englisch einen angenehmen Aufenthalt. Evi setzte ihren Rucksack auf, aus dem ihr Teddy etwas zerknautscht herausschaute, und zog ihren bunten Trolley, den Verena immer gewissenhaft für die Evi-Wochenenden packte, hinter sich her. Jenny wollte ihren Koffer aus dem Gepäcknetz heben. Ein Passagier kam ihr zuvor.

Er übergab ihr den Koffer mit einer Verbeugung und den Worten »Bon voyage, madame.« Jenny lächelte. So waren sie, die Franzosen, natürlich charmant.

Auf dem Bahnsteig nahm Jenny Evi an die Hand und sagte: »Lass uns einen Moment warten, bis die meisten Passagiere weitergegangen sind. Dann findet uns meine Freundin schneller. Sie wollte uns auf jeden Fall am Zug abholen.«

Evi entdeckte eine lebhaft winkende Frau, die einen Buggy mit einem Jungen vor sich herschob, und ein Mädchen, das von einem Bein aufs andere hüpfte. Jenny und Claudia umarmten sich und begrüßten sich mit »französischen Küsschen« auf die Wange, rechts und links. Marie-Christine stellte ihren kleinen Bruder vor: »C'est Philippe, mon petit frère. Er ist acht Monate alt.« Eva-Marie sagte spontan: »Ich kriege auch bald einen Bruder.« Dabei zeigte sie auf Jennys Bauch.

»Prima, dass dein Besuch bei mir noch vor der Geburt eures Kindes geklappt hat«, sagte Claudia mit einem Augenzwinkern. »Geht es dir gut bei der Aufregung?«

»Alles okay«, versicherte Jenny. »C'est si bon. Es ist herrlich, hier zu sein.«

Philippe machte sich lautstark bemerkbar.

»Kommt, lasst uns schnell zum Auto gehen. Philippe kann sehr energisch werden, wenn er Hunger hat«, sagte Claudia.

Als sie wenig später unterwegs waren, hatten es die Mädchen geschafft, Philippe mithilfe von Evis Teddy abzulenken. Jenny las eine SMS von Bastian: »*Hallo, Schatz, seid ihr gut angekommen? Verena habe ich heute früh informiert. Heute Vormittag war ich mit Mama bei Thomas. Er war wach und hatte wahnsinnige Kopfschmerzen. Ich komme morgen Abend nach Hause. Küsschen, dein Bastian*«.

Jenny antwortete: »*Wir sind in Paris. Claudia hat uns abgeholt. Wir melden uns, wenn wir bei ihr zu Hause sind, Kuss Jenny*«.

Claudia steuerte ihren Peugeot routiniert durch den Wahnsinnsverkehr. Einen Augenblick hielt Jenny den Atem an, denn ihre Freundin bog trotz roter Ampel noch rechts ab, aber das schien hier keinen zu stören.

Eine halbe Stunde später saßen sie zusammen am Tisch in der Wohnküche der Familie Garnier, die Mädchen auf einer roten Bank und die Mütter auf grünen Küchenstühlen. »Prinz Philippe« thronte im Hochstuhl am Kopfende.

Jenny klappte ihr Handy auf. Evi sah es, sprang sofort auf und rief: »Papa, ich habe eine neue Freundin. Sie heißt auch Marie, nur mit Christine dahinter.« Da überließ Jenny ihr das Smartphone und half Claudia, das Geschirr in die Spülmaschine zu räumen.

»Ich bin froh, dass die Mädchen so gut miteinander auskommen. Bastian hat schon genug Sorgen«, sagte Jenny und beschrieb Claudia in Kurzform ihre augenblickliche Situation zu Hause.

»Oh, du Ärmste. Ich wünsche dir bonne chance, viel Glück.

Wo sollen wir heute hinfahren? Hast du einen bestimmten Wunsch?«

»Nach Montmartre auf den Place du Tertre oder vielleicht zum Centre Pompidou«, antwortete Jenny.

»Super Idee«, rief Marie-Christine aus. »In Montmartre sind sooo viele Maler.«

»Und zum Centre Pompidou fahren wir dann morgen«, sagte Claudia.

Jenny freute sich. Wie oft fragte sie in der Boutique nach den Wünschen der Kunden und bemühte sich herauszufinden, was sie tatsächlich wollten. Heute war sie es, die sich etwas wünschen durfte.

4. Im Künstlerviertel Montmartre

In der Metro war Evi nicht von Jennys Seite gewichen, aber in Montmartre auf dem Platz mit den vielen Malern ließ sie Jennys Hand los. Bei jedem Porträtmaler blieben die beiden Mädchen stehen und berieten kichernd, welche der Touristinnen, die sich dort porträtieren ließen, am schicksten war: die rundliche Spanierin mit dem im Nacken geknoteten schwarzen Haar oder die Frau mit dem engen Kostüm, den bequemen Stiefeln und dem großen lila Hut? Claudia und Jenny standen mit Philippe im Buggy etwas hinter den Mädchen und den jeweiligen Malern und waren versucht, das Spiel der Kinder mitzumachen.

»Du hast dich vorhin spontan für diesen Platz entschieden«, sagte Claudia. »Das hätte ich mir fast denken können. Du bist damals schon immer gerne hierhergegangen.«

»Ja, ich wollte von den Malern lernen.«

»Die hätten von dir lernen können. Deine Zeichnungen waren genial.«

»So wie deine Fotos.«

»Ich habe mein Hobby zu meinem Beruf gemacht und bin Fotografin geworden. Und du wolltest Lehrerin werden.«

»Lass uns heute Abend darüber reden. Ich genieße die Atmosphäre auf diesem Platz. Sie ist zu heiter für ernste Gespräche.«

»Stimmt. Wenn ich die beiden Mädchen so sehe, bereue ich, dass ich den Fotoapparat zu Hause gelassen habe.«

»Gutes Stichwort«, sagte Jenny und zückte ihr Smartphone. Die Kinder waren sofort einverstanden. Marie-Christine legte ihren Arm um Evi und beide Mädchen strahlten in die Kamera. Jenny und Claudia waren sich einig: Frankreichs nächste Topmodels waren eindeutig die beiden Maries, die eine »vorne mit Eva«, die andere »hinten mit Christine«.

Plötzlich stutzte Jenny. »Schau mal«, sagte sie, »da vorne, ist das nicht Pierrot? Er sitzt an der gleichen Stelle wie damals. Ich muss ihn begrüßen. Vielleicht kennt er mich noch.«

»Lauf hin«, erwiderte Claudia, »ich komme langsam mit den Kindern nach.«

Als Jenny bei dem alterslosen, bärtigen Pierrot ankam, blickte er auf, sah Jenny gefühlte sieben Sekunden an, sprang auf, breitete die Arme aus und rief: »La duchesse! Ah voilà, que tu es belle.«

Dann umarmte er sie, Küsschen links, Küsschen rechts, und das gleich zweimal. La duchesse, wie lange war sie nicht mehr so angeredet worden. Und er hatte sie sofort erkannt! Ganz selbstverständlich begann sie ein Gespräch mit Pierrot in französischer Sprache. Es fiel ihr leicht und klang vertraut, als wäre sie zu Hause.

Als Marie-Christine hinzukam, fragte sie: »Warum nennt dich der Mann Duchesse? Du bist doch gar keine Herzogin.«

»Weil ich Jennifer Herzog heiße. Als ich hier in Paris wohnte, nannte man mich Herzogin, also Duchesse – nur so als Spitzname.«

»Sprichst du Französisch, weil du hier gewohnt hast?«

»Auch und weil ...« Jenny zögerte kurz, dann ergänzte sie: »Weil ich eine französische Großmutter habe.«

Christine zog die Stirn kraus und dachte angestrengt nach. »Ist das die Mutter von deinem Papa oder deiner Mama?«

»Gute Frage«, sagte Jenny, »von meinem Papa.«

»Hmmm«, sagte Marie-Christine. »Dann ist dein Papa halb französisch, so wie ich halb deutsch bin. Meine Kinder sollen auch mal beide Sprachen sprechen können.« Unwillkürlich musste Jenny lachen bei dieser so ernsthaft vorgetragenen Zukunftsprognose. Dann wurde sie nachdenklich. Warum nur hatte sie nicht einfach gesagt: Weil mein Papa Franzose ist? Fiel es ihr immer noch schwer, über ihn zu sprechen?

»So, ihr Lieben«, sagte Claudia, »es ist schon halb sieben. Ab nach Hause. Ich habe Quiche Lorraine vorbereitet.«

Eine Dreiviertelstunde später war diese Spezialität aus Lothringen im Backofen und Claudia damit beschäftigt, Philippe ins Bett zu bringen. Da rief Bastian an. Er nannte Jenny Verenas Handynummer und bat darum, dass sie ihr eine SMS schickte. Dann überließ Jenny Evi das Smartphone. Evi rief begeistert: »Papa, Paris ist super!«

Als Jenny die gewünschte SMS mit den Worten: »*Wir sind in Paris, Gruß Jennifer*« an Verena schickte, war es ihr eine Genugtuung, dass Bastian ihre Nummer nicht einfach an Verena weitergegeben hatte.

Nach dem Abendessen – die Mädchen hatten bereits den Auftrag, ihren Schlafanzug anzuziehen – meldete sich Verena und verlangte, sofort Evi zu sprechen, weil sie wenig Zeit hätte. Bei ihrem Dinner würde gleich der nächste Gang aufgetragen. Angeberin!

Während die Mädchen sich in Marie-Christines Zimmer noch unterhielten, machten es sich Claudia und Jenny im Wohnzimmer gemütlich. Claudia holte zwei Gläser, eine Flasche Merlot und Traubensaft für die werdende Mama.

»Was hörst du von deinem Mann?«

»Frédéric ist planmäßig in Bangladesch angekommen. Seine Firma lässt dort nähen. Das ist billiger als bei uns. So ist das eben heutzutage. Die Oberhemden können hier einfach nicht so günstig hergestellt werden.«

»Ich weiß«, sagte Jenny, »habe lange genug in der Boutique von Alexander gearbeitet.«

»Jetzt hast du aber ein Geschäft für Kindergarderobe?«

»Ja, ich bin quasi Mitinhaberin in einer Boutique für Kindermode, das heißt, Nicole hat die Boutique von ihrer Tante geerbt. Sie lässt mich nie spüren, dass sie die Chefin ist. Im Gegenteil, sie bespricht die wichtigen Entscheidungen mit mir und gibt mir immer das Gefühl, mitverantwortlich zu sein.«

»Du hast bestimmt ein Gespür für Farben und Formen.«

»Ja, und auch dafür, ob die Kleidungsstücke kindgerecht und praktisch sind.«

»Aber du brennst nicht für diesen Beruf. Warum hast du damals dein Studium kurz vor dem Examen abgebrochen?«

»Der Liebe wegen.« Jenny erklärte: »Ich habe während des Studiums in einem Geschäft für Damenmode gejobbt. Dort habe ich mich in meinen Chef verliebt. Als Alexander in Münster – das liegt gut hundert Kilometer von Bielefeld entfernt – eine eigene Boutique übernehmen konnte, wollte er unbedingt, dass ich mitkomme.«

»Was heißt *unbedingt*?«

»Ich habe einen Blick dafür, was den Kunden steht.«

»Dann hat er dich fürs Geschäft haben wollen?«

»Nicht nur. Er konnte sehr charmant sein.«

Claudia goss ein weiteres Glas Traubensaft ein. »Hast du es eigentlich bereut, dein Studium aufgegeben zu haben?«

Das Gekicher der Mädchen wurde lauter. Claudia stand auf. »Ich glaube, ich muss da mal ein kleines Donnerwetter loslassen.«

Als sie wieder zurück war, fragte sie mit Blick auf Jennys Glas: »Musst du dir Mut antrinken für die Antwort auf meine Frage?« Da merkte Jenny erst, dass sie das zweite Glas Saft bereits ausgetrunken hatte.

»Ja, ich habe es oft bereut, das Examen nicht gemacht zu haben, aber als ich mit Alexander zusammen war, wollte ich das nicht wahrhaben«, antwortete Jenny. »Heute denke ich, dass Alexanders Bitte, mit ihm nach Münster zu kommen, nicht der Hauptgrund war, meine Examensarbeit abzusagen.«

»Warum? Hattest du Prüfungsangst?«

»Nein, das nicht. Es hängt mit meinem Vater zusammen. Er hat uns verlassen, als ich sechs Jahre alt war. Das habe ich ihm nie verziehen. Er hatte als Schauspieler irgendein tolles Engagement bekommen und glaubte, Karriere machen zu können. Ich hörte nichts von ihm, und, soviel ich weiß, meine Mutter auch nicht. Geld kam von meinem Vater sowieso nicht.«

»Er hat sich niemals bemüht, dich zu treffen?«

»Doch, einmal. Da war ich vierzehn und in der Pubertät. Ich habe ihn bewusst weggeschickt. Ich glaube, das war schlimmer, als ihn anzuschreien.«

»Hast du später versucht, ihn zu finden?«

»Ich habe nach ihm Ausschau gehalten, ihn aber nicht richtig gesucht. Nach unserer Zeit in Paris bin ich auch noch als Au-pair-Mädchen nach Australien gegangen, damit diese unwillkürliche Ausschau nach meinem Vater ein Ende hatte.«

»Was hat das mit deinem Examen zu tun?«

»Ich liebe die französische Sprache. Ich habe sie in den ersten sechseinhalb Lebensjahren genauso viel gesprochen wie Deutsch und habe immer den wunderbaren Klang im Ohr, den mein Vater ihr als Schauspieler gab. Mein Aufenthalt in Australien und damit verbunden die Entscheidung für Englisch als erstes Fach war gewissermaßen ein Protest gegen das Verhalten meines Vaters. Als ich die Examensarbeit in Englisch schreiben sollte, hat sich alles in mir dagegen gesträubt. Es kam mir wie ein Verrat an meiner Liebe zu meiner Vatersprache vor.«

»Heute würdest du Französisch als erstes Fach wählen und deine Arbeit in Französisch schreiben?«

»Ja, und das mit großem Vergnügen. Ich war vorhin so glücklich, als ich mich mit Pierrot unterhalten habe. Und ich lese alle französischen Autoren immer im Original.«

»Darf ich dir noch ein Glas Saft einschenken?«, fragte Claudia.

Jenny schüttelte den Kopf. »Ich würde gerne schlafen gehen. Danke, dass du mir zugehört hast. Ich habe bisher mit niemandem darüber gesprochen.«

»Auch mit Bastian nicht?«

»Über meinen Vater schon. Er meint, ich solle ihn suchen.«

»Vielleicht hat er recht. Gute Nacht, Jenny, und träum was Schönes.«

»Am besten auf Französisch«, kicherte Jenny. Doch als sie im Bett lag, konnte sie nicht einschlafen. Zu sehr hatte sie dieses Gespräch aufgewühlt.

***

Als Bastian zum Abendessen die Küche betrat, warteten die Eltern bereits mit Stippgrütze auf ihn. Die war nirgends so gut gewürzt wie hier. Aber heute aßen sie ohne Appetit. Lisa wollte wissen, wann der Papa wieder gesund sein würde, und weil keiner eine Antwort darauf wusste, bestand sie trotzig darauf, ihrem Pony gute Nacht sagen zu müssen. Die Erwachsenen ließen sie gewähren.

Die Frauen räumten den Tisch ab. Der Vater schlug Bastian vor, mit ihm »ums Haus« zu gehen. Früher hatten sie manchmal am späten Abend einen solchen Männerspaziergang um den Hof, das Haus, die Scheune, die Ställe gemacht. Männerspaziergang nannten sie das, weil sie nur die notwendigsten Dinge besprachen und ansonsten schweigend nebeneinander hergingen.

Plötzlich unterbrach der Vater die Stille. »Bist du bei euch in der Spedition eigentlich nur im Büro tätig?«

»Ja, meistens, ich kümmere mich um den Papierkram, den reibungslosen Ablauf, die Organisation, eben die betriebswirtschaftlichen Aufgaben.«

»Und deine Arbeit macht dir Spaß?«

»Ja. Ich trage viel Verantwortung, gerade das reizt. Die für uns wichtigen Kunden akzeptieren mich ebenso wie unsere Fahrer.«

Der Vater blieb stehen, holte tief Luft und fragte: »Musst du auch mal aushelfen, wenn einer der Lastwagenfahrer ausfällt?«

»Eher selten«, antwortete Bastian, »aber es kommt schon mal vor, wenn Not am Mann ist.«

»Hm«, brummte der Vater. Dann fügte er hinzu: »Du warst genauso stolz wie Thomas, als du zum ersten Mal den riesigen Mähdrescher gefahren hast.« Bastian nickte. Ob es sein Vater sehen oder nur spüren konnte, war nicht klar, denn es wurde dunkel, und die Mondsichel kam zum Vorschein. Als sie wieder vor der Haustür angekommen waren, war der Mond hinter einer Wolke verschwunden.

5. Vor dem Centre Pompidou

Jenny biss genussvoll in ihr zweites Croissant. Das französische Frühstück war nicht so üppig wie ein deutsches, aber es schmeckte herrlich nach Frankreich. Die beiden Mädchen aßen schnell ihr Croissant und verzogen sich in Marie-Christines Zimmer, denn sie hatten eine Idee. Sie spielten Modenschau mit der Garderobe der kleinen Französin. Mit dem Smartphone ihrer Mutter machte Marie-Christine Fotos von Eva-Marie. Damit ahmte sie ihre Mutter nach, denn Claudia war von Beruf Modefotografin.

Wenig später zeigte sie die Fotos ihrer Mutter, die sie gebührend bewunderte. Evi wollte auch fotografieren und bettelte: »Jenny, darf ich dein Handy haben?« Marie-Christine versicherte: »Ich zeige ihr, wie man lustige Fotos macht.« Daraufhin gab Jenny dem französischen Mädchen ihr Smartphone.

Marie-Christine sagte: »Ich probiere es mal aus. Stellt euch bitte zusammen.« Evi schmiegte sich sofort begeistert an Jenny, und die Französin fotografierte mit Jennys Handy. Claudia schaute ihrer Tochter über die Schulter und stellte fest: »Das ist eine gelungene Aufnahme mit großer Aussagekraft.« Begeistert verschwanden die beiden Mädchen wieder im Kinderzimmer.

Claudia goss Jenny eine Tasse Kaffee ein und schnappte sich ihren Sohn, um ihn mit einer frischen Windel reisefertig zu machen. Jenny trank ihren Kaffee in kleinen Schlucken und fühlte sich wohl. Als Claudia mit dem zufrieden dreinschauenden Philippe wiederkam, rief sie die Mädchen und verkündete: »Auf geht's zum Centre Pompidou.«

Da zeigte Evi Jenny stolz, dass sie mithilfe ihrer neuen Freundin das Bild von sich und Jenny per WhatsApp an ihre Mutter geschickt hatte. Jenny starrte auf das Foto. Verena bekam dieses liebevolle Bild von ihr und der anschmiegsamen Eva-Marie von ihrem Smartphone und das ohne Kommentar. Was dachte Verena jetzt von ihr?

Claudia sagte nur: »Oh là là!«, sah Jenny an und verstand die Situation. Ein solches Foto ohne Worte an die Ex des Mannes, das war gemein.

Die Kinder sagten nichts. Sie schienen zu spüren, dass etwas nicht stimmte. Claudia beugte sich zu ihnen hinunter und erklärte: »Man darf mit einem fremden Handy zwar fotografieren, aber die Fotos nicht abschicken. Das darf nur derjenige, dem das Handy gehört.«

»Werden wir jetzt bestraft?«, fragte Evi erschrocken.

»Nein, nein«, antwortete Claudia. »Ihr solltet das nur für die Zukunft wissen.«

Auf dem Weg zur Metro sagte Jenny leise: »Claudia, ich war nicht die Ursache für die Scheidung. Bastian und Verena waren schon getrennt, als ich Bastian kennenlernte.«

»Schon gut, aber Verena ist trotzdem eifersüchtig.« Unwillkürlich zuckte Jenny mit den Schultern, nickte gleichzeitig und fragte: »Soll ich Verena anrufen und erklären, dass Evi das Foto ohne mein Wissen geschickt hat?«

»Kannst du machen. Aber wenn sie dich jetzt für gemein hält, dann ist das nicht das Problem. Damit kann sie leben. Die Botschaft, die das Foto ausstrahlt, ist es. Sie zeigt deutlich, wie sehr ihre Tochter dich mag. Das schmerzt.«

Die Metro kam. »Einsteigen!«, rief Claudia.

Eine halbe Stunde später waren sie an Jennys Wunschziel, den Straßenkünstlern vor dem Centre Pompidou, angekommen. Der Platz vor diesem modernen Gebäude aus Glas und Stahl war voller Menschen. Für die Museen, Ausstellungen von berühmten Kunstwerken und die riesige Bibliothek, die sich in dem Bauwerk befanden, war keine Zeit, aber die rote Treppe, die außen an dem sieben Stockwerke hohen Gebäude hinaufführte, reizte natürlich. Claudia schlug vor, einige Stufen hinaufzusteigen, damit die Kinder den tollen Blick von oben auf den turbulenten Platz hatten und sich an die vielen Menschen gewöhnten. Sie nahm Philippe auf den Arm und ließ den Buggy am Fußende der Treppe stehen. Nach zwei Stockwerken vibrierte Jennys Handy in ihrer Jackentasche. Sie zog es heraus und sagte: »Es ist Verena.«

Claudia schaltete sofort und schlug den Mädchen vor, zu den Stelzenläufern hinunterzugehen. »C'est cool«, rief Marie-Christine und begann als Erste mit dem Abstieg.

Jenny meldete sich unwillkürlich offiziell: »Jennifer Herzog«, und hielt sich ein Ohr zu, obwohl es hier oben unter dem Glasdach, das die Treppe überspannte, nicht so laut war wie unten auf dem Platz.

»Hallo, Jennifer. Hier ist Verena. Hörst du mich?«

»Hier ist es ziemlich laut. Wir sind auf dem Platz vor dem Centre Pompidou.«

»Der Sonntagnachmittag ist also auch in Paris kein Tag zum Shoppen gehen?« Wie kam Verena jetzt auf shoppen?

»Verena. Das Foto hat die Tochter meiner Freundin …«

»Auch wenn du eine Verkäuferin aus der Modebranche bist, weißt du schon, dass es nicht deine Aufgabe ist, Eva-Marie neu einzukleiden?« Ach du liebe Zeit. Verena hatte auf dem Foto gesehen, dass Evi Sachen anhatte, die Verena nicht gekauft hatte. Wenn das ihr einziges Problem war …

»Jennifer, bist du noch dran? Kannst du überhaupt auf Evi aufpassen und gleichzeitig telefonieren?«

»Am besten meldest du dich heute Abend in Frankfurt. Unser Zug kommt gegen 19 Uhr dort an. Dann kannst du Evi sprechen. Im Augenblick unterhält sie sich mit einer menschlichen Sonnenblume auf Stelzen. Dabei wird sie sprachlich von ihrer neuen Freundin unterstützt.«

»Ach, jetzt suchst du auch schon ihre Freundinnen aus. Das wird ja immer besser.«

Jenny ballte in ihrer Tasche eine Faust und zwang sich zu einer ruhigen Stimme. »Die Freundinnen sucht sich ein siebenjähriges Mädchen alleine aus.«

»Du musst es ja wissen. Ich rufe heute Abend an, wenn Bastian in Frankfurt ist, und spreche mit ihm.« Das letzte Wort betonte Verena, als wollte sie damit ihr Anrecht auf den Vater ihres Kindes unterstreichen. Jenny legte ihre Hände auf ihren Bauch und fühlte. In einem halben Jahr würde sie ebenfalls ein Baby haben – mit Bastian zusammen. Warum ließ sie sich von Verena so reizen? Bastian gehörte doch jetzt zu ihr.

Da sah sie Evi fröhlich winken. Sie winkte zurück und beeilte sich, zu Claudia und den Kindern zu kommen. Kurz bevor sie die Stelzenläufer erreicht hatte, wischte sie sich ein paar Tränen ab. Nein, sie würde sich nicht unterkriegen lassen. Sie hatte sich so auf Paris gefreut.

»Pardon«, entschuldigte sie sich, »dass ich euch so lange alleine gelassen habe, aber ich habe von Weitem gesehen, dass ihr euch mit der großen Sonnenblume unterhalten habt.«

»Ja«, sagte Evi, »und ich habe ihr auf Französisch gesagt: Ich bin Evi. Je suis Evi. Marie-Christine bringt mir nämlich Französisch bei.«

»Salut«, riefen die fantasievoll verkleideten Blumen aus drei Metern Höhe und stolzierten weiter.

Claudia fragte Jenny leise: »War es schlimm?« Jenny nickte. »Irgendwie ganz blöd.«

»Versteh ich, aber du schaffst das schon.« Ihre Worte taten Jenny gut.

Sie kamen zu den Jongleuren. Philippe quietschte vor Vergnügen, als er die vielen bunten Bälle sah. Zwei Frauen jonglierten mit beeindruckend vielen Reifen.

Eine Band spielte Rockmusik und drei Paare tanzten dazu Rock'n'Roll. Auf der anderen Seite der Esplanade rappte ein Junge gekonnt. Die Zuschauer klatschten Beifall.

Ein Clown fiel besonders auf. Er imitierte perfekt den Gang anderer Passanten, ohne dass diese es merkten. Jenny zuckte es in den Füßen. Sollte sie auch? Warum eigentlich nicht? Es war doch ein Spaß! Und dann hielt sie nichts mehr zurück. Sie ging hinter fremden Personen her und ahmte deren Gang und ihre Haltung nach. Claudia stellte bewundernd fest: »Du kannst das genauso gut wie der Clown.«

Jenny erklärte: »Die Begabung dazu habe ich von meinem Vater.«

Der Clown drehte sich um und war blitzschnell in der Menschenmenge verschwunden. Jenny hatte das Gefühl, dass er unmittelbar nach dem Umdrehen bewusst untergetaucht war, oder bildete sie sich das nur ein? Ihre Augen suchten die Menge ab. Da, hatte er dort drüben nicht gerade hinter dem Stelzenläufer hervorgeschaut?

»Jenny, du bist ja ganz blass. Ist dir nicht gut?«, fragte Claudia.

»Nein, nein, es geht schon wieder. Ich hatte nur gerade wieder eine Halluzination.«

»Gerade wieder? Kommt das häufiger vor?« Jenny nickte

kaum merklich und sagte leise: »Manchmal bilde ich mir ein, meinen Vater zu sehen.«

»Du sehnst dich nach ihm«, stellte Claudia fest.

»Die ersten sechseinhalb Jahre meines Lebens war er meine wichtigste Bezugsperson, denn er lernte zu Hause seine Rollen, während meine Mutter für die Kostüme im Theater zuständig war. Und dann war er auf einmal weg. Eine Scheidung gab es nicht, weil meine Eltern nie verheiratet ...«

»Philippe!« Ein Rapper war dem Buggy gefährlich nahe gekommen, sodass er fast umgefallen wäre. Claudia konnte ihn gerade noch vor dem Umkippen festhalten.

Entschlossen sagte sie: »Ich glaube, wir sollten nach Hause fahren, damit ihr noch eine Kleinigkeit essen könnt und anschließend pünktlich euren Zug bekommt.«

»Bringen wir Evi und Jenny zum Bahnhof? Bitte«, bettelte Marie-Christine.

»Machen wir«, sagte Claudia. »Um kurz nach zwei brechen wir auf.«

6. Rückweg nach Frankfurt

»Der Braten war ein perfektes Sonntagsessen, einschließlich Schokoladenpudding.« Bastian schob den Teller ein Stück zur Mitte und lehnte sich zurück, als wollte er zeigen, wie satt er war.

»Wenn man ein paar Stunden im Stall gearbeitet hat, weiß man das Mittagessen zu schätzen«, sagte die Mutter. Der Vater fügte hinzu: »Danke für deine Hilfe. Es ist gut, dass du da bist. Morgen wird der Dorfhelfer da sein. Wirst du wiederkommen?« Die Eltern und Anja sahen ihn gespannt an.

»Ja, am nächsten Wochenende«, antwortete Bastian und fügte hinzu: »Jetzt fahre ich erst zu Thomas und von dort nach Frankfurt. Ich möchte Eva-Marie noch sprechen.« Mit den Worten: »Danke für das leckere Essen« stand er auf und drückte seine Mutter.

Als er Lisa zum Abschied in den Arm nahm, fragte sie: »Bringst du Eva-Marie mit?«

»Das nächste Mal nicht, aber bestimmt mal wieder, versprochen.«

Er verabschiedete sich von seinem Vater mit einem festen Händedruck. Seine Eltern wünschten ihm eine gute Fahrt und ließen Jenny herzlich grüßen. Anja begleitete ihn zum Auto und bedankte sich, dass er sofort gekommen war.

Als er auf der Intensivstation eintraf, sagte die Krankenschwester: »Nur ein paar Minuten.«

Thomas war wach. Aus müden, verzweifelten Augen sah er Bastian an und sagte: »Hallo, Bastian. Ich habe starke Kopfschmerzen. Ich kriege Schmerzmittel, damit ich es aushalten und schlafen kann. Am Mittwoch wollen sie ein MRT machen. Drück mir die Daumen.«

»Es geht bestimmt gut. Sie sagen, dass du Glück gehabt hast.« Bastian versuchte, zuversichtlich zu wirken.

»Bitte kümmere dich um die Eltern, Anja und Lisa, wenn ich es nicht kann.« Das Sprechen fiel Thomas sichtlich schwer, aber er fügte noch hinzu: »Und um den Hof. Er ist doch unsere Lebensgrundlage.«

Bastian berührte Thomas leicht und sagte: »Mach ich. Versprochen.«

»Danke«, sagte Thomas und schloss die Augen. Das war heute schon das zweite Mal, dass er etwas versprach.

Würde er seine Versprechen halten können?

Er blieb noch eine Weile bei seinem Bruder, bis er sicher war, dass Thomas eingeschlafen war.

Auf dem Weg zum Auto kam er an einem Kaffeeautomaten vorbei.

Er zog sich einen Pappbecher mit Kaffee und stellte sich an ein Fenster mit Blick auf einen Rasen mit Maulwurfshügeln und Krokussen. Wie lange musste Thomas im Krankenhaus bleiben? Würde er wieder gesund werden? Und wenn ja, wann? Wie würde die Arbeit auf dem Hof weitergehen? Der Dorfhelfer übernahm die nötigsten Arbeiten, aber würde er auch die Sportplätze mähen und den Mähdrescher fahren, der in der Erntezeit zum Einsatz kam? Diese und ähnliche Zusatzaufgaben sicherten die Existenz des Hofes. Von der Pferdepension und der Versorgung der Tiere allein konnten sie nicht leben.

Bastian schrieb Jenny eine SMS: »*Hallo, ihr beiden. Ich fahre jetzt aus Bielefeld los. Ohne Stau müsste ich es schaffen, euch vom Zug abzuholen. Bis nachher, Bastian und Papa*«.

***

Jenny und Evi saßen nebeneinander im TGV von Paris nach Frankfurt. Der Zug war gut besetzt, zumal im gleichen Wagen eine Gruppe Jugendlicher Platz genommen hatte. Sie waren schätzungsweise um die sechzehn Jahre alt, hatten offensichtlich super Tage in Paris verbracht und mit unterschiedlichem Erfolg versucht, ihre Sprachkenntnisse anzuwenden. Sie wurden begleitet von einer jungen Frau und einem Mann mittleren Alters.

Jennys Handy brummte, eine SMS von Bastian. Sie zeigte Evi die SMS. Evi las sie langsam vor und sagte: »Also holt Papa uns ab?« Jenny nickte.

»Und was ist, wenn er einen Stau hat?«

»Dann fahren wir beide zu uns, und dein Papa kommt später nach Hause.«

»Aber wenn es spät wird, bin ich vielleicht schon im Bett.«

»Ich habe eine Idee. Du versuchst, jetzt schon ein bisschen zu schlafen. Hinterher kannst du aufbleiben, bis dein Papa da ist.« Evi zog die Stirn kraus und überlegte, dann nahm sie ihren Teddy in den Arm und kuschelte sich an Jenny. Gut, dass niemand hier war, der jetzt ein Foto von ihnen machte und das an Verena schickte. Evi ruckelte hin und her. »Ich kann nicht schlafen«, sagte sie. »Vielleicht später. Wir können uns ja ein bisschen unterhalten«, schlug Jenny vor.

»Es sieht aus, als ob die Bäume vorbeifliegen.« Evi schaute eine Weile aus dem Fenster. Dann drehte sie sich wieder zu Jenny um und sagte: »Wenn ich rausgucke, wird mir schwindelig.«

»Schau einfach mich an.«

»Ich bin gerne bei Oma und Opa. Wann wird Onkel Thomas wieder gesund?«

»Ich weiß es nicht«, sagte Jenny.

»Lisa hat ein Pony. Ich wünsche mir auch ein Pony – oder einen Hund, aber Mama will das nicht. Ich möchte Tierärztin werden.« Jenny dachte an Marie-Christine, die jetzt schon wusste, dass ihre Kinder zweisprachig aufwachsen sollten. Dann antwortete sie: »Das ist sicher ein sehr schöner Beruf.«

»Der schönste, den es gibt!« Evi überlegte sichtbar angestrengt und fügte hinzu: »Jedenfalls für mich. Wolltest du auch schon Verkäuferin werden, als du so alt warst wie ich?«

»Nein, ich wollte Lehrerin werden.«

»Warum bist du es nicht geworden?« Was sollte Jenny darauf antworten? Evi schaute sie fragend an. Jenny sagte ausweichend: »Es kam etwas dazwischen.«

»Und jetzt kannst du nicht mehr Lehrerin werden?« War das nur eine logische Schlussfolgerung oder eine Frage? Evi rutschte auf ihrem Platz hin und her. Dabei fiel ihr Teddy auf den Boden. Jenny hob ihn auf und fragte: »Soll ich dir und deinem Teddy jetzt aus dem Buch vorlesen, das Marie-Christine dir geschenkt hat?«

»Jaaa.« Der Vorschlag kam an. Jenny nahm das Buch aus

ihrer Handtasche und begann vorzulesen – mit zunehmend leiser Stimme. Es dauerte nicht lange, da war Evi trotz der lebhaften Schüler in diesem Großraumwagen eingeschlafen. Sie hörte nichts von dem fröhlichen Geschnatter der Jugendlichen. Die Lehrerin entdeckte die schlafende Evi und ermahnte ihre Schützlinge, leiser zu sein. Einige Jungen und Mädchen sahen herüber. Jenny lächelte ihnen zu. Die Jugendlichen dämpften ihre Stimme. Jenny dachte: Ich würde auch mit ihnen klarkommen.

Sie zog ihren französischen Roman aus der Tasche und begann zu lesen. Die Buchstaben tanzten vor ihren Augen und bildeten sich zu Sätzen. Sie erinnerten Jenny daran, wie leicht es für sie sein würde, eine Examensarbeit in französischer Sprache zu schreiben – und wie viel Spaß sie daran hätte. Vor dem Examen hatte sie keine Angst. Das würde eine Sache des Fleißes sein.

Und wie würde der Beruf hinterher sein? Einfach? Wahrscheinlich nicht, eher eine Herausforderung, aber eine, die sich lohnte! Sie könnte kreativ sein. Schüler würden das mögen. Es war doch ihr Traum, Lehrerin zu werden. Man lebte schließlich nur einmal.

Eine Bahnangestellte kam durch den Zug und bot Getränke und kleine Kuchen an. Jenny versuchte vergeblich, an ihr Portemonnaie zu gelangen, ohne Evi dabei aufzuwecken. Sie nahm einen Kaffee, eine Limonade und zwei in Folie eingepackte Muffins. Als Jenny bezahlte, fragte Evi schläfrig: »Wie lange fahren wir noch?« Da schenkte die Frau ihr ein Bild zum Ausmalen von einem Zug und Reisenden auf einem Bahnhof mit den Worten: »Mütter haben doch immer Buntstifte dabei, damit vergeht die Zeit schneller.« Jenny nickte und holte die Farbstifte hervor. Evi strahlte und sagte stolz: »Merci. Ich lerne nämlich jetzt Französisch.« Sie begann, die Zeichnung anzumalen. Dabei fragte sie: »Was heißt *Zug* auf Französisch?«

»*Train*.«

»*Treng*. Das klingt komisch.«

»Du hast recht«, sagte Jenny, »das ist ein schwieriges Wort. Aber das Wort für Bahnhof ist einfach: *gare*.«

»*Gar*«, wiederholte Evi. Auf diese Weise verging die Zeit

schnell und vergnüglich. Als das Bild fertig war, sagte Evi: »Ich schenke das Bild meiner Mama.«

»Das ist eine gute Idee. Sie freut sich bestimmt.«

»Vielleicht fährt Mama auch mal mit mir in einem Zug.«

»Würde dir das gefallen?«

»Ja.«

»Warum?«

»Weil sie dann Zeit hat, mit mir zu sprechen.«

Ein Gong ertönte und danach eine männliche Stimme: »In wenigen Minuten erreichen wir Frankfurt Hauptbahnhof. Der Ausstieg ist rechts. Sie haben Anschluss an ...« Der Rest ging in Evis Freudenschrei unter: »Wir sind da!«

***

Verdammt, es war wie immer: Vor dem Hauptbahnhof gab es keinen Parkplatz. Wenigstens hatte sich der Stau bei Bad Homburg rechtzeitig aufgelöst. Bastian wollte auf jeden Fall pünktlich auf dem Bahnsteig sein. Also parkte er fast direkt neben dem Parkverbots-Schild und stürmte in den Bahnhof.

»Es hat Einfahrt der TGV aus Paris. Planmäßige Ankunft 18:58 Uhr. Bitte Vorsicht bei der Einfahrt.« Der Zug stand. Es gab Situationen, in denen Bastian es besonders begrüßte, groß zu sein. Diese war so eine, aber er schaute vergeblich über die Köpfe hinweg. Plötzlich zog jemand an seinem Arm. Evi! Er hob seine Tochter hoch und ließ sie nicht mehr los. Gleichzeitig legte er den Arm um Jenny. Für einen Augenblick versanken die vielen Menschen ringsum im Nichts. Da sah er Tränen in Jennys Gesicht.

»Sind das Freudentränen, weil ich da bin oder weil eine werdende Mutter nahe am Wasser gebaut ist?«, flüsterte er ihr ins Ohr und küsste sie auf die Stirn.

»Beides«, sagte Jenny. Bastian bestand darauf, den bunten Trolley von Evi hinter sich herzuziehen. Er und Jenny nahmen Evi in die Mitte. Hand in Hand gingen alle drei zum Auto. Als sie dort angekommen waren, klemmte hinter dem Scheibenwischer ein Knöllchen. Bastian steckte es ohne Kommentar ein.

Jenny sah es und sagte leise: »Du warst wohl auf die letzte Minute. Danke, dass du uns auf dem Bahnsteig erwartet hast.«

Als sie zu Hause ankamen, stellte Jenny sofort ein normales Abendessen zusammen. So nannte sie es, wenn es Brot mit Aufschnitt gab. Das ging am schnellsten. Evi lief ins Gästezimmer, um dort ihre Lieblingspuppe zu begrüßen.

Bastians Handy klingelte. »Hallo, Verena. – Ja, sie sind nach ihrem Paris-Abenteuer soeben gut zu Hause angekommen.«

»Abenteuer! So siehst du das? Darüber sprechen wir noch! Gib mir mal Evi.« Bastian rief Evi und gab ihr sein Handy.

Evi sagte: »Hallo, Mama.«

...

»Nein, die Fahrt war nicht furchtbar lang. Erst habe ich geschlafen, und dann habe ich ein Bild für dich gemalt.«

...

»Jenny hat auch gesagt, dass du dich darüber freust, und sie hat mir Französisch beigebracht.«

...

»Tschüs, Mama.« Evi sagte: »Mama muss jetzt zum Abendessen gehen. Sie holt mich morgen von der Schule ab.« Dann zeigte sie auf ihren Papa und ergänzte: »Und du sollst mich hinbringen.«

Bastian sah, dass Jenny traurig zur Seite schaute. »Mach ich. Ich muss genauso früh zur Arbeit wie du zur Schule. Jenny muss erst später in ihr Geschäft.«

Bastian wusste, dass es nicht das war, woran Verena gedacht hatte, als sie betonte, dass er Evi zur Schule fahren sollte. Warum machte Verena ihnen und sich das Leben bloß so schwer mit ihrer Ablehnung Jenny gegenüber? Was hatte sie gegen das Wort »Paris-Abenteuer«? Es war doch ein Glück, dass es Jenny gelungen war, das Wochenende für Evi zu einem Abenteuer zu machen.

»Lass mich raten«, sagte Jenny. »Sie hat nicht nach dem Befinden von Thomas gefragt.«

»Kann es sein, dass sie auf dich schlecht zu sprechen ist?«

Jenny nickte. »Das ist sie doch immer. Aber dieses Mal kann ich sie verstehen.« Jenny öffnete ihr Smartphone und zeigte Bastian die Fotos von Paris. Evi kommentierte begeistert:

»Das erste Foto hat Marie-Christine gemacht.« Es zeigte, wie vertrauensvoll Evi sich an Jenny schmiegte.

»Das Foto haben wir an Mama geschickt. Ich wusste doch nicht, dass wir das nicht durften. Aber die Mutter von Christine hat es mir erklärt.«

»Die Mädchen haben es ohne mein Wissen kommentarlos per WhatsApp an Verena gesandt«, sagte Jenny. »Verena hat mich daraufhin angerufen.«

»Konntest du sie beruhigen?«

»Nein, ich hatte keine Chance.«

»Ich kann's mir vorstellen. Jetzt versteh ich ihre Laune. Ich erkläre es ihr.« Bastian nahm Jennys Kopf in beide Hände und gab ihr einen Kuss. »Denk nicht mehr dran.«

Heute las er die Gute-Nacht-Geschichte vor. Mit den Worten »Evi war schon vor dem Ende der Geschichte eingeschlafen« ließ er sich anschließend auf die Couch im Wohnzimmer fallen. Jenny kuschelte sich an ihn. »Wie geht es Thomas? Hast du mit ihm sprechen können?«

»Er hat über Kopfschmerzen geklagt und einen benommenen Eindruck gemacht wegen der vielen Medikamente. Am Mittwoch wollen die Ärzte ein MRT machen. Vorher geht es nicht. Danach können sie mehr sagen.« Bastian zögerte weiterzusprechen. Sollte er jetzt erwähnen, dass er seinem Bruder versprochen hatte, sich um alles zu kümmern – auch um den Hof, wenn es nötig sein würde? Er war müde und musste erst einmal selbst mit der Situation fertig werden. Was hieß in seinem Fall: Ich kümmere mich?

Da sah Bastian Jennys bunten Fotokarton. Unwillkürlich nahm er den Deckel ab. Sein Blick fiel auf ein Foto, das er nicht kannte. Es zeigte Jenny lachend neben einem kleinen Mann mit runder Brille. Bastian drehte das Bild um und las »Romanisten-Fete«. Jenny errötete. Er liebte es, dass sie so schnell rot wurde, wenn er sie neckte. Aber heute hatte nicht er sie in Verlegenheit gebracht, sondern dieses Foto.

»Ich habe vergessen, den Karton wieder wegzustellen. Evi hat ihn sich am Freitagabend hervorgeholt. Sie sieht sich gerne unsere Fotos an. Eigentlich vor allem die von euch beiden. Dabei hat sie dieses Bild von unten hervorgezogen.«

»Darf ich wissen, wer dich da gerade so liebevoll ansieht?«
»Ein Professor auf einer Fete von unserer Fakultät. Das ist schon lange her«, sagte Jenny, legte den Deckel auf den Karton und stellte ihn in den Schrank. Errötete sie noch mehr oder bildete er sich das nur ein?

Mit den Worten »Bastian, wir reden morgen« legte Jenny seine Hand auf ihren Bauch. »Fühlst du was?«
Bastian fühlte, spürte und küsste sie leidenschaftlich. »Ist so ein Kuss typisch für einen werdenden Vater?«, fragte Jenny.
»Finde es heraus«, sagte Bastian und streichelte sie zärtlich.

7. Unterschiedliche Pläne

Die Ampel sprang auf Gelb. Jenny bremste. Der Fahrer hinter ihr blinkte auf. Er wäre wohl gerne noch über die Kreuzung gefahren. Morgens hätte sie auch aufgedreht. Jetzt war sie müde und auf Anhalten bei Gelb eingestellt. Dabei war am ersten Tag im Geschäft nach den Osterferien nicht viel los gewesen. Die Mamas hatten die Ferien dazu genutzt, die notwendige Garderobe für den Nachwuchs zu kaufen. Jenny hatte Nicole von Paris vorgeschwärmt und auch die Situation mit Verena erwähnt. Ihre Absicht, das Studium wieder aufzunehmen, hatte sie noch für sich behalten.

Bastian hatte am Freitagabend auf ihren Plan anders reagiert, als sie es erwartet hatte. Das war bestimmt nur, weil er überrascht war. Zu Hause angekommen, zögerte sie auszusteigen. Was war, wenn er ihre Absicht wirklich nicht ernst nahm? Am besten wäre es, nicht gleich wieder mit der Tür ins Haus zu fallen. Sie sollte ihm erst noch mehr vorschwärmen, wie toll sie Paris und die französische Sprache fand. Dann würde er sie verstehen.

Als sie die Wohnungstür aufschloss, hörte sie bereits Bastians Stimme: »Ja, mach ich, ich habe schon mit meinem Chef gesprochen. Tschüs, grüß alle.«

»Thomas? Geht es ihm besser?«, fragte Jenny und setzte sich zu Bastian an den Wohnzimmertisch.

Bastian schüttelte den Kopf. »Nein, leider nicht. Sie machen sich große Sorgen.«

»Ist es so schlimm, dass er nicht mehr gesund wird?«

»Nein, das hoffentlich nicht. Es geht auch um den Hof. Der Dorfhelfer erledigt zwar die wichtigsten Arbeiten, aber es gibt so viel drumherum zu tun, und außerdem brauchen mich meine Eltern. Sie sind so niedergeschlagen.«

»Und worüber hast du mit deinem Chef gesprochen?«

»Ich werde in der Woche abends länger arbeiten, damit ich jeweils schon am Freitagmittag nach Schnatbach fahren kann.«

»Jeweils? Was heißt das?«

»Jenny, ich weiß nicht, für wie lange Zeit das gelten wird.

Ich habe Thomas am Krankenbett versprochen, dass ich mich kümmere. Vielleicht kannst du mal mitkommen nach Schnatbach.«

Jenny sah die Bitte in seinem Blick und holte ihren Kalender, um für eine Antwort Zeit zu gewinnen. »Ich muss an den nächsten drei Wochenenden ins Geschäft.«

»Das sind alle restlichen Aprilsamstage!«

»Kannst du nicht mal Samstag ins Büro gehen und dafür am Montag freinehmen? Dann könnten wir zusammen fahren und ich könnte zur Uni in Bielefeld gehen. Die Fragen, die ich habe, kann ich besser persönlich stellen.«

Bastian schaute sie erstaunt an. »Bielefeld? Du willst in Bielefeld weiterstudieren?«

»Ich habe mich erkundigt. In Frankfurt müsste ich mindestens zwei Semester dranhängen, bevor ich meine Masterarbeit schreiben kann, weil wir im Bundesland Hessen sind und es eine andere Uni ist. In Bielefeld habe ich nicht nur den Bachelor gemacht, sondern auch alle erforderlichen Module für den *Master of Education*. Ich könnte nach der Geburt unseres Kindes meine Examensarbeit zu Hause schreiben. Für die Prüfung müsste ich nach Bielefeld fahren, aber das wäre dann nur für ein paar Tage.«

Bastian schüttelte den Kopf: »Ich will dir deine Absicht nicht vermiesen, aber ich kann mir einfach nicht vorstellen, wie das gehen soll.«

»Deswegen will ich ja zur Bielefelder Uni.«

»Und das noch in diesem Monat?«

»Ja, je eher, desto besser.«

»Aber nicht schon nächstes Wochenende?«

»Nein, aber vielleicht am übernächsten?«

»Und was ist mit Nicole? Hast du ihr schon von diesem Plan erzählt?« Er sagte Plan und nicht mehr Idee. Begann er zu begreifen, dass es ihr ernst war?

»Oder hast du darüber noch nicht nachgedacht?« Er glaubte, dass es nur eine oberflächliche Idee von ihr war.

»Doch, doch, natürlich. Ich wollte aber erst mit dir darüber sprechen.« Jenny richtete sich auf. Einen Augenblick sah sie sich zurückversetzt in eine Unterhaltung, die sie vor Jahren mit Alexander geführt hatte. Er hatte genauso reserviert reagiert, weil er sie als Mitarbeiterin in seinem Geschäft brauchte. Unwillig sagte sie: »Glaub mir, ich habe schon viel und genau darüber nachgedacht.« Sie spürte, dass sie innerlich zumachte. Die Stimmung zwischen ihnen war nicht gut, anders als sonst und ganz anders als gestern Abend.

Da beugte sich Bastian vor, sah sie eindringlich an und sagte: »Jenny, wir vertagen das Thema, okay?«

Jenny murmelte: »Okay.« Sie kam sich vor, als wäre sie am Ende einer Sackgasse, aber umdrehen wollte sie nicht. Nach einem ungewohnt schweigsamen Abendessen sahen sie fern und gingen nacheinander zu Bett. Jenny grübelte. Wie würde Nicole reagieren? Sie war wie eine Freundin. Aber als Jenny ihr von ihrer Schwangerschaft erzählt hatte, hatte sie einen Moment lang seltsam nachdenklich geguckt, bevor sie überschwänglich gratulierte. Sah sie es kritisch, dass Jenny einige Zeit als Arbeitskraft ausfallen würde?

Der Wecker klingelte. Gestern Abend hatte Jenny erst nicht einschlafen können, aber dann war die Müdigkeit stärker gewesen. Wie lange Bastian wach gelegen hatte, wusste sie nicht. Sie stand auf und deckte den Frühstückstisch, wie jeden Morgen noch im Schlafanzug. Während Bastian frühstückte, ging sie ins Bad, zog sich an, holte die Zeitung rauf, verabschiedete sich von ihm mit einem Kuss, schminkte sich, aß ihr Müsli und blätterte dabei die Zeitung durch. Es war eine Gewohnheit, die sie beide den Tag ruhig angehen ließ. Aber heute gelang es nicht, durch dieses Ritual die gewohnte Stimmung wieder herzustellen.

In der Boutique war schon wieder mehr Betrieb. Neue Ware musste einsortiert werden. Um die Mittagszeit hatten Nicole und Jenny Zeit, sich zu unterhalten.

»Ich muss dir etwas sagen«, begann Jenny das Gespräch.

»Lass mich raten. Ihr wollt heiraten.«

»Nein, ich meine, Bastian hat schlechte Erfahrungen gemacht. Da kann er sich nicht entschließen.«

»Hm«, brummte Nicole ohne weiteren Kommentar. »Und was willst du mir sagen?«

»Ich möchte mein Studium beenden.« Jenny sah Nicole gespannt an. Nicole behielt das rosa Kleidchen in der Hand, das sie gerade auf einen Bügel hängen wollte, und sah sie an. »Wie kommst du denn darauf, jetzt, wo du ein Kind erwartest?«

»Ich wollte immer schon Lehrerin werden.«

»Ich sag dir was. Du bist eine super Verkäuferin, bei der Gestaltung unseres Schaufensters bist du unschlagbar, und wir zwei kommen gut miteinander aus.«

Nicole hängte das Kleidchen auf den Bügel. War das eine Art Schlusswort? Jenny begann, neue Jeans für Jungen, nach Größen sortiert, an Haken zu hängen. »Ich kann in Bielefeld nahtlos wieder ins Studium einsteigen und im Herbst hier zu Hause meine Examensarbeit schreiben.« Eine Kundin betrat die Boutique. Nicole hängte weiter Kinderkleidchen auf. Jenny bediente die Frau. Keine von beiden griff das Gespräch wieder auf, zumal immer wieder Kundschaft im Laden war.

Als Nicole am Abend die Tür abschloss, sagte Jenny: »Ich entscheide mich nicht gegen den Beruf der Verkäuferin, sondern für meinen ursprünglichen Berufswunsch.«

»Das glaube ich dir. Aber für mich kommt dein Entschluss sehr plötzlich. Wann würdest du denn hier aufhören wollen?«

Jenny erschrak. Die Frage war so konkret. Sie horchte in sich hinein. Bewegte sich da jemand in ihrem Bauch? Dann erklärte sie: »Der voraussichtliche Geburtstermin ist Ende September. Semesterbeginn ist der erste Oktober.«

»Dann müsste ich also spätestens mit Beginn deines Mutterschaftsurlaubs eine Nachfolgerin für dich gefunden haben«, stellte Nicole sachlich fest.

Jetzt war es ausgesprochen und damit real. Nicole würde es heute Abend Marcel erzählen. An Marcel hatte Jenny nicht gedacht. Er würde morgen als Bastians Kollege und Freund mit ihm darüber sprechen.

Jenny nickte. »Ja, ich ...« Da summte ihr Handy. »Es ist meine Mutter. Sie ist in der Toskana zum Malen.«

»Hallo, Schatz, bist du schon auf dem Heimweg?«

»Gleich, Mama, wir haben gerade Feierabend gemacht.«

»Dann bist du spätestens um halb acht zu Hause?«

»Ja, wo bist du?«

»Kurz vor Frankfurt.«

»Meine Mutter kommt«, flüsterte Jenny.

»Wenn du morgen eine halbe Stunde später kommst, ist das okay.« Nicole hob kurz die Hand und ging zu ihrem Auto.

Jenny nickte. »Mama, wann bist du bei uns?«

»Gegen 20 Uhr. Mach kein Abendessen. Ich bringe drei Pizzen mit.«

»Bei Bastian wird es heute Abend später.«

»Also Lasagne. Die lässt sich besser aufwärmen.«

»Okay. Ich freu mich.«

»Bis dann, mein Schatz.« So war sie, ihre Mutter, immer für eine Überraschung gut.

8. Willkommener Besuch

Feierabendverkehr. Musste sie für ihre Mutter noch etwas einkaufen? Jenny ging in Gedanken ihre Vorräte durch. Fürs Frühstück würden sie reichen. Außerdem war ihre Mutter der pflegeleichteste Gast, den man sich vorstellen konnte. Sollte sie eine Flasche alkoholfreien Sekt in den Tiefkühlschrank legen? Dann könnten sie auf ihren Entschluss, ihr Studium zu beenden, anstoßen. Was wäre, wenn ihre Mutter auch anders reagierte, als Jenny es erwartete? Bastian betrachtete ihre Absicht skeptisch. Nicole traute es ihr offensichtlich zu. Und ihre Mutter? Auf einmal war Jenny unsicher.

Zu Hause hatte sie gerade noch Zeit, ihre SMS mit der Information, dass ihre Mutter kam, an Bastian abzuschicken, da schellte es bereits. Sie drückte auf den Summer für die Haustür.

Ihre Mutter stürmte in die Küche mit den Worten: »Wenn wir sofort essen, ist die Lasagne noch warm.«

Jenny umarmte sie zur Begrüßung länger als sonst. »Ich freue mich über deinen Besuch.«

»Na, na, das ist die Schwangerschaft, da ist man so emotional«, sagte ihre Mutter und strich Jenny ein paar Tränen aus dem Gesicht. »Dir geht es doch gut?«

»Jedenfalls habe ich einen Mordshunger.«

»Du isst ja auch für zwei.«

Nach einer Weile fragte Jenny: »Wie war dein Urlaub? Wolltest du nicht länger bleiben?«

»Erzähl ich später, wenn Bastian da ist. Jetzt berichte du erst mal. Du hast mir dieses Wochenende keine WhatsApp geschickt. Was ist anders gelaufen als geplant?«

Jenny erzählte ohne Punkt und Komma, von Thomas, von Claudia und den Kindern und von Verena. Ihre Mutter stellte ab und zu eine Frage und hörte aufmerksam zu. Als Jenny fertig war, sagte sie: »Alles kein Grund, sich nicht mal bei mir zu melden. Was beschäftigt dich in Wahrheit?«

Jenny sah die Mutter an, zögerte und platzte schließlich heraus: »Ich möchte mein Studium beenden.«

»Na endlich. Ich hatte die Hoffnung fast aufgegeben.«

»Wie? Du hast damit gerechnet?«

»Ja, zumindest seit du im Dezember deinen Professor wiedergetroffen hast. Wie heißt er doch gleich?«

»Michael Obermeier. Aber ich habe erst später über seinen Vorschlag, mich wieder an der Uni einzuschreiben, nachgedacht. Ich war doch froh, mit Nicole zusammen ein Geschäft führen zu dürfen. Es war so anders als bei Alexander, dem Bestimmer.«

»Du hast deinen Wunsch unterdrückt, weil es eine glückliche Fügung war, dass Nicoles Geschäft in Frankfurt lag, wo Bastian wohnte und arbeitete.«

»Du glaubst also, dass ich es schaffen kann?«

»Natürlich.«

»Ach Mama, das tut gut. Ich hätte doch einen Sekt für dich kalt stellen sollen. Dazu bin ich leider nicht mehr gekommen.«

»Ein Glas Rotwein tut es auch.«

Jenny stand auf, holte den Wein und sagte nebenbei: »Wenn Bastian nachher kommt, dann sag bitte nichts von dem Treffen mit dem Professor.«

»Aha?«, sagte die Mutter, wobei sie das zweite »a« deutlich in die Länge zog.

»Ich habe damals vergessen, es Bastian gegenüber zu erwähnen. Es war nicht wichtig.« Jenny goss ihrer Mutter Wein und für sich Saft ein.

»Prost, auf dein Baby und deinen erfolgreichen Wiedereinstieg ins Studium. Bist du dir sicher, dass du zum Wintersemester in Bielefeld wieder einen Studienplatz bekommst? Der Termin für die Bewerbungen kommt doch erst noch?«

»Ja, ich habe mich erkundigt. Ich gelte als Sonderfall.«

»Und wann bekommst du das Thema für die Examensarbeit?«

»Der Professor hat mir in Aussicht gestellt, dass ...«

Die Tür zum Wohnzimmer wurde geöffnet.

»Na, nach eurer gesunden Gesichtsfarbe zu urteilen habt ihr beide viel zu erzählen«, sagte Bastian und begrüßte Jenny und ihre Mutter herzlich. Jenny stellte die Lasagne für Bastian in die Mikrowelle. Von da an schwärmte ihre Mutter ausführlich von ihrem Toskana-Urlaub. Sie hatte wundervolle Bilder gemalt und einige dort bereits zu einem guten Preis verkaufen können. Zu Hause wartete ein neuer großer Auftrag auf sie. Sie durfte auch weiterhin eine erfolgreiche Kinderbuchreihe illustrieren. Sie drückte ihr Bedauern über den Unfall von Thomas aus und wünschte schließlich eine gute Nacht mit dem Hinweis darauf, dass sie nach der langen Autofahrt müde wäre.

Jenny war dankbar für ihre Redseligkeit. Ihr gingen so viele Gedanken durch den Kopf, dass sie froh war, nichts mehr besprechen zu müssen. Bastian machte einen erschöpften Eindruck nach diesem langen Arbeitstag. Sie gab ihm wie gewohnt einen Gutenachtkuss. Er sagte: »Ich trinke in Ruhe mein Bier aus und komme auch bald. Ich muss morgen wieder früh raus.«

Am nächsten Morgen beim Frühstück sagte Jennys Mutter: »Ruf mich bitte an, sobald du weißt, wann du mich besuchst.«

»Mach ich. Du bist doch in der nächsten Zeit zu Hause?«

»Bin ich, und ihr seid jederzeit herzlich eingeladen.«

»Danke, Mama, solch einen Luxus hat nicht jede Tochter, wenn sie ihre Mutter besucht – eine ganze Wohnung für sich alleine!«, sagte Jenny und reichte ihrer Mutter die Butter.

»Die Idee, die beiden nebeneinander liegenden Eigentumswohnungen zu kaufen und eine Verbindungstür einbauen zu lassen, habe ich keine Sekunde bereut. Meine Einnahmen für die Illustration der Kinderbücher und die verkauften Bilder machten es möglich.«

»Dein Atelier und die Galerie in deiner Wohnung sind etwas, wovon viele Maler träumen«, stellte Jenny fest.

»Das Geld war bei uns lange knapp genug. Mein Durchbruch als Malerin kam spät.«

»Aber er kam! Noch eine Tasse Kaffee?«

»Danke, gern. Es hat sich eben ausgezahlt, dass ich das mache, was ich immer schon tun wollte, womit wir wieder beim Thema wären. Hast du dem Professor deine Handynummer gegeben?« Musste ihre Mutter so direkt fragen?

»Wie kommst du denn darauf?«, fragte Jenny kauend.

»Ich meine ja nur. Wenn er sie hat und dich anruft, wenn

Bastian dabei ist, dann wäre es besser, Bastian wüsste, dass du den Mann gesprochen hast.«

»Wenn ich einen Termin beim Professor gemacht habe, werde ich es Bastian erzählen.«

»Kennt ein Professor seine Studentinnen im allgemeinen wieder, wenn sie vor Jahren seine Vorlesungen besucht haben, ich meine, schon am Telefon?«, fragte die Mutter mit einem Augenzwinkern. Ohne eine Antwort abzuwarten stand sie auf, holte ihren Koffer und setzte einen lila Hut mit breiter Krempe auf.

»Der Hut steht dir. Gehst du immer noch meistens mit Hut nach draußen?« Schon im Hausflur erklärte ihre Mutter: »Künstlerinnen müssen eine besondere Macke haben. Den Hut habe ich mir in Italien gegönnt.«

War es typisch für eine Mutter, dass sie durch rhetorische Fragen beiläufig gute Ratschläge gab?

Heute war es Nicole, die das Gespräch wieder auf Jennys Studienpläne brachte. Sie hatte am Abend mit Marcel darüber gesprochen und sagte: »Du glaubst, dass sich der Beruf der Lehrerin besser mit deinem Muttersein verbinden lässt. Wir finden eine Arbeitszeitregelung, mit der du dich arrangieren kannst.«

Nach kurzem Zögern antwortete Jenny: »Das ist lieb, aber mein Entschluss hat nichts mit dem zeitlichen Aufwand zu tun.« Nicole nickte betrübt und gab zu: »Das hat Marcel schon vermutet. Letztlich muss ich dein Vorhaben respektieren, auch wenn es schwerfällt.« Eine Kundin betrat die Boutique. Nicole wandte sich ihr zu. Jenny flüsterte: »Danke für dein Verständnis.«

9. Parkplatz-Abenteuer

Freitagmittag. Bastian war pünktlich losgefahren, um vor dem Feierabendverkehr nach Schnatbach zu kommen. Die Idee hatten andere Autofahrer auch. Hohes Verkehrsaufkommen nannte man das. Er drehte sein Autoradio lauter: »Bei einer Maschine der Condor Panama hat sich am Frankfurter Flughafen der Start verzögert. Da dort ein Nachtflugverbot von 23 bis 5 Uhr gilt, müssen 250 Passagiere, die von Panama aus eine Kreuzfahrt antreten wollten, in Frankfurt bleiben.«

Kreuzfahrt! Ob unter diesen Passagieren auch welche waren, die ihre Schiffsreise kurzfristig angetreten hatten, wie er und Jenny in Singapur? »Das am 13. Januar 2012 havarierte Luxusschiff Costa Concordia ist seit fünfzehn Monaten ein langsam verrottendes Wrack. Die Bergung gestaltet sich außerordentlich schwierig.«

Drei Tage nach diesem Schiffsunglück waren sie an Bord gegangen. War das wirklich erst fünfzehn Monate her? Jenny hatte kurz nach der Kreuzfahrt die Stelle in der Boutique in Münster bei ihrem Exfreund gekündigt und im Juni zusammen mit der Bordverkäuferin Nicole in Frankfurt eine Boutique von Nicoles Tante übernommen. Seit Januar freuten sie sich auf ihr Baby. Es hatte alles so prima gepasst. Und jetzt wollte sie auf einmal wieder studieren.

Die letzten beiden Abende hatten sie viel darüber gesprochen. Jenny hatte erzählt, dass sie im Dezember bei ihrem Besuch in Bielefeld zufällig ihren früheren Professor getroffen hatte, und der hatte ihr diesen Floh ins Ohr gesetzt. Hätte Jenny ihm damals schon davon berichten müssen? Nein, erwähnen können ja, müssen nein. Aber neulich, als er das Foto von ihr und dem Professor in der Hand hielt, da hätte sie es erzählen können. Nun wollte sie sich am Montag mit diesem Professor treffen.

Bastians Handy klingelte. »Hallo, Jenny, musst du nicht arbeiten?«

»Doch, aber es sind gerade keine Kunden im Laden. Hast du meine WhatsApp bekommen?«

»Nein, ich ...«

»Ich habe dir ein Foto geschickt. Du sollst sowieso mal eine Pause beim Fahren einlegen.« Da, ein Hinweisschild auf den Parkplatz Brasselsberg – 1000 Meter vor der Ausfahrt nach Kassel-Wilhelmshöhe. Bastian ging auf die Bremse. Ein lautes Hupen. Das war gerade noch mal gut gegangen. Der Fahrer hinter ihm setzte zum Überholen an. Bastian hob entschuldigend die Hand und fuhr auf den angekündigten Parkplatz.

»Bastian, bist du noch dran? Ist was passiert? Ich habe ein Hupen gehört. Bastian!«

»Alles okay. Da war nur gerade ein Parkplatz.« Pause. Jenny sagte: »Tschüs. Eine Kundin kommt.«

Bastian sah sich Jennys WhatsApp an. Ein Ultraschallbild von ihrem Baby. Jenny schrieb: »*Ich war heute früh bei der Ärztin. Sie sagte, es würde ein Junge, alles wäre planmäßig. Küsschen. Ich möchte jetzt bei dir sein.*«

»*Ich auch bei dir. Ich liebe euch*«, antwortete Bastian und setzte zwei Smileys mit Kussmund dahinter. Bei dem Gedanken an Jenny und gestern Abend wurde ihm heiß, obwohl das Wetter ungemütlich war. Regen prasselte auf die Windschutzscheibe. Das Fahren war anstrengend, und er war nah dran gewesen, einen Unfall zu provozieren. Er stellte den Wecker in seinem Smartphone auf zwanzig Minuten. Abschalten, von Jenny träumen, das würde gut tun. Er verschloss die Wagentüren und drehte seine Rückenlehne flacher. Nur ein wenig Augenpflege ...

Das Handy weckte ihn. Nach diesem Kurzschlaf fühlte er sich wieder fit. Also los, jetzt zügig zu Thomas. Vorne war er vorhin zu dicht auf einen Lkw aufgefahren. Er musste zurücksetzen. Bastian ließ den Motor an. Ein Blick in den Rückspiegel: Verdammt, dicht hinter ihm stand der nächste Lkw. Er war eingeklemmt. Von dem Fahrer des Lkws hinter ihm war nichts zu sehen. Im Lkw vor ihm entdeckte Bastian einen Mann auf dem Beifahrersitz mit dem Handy am Ohr. Sollte er ihn stören? Bastian klopfte an die Scheibe.

Der Mann öffnete die Tür, zeigte auf sein Handy und beendete sein Gespräch mit den Worten: »Ja, versteh ich, ich frag ihn, ob er nicht jemanden kennt, der ihn herbringen kann. Ich melde mich wieder.« Dann fluchte er: »Scheiße, so'n Mist!« und wandte sich Bastian zu: »Was is'n?« Der Mann schien Ärger zu haben.

»Können Sie bitte ein Stück vorfahren? Ich bin vorhin zu dicht aufgefahren, und jetzt bin ich eingeklemmt«, fragte Bastian so schuldbewusst wie möglich.

»Nein, kann ich nicht, bitten Sie den Fahrer hinter Ihnen zurückzusetzen.«

»Den kann ich nicht finden.«

»Dann müssen Sie eben warten.«

»Bitte, ich muss dringend zu meinem Bruder nach Bielefeld. Der liegt dort nach einem Unfall im Krankenhaus.«

»In welchem Krankenhaus?«

»In Gilead in Bielefeld Bethel.«

»Hm, scheint zu stimmen«, brummte der Mann, »aber ich hab noch keinen Lkw-Führerschein, ich bin nur mitgefahren zum Auspacken und warte auf die Ablösung des Fahrers, und das kann dauern.«

Da sagte Bastian: »Ich kann den Brummi ein Stück vorfahren«, zog seinen Führerschein aus der Tasche und zeigte ihn dem Fremden.

Der Mann starrte auf den Schein und brüllte: »Kumpel, dich schickt der Himmel!«

Er stieg aus und erzählte Bastian, dass der Inhaber der Spedition sich an diesem Parkplatz hatte abholen lassen, weil er zu einer Hochzeitsfeier zwanzig Kilometer entfernt von hier eingeladen war. Der junge Mann ergänzte: »Mein Boss und auch der, der ihn abgeholt hat, wollten unbedingt pünktlich zur Trauung da sein. Er hat noch mit dem nächsten Fahrer telefoniert, der hergebracht werden sollte. Der war unterwegs hierher. Also war alles klar. Der Kumpel ist aber nicht gekommen.«

»Hatte er einen Unfall?«, fragte Bastian.

»Nee, das nicht, Gott sei Dank. Aber er wartet auf dem falschen Parkplatz – 57 Kilometer weiter, Sintfeld, auch an der A44 bei Bad Wünnenberg. Er muss Wünnenberg mit Brasselsberg verwechselt haben. Er dachte, dass wir gleich kommen. Deswegen ist sein Fahrer schon wieder weg. Blöde Kiste. Sag, bist du wirklich ein Brummifahrer? Siehst gar nicht so aus.«

»Ja und nein, ich hab mir das Studium durch Lkw-Fahren verdient.«

»Und wann bist du das letzte Mal 'nen Laster gefahren?«

»Ist noch nicht lange her«, erklärte Bastian und gab ihm seine Visitenkarte, »bin nämlich bei einer Spedition angestellt, und im Notfall ist ein Kumpel am Steuer schwerer zu ersetzen als der Mann am Schreibtisch. Dann spring ich schon mal ein.«

Eine halbe Stunde später lenkte Bastian den Lkw auf den Parkplatz Sintfeld. Hinter ihm parkte der vorübergehende Chauffeur seines Autos. Sie stiegen aus. Ein Mann kam auf sie zugelaufen und sagte: »Der Boss hat angerufen. Ich konnte ihm sagen, dass ihr beide gerade ankommt. Er schien sehr erleichtert zu sein ... Und ich erst!«

»Na denn«, sagte der Lkw-Beifahrer, der Bastians Auto gefahren hatte. »Was hatte dein Bruder eigentlich für einen Unfall?«

»Er ist mit seinem Trecker eine durchnässte Böschung runtergerutscht, er lebt, ist aber böse verletzt.«

»Gute Besserung für ihn«, sagte der Brummi-Beifahrer. »Und noch mal vielen Dank. Du warst ein Glücksfall für uns. Vielleicht kann ich mich mal revanchieren. Man sieht sich immer zweimal im Leben.«

»Gute Fahrt euch beiden«, rief Bastian und stieg in sein Auto.

Bis Bielefeld war es jetzt nicht mehr weit. Sein Bruder wartete bestimmt schon.

Als Bastian auf der Intensivstation angekommen war, erfuhr er als Erstes, dass Thomas auf eine normale Station verlegt worden war.

Das war ein gutes Zeichen. Dann erklärte man ihm aber, dass sein Bruder mehrere »Baustellen« habe und deswegen sehr geschont werden müsse. Jeder Besuch würde ihn anstrengen.

Kurz darauf saß Bastian auf einem Stuhl neben dem Krankenbett. »Na«, sagte er, »du siehst nicht mehr ganz so erbarmungswürdig aus wie unmittelbar nach dem Unfall.«

»Was ich tue, mache ich eben richtig.« Thomas ging auf den scherzhaften Ton ein.

»Deine Halskrause kleidet dich ungemein«, setzte Bastian die lockere Unterhaltung fort.

»Du hast die Narben an meinem Unterschenkel nicht gesehen, und meine Rippenbrüche sind sowieso unsichtbar.«

Thomas schwieg. Das Sprechen schien ihn sehr anzustrengen.

»Du musst nicht reden, wenn es dir schwerfällt.« Bastian kam sich unendlich hilflos vor.

Thomas sprach weiter. »Ich habe einen Riss am Kopf vom rechten Auge um den Kopf herum bis zum linken Ohr. Das Schlimmste sind die Kopfschmerzen. Sie sagen, ich muss Geduld haben, aber ich hätte Glück gehabt. Die Verletzung ginge nicht tief. Sie hätten die Hoffnung, dass ich nicht mit bleibenden Schäden rechnen muss.« Thomas' Stimme war immer leiser geworden. Die letzten Worte konnte Bastian fast nicht mehr verstehen. Eine Krankenschwester kam und sagte: »Es ist lange genug für Ihren Bruder. Er muss jetzt schlafen. Er bekommt starke Medikamente.«

Bastian wartete, bis Thomas eingeschlafen war, dann ging er zum Auto. Während der Fahrt zum Hof schwirrten ihm viele Gedanken durch den Kopf. Was meinten sie mit *Hoffnung haben*? Glaubten die Ärzte, dass Thomas wieder ganz gesund werden würde oder wollten sie sich nicht negativ äußern, solange Hoffnung bestand? Was würde aus seinem Elternhof, wenn Thomas nicht mehr als Landwirt arbeiten konnte? Würden sie von ihm erwarten, dass er den landwirtschaftlichen Betrieb übernahm?

Wie würde Jenny darauf reagieren? Heute fiel es ihm besonders schwer, nicht bei ihr zu sein, denn Nicole feierte ihren vierzigsten Geburtstag mit einer Party. Daran hatte er nicht gedacht, als er sein Kommen für heute zugesagt hatte. Jenny war geknickt, als ihr klar wurde, dass sie alleine zur Party gehen musste, und Evi war enttäuscht, dass er an seinem Evi-Wochenende nicht bei ihr sein würde. Marcel und Nicole hatten Evi eingeladen, weil auch andere Eltern ihre Kinder mitbrachten. Verena war einverstanden, weil sie selbst eine Verabredung hatte. Als sie hörte, dass Jenny ohne Bastian anwesend sein würde, passte ihr das natürlich nicht, aber ihren eigenen Termin wollte sie deswegen nicht aufgeben. Sie wollte Evi bringen und später wieder abholen.

Als Bastian auf dem Hof ankam, war die Eingangstür nicht abgeschlossen, doch es war niemand zu Hause. Nicht einmal Bodo, der Dackel mit den Ohren eines Schäferhundes, begrüßte ihn mit dem gewohnt schnellen Schwanzwedeln. Irgendetwas stimmte hier nicht.

10. Jennys Pantomime

Heute hatte Jenny spät Feierabend gemacht, während Nicole nur bis Mittag geblieben war. Von den vierzig Gästen, die mitgebrachten Kinder nicht mitgezählt, fehlte nur Bastian. Er hatte scherzhaft mit den Worten abgesagt: »Ich kann leider nicht dabei sein, damit die Anzahl deiner Gäste mit dem Alter übereinstimmt. Du siehst eben immer noch aus wie 39 und keinen Tag älter.« Es wäre schön, wenn er jetzt hier wäre.

Jenny stand ratlos vor ihrem Kleiderschrank. Was sollte sie anziehen? Einen Moment hielt sie das schwarze Neckholderkleid in den Händen, das sie auf dem Schiff angehabt hatte. Die Erinnerung an den Abend – vor allem in Bastians Balkonkabine – ließ ihr wohlige Schauer den Rücken hinunterlaufen. Ob ihr das Kleid nach der Geburt ihres Sohnes wieder passen würde? Heute musste sie auf etwas anderes zurückgreifen: Das Maxishirt mit dem großen roten Herzen aus kleinen Perlen und den Glitzersteinchen, das sah wenigstens ein bisschen festlich aus, dazu der Rock mit dem Gummizug in der Taille. Das ging. Sie hatte schließlich in ihrem Zustand eine gewisse Narrenfreiheit. Es war die erste Fete ohne Bastian, seit sie sich kannten. Musste er unbedingt jedes Wochenende schon am Freitag auf dem Hof sein?

Eine Stunde später traf Jenny im Clubhaus des Sportvereins ein. Die Party war schon in vollem Gange. Die Stimmung war bestens, das mediterrane Buffet total lecker, und Jenny langte ungeniert zu. Die Kinder saßen zusammen an einem Extratisch und wurden von Weitem von ihren Eltern betreut. Dadurch fiel es nicht auf, dass Evi ohne ihre Eltern hier war. Sie hatte Jenny fröhlich begrüßt und fühlte sich zwischen den anderen Kindern sichtbar wohl.

Gelegentlich brachte der DJ seine dröhnende Musikanlage zum Schweigen, denn einige Gäste hatten sich besondere Einlagen zur allgemeinen Erheiterung ausgedacht. Als Nächstes sollten Freiwillige etwas pantomimisch darstellen. Einer spielte mit entsprechenden Verrenkungen ohne Instrument »Luftgitarre«. Die Partygesellschaft applaudierte gut gelaunt. Eine Freundin von Nicole musste erst etwas gebeten werden, aber dann galoppierte sie auf einem imaginären Pferd über die Tanzfläche, sprang über nicht vorhandene Hürden und tätschelte und belohnte hinterher das Pferd. Ihr Auftritt wirkte gekonnt leichtfüßig. Die Partygäste belohnten sie mit lebhaftem Klatschen. Da erzählte die Reiterin, dass sie ein Vierteljahr zu Besuch bei Verwandten in Finnland gewesen war. Dort gäbe es einen Wettbewerb, bei dem Jugendliche mit einer Pferdeattrappe, einem Steckenpferd aus Holz und Plüsch, über Barrieren springen, das sogenannte »Hobby Horsing«. Wer hatte den Mut, nach diesem gekonnten Auftritt eine weitere Pantomime vorzuführen?

Jenny meldete sich. Sie ließ sich zwei quadratische Kissen geben, stopfte sie als überdimensionalen Busen unter ihr Herzchen-Shirt und steckte dann das Shirt in ihren Rock. Ihrem schon sichtbaren Bäuchlein brauchte sie nicht nachzuhelfen. Jenny flüsterte Nicole zu: »Stell mich vor als *Tante Isolde beim Duschen.*« Evi, die direkt vor ihr stand, musste kichern. Sie kannte Jennys Tante Isolde, die wegen ihrer Körperfülle unübersehbar und aufgrund ihres Humors allgemein beliebt war.

Jenny fing an, sich gekonnt auszuziehen, ohne auch nur ein Kleidungsstück abzulegen, und begann eine Duschprozedur. Sie fixierte mit ihrem Blick eine Stelle im Raum, hielt ihre Hand über den Kopf, ahmte das Geräusch einer Dusche nach, sah zum Duschkopf hinauf, brauchte eine Weile, bis die Wassertemperatur stimmte, drehte die unsichtbare Flasche mit dem Duschmittel auf, schäumte sich ein und versuchte vergeblich, mit ihren glitschigen Fingern das Duschmittel wieder zuzudrehen.

Sie duschte genüsslich, drehte das Wasser zu und griff zu einem Lufthandtuch, mit dem sie sich gründlich trocken rieb, erst den Rücken, dann sorgfältig den üppigen Kissen-Busen. Die Partygäste verfolgten ihre Pantomime gebannt mit leisem Schmunzeln. Einige machten sich gegenseitig auf Evi aufmerksam.

Sie hatte sich nicht von der Stelle gerührt. Mit ihrem Zeigefinger am Kinn beobachtete sie Jenny ganz genau. Als Jenny mit kreisenden Bewegungen auch ihr Bäuchlein mit dem imaginären Handtuch abtrocknete, sagte Evi nachdenklich, aber unüberhörbar: »Tante Isolde, du musst aber viel abtrocknen!«

Die Partygäste lachten Tränen. Jenny hatte eindeutig den meisten Applaus. Sie entledigte sich ihrer Sofakissen, umarmte unwillkürlich Evi und setzte sich zu Nicole und Marcel an die Bar. Marcel goss ihr einen Kindercocktail ein, garantiert ohne Alkohol, und stellte fest: »Du kannst dein Talent nicht verbergen. Eines Tages sehen wir dich auf einer Theaterbühne oder im Kino.«

»Das nicht«, entgegnete Jenny. »Aber es hat mir unbändigen Spaß gemacht.«

Da sagte Nicole: »Ich glaube, ich beginne zu verstehen, warum du einen kreativen Beruf brauchst. Wir finden jemanden für unser Geschäft. Vielleicht kannst du als Studentin mal am Samstag aushelfen, wenn viel Betrieb ist. Das wäre doch auch schon was.«

Marcel fügte hinzu: »So ausgelassen fröhlich habe ich dich lange nicht mehr erlebt. Schade, dass Bastian nicht da ist.«

»Ja«, sagte Jenny. »Sehr schade, doch er muss bei seinen Eltern aushelfen, und ich habe morgen Dienst. Aber am Sonntag fahre ich mit meinem Auto hinterher.«

Als Marcel sich einem anderen Partygast zuwandte, flüsterte Nicole Jenny ins Ohr: »Ich wünsche dir Glück bei deinem Gespräch mit dem Professor. Komm, lass uns tanzen.«

Für ein paar Stunden schüttelte Jenny alle bedrückenden Gedanken ab. Nur einmal schaute sie zwischendurch auf ihr Handy. Bastian hatte nicht geschrieben. Aber das war auch nicht verabredet. Er wusste schließlich, dass sie auf Nicoles Geburtstagsparty war. Morgen würden sie wieder telefonieren, und übermorgen würde sie bei ihm sein.

Der Samstag war anstrengend, denn am Abend vorher war es spät geworden. Da Nicole frei hatte, musste Jenny umso konzentrierter arbeiten. Wenn Nicoles Tante, die bei Bedarf gerne mal aushalf, Kunden bediente, schaute Jenny heimlich auf ihr Handy. Keine Nachricht von Bastian. Am Nachmittag schickte sie ihm eine SMS: »*Alles okay bei dir?*« Keine Antwort. Am Abend versuchte sie ihn zu erreichen. Er hob nicht ab. Auch auf dem Festnetz ging niemand an den Apparat. Was war da los? Ging es Thomas schlechter?

Gegen 21 Uhr rief er an und fragte: »Hallo, Jenny, wie geht es dir?«

»Mir? Ich bin okay. Warum meldest du dich erst jetzt?«

»Als ich am Freitagabend nach Schnatbach kam, war niemand da, aber die Haustür war nicht abgeschlossen. Ich wusste nicht, was das zu bedeuten hatte, aber schließlich meldete sich Anja. Ein Pferd war ausgebüxt. Sie hatten es gefunden. Es war am rechten Vorderbein verletzt und humpelte. Da riefen sie bei mir an, sagten mir, wo der Schlüssel für das Auto mit dem Pferdeanhänger liegt und beschrieben mir, wo sie waren. Gemeinsam haben wir das Pferd auf den Hänger bekommen.«

»Du kannst gut mit Pferden umgehen?«

»Ja, ich bin damit aufgewachsen.«

»Und wo ist das Pferd jetzt?«

»Wieder bei uns im Stall. Der Tierarzt war da und hat es versorgt.« Bastian sagte »bei uns im Stall«. Bei uns, das müsste doch für ihn hier in Frankfurt sein! Jenny war verunsichert.

»Warum hast du dich heute nicht gemeldet?«, fragte sie.

»Ich hatte am Freitagabend vergessen, das Handy aufzuladen, und dann lag es den ganzen Tag im Haus, während ich entweder bei den Pferden oder draußen auf dem Feld war. Die Eltern und Anja waren abwechselnd bei Thomas.«

»Wie geht es ihm?«

»Nicht gut. Er ist zwar nicht mehr auf der Intensivstation, aber er hat viele Verletzungen erlitten. Am schlimmsten sind die Kopfschmerzen.«

»Wird er wieder gesund?«

»Wir müssen abwarten. Wir machen uns Sorgen um den Hof. Kannst du morgen zum Mittagessen um 12 Uhr hier sein?«

»Notfalls wärme ich mir was auf.«

»Jenny, ich freu mich auf dich.«

»Ich freu mich auch.«

»Schlaf gut.«

Spielte er mit dem Gedanken, den Hof zu übernehmen, falls Thomas nicht mehr gesund würde? Sollte sie dann Bäuerin werden? Das konnte sie doch gar nicht. Bastian hatte Betriebswirtschaft studiert und war auf dem Hof aufgewachsen. Er konnte sich wahrscheinlich vorstellen, dort zu arbeiten. Was war mit ihr und ihren Plänen und mit Schwägerin Anja und der kleinen Lisa? Die waren es doch, die auf den Hof gehörten.

11. Jenny in Schnatbach und Bielefeld

Als Jenny in Schnatbach ankam, war es viertel nach zwölf. Noch bevor sie klingelte, stand Bastian in der Eingangstür. Er gab ihr einen Kuss und sagte: »Gut, dass du da bist. Komm gleich mit in die Küche. Wir haben mit dem Mittagessen schon angefangen.«

Jenny gab jedem zur Begrüßung die Hand und erklärte: »Es gab leider einen Stau bei Kassel.« Anja stand auf, umarmte sie und zeigte auf den freien Stuhl, der für sie vorgesehen war. »Entschuldige, dass wir schon angefangen haben, aber das Essen wäre sonst kalt geworden.« Bastians Mutter reichte ihr die Schüssel mit den Kartoffeln, und der Vater sagte: »Monikas Braten kann ich sehr empfehlen.«

Mit den Worten: »Das Beste ist der Nachtisch«, meldete sich Lisa zu Wort. »Es gibt Welfencreme, die schmeckt nach Zitrone.«

»Das klingt lecker«, sagte Jenny höflich. Sie leckte gerade genussvoll ihren letzten Löffel ab, da schrillte das Telefon. Das betagte Auto einer Nachbarin war liegengeblieben. Sie fragte, ob Thomas es bitte mit dem Trecker abschleppen könne.

»Das ist Meyers Frieda. Sie weiß nichts von Thomas' Unfall. Sie kann sich von ihrem alten Schätzchen nicht trennen. Mindestens einmal im Jahr bleibt sie damit liegen und muss zur Werkstatt geschleppt werden«, erklärte der Vater.

»Wo steht sie?«, fragte Bastian.

»Im Vogeltal, gleich am Anfang.«

»Ich fahr hin«, sagte Bastian, als wäre es das Normalste auf der Welt.

»Kann Tante Jenny mit mir zu meinem Pony gehen?«, fragte Lisa. Ihre Mutter nickte. In der nächsten Stunde zeigte Lisa Jenny begeistert, wie gut sie schon auf ihrem Pony reiten konnte, und wie fein sie es anschließend striegelte.

Als sich alle zum Sonntagsnachmittagskaffee wieder versammelten, fragte Lisa: »Onkel Bastian, wenn du jetzt jedes Wochenende kommst, solange Papa krank ist, kannst du dann mal Eva-Marie mitbringen? Und Tante Jenny, du sollst auch mitkommen. Du machst so viel Spaß mit mir.« Jenny erklärte, dass sie nur einmal im Monat Samstag frei hätte, und Bastian versprach, Evi mitzubringen. Wie selbstverständlich Bastian hier wieder zu Hause war. Wie anders war ihre Kindheit verlaufen. Sie hatte sich immer eine vollständige Familie gewünscht. Hier war sie nur Gast, obwohl sie schon ein paar Mal zu Besuch in Schnatbach gewesen war. Alle waren freundlich zu ihr, aber der leise gemurmelte Satz der Mutter »Verena kam nie zu spät« war Jenny nicht entgangen.

Direkt nach dem Kaffee verabschiedete sich Bastian mit einem Kuss von Jenny und sagte: »Grüß meinen Bruder von mir. Lieb, dass du hinfährst. Ich hoffe, dass wir in der nächsten Woche mehr Zeit füreinander haben.«

Dann fuhr er zurück nach Frankfurt. Jenny winkte zum Abschied und dachte: Mehr Zeit mit dir, das wünsche ich mir auch.

Kurz darauf verabschiedete auch sie sich und fuhr nach Bielefeld ins Krankenhaus. Thomas sah aus, als wäre er um Jahre gealtert. Er sprach mühsam, stellte nur ein paar Fragen zum Hof.

Als Jenny am Abend bei ihrer Mutter ankam, nahm diese sie in den Arm und sagte: »Komm. Lasst euch drücken, du und dein Baby. Wie geht es euch?«

Niemand hatte am Nachmittag nach ihrem Befinden gefragt. War das nicht üblich oder wurde es ignoriert, weil sie nicht verheiratet waren? Das war antiquiert. Wer heiratete heutzutage noch? Obwohl, wenn Bastian nicht ein Problem mit einer erneuten Hochzeit hätte, dann würde sie ...

»Na, so nachdenklich?«, fragte die Mutter. »Wie war die Party von Nicole?«

Jenny erzählte. Ihre Mutter wollte alles wissen. Der Abend wurde immer fröhlicher. Und dann rutschte der Mutter der Satz heraus: »Du hast viel von deinem Vater, ich kann mir deine Dusch-Pantomime gut vorstellen.«

Jenny wurde ernst, sah ihre Mutter aufmerksam an und sagte: »Ich würde ihn so gerne wiedersehen. Du weißt nicht, wo er ist?«

Die Mutter stand auf und drehte die Musik im Radio leiser.

»Mama, wann hast du das letzte Mal etwas von Papa gehört?« Jenny wollte eine Antwort – jetzt!

»Ach, mein Schatz, glaub mir, das willst du nicht wissen.«

»Doch, Mama, das will ich – unbedingt. Ich habe schon Halluzinationen.«

»Was meinst du damit?«

»Manchmal bilde ich mir ein, dass ich Papa gesehen habe.«

»Wann das letzte Mal?« Die Mutter beugte sich vor. Ihre unbewegliche Mimik verriet ihre Anspannung.

Da erzählte Jenny von dem Clown vor dem Centre Pompidou in Paris. Ihre Mutter wollte sich ein weiteres Glas Wein eingießen. Da hielt Jenny ihre Hand fest und schob das Glas und die Weinflasche außer Griffweite.

»Jenny, schau nicht so ängstlich, ich trinke nicht. Das Thema hat mich nur so aufgewühlt.«

»Warum, Mama?«

Ihre Mutter zögerte mit der Antwort. Jenny wartete. Dann sagte ihre Mutter sachlich: »Heute nicht, lass uns zu Bett gehen. Du willst doch bei deinem Professor einen ausgeschlafenen Eindruck machen.«

Jenny wollte weiterfragen, bohren, alles wissen. Ihre Mutter schwieg.

»Hast du deine Unterlagen für das Gespräch mit dem Professor zusammengestellt?«

Jenny ging im Kopf die Zertifikate der Uni durch. Ihre Mutter hatte sie damit geschickt an das erinnert, was im Moment am wichtigsten war, die Frage: Würde es mit der Wiederaufnahme des Studiums klappen?

Montagvormittag. Jenny sah ihn schon von Weitem, obwohl der Professor nur wenig größer war als sie selbst. Er hob kurz die Hand. Sie gingen aufeinander zu, gleichmäßig schnell.

»Hallo, Jennifer, schön, dass du es geschafft hast zu kommen.« War das nur so dahin gesagt oder mit Überlegung?

»Hallo, Michael, danke, ich freue mich.« Sehr redegewandt bin ich nicht gerade, dachte Jenny.

Der Professor nahm sie länger als üblich in den Arm. Unwillkürlich schaute sie sich um.

»Durfte ich das nicht? Wir haben uns lange nicht gesehen.«
Er hatte ihren Blick bemerkt. Sie wusste nicht, was sie antworten sollte, und spürte, wie ihr das Blut ins Gesicht schoss. Das war eine jener Situationen, in denen sie sich wünschte, diesen unübersehbaren Beweis ihrer Verlegenheit beeinflussen zu können.

»Komm«, sagte Michael, »wir gehen einen Kaffee trinken. Hast du deine Zeugnisse dabei?«

Im Hörsaal E, dem »Erfrischungsraum«, drehte sich niemand nach ihnen um. Michael wurde dienstlich. Jenny gewann ihre Fassung zurück, holte ihre Unterlagen hervor und konzentrierte sich darauf, seine Fragen zu beantworten. Zum Schluss sagte der Professor: »Deine Leistungsnachweise sind erfreulich vollständig. Bei deiner Bewerbung ist es wichtig, dass du deine Motivation für den Wiedereinstieg ins Studium glaubhaft rüberbringst und nicht vergisst, deine Auslandsaufenthalte und deine Berufserfahrung zu belegen – und natürlich die Praktika, die du damals in der Schule bereits absolviert hast. Dann müsste es klappen. Ich kann dir etwa im November das Thema für deine Examensarbeit geben. Jetzt wünsche ich dir erst einmal viel Zeit zum Einarbeiten. Alles Gute für euch zwei. Wann ist der voraussichtliche Geburtstermin?«

»Im September.«

»Bonne chance.« Dabei lächelte er genauso sympathisch wie immer.

»Merci«, sagte Jenny und ließ es zu, dass er ihre Hand stärker drückte, als es notwendig war.

Als Jenny gegen Mittag die Wohnung ihrer Mutter betrat, war diese bereits dabei, Eierpfannkuchen zu backen, Jennys Lieblingsgericht seit Kindertagen. Es roch gut, es schmeckte gut, sie würde Lehrerin werden, alles war gut. Nach dem vierten Pfannkuchen stöhnte Jenny: »Ich habe für meinen Sohn mitgegessen, aber jetzt kann ich nicht mehr. Es war wie immer super lecker.«

»Dann kannst du jetzt in Ruhe erzählen«, sagte die Mutter.

Jenny berichtete und endete mit der Frage: »Du vermietest deine Einliegerwohnung nie?«

»Nein, ich nutze sie nur für Besuch oder gelegentliche Ausstellungen. Ihr könnt jederzeit bei Bedarf mit dem Baby bei mir wohnen. Ich freue mich riesig auf mein Enkelkind. Im Übrigen ist Tante Isolde auch noch da. Sie wird bestimmt gerne mal auf dein Kind aufpassen. Das kriegen wir schon hin.«

»Vielen Dank, Mama, du bist die Beste. Dann kann ich mich jetzt beruhigt auf den Weg nach Frankfurt machen, denn je später ich fahre, desto mehr komme ich in den Feierabendverkehr, und der ist in Frankfurt echt lästig.«

»Fahr vorsichtig, mein Schatz, und melde dich, wenn du zu Hause bist.«

»Mach ich«, sagte Jenny und schnappte sich ihre Reisetasche.

12. Keine Zeit zum Reden

Am Montag beschlossen Marcel und Bastian, ihre Mittagspause für eine Pizza beim Italiener zu nutzen. Der Aprilhimmel ließ ein bisschen Sonne durch, aber für Frühlingsgefühle reichte es noch nicht.

»Na«, begann Marcel das Gespräch, nachdem der Kellner ihre Bestellung aufgenommen hatte, »bist du stolz auf deine Jenny?«

»Warum, weil sie ihr Studium wieder aufnehmen will?« Bastian wurde von dieser Frage überrascht. So hatte er Jennys Plan noch gar nicht gesehen.

»Das vielleicht auch, aber das meine ich nicht.«

»Sondern?«

»Na, ihren Auftritt als Party-Queen am Freitag auf Nicoles Geburtstagsfeier. Ihre Darbietung war die beste des Abends. Du hast wirklich etwas verpasst.«

Bastian wusste nicht, was er sagen sollte.

Er schaute sich um, ob nicht vielleicht gerade die Pizza gebracht würde.

»Sag bloß, Jenny hat dir nichts erzählt«, sagte Marcel.

»Ich habe sie nicht gefragt«, gab Bastian kleinlaut zu wie ein Schuljunge, der etwas angestellt hatte.

»Sie ist doch extra am Sonntag nachgekommen, damit ihr mal wieder etwas Zeit miteinander verbringen konntet.«

»In Schnatbach kam einiges dazwischen. Erzähl, wieso war sie am Freitag eure Party-Queen?«

Die Pizza wurde gebracht. Bastian stürzte sich darauf, als wäre er am Verhungern. Marcel aß und berichtete gleichzeitig. Als er bei Evis Reaktion auf Jennys Dusch-Pantomime angekommen war, sagte er: »Das war der Brüller des Abends.«

»Ach du liebe Zeit. Das wird Verena wieder in den falschen Hals kriegen.« Bastian konnte sich ihre Reaktion nur allzu gut vorstellen.

»Damit wirst du doch fertig«, stellte Marcel fest.

»Jedenfalls hätte Jenny als Schauspielerin bestimmt Erfolg. Sie spielte brillant und war sichtlich in ihrem Element.«

»Mal den Teufel nicht an die Wand. Mir reichen schon ihre

Studienpläne«, sagte Bastian und schob seinen leeren Teller zur Seite.

»Sag bloß, du willst nicht, dass sich deine Freundin ihren Berufswunsch genauso erfüllt, wie du es tust? Du bist doch nicht von gestern.«

Bastian schüttelte den Kopf. »Das ist es nicht. Ich fürchte nur, Jenny wird sich mehr und mehr in Bielefeld aufhalten, und ich möchte in Frankfurt bleiben. Hier habe ich meinen Arbeitsplatz, und hier lebt meine Tochter. Ich würde Eva-Marie noch seltener sehen.«

»Letzteres verstehe ich, obwohl Evi auch älter wird, und dann lebt sie sowieso ihr eigenes Leben. Hast du deinen Arbeitsplatz zurzeit vor allen Dingen in Frankfurt oder nicht doch in Schnatbach?«

»Das ist doch nur vorübergehend.«

»Sieht Jenny das auch so? Sie ist deine Lebensgefährtin, und ihr erwartet ein Baby. Wann hast du das letzte Mal mit ihr etwas Besonderes unternommen? Musstest du wirklich am Freitagabend schon auf den Hof deines Bruders fahren?«

»Ich wurde gebraucht.«

»Wärest du nicht dagewesen, hätte deine Schwägerin eine andere Lösung finden müssen.«

Der Kellner kam. Sie bezahlten. Zurück im Büro fiel es Bastian schwer, sich auf die Arbeit zu konzentrieren. Legte er zu viel Wert auf seine Hilfe in Schnatbach?

Als er gegen 20 Uhr nach Hause kam, war Jenny schon da und saß am Computer. Er las auf dem Display: »Bewerbung um einen Studienplatz für das kommende Wintersemester an der Universität Bielefeld«.

Jenny stand auf und umarmte ihn zur Begrüßung. Ihren Kuss erwiderte er nur flüchtig. Er starrte wie gebannt auf den Laptop. »Hast du heute mit dem Professor die Fortsetzung deines Studiums beschlossen?«

»Der Professor hat mir die Möglichkeiten, die ich habe, aufgezeigt. Beschließen muss ich es letzten Endes alleine. Du hast andere Probleme. Soll ich dir Spiegeleier braten? Brot und Schinken habe ich auf dem Heimweg gekauft. Ich bin seit

18 Uhr hier und habe zwischendurch zu Abend gegessen. Ich wusste nicht, wann du kommst.«

»Ja, danke«, sagte Bastian. Jenny ging in die Küche und stellte die Pfanne auf den Herd. Bastian hängte seinen Mantel an die Garderobe und sah sich im Spiegel. Ich sehe müde aus, dachte er, müde und erschöpft.

»Du hast ein Päckchen bekommen«, rief Jenny. »Es liegt auf dem Schreibtisch.« Bastian ging in das Gästezimmer. Dort lag ein Päckchen, das ein dickes Buch enthalten könnte. Kein Absender. Er riss die Verpackung auf und hielt einen Modell-Lkw in den Händen mit der Aufschrift »Spedition Wegweiser«. Dabei lag eine Karte. Darauf stand: »Kleiner Dank für Ihre Hilfe, und gute Besserung für Ihren Bruder«, als Unterschrift »Wegner – Spedition Wegweiser«.

Jenny schaute um die Ecke und sagte: »Die Spiegeleier sind fertig.« Sie stutzte und meinte: »*Wegweiser*, der Name klingt interessant. Ist das der Beginn einer Modellsammlung oder das erste Spielzeug für unseren Sohn?«

»Ich glaube, wir brauchen dringend eine Auszeit für uns«, sagte Bastian. »Heute ist schon Montagabend, und wir haben keine Zeit gefunden, uns zu erzählen, was wir seit Freitag alles erlebt haben.« Arm in Arm gingen sie zur Küche, versuchten, sie zusammen zu betreten, und konnten sich nicht einigen, wer den Vortritt hatte. Nachdem Bastian gegessen hatte, sagte er: »Ich wüsste da noch etwas Dringendes, wozu wir in den letzten Tagen auch keine Zeit hatten …«

»Ich glaube, ich weiß, was du meinst. Mal sehen, ob ich das Duschen genauso gekonnt hinkriege wie Tante Isolde auf der Party«, sagte Jenny und verschwand im Badezimmer.

»Ich bin dir gerne beim Abtrocknen behilflich«, fügte Bastian hinzu und folgte ihr.

***

»Na?«, sagte Nicole am nächsten Morgen statt einer Begrüßung. »Wie war das Gespräch mit dem Professor?«

»Gut.«

»Aha.«

»Ich soll mich online bewerben, als Sonderfall.«
»Und was sagt Bastian dazu?«
»Wir haben noch nicht ausführlich darüber gesprochen.«
Zwei Kundinnen wollten bedient werden. Als sie gegangen waren, griff Nicole das Gespräch wieder auf: »Marcel hat mir eine SMS geschrieben. Er kann am übernächsten Samstag für dich einspringen.«
»Marcel?«
»Er hat zwar bisher keine Kinderkleidung verkauft. Aber er musste in seiner Jugend oft im Antiquitätengeschäft seiner Eltern helfen. Da kannte er auch nicht jedes Teil. Er hat gelernt, seine Unwissenheit zu überspielen. Außerdem wird meine Tante kommen. Du hast am letzten Samstag im April frei.«
»Dann könnte ich nach Schnatbach mitfahren.«
»Das klingt nicht unbedingt begeistert«, stellte Nicole fest.
»Bastians Mutter vergleicht mich mit Verena, ich glaube, zu meinen Ungunsten.«
»Du musst mit Bastian darüber sprechen.«
Eine Kundin kam in die Boutique. Nicole widmete sich ihr. Jenny dachte: Ich drehe mich im Kreis. Irgendetwas läuft schief. Es ist bald wie damals mit Alexander. Wir arbeiten viel, schlafen hin und wieder zusammen, aber wir unternehmen überhaupt nichts mehr gemeinsam. Abends kommt Bastian spät nach Hause, um die Zeit für den freien Freitagnachmittag rauszuholen. Für ein ernsthaftes Gespräch ist er zu müde. Soll das jetzt immer so weitergehen oder mache ich mir unnötige Gedanken?

Eine Dame im eleganten Hosenanzug betrat das Geschäft. Sie hatte ein Kind an der Hand. Eva-Marie und Verena! Nicole bediente gerade eine andere Kundin. Sie nickte Verena freundlich zu und sagte höflich: »Hallo, guten Tag.« Verena grüßte mit versteinerter Miene. Jenny ging mit eingefrorenem Lächeln auf Verena zu und reichte ihr die Hand. Verena übersah die Geste.

Eva-Marie sagte mit abweisendem Gesicht: »Guten Tag.« Es kam Jenny wie eine Ohrfeige vor.
»Meine Tochter braucht für eine Schulfeier ein passendes Kleid. Habt ihr so etwas da?«

»Selbstverständlich gern«, antwortete Jenny und ging zu dem entsprechenden Ständer. Sie hielt ein Kleid nach dem anderen hoch und zeigte es Evi. Bastians Tochter lehnte jedes Kleid ab. Verena bemühte sich nicht, ihre Tochter von einem der Kleider zu überzeugen. Ohne Anprobe oder gar Kauf schob sie Eva-Marie zur Tür und verließ die Boutique mit den Worten: »Deine Vorschläge stoßen nicht auf Gegenliebe.« Evi schaute sich um. Sie zog einen Flunsch wie ein trotziges Kleinkind. Was war los?

»Was hat denn deine Eva-Marie?«, fragte Nicole. »Auf der Party hat sie uns viel Spaß gemacht.«

»Sie war total verändert, als wäre sie auf mich böse. Ich kann es mir nicht erklären.«

»Frag Bastian.«

»Ich glaube, er hat seit dem Paris-Wochenende keinen Kontakt mehr zu Evi gehabt. Nächstes Wochenende wäre ein Vater-Tochter-Wochenende, aber Bastian will wieder nach Schnatbach fahren.«

»Also ist kein Vater-Tochter-Wochenende in Sicht, und die Schuld daran schiebt Verena dir in die Schuhe. Das erklärt Evis Verhalten.«

»Wahrscheinlich hast du recht, und wenn Bastian stattdessen am übernächsten Wochenende etwas mit mir unternimmt, stimmt es sogar.«

Kundschaft kam. Der allabendliche Betrieb begann. Jenny und Nicole hatten keine weitere Gelegenheit für private Gespräche.

Als Jenny nach Feierabend zu Hause ankam, schmiss sie sich auf ihr Sofa, legte ihre Hände auf den Bauch und versuchte, sich auf ihr Baby zu konzentrieren. Es bewegte sich, doch das erwartete Glücksgefühl wollte sich nicht einstellen. Zu schwer wogen ihre Gedanken. Wie Felsbrocken schob sie ihre Probleme bergauf, es gelang ihr nicht, sie über den Berg zu schieben, sie kamen immer wieder auf sie zugerollt. Hatte sie sich eine Sisyphusarbeit vorgenommen?

Plötzlich wurde die Tür zum Wohnzimmer geöffnet. Bastian stand im Türrahmen. Er verbarg etwas hinter seinem Rücken, kniete sich neben das Sofa und zauberte einen Strauß roter Rosen hervor. »Ich habe dich vernachlässigt«, sagte er. »Das tut mir leid. Ich gelobe Besserung.« Jetzt spürte Jenny das ersehnte Glücksgefühl. Sie nahm die Rosen und versteckte ihr Gesicht einen Moment hinter dem Strauß, um zu verbergen, dass ihr Gesicht die Farbe der Rosen annahm. Aber dann war es ihr egal. Sie legte den Strauß zur Seite und küsste Bastian.

Nach dem Kuss sagte er: »Wie lange darf ein Kuss dauern, wenn die Rosen nicht verwelken sollen?« Jenny musste lachen und suchte eine Vase aus.

»Marcel hat mir versprochen, dich am letzten Samstag im April in der Boutique zu vertreten. Weißt du das schon?«, fragte Bastian.

»Ja, von Nicole«, sagte Jenny.

»Wir könnten am Samstagvormittag zusammen nach Bielefeld fahren, und für den Nachmittag habe ich eine besondere Idee. Wir machen eine Stadtführung mit dem Segway. Du hast doch davon geträumt, seit deine Freundin aus dem Reisebüro in Münster davon geschwärmt hat!«

»Sie hat sogar in Rom an einer Stadtführung mit dem Segway teilgenommen. Wenn ich meine weite Regenjacke anziehe, sieht man mir meine Schwangerschaft nicht an. Im fünften Monat geht es bestimmt noch«, sagte Jenny. Bastian sah verdutzt aus. An ihre Schwangerschaft hatte er nicht gedacht.

Er zog die Stirn kraus, musterte ihren Körperumfang und stellte fest: »Das zulässige Höchstgewicht von 120 Kilogramm hast du noch nicht erreicht.«

»Bist du sicher?«, fragte Jenny lachend und ergänzte: »Meine Freundin hat damals gesagt, es wäre ganz einfach und nicht gefährlich. Es ist eine tolle Idee.«

»Ich habe mich erkundigt«, sagte Bastian. »Sie haben noch Plätze frei. Wir könnten sie sofort online bestellen.«

Lieber noch nicht, dachte Jenny und beschloss, gleich morgen früh bei ihrer Freundin nachzufragen, ob das Segway-Fahren für sie wegen der Schwangerschaft problematisch sein könnte.

»Das kannst du bestimmt auch morgen in der Mittagspause machen«, schlug sie vor. »Jetzt wüsste ich eigentlich etwas

Besseres, ich meine nach dem Abendessen«, sagte Jenny mit dem schelmischsten Lächeln, das sie zur Verfügung hatte.

»So gesehen habe ich noch gar keinen Hunger.« Bastians Augen lachten mit diesem unwiderstehlichen Blick, den sie so liebte.

»Ich habe Hunger – nur nicht gerade auf Essbares und nicht auf einen Mann mit Kratzebart.«

»Habe verstanden, bin schon unterwegs.«

Jenny nahm die Vase mit den Rosen mit ins Schlafzimmer, zog sich aus, nahm drei Rosen aus der Vase und posierte damit vor dem Spiegel. Bastian kam, beobachtete das Schauspiel einen Moment amüsiert und sagte: »Die Rosen stehen dir einmalig gut, aber ich glaube, jetzt wollen sie wieder in die Vase.«

Jenny drehte sich zu ihm hin. »Wenn ich dich in deinem Bademantel betrachte, spricht noch etwas dafür ...«

»Wo du überall hinguckst«, entgegnete Bastian scheinbar empört, nahm Jenny die Rosen aus der Hand, drehte sie hin und her und kommentierte fachmännisch: »Sie sind wunderbar gewachsen – aber lange nicht so vollkommen wie du, und nicht so verführerisch!«

13. Die Segway-Tour

Nach einer ruhigen Fahrt waren Jenny und Bastian am Samstag pünktlich zum Mittagessen bei ihrer Mutter eingetroffen. Sabine hatte ein wunderbares Spargelessen mit Sauce hollandaise sowie rohem und gekochtem Schinken vorbereitet. Auch ihre ältere Schwester Isolde war eingeladen. Bastian hatte Jennys Tante schon ein paar Mal getroffen. Sie war fast siebzig, verwitwet, klein und rundlich. Mit ihr gab es immer etwas zu lachen.

Während des Essens sagte sie plötzlich: »Na, ihr zwei, was wird es denn? Hattet ihr die Füße zum Hermann?«

Bastian und Jenny prusteten los. Jenny hätte sich fast verschluckt. »Kannst du mit deinen Fragen nicht warten, bis ich den Mund leer habe?« Jennys Mutter schaute verständnislos drein.

»Auweia, Sabine, Liebes, wie lange wohnst du schon in Ostwestfalen?«, fragte ihre Schwester. »Gemeint ist natürlich das Hermannsdenkmal bei Detmold.«

Bastian erklärte scheinbar ernsthaft: »Wir hatten zwar bei der Zeugung die Füße zum *Römer* in Frankfurt. Aber das hat auch geklappt. Es wird ein Junge.«

Jennys Mutter begriff und errötete. Bastian setzte noch einen drauf: »Ich sehe, die bekannte Malerin Sabine Herzog hat nun auch verstanden, welcher Einfluss unserer berühmten Statue im Teutoburger Wald nachgesagt wird.«

»Mein Klaus hat oft am Hermannslauf teilgenommen«, sagte Isolde. »Ich habe ihn zum Start beim Hermannsdenkmal gebracht und später hier an der Sparrenburg wieder abgeholt. Er war gut. Er hat viel dafür trainiert. Dreißig Kilometer, bergauf und bergab, das war schon hart. Ich bin zum Ziel gefahren und habe ihm zugejubelt, wenn er ankam.« Sie schaute einen Moment still aus dem Fenster. »Aber der viele Sport konnte seine Krankheit nicht verhindern. Das ist lange her. Wir hatten eine schöne Zeit.« Dann wandte sich die lebenslustige Tante wieder den noch halbvollen Schüsseln zu, nahm ordentlich von allem nach und sah Bastian verschmitzt an: »Ich sag dir, solltest du joggen, übertreib es nicht, dann geht nämlich sonst nichts mehr, wenn du weißt, was ich meine.« Alle mussten lachen bei dieser so ernsthaft vorgetragenen Lebensweisheit.

Nach einer guten Tasse Cappuccino und einem Marzipantörtchen zum Nachtisch verabschiedeten Mutter und Tante die beiden wagemutigen Segway-Fahrer mit Ermahnungen: »Fahrt vorsichtig!« und »Kommt heile wieder!«

Da rutschte es Jenny heraus: »Meine Freundin hat gesagt, ich soll nur immer die Ruhe bewahren, dann könnte gar nichts schiefgehen.« Bastian grinste. Sie hatte sich also doch bei ihrer Freundin erkundigt, ob sie die Tour trotz Schwangerschaft wagen könnte.

Eine halbe Stunde später trafen sie sich mit Paul, dem Führer der Segway-Tour, auf dem Platz neben der Radrennbahn, auf dem manchmal ein Zirkus gastierte oder die Kirmes stattfand. Unter den acht Teilnehmern war auch ein Paar um die Siebzig und die Stadtführerin namens Karin Schulz. Dass auch Ältere mit dem Segway fahren – und das offensichtlich zum ersten Mal – beruhigte Bastian, denn seit ihm bewusst war, dass er bei seinem Vorschlag nicht an Jennys Schwangerschaft gedacht hatte, war er besorgt. Jeder bekam einen Helm und ein Segway. Jenny hatte sich ihren eigenen weißen Fahrradhelm mitgebracht. Sie sah sportlich schick aus.

Die Segway-Tour begann mit einer Einweisung durch Paul: »Sie müssen keine Sportskanone sein, um mit unseren Einpersonen-Rollern fahren zu können. Sie müssen nicht balancieren können. Bleiben Sie ganz ruhig darauf stehen. Sie können nicht umkippen. Halten Sie sich an der Lenkstange fest. Wir üben zuerst auf diesem Platz. Sie bremsen und beschleunigen nur durch Gewichtsverlagerung. Je mehr Sie Ihr Gewicht nach vorne verlagern, desto schneller geht es voran. Wollen Sie langsamer werden oder anhalten, verlagern Sie Ihr Gewicht nach hinten.«

Eine Teilnehmerin gab zu bedenken: »Dieser Platz ist nicht asphaltiert wie ein Fahrradweg oder eine Straße. Können wir hier denn üben?«

»Versuchen Sie's. Sie werden sehen, Segways gehen auch über Stock und Stein. Allerdings müssen Sie beim Bordstein aufpassen. Sie können nicht wie mit dem Fahrrad auf einen höheren Bordstein springen oder von ihm herunterfahren.«

Bastian trat auf die Plattform zwischen den beiden Rädern und lehnte sich nach vorne. Es funktionierte. Bald schon fuhren alle in großen Bögen über den Platz, mal schneller, mal langsamer, mal einen großen Kreis, dann einen kleineren. Schließlich drehten sie sich sogar auf der Stelle. Es war ganz einfach. Dann begann der eigentliche Ausflug. Die Stadtführerin fuhr vorneweg. Die Reihenfolge wurde festgelegt. Das Schlusslicht bildete der Segway-Fachkundige. Als Erstes fuhr die Gruppe zum Grüngürtel an den Stauteichen. Die Außentemperaturen lagen bei kühlen zehn Grad. Es war noch April. Wenigstens regnete es nicht. Jetzt kam die Sonne heraus. Bastian drehte sich um. Jenny strahlte. Spaziergänger blieben stehen, ließen die menschliche Schlange vorbeirollen und schauten hinterher. Fahrradfahrer nahmen Rücksicht.

Sie näherten sich der Innenstadt. Frau Schulz verkündete: »Wir fahren jetzt zur Sparrenburg. Seien Sie unbesorgt, unsere Fahrzeuge bringen Sie sicher nach oben. Die Aussicht auf Bielefeld wird Sie belohnen.« Wenig später ging es steil bergauf. Bequem auf der Plattform stehend, überholen sie schiebende und sogar ehrgeizige schnaufende Radfahrer.

Im Innenhof der Sparrenburg sagte Jenny begeistert: »So leicht bin ich noch nie hier oben angekommen. Man schwebt an den Fahrradfahrern und Fußgängern vorbei, als hätte man Flügel.« Paul forderte die Teilnehmer auf, die Fahrzeuge stehen zu lassen und sich die Füße zu vertreten.

Frau Schulz begann zu erzählen: »Die Sparrenburg wurde von Graf Ludwig von Ravensberg erbaut und zum ersten Mal 1256 erwähnt. Sie diente dem Landesherrn und seinem Gefolge als Wohnsitz und außerdem ...« Bastian beobachtete Jenny, die aufmerksam das Standbild des Großen Kurfürsten im Innenhof der Burg betrachtete. Frau Schulz erläuterte: »Die Statue mit einer Höhe von zwei Metern fünfzig ist ein Geschenk von Kaiser Wilhelm dem Zweiten. Sie zeigt ihn als friedfertigen Staatsgründer im Hofkostüm. In der linken Hand hält er einen Handschuh.«

»Zwei Handschuhe«, ergänzte Jenny mit ernster Miene und

fügte hinzu: »Die hätte ich jetzt auch gerne.« Dabei rieb sie sich die kalten Hände. Die anderen Frauen schmunzelten zustimmend.

Als Frau Schulz bei dem Hinweis angekommen war, dass der Große Kurfürst einen wunderbaren Blick in nördlicher Richtung auf die Innenstadt Bielefelds hatte, flüsterte Jenny Bastian ins Ohr: »Mach mal ein Video von mir.« Dann stieg sie auf eine niedrige Begrenzungsmauer des Innenhofs mit dem Panorama von Bielefeld im Hintergrund. Bastian gehorchte. Jenny ging ein paar Schritte – und stürzte auf der anderen Seite der Mauer in die Tiefe. Ein Aufschrei der Teilnehmer, Bastian rannte entsetzt zu der Mauer. Da sah er Jenny. Sie hockte auf dem Rasen jenseits der Mauer, die auch auf der anderen Seite nicht hoch war, und machte sich so klein wie möglich. Sie hatte sichtlich ihren Spaß an den erleichterten Gesichtern der Teilnehmer. »Das haben wir als Kinder gerne gemacht«, sagte sie. »Das musste sein. Schon damals dachte man, wenn man neben dem Kurfürsten stand, es ginge hier in die Tiefe.«

Paul kommentierte: »So gekonnt glaubhaft habe ich noch keinen dort *runterfallen* sehen. Aber jetzt zurück zu den Segways. Wir haben noch die steile Abfahrt vor uns. Denken Sie daran, wenn wir unten an der B 66 ankommen, nur zurücklehnen und das Segway steht sofort. Und nicht während der Fahrt abspringen.«

Hatte Jenny bei ihrem Sprung vom Mäuerchen an ihren Zustand gedacht? Bastian flüsterte Jenny zu: »Du hast mir einen ziemlichen Schrecken eingejagt. Bitte jetzt nicht mehr springen. Denk an unser Baby.« Jenny nickte schuldbewusst.

Weiter ging's zum Alten Markt, Bielefelds »guter Stube«, und zum Klosterplatz. Hier fand gerade ein Flohmarkt statt. Frau Schulz erläuterte: »Der Flohmarkt auf dem Klosterplatz ist Kult. Es gibt Trödel aller Art ohne kommerzielle Händler.« Paul ergänzte: »Sie können jetzt Ihren eigenen Weg über den Markt suchen, aber bitte langsam. Wir treffen uns auf der anderen Seite dort drüben und rollen erneut hintereinander her. Bitte fahren Sie rücksichtsvoll.«

Jenny sagte leise: »Lass mich vor. Ich gleite jetzt sanft an den Besuchern des Marktes vorbei und fühle mich, als wäre ich Queen Elizabeth.« Sie lächelte allen Menschen freundlich zu. Viele winkten unwillkürlich, manche mit bewundernden Blicken. Jenny grüßt nach links und rechts wie eine Königin, nein, wie meine Königin, schmunzelte Bastian.

»Jenny!« Er schrie und bremste gleichzeitig. Zwischen Jennys und sein Segway passte kein Briefumschlag mehr. Es war gerade noch gut gegangen. Fast wäre er aufgefahren, so plötzlich war Jenny abgesprungen. Sie stand da und suchte den Platz ab.

»Jenny, wen suchst du? Warum hast du angehalten?«, fragte Bastian. Sie drehte sich zu ihm um und sah ihn einen Augenblick an, als käme er von einem anderen Stern. Dann sagte sie: »Entschuldige. Ich dachte nur gerade, ich hätte einen – eine alte Bekannte gesehen.«

»Wen denn?«

»Es ist nicht wichtig. Es ist schon lange her«, sagte Jenny, stieg wieder auf ihr Segway und fuhr langsam los. Warum nannte sie nicht einfach den Namen der Person oder erklärte mit ein, zwei Worten, um wen es sich handelte? Hatte er sich verhört oder hatte sie erst von einer männlichen Person gesprochen?

Diesen letzten Satz hatte sie schon mal genau so formuliert – vor Kurzem, als er das Foto von ihr und dem Professor in der Fotokiste gefunden hatte.

Die Gruppe war komplett auf der anderen Seite des Platzes angekommen. Jenny sah blass aus. »Ist alles in Ordnung?«, fragte Bastian. Sie nickte.

»Bleib bitte direkt hinter Frau Schulz, damit ich dich im Blick habe«, schlug er ihr vor und stieg auf. Sie fuhren am neuen Rathaus vorbei, durch den Ravensberger Park und zum Schluss durch die Straße *Auf dem langen Kampe*. Auf beiden Seiten dieser einmaligen, anderthalb Kilometer langen Allee standen japanische Kirschbäume. Zur Freude aller Teilnehmer legte Frau Schulz wegen der prachtvoll rosarot blühenden Zierkirschen einen Fotostopp ein.

Als Jenny und Bastian bei ihrer Mutter ankamen, wartete diese schon. »Erzählt, wie war's?«

»Ganz toll. Wir sind mit den Segways bis in den Innenhof der Sparrenburg gefahren«, berichtete Jenny.

»Lass mich raten, du bist vom Mäuerchen gesprungen wie als Kind, wenn wir dort mit deinem Vater spazieren gegangen sind.« Jenny nickte und schwieg. Es war ein auffallendes Schweigen. Bastian berichtete weiter, um die seltsame Stimmung zu überbrücken. Jenny sagte nichts mehr.

Da stand er auf und erklärte: »Ich rufe mal eben in Schnatbach an und teile mit, dass wir morgen früh Thomas besuchen, zum Mittagessen pünktlich sind und am Spätnachmittag nach Hause fahren.« Zum Telefonieren ging er auf die Terrasse. Durch die Glastür sah er, dass sich Jenny und ihre Mutter lebhaft und ernst unterhielten. Was war da los? Hing es mit Jennys »unwichtiger« Begegnung auf dem Klosterplatz zusammen?

14. Verordnete Ruhe

Bastian war gerade wieder ins Wohnzimmer gegangen, da klingelte sein Handy.

»Hallo Verena.«

»Evi ist verschwunden«, sagte Verena. Sie klang sehr aufgeregt.

»Wie? Was heißt verschwunden?«

»Wir waren in der Stadt und haben das Kleid für ihre Schulfeier gekauft. Sie wollte kein Kleid, also sie wollte überhaupt nicht shoppen gehen. Nach unserer Rückkehr hat sie sich in ihr Zimmer verkrochen und geschmollt.«

»Wie lange ist das her?«

»Etwa eine Stunde. Bastian, ich weiß nicht, wann sie sich rausgeschlichen hat. Sie hat ihr Sparschwein geplündert. Vielleicht ist sie auf dem Weg zu dir. Sie war den ganzen Tag beleidigt, weil es euer Vater-Tochter-Wochenende ist.«

»Hast du ihr nicht gesagt, dass ich in Bielefeld bin?«

»Doch, habe ich. Vielleicht wollte sie zum Bahnhof. Ich weiß nicht, ob ihr Geld für eine Fahrkarte reicht. Außerdem kann ich mir nicht vorstellen, dass man einem siebenjährigen Kind eine Fahrkarte verkauft oder dass sie mit dem Automaten umgehen kann. Bastian, kannst du kommen?«

»Verena, ich brauche drei bis vier Stunden bis Frankfurt. Du musst sie vorher finden.«

»Ich versuch's. Ich fahre zum Bahnhof. Wir bleiben in Verbindung. Bitte, Bastian, komm.«

»Ich bespreche es mit Jenny. Ich melde mich.«

Bastian gab den Inhalt des Telefongesprächs wieder und fügte hinzu: »Wir müssen den Besuch bei meinen Eltern für morgen absagen. Sie werden es verstehen. Wir sollten sofort nach Frankfurt fahren.«

Jenny schüttelte den Kopf. »Ich komme nicht mit.«

»Hat dich der Ausflug so angestrengt oder ist es etwas anderes?«

»Ich möchte jetzt keine vier Stunden mit dem Auto fahren, um dann hinterher alleine zu sein, weil du Eva-Marie suchst. Ich möchte heute Abend hier bleiben.«

Jennys Mutter mischte sich ein. »Bastian, fahr ruhig zu deiner Eva-Marie. Lass Jenny bei mir.«

»Aber ich sollte morgen mit Eva-Marie in Frankfurt bleiben, und Jenny muss Montag wieder arbeiten.«

Jenny sagte: »Fahr vorsichtig. Evi braucht dich jetzt von uns allen am meisten. Ich weiß, wovon ich spreche. Wenn ich morgen wieder fit bin, komme ich mit dem Zug nach. Und wenn nicht, dann fehle ich am Montag in der Boutique. Es wäre das erste Mal seit Beginn meiner Schwangerschaft.«

Bastian nahm Jenny in den Arm. »Ich habe dich lieb. Pass auf dich auf.«

»Ich liebe dich auch«, sagte Jenny.

***

Bastian war kaum losgefahren, da sagte ihre Mutter: »Komm, setz dich zu mir. Was ist mit dir los? Mit dir stimmt was nicht, schweigsam wie du bist.«

Jenny setzte sich neben sie auf die Couch und platzte heraus: »Mama, ich glaube, ich habe eine psychische Störung.«

»Eine bitte was? Du doch nicht.«

»Ich habe Halluzinationen. Ich sehe Papa, neulich als Clown in Paris und heute auf dem Klosterplatz.«

Ihre Mutter schüttelte den Kopf. »Du hast ihn seit mehr als zwanzig Jahren nicht gesehen. Wie kannst du ihn da wiedererkennen?«

»Du hast mir gesagt, dass du nichts mehr von ihm wissen willst, aber gleichzeitig hast du Zeitungsausschnitte gesammelt.«

»Zeitungsausschnitte? Die hast du gesehen?« Die Stimme der Mutter klang entsetzt.

»Ja. Den ersten wolltest du mir zeigen. Das war kurz vor der Konfirmation.«

»Dein Vater kam überraschend zu deiner Konfirmation. Du hast ihn wütend mit den Worten ausgeladen: *Du lässt uns einfach im Stich, meldest dich jahrelang nicht und kommst dann, um mir meine Feier zu versauen!* Original deine Worte. Da hat er sich umgedreht und ist gegangen.«

»Mama, ich war mitten in der Pubertät!« Sollte sie jetzt die Wahrheit beichten? Jenny gab sich einen Ruck. »Als ich damals behauptet habe, dass ich nicht verstehen kann, warum du den Artikel aufbewahrst, und dass ich den Artikel nicht lesen wollte, weil Papa für mich gestorben wäre, hast du das Zeitungsblatt in die unterste Schublade der kleinen Kommode gelegt. Ich habe ihn mir heimlich angesehen.«

»Hast du auch die weiteren Artikel gelesen?«, fragte ihre Mutter mit einem auffallend angespannten Gesichtsausdruck.

»Bei späteren Besuchen habe ich regelmäßig Augenblicke abgepasst, in denen ich diese Schublade unbemerkt öffnen und die neusten Artikel lesen konnte. Ich habe sein Gesicht auf den Fotos sozusagen auswendig gelernt.«

»Ich habe nichts davon bemerkt«, beteuerte die Mutter.

»Das solltest du auch nicht. Ich war damals vierzehn. In dem Alter gehen Eltern einem auf die Nerven mit ihren lästigen Ermahnungen und ewigen Ratschlägen. Da konnte ich nicht zugeben, dass ich mich nach Papa sehne.«

»Das hast du wirklich gut verborgen, so wie du auf Papa geschimpft hast.«

»Nur mithilfe von hochmütiger Ablehnung konnte ich mit seinem Verhalten fertig werden«, gestand Jenny.

Die Mutter stand auf und holte die Zeitungsartikel. »Der letzte Ausschnitt ist zehn Jahre alt. Warum hast du nicht mit mir darüber gesprochen, als du erwachsen wurdest?«, fragte sie.

»Ich habe mehrfach solche Halluzinationen gehabt, besonders als ich Au-pair in Paris war. Damals war ich auf der Suche nach mir selbst und habe geglaubt, dass ich es mir einbilde, wenn ich plötzlich Papa gesehen habe. Ich dachte, das ist eine Auswirkung meiner Sehnsucht, weil ich mich so intensiv mit den Fotos befasst hatte. Mein Australienaufenthalt schien mir die Lösung zu sein, um diesem Spuk zu entfliehen.«

»Und als du wieder hier warst und studiert hast, warum hast du da nichts gesagt?«

»Ich hielt meine Wahrnehmungen für Sinnestäuschungen. Und dann habe ich schon bald Alexander kennengelernt. Er wollte nichts von oder über meinen Vater hören. Er war mit seiner dominierenden Art so etwas wie ein Vaterersatz für mich.«

Die Mutter bestätigte: »Ich hatte immer das Gefühl, dass Alexander über dein Leben bestimmte, aber das ist zum Glück Schnee von gestern.«

»Mama, heute Nachmittag habe ich Papa erkannt, obwohl er älter geworden ist. Er war es ganz bestimmt. Er war nicht verkleidet. Er hat mich angesehen, als wollte er mich ansprechen. Ich habe angehalten und bin abgesprungen, so plötzlich, dass Bastian fast auf mich draufgefahren wäre. Papa war wie eine Fata Morgana, einen Moment ganz nah und sofort wieder weg.«

»Schatz, du hast keine Halluzinationen. Wenn du deinen Vater siehst, dann ist er wirklich da.«

»Mama, ich träume nicht von ihm. Er ist so real, dass ich ihn anfassen möchte. Das ist doch nicht normal.«

Da stand die Mutter auf und holte ein kleines Einsteckalbum für Fotos. »Sieh mal, diese Fotos hat dein Vater von dir gemacht.« Jenny starrte auf die Bilder. Sie zeigten ihr Leben, die besonderen Ereignisse in chronologischer Reihenfolge: Jenny als Schulkind, als Konfirmandin, bei Theateraufführungen in der Schule, als Abiturientin, als Malerin zwischen Studenten in Montmartre, beim Verlassen der Boutique, in der sie gejobbt hatte, und vor der Boutique von Alexander in Münster. Alle Fotos waren offensichtlich heimlich gemacht worden. Man sah Äste von Sträuchern oder ein Stück einer Mauer oder den Rücken von Personen im Vordergrund oder am Rand der Fotos.

»Er hat dir Fotos von mir geschickt? Du hast Kontakt zu ihm? Ich quäle mich seit Jahren, sehne mich danach, ihn zu sehen, und mir erzählst du, du weißt nicht, wo er ist!« Jennys Stimme überschlug sich. Sie krümmte sich. War da ein Ziehen in ihrem Bauch? Wehen?

»Nein, Jenny. So ist es nicht. Jenny, was ist? Warum hältst du dir den Bauch? Oh Gott, Kind, beruhige dich. Ich rufe meine Frauenärztin an. Sie wird dir helfen. Atme gleichmäßig durch.«

Wie durch einen Nebel hörte Jenny ihre Mutter telefonieren.

Sie legte ihre Hände auf den Bauch und sagte leise: »Nico, bitte bleib bei mir. Es ist viel zu früh.« Sie versuchte, sich durch ihre eigenen Worte zu beruhigen, aber das war nicht einfach. Sie flehte: Bitte keine Wehen!

»Die Ärztin wohnt nur um die Ecke, ist sozusagen eine Nachbarin. Wir verstehen uns gut. Sie sagt, sie kommt sofort. Und das mit Papa werde ich dir erklären. Ich weiß auch nicht, wo er sich jeweils aufhält, aber wir werden ihn gemeinsam finden.«

Die Ärztin war Jenny auf Anhieb sympathisch. Sie schien älter zu sein als ihre Mutter. »Mein Name ist Fischer«, sagte sie und zog sich einen Stuhl neben die Couch. »Haben Sie Ihren Mutterpass dabei?«

»Ja, in meiner Handtasche dort drüben.«

Jennys Mutter reichte der Ärztin den Pass. Frau Dr. Fischer studierte ihn und sagte: »Ihre Mutter hat erwähnt, dass Sie plötzlich ein seltsames Ziehen hatten. Kam das einfach so oder gab es ein auslösendes Ereignis?«

Nebenbei fühlte die Ärztin ihren Puls und ließ ihr Handgelenk auch nicht los, als Jenny anfing zu sprechen: »Ja, ich meine, ich habe heute an einer Stadtführung mit dem Segway teilgenommen und bin dabei zweimal ein wenig gesprungen, das erste Mal aus Spaß von einer niedrigen Mauer herunter und das zweite Mal sehr plötzlich, weil ich jemanden wiedererkannt hatte, den ich lange nicht gesehen hatte. Dieses plötzliche Absteigen war, glaube ich, nicht spektakulär, aber dieses unerwartete Wiedersehen schon.«

»Sie haben recht, so ein kleiner Sprung ruft keine Wehen hervor. Wenn das so wäre, gäbe es keine Abtreibungen auf der Welt. Ich spüre, dass nur die Erwähnung dieses Wiedersehens Ihren Puls in die Höhe treibt. Ich gebe Ihnen eine Spritze, die dazu beitragen soll, dass Sie keine vorzeitigen Wehen bekommen. Wichtig ist, dass Sie ruhig bleiben und jegliche Ereignisse, die Sie aufregen, nicht an sich heranlassen.«

»Wann kann ich wieder arbeiten?«

»Sie müssen eine Woche ruhen. Lassen Sie sich von Ihrer Mutter verwöhnen. Wenn kein weiteres verdächtiges Ziehen mehr auftritt, können Sie Ihren normalen Alltag wieder aufnehmen. Eine Schwangerschaft ist keine Krankheit.«

»Sie sagen ruhen? Darf ich spazieren gehen?«

»Nicht sofort, aber nach ein paar Tagen natürlich.« Die Ärztin gab Jenny einige gute Ratschläge und verabschiedete sich mit dem Hinweis darauf, dass Jennys Mutter ihre Handynummer hätte für den Fall, dass noch mal etwas sein sollte. Der Satz zeigte, dass die Gefahr einer Fehlgeburt nicht gebannt war. Andererseits war es beruhigend, dass Jenny bei ihrer Mutter gut betreut wurde.

Nachdem die Ärztin gegangen war, fragte die Mutter: »Bevor Bastian anruft, weiß er davon, dass du manchmal deinen Vater gesehen hast?«

»Nein, ich habe ihm von Papa erzählt und davon, dass ich ihn gerne wiedersehen würde. Von den Erscheinungen habe ich ihm nichts gesagt. Wie hätte ich sie ihm begreiflich machen sollen?«

»Wir haben in den nächsten Tagen viel Zeit zum Reden. Du solltest mit Bastian nicht darüber sprechen, bevor du nicht alles weißt.«

Jennys Handy summte. Es war Bastian. Er erzählte, dass Evi von Bahnbeamten auf dem Frankfurter Bahnhof weinend vor einem Automaten gefunden worden war. Eva-Marie hatte zwar kein Handy, aber sie hatte die Handynummer von ihrer Mama dabei, sodass die Beamten Verena informieren und Verena ihr Kind am Bahnhof abholen konnte.

»Ich habe jetzt knapp die Hälfte der Strecke geschafft. Wie geht es dir?« Da berichtete Jenny von ihrem Ziehen im Bauch und von der Ärztin und der wehenhemmenden Spritze und davon, dass sie eine Woche Ruhe verordnet bekommen hatte.

»Soll ich umdrehen und nach Bielefeld zurückkommen?«, fragte Bastian spontan.

»Nein«, sagte Jenny. »Mama sorgt für mich.«

»Dann fahre ich jetzt zu Eva-Marie, und morgen unternehme ich etwas mit ihr.«

»Ja, tu das. Gib mir Nachricht, wenn du gut angekommen bist. Vielleicht gehe ich zeitig schlafen, dann lese ich sie morgen früh.«

»Schlaf gut, mein Schatz. Ich schreibe dir.«

Würde Bastian seiner Tochter erklären können, dass Jenny ihr nicht den Papa wegnehmen wollte? Verena hatte bestimmt genau das behauptet. Konnte ein siebenjähriges Mädchen abwägen, was stimmte und was nicht?

Jennys Mutter brachte einen Teller mit Schnittchen, die sie gerade zubereitet und mit Cornichons und Paprikastreifen dekoriert hatte.

»Oh, danke«, sagte Jenny und langte zu.

»Hat Bastian Neuigkeiten aus Frankfurt?«

»Ja, Evi ist wieder da. Mama, von wem wusste Papa, dass ich heute mit dem Segway über den Klosterplatz fahren würde?«

»Von mir nicht. Wer wusste von eurem Plan, heute eine Stadtrundfahrt mit dem Segway zu machen?«

»Bastian wird seine Eltern, Anja und Lisa informiert haben. Es war heute der erste Samstag seit dem Unfall, an dem er nicht in Schnatbach war. Natürlich wissen Nicole und Marcel Bescheid. Schließlich hätte ich heute arbeiten müssen.«

»Wusste Verena auch von eurem Plan?«

»Ob Bastian von unserer geplanten Segway-Tour erzählt hat, weiß ich nicht, aber davon, dass er in Bielefeld bei mir ist, natürlich. Und mit meiner Freundin, die im Reisebüro in Münster arbeitet, habe ich telefoniert, bevor Bastian gebucht hat.«

»Das sind ziemlich viele Personen, aber wer von denen könnte denn Kontakt zu deinem Vater haben?«

»Keine Ahnung.«

Einen Moment überlegte Jenny, ob der Professor etwas wusste, da fragte die Mutter: »Hast du dem Professor davon erzählt?« Konnte sie Gedanken lesen?

»Ich habe mich in dieser Woche online auf einen Studienplatz fürs Wintersemester beworben und Michael kurz per SMS davon informiert. Dabei habe ich ihm ein schönes Wochenende gewünscht und erwähnt, dass Bastian und ich an einer Stadtführung durch Bielefeld mit dem Segway teilnehmen.«

»Du hast seine Handynummer?«

»Er hat mir im November seine Visitenkarte gegeben für den Fall, dass ich mich entschließe, in Bielefeld den Abschluss zu machen.«

***

Evi umarmte Bastian bei seiner Ankunft, als wollte sie ihn nie wieder loslassen. Wenn man von dem kurzen Wiedersehen nach der Paris-Reise mal absah, hatten sie seit sechs Wochen kein gemeinsames Wochenende mehr gehabt. Das war eindeutig zu lang für Evi. Sie kuschelte sich auf der Couch an ihn, als hätte sie Angst, ihn zu verlieren. Verena hatte dem bestimmt nicht entgegengewirkt.

Evi schlief in seinen Armen ein, und Verena brachte sie in ihr eigenes Bett. Bastian wollte sofort nach Hause fahren. Doch Verena sagte: »Sei nicht albern. Evis Bett ist frei, das ist groß genug für dich. Du kannst dort übernachten. Dann bist du morgen Früh, wenn sie aufwacht, gleich da, und sie muss nicht wieder warten, bis du endlich kommst.« In dem Moment dachte er, dass Verena recht hatte, aber als er im Bett seiner Tochter lag, konnte er nicht einschlafen. Er hatte unüberlegt gehandelt. Was würde Jenny dazu sagen?

Wie ging es ihr? Wenn sie Wehen bekommen hatte, dann wäre er schuld mit seiner Segway-Tour-Idee. Dabei war alles so gut gelaufen. Sie schien richtig Spaß daran gehabt zu haben, bis sie plötzlich jemanden gesehen hatte, der sie völlig durcheinander brachte. War es der Professor? Warum war er weggelaufen? Oder war es eine andere Person? Dass da jemand gewesen war, hatte Jenny nicht bestritten.

15. Geheimisse

Als Evi am nächsten Morgen entdeckte, dass Bastian in ihrem Zimmer übernachtet hatte, fragte sie begeistert: »Papa, können wir gleich nach dem Frühstück eine Dominobahn aufbauen?«

»Ja Evi, das machen wir«, antwortete Bastian.

»Möchtest du noch eine Tasse Kaffee?«, fragte Verena.

»Ja, danke.«

»Fahren wir in den Zoo?«

»Ja, Evi, nach dem Dominospiel.«

»Papa, du bist ein Ja-Sager.«

»Nicht immer, mein Schatz«, erwiderte er. Gestern Abend hatte er einmal zu viel *Ja* gesagt. Er hätte darauf bestehen sollen, dass er zu Hause schlief.

»Papa, du musst auch mit aufbauen«. Er konnte gerade noch sein *Ja, mein Schatz* unterdrücken.

»Papa, du musst Lücken lassen. Sonst fällt gleich alles um, wenn einer nur ein bisschen drankommt.« Bastian setzte Stein für Stein und ließ die gewünschten Lücken.

»Fertig. Papa, du musst die Lücken vorsichtig schließen, und dann holen wir Mama. Sie soll zugucken, wenn ich es anstoße.« Bastian setzte seine übrigen Steine und übertrug ihre Worte auf sich: Er musste seine Wissenslücken bei Jenny behutsam schließen. Warum wollte Jenny nicht über ihre Begegnung sprechen?

Verena kam aus dem Badezimmer, perfekt geschminkt, die Haare gestylt, eine Dame im Jeansanzug, mit der man sich sehen lassen konnte. Dieses tolle Aussehen hatte ihn vor Jahren beeindruckt. Heute war es ihm egal, mit wem sie verabredet war. Er jedenfalls würde mit seiner Tochter in den Zoo gehen. Evi gab einem Dominostein einen Schubs und fast alle Steine fielen nacheinander um. Verena und er klatschten Beifall.

»Papa hat nur ganz wenige hingestellt. Das meiste habe ich gemacht«, sagte sie stolz.

»Stimmt, und jetzt kannst du dir schon mal die Schuhe anziehen. Wir fahren gleich los. Ich muss nur noch kurz telefonieren.« Er verschwand mit dem Handy in der Küche, tippte

Jennys Nummer an und ließ es klingeln. Sie ging nicht dran. Was bedeutete das?

»Papa, du musst auch deine Schuhe anziehen.«

Bastian holte seine Schuhe. In Gedanken flehte er: Jenny, bitte gehe ran, sag mir, dass es euch gut geht, dir und unserem Sohn.

Da hörte er ihre Stimme: »Hallo, Bastian, ich habe das Klingeln nicht gehört, weil ich gerade meine Haare geföhnt habe.«

»Ist das ein gutes Zeichen? Ich meine, dass du auf bist?«

»Ich habe lange geschlafen. Wir lassen es ruhig angehen. Ich darf mich nicht aufregen. Die Ärztin hat es mir deutlich klargemacht.«

»Ich wäre gerne bei dir und würde meine Hand auf deinen Bauch legen und fühlen. Er bewegt sich doch?« Bastian hörte Jenny lachen, bevor sie antwortete: »Er strampelt. Ich glaube, er wird mal ein Hürdenläufer.«

Jetzt musste Bastian auch lachen.

»Papa, warum lachst du?«, rief Evi.

Jenny hatte Evis Stimme gehört und sagte: »Grüß Evi von mir. Was macht ihr heute?«

»Wir holen den versprochenen Besuch im Zoo nach.«

»Lasst euch nicht von den Affen die Bananen klauen.«

»Guter Tipp!«

»Na dann viel Spaß mit deiner Tochter.«

»Danke. Ich melde mich wieder.« Bastian drückte auf *Beenden*. Er sah, dass Verena Müsliriegel und Trinkpäckchen in ihre Schultertasche packte. Sie wollte mitkommen in den Zoo? Damit hatte er absolut nicht gerechnet. Verhindern konnte er es wohl nicht, so wie Evi strahlte. Erst sein Übernachten bei Verena, dann der gemeinsame Familienausflug. Das war inszeniert, und er schaute tatenlos zu. Er musste dringend die Reißleine ziehen.

»Geht schon mal vor. Ich komme sofort nach«, sagte er und tat, als müsste er zur Toilette. Sie gingen tatsächlich. Er drückte erneut Jennys Nummer. Sie war sofort dran.

»Hallo, Schatz. Was hast du vergessen?«

»Jenny, ich muss dir was sagen. Ich wollte gerade mit Evi losfahren, da kriege ich mit, dass Verena Evi versprochen hat, ebenfalls mit in den Zoo zu gehen. Ich kann Evi das jetzt nicht abschlagen, aber ich habe den Verdacht, dass Verena irgendetwas im Schilde führt. Vielleicht will sie ein Foto von uns dreien machen lassen und es dir per WhatsApp schicken als Retourkutsche für das Foto von dir und Evi in Paris.«

»Ich bin gewappnet.«

»Reg dich bitte nicht auf, was immer sie vorhat.«

»Nein, mach ich nicht. Gemeinsam sind wir stärker als sie. Gut, dass du angerufen hast. Tschüs, Küsschen.«

Aufgelegt. Bastian beeilte sich, zum Auto zu kommen. Die Vorfreude auf diesen Tag war getrübt. Er hatte ein ungutes Gefühl.

***

»Was gibt es Neues von Bastian?«, fragte die Mutter, während sie Jenny Kaffee eingoss.

»Sie gehen heute in den Zoo. Verena geht mit.«

»Oh, stört dich das?«

»Bastian konnte es nicht verhindern.«

Ihre Mutter stellte das Radio an: »In Kassel hat die Ausstellung *Expedition Grimm* eröffnet, denn hier sammelten die Brüder Jacob und Wilhelm Grimm ihre berühmten Märchen.«

»Und ihr Bruder Ludwig Emil hat die Märchen illustriert«, sagte die Mutter.

»Dann hast du ja einen ganz berühmten Kollegen bei deiner Arbeit.«

»Stimmt. Zurzeit illustriere ich zwar Kinderbücher, aber meine Zeichnungen zu dem Märchenbuch damals haben mir auch Spaß gemacht. Dein Vater hat immer eine Hauptrolle im Weihnachtsmärchen gehabt.«

»Und wenn er sie zu Hause einstudiert hat, war ich Dornröschen oder Rumpelstilzchen. Es war so schön für mich! Dann war Papa auf einmal nicht mehr da. Mama, warum hat er sich bis zu meiner Konfirmation nicht gemeldet?«

»Das konnte ich dir damals nicht erzählen.«

»Du hast immer gesagt, Papa will Karriere machen, aber das habe ich nicht verstanden. Beim letzten Textstudium durfte ich die Worte des Sterntalermädchens sprechen. Ich habe gedacht, ich war bei diesen Proben nicht gut genug.«

»Du dachtest, du wärest schuld daran, dass er uns verlassen hat?«

»Heute weiß ich, dass Kinder so denken.«

»Oh Schatz, und ich war so mit meinen eigenen Problemen beschäftigt, dass ich das gar nicht gemerkt habe.« Jenny sagte nichts dazu. Sie wartete.

Ihre Mutter stand auf und schlug vor, ins Wohnzimmer zu gehen, denn das würde eine längere Geschichte werden.

»Dein Vater bekam ein Engagement in Köln und sagte mir, er müsse seine Chance nutzen. Er rief hin und wieder an, hatte aber keine Zeit, nach Hause zu kommen. Ich lud ihn zu deiner Einschulung ein. Er sagte ab. Ich nahm es zum Anlass, danach mit dir nach Köln zu fahren.« Die Mutter machte eine Pause. Jenny fühlte noch heute, wie enttäuscht sie war, weil ihr Vater eine unsympathische Rolle spielte.

Ihre Mutter hatte sich wieder gefasst. »Nach dem Theaterstück wollte ich deinen Vater sprechen. Ich bat dich, im Foyer zu warten, und ging alleine auf die Suche nach ihm. Erinnerst du dich?«

»Mama, wie könnte ich das je vergessen? Ich war sechs, Papa hat sich vor uns versteckt. Er hatte kein Interesse daran, mich wiederzusehen. Ich konnte es nicht verstehen.«

»Er hatte sich nicht versteckt«, sagte ihre Mutter so leise, dass Jenny es kaum verstand.

»Du hast ihn getroffen, und er wollte mich ganz bewusst nicht sehen?«

»Ich habe deinen Vater in seiner Garderobe in flagranti erwischt mit einer Schauspielerin. Jenny, es war schrecklich und eindeutig.«

»Und deswegen hast du ihn damals zum Teufel geschickt?«

»Er hatte mich so sehr verletzt. Damit, dass er nicht viel Geld verdiente, konnte ich leben. Auch dass er von großen Rollen träumte, habe ich akzeptiert, obwohl ich der Meinung war, dass ihm das Schreiben mehr lag. Seine Texte waren wunderbar. Ich hätte ihm jeden Freiraum verschafft, wenn er beschlossen hätte, einen Roman zu schreiben. Aber dass er in eine andere Stadt ging, weil er dort eine Geliebte hatte, das hatte mich kalt erwischt. Ich hatte ihm vertraut und war unendlich enttäuscht.«

»Mama, hat Papa mich wiedersehen wollen?« Jenny stellte diese Frage leise, als könnte sie die Antwort dadurch beeinflussen.

»Das erste Jahr war er verblendet und stur. Wir haben nur gestritten, wenn wir uns gesprochen haben, und seine Geliebte hat ihn mit Erfolg auch von dir ferngehalten. Und dann ...« Die Mutter stand auf und holte die Fotos von Jenny, die sie ihr gestern gezeigt hatte. »Das Foto, das beweist, dass er heimlich zu deiner Einschulung gekommen war, schickte er erst viel später.«

»Wie hast du darauf reagiert?«

»Gar nicht. Ich war wütend auf ihn. Ich musste sehen, wie ich unser beider Leben in den Griff bekam, nachdem er weg war. Meine Stelle am Theater, die mir Spaß gemacht hatte, weil ich die Verantwortung für die Kleidung der Schauspieler hatte, musste ich aufgeben. Ab sofort wollte ich da sein, wenn du mich brauchtest, und musste sehen, wie wir finanziell über die Runden kamen. Ich trug Zeitungen aus und war wieder zu Hause, wenn du zur Schule musstest. Ich hatte unser Leben ohne deinen Vater arrangiert. Er sollte sich nicht wieder einmischen. Er hatte sein Recht darauf verspielt.«

Das Telefon klingelte. »Sabine Herzog«, meldete sich ihre Mutter. Dann hielt sie den Hörer zu und flüsterte: »Isolde fragt, wie der Segway-Ausflug war. Sollen wir sie zum Kaffee heute Nachmittag einladen?«

Jenny nickte.

»Doch, doch, Isolde, ich bin noch dran. Wir wollten dich fragen, ob du heute Nachmittag Zeit hast. Dann kann Jenny dir selbst erzählen, wie's gestern war.«

...

»Ja, Jenny ist nicht in Schnatbach. Sagen wir bis ungefähr halb vier?«

Die Mutter legte auf. »Isolde freut sich. Ich backe einen Schokoladenkuchen. Die Zutaten dazu hätte ich im Haus.«

Das Mittagessen ließen sie ausfallen. Wann hatte sie das

letzte Mal so ungestört drei Stunden hintereinander gelesen? Da summte ihr Handy. Eine WhatsApp von Verena. Sie zeigte Fotos von Bastian, Verena und Evi neben einem Elefanten, vor den Gorillas und – ein besonders schönes Foto – nur von den dreien, bei dem Bastian seinen Arm um Evi gelegt hatte und Verena ihren Kopf an seine Schulter lehnte. Ein gewollt harmonisches Familienfoto.

Verena sah auf dem dritten Foto auffallend schick aus. So perfekt gestylt. Zu perfekt! Und wenn etwas dran wäre an dem, was sie ihr unterjubeln wollte? Die Ehe von Bastian und Verena war auseinandergegangen, weil Verena sich in einen anderen verliebt hatte, mit dem schon wieder Schluss war. Nein, Bastian erneut an Verenas Seite, das wollte sie sich nicht vorstellen. Doch die Fantasie ging ihre eigenen Wege. Was hatte ihre Mutter vorhin gesagt: »Ich hatte ihm vertraut.« Jenny begann, die Reaktion ihrer Mutter zu verstehen.

Der Küchenwecker bimmelte. Die Mutter holte das braune Kunstwerk aus dem Ofen und stellte es auf den Tisch.

»Kuchen backen war schon immer das beste Ventil für dich, wenn du ein Problem hattest«, sagte Jenny und stand auf, um den Kaffeetisch zu decken.

»Und du hast dir in solchen Fällen ein Buch gesucht.«

»Und ein Stück Schokolade dazu – oder Schokoladenkuchen«, lachte Jenny. Sie stand jetzt direkt vor ihrer Mutter. Unwillkürlich nahmen sich beide in den Arm, eine spontane Geste. Sie tat so gut.

***

Als Bastian am Sonntagabend zu Hause ankam, war es 19 Uhr. War das ein Wochenende! Nicht zu glauben, was sich alles in zwei Tagen ereignen konnte: Erst die Segway-Stadtführung, die vergnüglich begann und kritisch endete, dann Evis Verschwinden und schließlich der inszenierte Familienausflug. Verena wollte ihn sogar überreden, noch einmal bei ihr zu übernachten, weil Evi Projektwoche hatte. Deswegen sollte er Evi zur Schule bringen. Was bezweckte sie mit dieser Strategie? Sie glaubte doch nicht im Ernst, ihn zurückerobern zu können?

Bastian schaute auf das Display des Telefons. Jenny hatte nicht angerufen. Sollte er ihr erzählen, dass er gestern bei Verena übernachtet hatte? In ihrem jetzigen Zustand besser nicht. Das konnte er später beiläufig erwähnen. Er wählte Jennys Handynummer. Sie war sofort dran.

»Wie geht es dir, mein Schatz?« Zögerte sie mit der Antwort oder bildete er sich das nur ein?

»Alles okay. Heute Nachmittag war Tante Isolde hier.«

»Dann war es ja wieder lustig.«

»Und wie war der Zoobesuch bei dir?«

»Evi war glücklich. Hat Verena dir ein Foto von uns dreien geschickt? Sie hat tatsächlich dafür Fremden ihr Handy in die Hand gedrückt.«

»Hat sie, drei Fotos.«

»Gut, dass ich dich gewarnt hatte.«

»Ja.«

»Du, Eva-Marie hat nächste Woche in der Schule Projektwoche. Am Freitag um 16 Uhr ist ihre Klasse mit einer Aufführung dran.«

»Was spielt sie denn?«

»Sie trommelt. Alle Kinder trommeln. Sie üben dafür die ganze Woche. Ich soll mir die Aufführung unbedingt ansehen. Ich weiß gar nicht, wie man eine ganze Woche mit den kompletten Klassen dafür üben kann.«

»Ich kann's mir vorstellen. Wirst du es dir ansehen?«

»Ich denke schon.«

»Mit Verena zusammen?«

»Das wird sich nicht vermeiden lassen. Ich komme am Samstagvormittag nach Bielefeld, und dann fahren wir nach Schnatbach. Bis dahin telefonieren wir jeden Tag.«

»Ich bin immer zu erreichen«, sagte Jenny, mehr nicht.

»Schon dich, mein Schatz. Ich schicke dir 1000 Küsschen.«

»Ich dir auch.«

Was war das denn für ein Telefonat? Jenny hatte kein Wort zu viel gesprochen. War sie durch die Spritze von der Ärztin ruhiggestellt oder hing das mit dieser seltsamen Begegnung auf dem Klosterplatz zusammen? Irgendwie war sie seitdem verändert. Die Ungewissheit belastete ihn.

Das Klingeln des Handys riss ihn aus seinen Gedanken. Verena. Er sollte nicht drangehen.

Dann hörte er: »Hallo, Papa, ich bin schon im Bett. Ich wollte dir noch gute Nacht sagen.«

»Gute Nacht, Evi, schlaf schön.«

»Du auch.«

Evi wollte, dass er ihr jeden Abend *Gute Nacht* sagte. Das war nun mal nicht möglich. Es tat ihr weh und ihm auch. Wie vielen Kindern, Vätern und Müttern ging es genauso? Und wie viele Eltern waren beruflich tagelang nicht zu Hause? Hatte Evi selbst den Wunsch geäußert, ihn anrufen zu dürfen? Oder war das Verenas Werk?

16. An der Alten Wassermühle

Jenny war schon fünf Tage bei ihrer Mutter. Es hatten sich keine Wehen eingestellt. Über den Vater sprachen sie nicht mehr, obwohl Jenny das Gefühl hatte, dass es noch viel zu erzählen gab. Sie war sich sicher, dass die Mutter etwas verschwieg, aber sie dachte an die Ermahnung der Ärztin, sich nicht aufzuregen. Sie las viel und machte von Tag zu Tag längere Spaziergänge.

Gerade hatte sie es sich wieder mit einem Buch gemütlich gemacht, da brummte ihr Handy. Das Display zeigte die Nummer des Professors.

»Jennifer Herzog«, meldete sie sich förmlich. »Michael Obermeier. Hallo, Jennifer, danke für deine SMS mit der guten Nachricht, dass du dich um einen Platz in der Uni beworben hast. Ich gratuliere dir zu diesem Entschluss.«

»Danke. Ich habe aber noch keine Antwort.«

»So schnell mahlen die Mühlen bei uns auf dem Campus nicht. Wie war dein Segway-Ausflug?«

»Ein Erlebnis. Nur am Abend ging es mir nicht gut. Ich dachte, ich hätte Wehen.«

»War der Ausflug zu anstrengend?«

»Nein, das nicht. Aber meine Mutter hat sicherheitshalber ihre Frauenärztin angerufen. Sie hat mir eine Woche Ruhe verordnet. Deswegen bin ich noch hier.«

»Ist alles okay?«, fragte Michael.

»Ich gehe schon wieder spazieren und war auch bei der Ärztin in der Praxis. Sie sagt, es ist alles in Ordnung.«

»Jennifer, deine Mutter wohnt doch in Heepen, oder?«

»Das stimmt.«

»Gehst du auch manchmal zur Alten Wassermühle zu Bentrup?«

»Ja, das ist nicht weit von uns. Ich gehe gerne dorthin. Es gibt so kuschelige Plätze um die Mühle herum, und am Wochenende gibt es im Mühlencafé leckeren Kuchen. Den kann man dann gemütlich in einer der Nischen genießen.«

»Jennifer, weshalb ich frage. Ich meine, ich wohne zwar am anderen Ende von Bielefeld, fahre aber regelmäßig Fahrrad.

An den Staudeichen entlang brauche ich kaum länger als eine halbe Stunde mit dem Rad bis zur Mühle.«

Worauf wollte Michael hinaus? Wollte er sich etwa mit ihr treffen, so ganz privat? Das ging gar nicht.

»Ich fahre auch nach Möglichkeit mit dem Fahrrad zum Campus – im Moment natürlich nicht«, sagte Jenny.

»Aber du könntest zu Fuß zur Mühle kommen, morgen Nachmittag zum Beispiel gegen 16 Uhr?«

Das musste sie ablehnen. Das wäre nicht einmal unhöflich. Sie brauchte nur darauf hinzuweisen, dass Bastian morgen käme, das heißt, Freitag gegen 16 Uhr. Um genau diese Uhrzeit würde Bastian mit Verena zusammen Evis Aufführung ansehen, und sie wäre alleine hier.

»Jennifer?«

»Ja, das ist eine gute Zeit. Ich mache einen Spaziergang zur Mühle.«

»Ich freue mich auf unser zufälliges Treffen«, sagte Michael, und es klang, als meinte er es auch so.

»Ganz zufällig«, wiederholte Jenny.

Am Freitagnachmittag regnete es leicht. Sollte sie einfach zu Hause bleiben? Nein, das machte man nicht. Anrufen und sagen, dass sie nicht käme? Er war bestimmt schon unterwegs. Und Bastian aß sicher längst zusammen mit Verena und Eva-Marie auf dem Schulfest den selbst gebackenen Kuchen der anderen Mütter.

»Willst du nach draußen? Es sieht nach Regen aus«, fragte die Mutter, als sie sah, dass Jenny ihren Anorak überzog.

»Ich soll viel an die frische Luft gehen, und notfalls habe ich einen Schirm dabei«, sagte Jenny. Ob ihre Mutter gemerkt hatte, dass sie etwas Make-up aufgelegt hatte?

Jenny marschierte los und traf pünktlich im Mühlencafé ein, suchte sich einen Kuchen aus und trank einen Cappuccino. Außer einem jungen Paar, das sich selbst genug war, hatte heute niemand den Weg hierher gefunden. Sie versuchte, der Wirtin gegenüber nicht den Eindruck zu erwecken, als wartete sie auf jemanden. Nur ganz unauffällig schielte sie zur Uhr. Es war schon viertel nach vier. Es regnete. Er kam bestimmt nicht mehr. Vielleicht war es besser so. Es war ja auch nur eine lose Verabredung.

Sie trank ihren Cappuccino aus und gefiel sich darin, niedergeschlagen zu sein.

Ein Sonnenstrahl wanderte über ihren Tisch. Sie sah aus dem Fenster und entdeckte ein Stückchen von einem Regenbogen. Sie bezahlte und lief hinaus, atmete die frische Luft und versank in der Bewunderung des Naturschauspiels. Diese Farben am grauen Himmel hatten sie schon immer fasziniert.

Plötzlich legte jemand von hinten die Hände auf ihre Schultern und sagte: »Es tut mir leid, dass ich zu spät bin. Als ich in Dornberg losfahren wollte, schüttete es dort gerade wie aus Kübeln, und vollkommen durchnässt wollte ich nicht hier ankommen. Schön, dass du da bist. Ich hatte schon befürchtet, dass dich der Regen davon abhalten würde, zu kommen.«

»Zufällige Begegnungen halte ich immer ein«, sagte Jenny kess. Ihre Niedergeschlagenheit war wie weggeblasen – und der Rest von ihrem schlechten Gewissen auch.

»Du hast schon Kaffee getrunken?«

»Den Rhabarberkuchen kann ich sehr empfehlen.«

»Darf ich dich denn zu einem zweiten Stück einladen?«

Jenny schaute auf ihren Bauch, sah auf und sagte: »Ich esse ja für zwei.«

Ihre Unterhaltung war locker und unverfänglich. Jenny erzählte von Paris und Michael von seiner Studienzeit in Grenoble. Jenny genoss die Abwechslung nach einer Woche Ruhe mit viel Lesen und gelegentlichem Fernsehen.

Als sie wieder bei ihrer Mutter ankam, meinte diese: »Das war aber ein langer Spaziergang im Regen.« Jenny antwortete: »Ich habe im Mühlencafé Rhabarberkuchen gegessen.« Ihr Handy klingelte. Es war Bastians Nummer.

»Hallo, Bastian, wie war das Abschlusstrommeln?«

»Super, Jenny. Die Kinder hatten im Unterricht die ganze Woche das Thema Afrika. Evi weiß jetzt besser Bescheid als ich. Ein afrikanisches Team, genannt *Trommelzauber*, hat mit den einzelnen Klassen eine Choreografie einstudiert. Alle Schüler der Grundschule waren beteiligt. Jedes Kind hatte eine geliehene kleine Trommel. Die Schüler waren pro Jahrgangsstufe einheitlich als Tiere verkleidet.«

»Die zweiten Klassen waren Giraffen«, rief Evi dazwischen. Bastian hatte ihr das Handy weitergegeben und sie erzählte begeistert.

»Das hätte ich auch gerne gesehen«, sagte Jenny. Evi schloss ihre Rede mit: »Schade, dass du nicht da warst.«

Das konnte Evi doch nur sagen, wenn ihre Mutter nicht dabei war. Wo war Verena? Da übernahm Bastian wieder und sagte: »Evi schläft heute bei mir. Morgen früh bringe ich sie zu Verena und fahre dann gleich weiter nach Bielefeld.«

»Und wo ist Verena?«

»Die hatte heute ab 15 Uhr eine Veranstaltung in der Uni. Schatz, seid ihr wohlauf?«

»Alles bestens.«

»Dann können wir ja morgen am Nachmittag zu meinen Eltern fahren.«

»Tschüs, Tante Jenny« rief Evi, und das Gespräch war beendet.

»Tschüs, ihr beiden«, sagte Jenny, aber das hörten sie wohl schon nicht mehr.

Er war ohne Verena in der Schule gewesen, und sie hatte sich mit Michael getroffen – zufällig. Hätte sie das Bastian erzählen müssen – am Telefon? Hätte er ihr ein zufälliges Treffen abgenommen? Nein, vermutlich nicht. Ganz abgesehen davon, dass man ihr eine Lüge sofort anmerkte. Nein, von diesem Treffen musste sie ihm später mal erzählen, wenn sie Zeit hatten und sie es ihm ausführlich erklären konnte.

17. Sommerferien in Schnatbach

»Wir sind da!«, rief Evi freudestrahlend aus, als sie auf die Hofeinfahrt einbogen. Bevor Bastian, Evi und Jenny ausgestiegen waren, kam Lisa angelaufen und begrüßte die Ankömmlinge.

Bastian sah seine Mutter in der Eingangstür stehen, aufrecht wie ein Fels in der Brandung und nicht mehr so in sich zusammengesackt wie damals nach dem Unfall von Thomas. Da entdeckte Evi ihre Oma. Bastian wusste, was jetzt kam. Es war ein Ritual. Evi lief zu seiner Mutter, die ihr Enkelkind mit den Worten hochhob: »Dich kann ich noch stemmen, bei Lisa wird das schon schwieriger. Kommt, wir trinken erst Kaffee. Wir haben auf der Terrasse gedeckt. Es gibt Apfelkuchen.« Evi schlang ihre Beine um Omas Hüfte, und die beiden drückten sich.

Als sie alle auf der Terrasse ankamen, stellte Anja gerade die Warmhaltekanne mit dem Kaffee auf den Tisch. Der Vater und Thomas standen beide in der gleichen Körperhaltung wie Statuen neben ihren Stühlen und stützten sich mit einer Hand auf die Lehne. Beim Vater war das normal, der war schon 78, aber Thomas war erst 39. Bastian begrüßte ihn fröhlich: »Gratuliere, dass du wieder zu Hause bist.«

»Na, Evi, wie waren die ersten drei Wochen der Sommerferien auf Mallorca?«, fragte Bastians Vater.

»Super«, sagte Evi. »Mama hat sich auf einer Liege am Strand gesonnt, und ich war im Kids-Club. Da habe ich eine Freundin kennengelernt.« Evi fuhr fort, lebhaft und detailgetreu zu erzählen, und aß ihren Kuchen nebenbei. Alle hörten mit bewundernden Zwischenrufen zu. Sie beendete ihren Bericht mit den Worten: »Und auf heute habe ich mich ganz doll gefreut. Kann ich jetzt mit Lisa zu den Pferden?«

»Na los, zischt ab«, sagte Bastian. Dann wurde es ruhig am Kaffeetisch.

Bastian unterbrach das Schweigen. »Thomas, ich sehe keine Gehhilfe mehr. Kannst du inzwischen ohne Stock gehen? Als ich dich in der Reha besucht habe, brauchtest du noch beide Krücken.«

Thomas nickte. »Na ja, vor dem Fußballspielen drücke ich mich lieber – natürlich nur, weil ich nicht hinfallen sollte. Das Bein ist wieder in Ordnung, die Rippenbrüche sind auch verheilt. Aber der Kopf macht mir zu schaffen. Ich kann mich nicht länger als eine Stunde konzentrieren. Arbeiten soll ich noch nicht wieder, weil mir der Kopf dröhnt, wenn ich mich anstrenge.« Wie langsam Thomas spricht, dachte Bastian, als ob ihm jedes Wort schwerfällt.

Anja ergänzte: »Die Ärzte sagen, auch das kommt wieder in Ordnung, aber es braucht Zeit. Thomas soll Geduld haben.«

Thomas seufzte. »Das ist wahnsinnig schwer. Der Unfall ist nun schon vier Monate her. In Bad Salzuflen hatte ich Anwendungen. Der Monat hat mir gut getan. Ich war abgelenkt und konnte mir nicht so viele Sorgen um zu Hause machen.«

»Wir kriegen das hin. Jetzt ist Bastian ja da«, sagte die Mutter.

»... und Jenny«, ergänzte der Vater. »Wie lange könnt ihr bleiben?«

»Ich habe die drei Wochen Urlaub, die ich für die ersten Tage nach der Geburt unseres Kindes gedacht hatte, vorziehen können«, antwortete Bastian und schickte einen prüfenden Blick zu Jenny. Sie hatte zwar nicht widersprochen, als er ihr erklärte, dass er gerade im August auf dem Hof besonders gebraucht wurde, aber er hatte ihre Worte noch genau im Ohr: »Ich hatte mich so auf die ersten Wochen nach der Geburt gefreut: Nur Nico, du und ich.« Seine Beteuerung »Ich doch auch« hatte sie akzeptiert, aber ihre Enttäuschung darüber, dass er nach der Geburt ihres Babys würde arbeiten müssen, war spürbar gewesen.

Die Mutter begann den Tisch abzuräumen. Anja und Jenny standen ebenfalls auf, um zu helfen. Dabei legte Anja den Arm um Jenny und sagte: »Ich glaube, dafür, dass Bastian darauf verzichtet, die ersten Wochen nach deiner Niederkunft bei dir zu sein, müssen wir uns vor allem bei dir bedanken.«

»Die Erntezeit hat begonnen«, ergänzte die Mutter. »Da muss der Mähdrescher bei gutem Wetter fast rund um die Uhr bewegt werden. Außerdem müssen die Fußballplätze regelmäßig gemäht werden. Die Aufgaben hat Thomas zusätz-

lich übernommen. Dazu hat im August kein Dorfhelfer Zeit.«
Bastian sah Jennys traurigen Blick. Warum hatte seine Mutter die Gelegenheit nicht wahrgenommen, sich auch bei Jenny zu bedanken? Es hätte sich so angeboten. Die Mutter war doch sonst feinfühlig. Bei Jenny war sie eher höflich reserviert.

»Ich hole unsere Koffer aus dem Auto. Wir müssen noch auspacken«, sagte Bastian. Beim Einräumen seiner Sachen in den alten Kleiderschrank im Gästezimmer ließ er die letzten drei Monate vor seinem inneren Auge Revue passieren. Sie waren schnell vergangen. Seit dem Segway-Ausflug war er immer erst am Samstagvormittag nach Schnatbach gefahren und Sonntagabend wiedergekommen. Wenn Jenny am Samstag frei hatte, hatte sie ihn begleitet und ihre Mutter in Bielefeld besucht. Morgens fuhr er lange vor Jenny in die Firma, abends war er vor ihr wieder zu Hause. Wenn es zeitlich hinkam, ging Jenny zur Schwangerschaftsgymnastik. Der glücklichste Abend war der, als sie das Kinderbettchen für Nico gekauft hatten. Da hatten sie alle Sorgen vergessen und sich nur aufeinander konzentriert. Auch mit Babybauch war Jenny attraktiv. Der Bauch hatte überhaupt nicht gestört. Im Gegenteil, es …

Da kam Jenny herein. Bastian nahm sie in den Arm und sagte: »Wir hatten in den letzten Wochen wenig Zeit füreinander. Vielleicht finden wir sie hier?« Dabei zeigte er auf das alte Himmelbett, das im Gästezimmer stand. Jenny nickte und flüsterte: »Wir haben viel nachzuholen.«

»Jetzt sofort?«, fragte Bastian mit einem Blick, der viel versprach. Da hörte er seine Mutter rufen: »Bastian, Jenny, wir wollen einen Spaziergang machen. Kommt ihr?«

Am darauffolgenden Mittwoch saß Bastian nun schon den dritten Tag hoch oben auf dem Mähdrescher. Als er den Riesen das erste Mal wieder bewegt hatte, dachte er: Hier oben liegt einem die Welt im wahrsten Sinne des Wortes zu Füßen. Aber inzwischen hatte er schon so viele Stunden auf den Feldern verbracht, dass er sich auf das kühle Wohnzimmer freute. Er stellte den Motor ab, um etwas zu trinken, und warf wie gewohnt einen Blick auf sein Handy. Sein Boss bat um Rückruf – und das während seines Urlaubs! Das klang dringend.

Ferrari war direkt am Apparat und kam, wie es seine Art war, sofort zur Sache. »Hallo, Jaguar. Alles in Ordnung bei Ihnen?« Oh ha, wenn der Boss ihn mit seinem dienstlichen Spitznamen ansprach, dann wollte er Bastian bei Laune halten.

»Ich störe Sie ungern in Ihrem Urlaub, aber ich muss Sie auf etwas vorbereiten. Ich brauche Sie dringend für einen Auslandstermin in Vertretung für den Nachfolger von Marcel.«

»Während meines Urlaubs?«

»Nein, vom 9. bis 13. September.«

»Das ist knapp drei Wochen vor dem voraussichtlichen Geburtstermin unseres Kindes! Ich wollte bei der Geburt dabei sein.«

»Dann sind es ja nach der Auslandsreise noch zwei Wochen, das geht doch. Ich hatte schon befürchtet, es wäre kürzer davor.«

»Sie hatten mir versprochen, dass ich nicht mehr so viel reisen muss.«

»Bastian, es geht nicht anders. Ich kann den Nachfolger von Marcel nicht ausgerechnet nach Mexiko schicken – nach nur einer Woche Einarbeitungszeit!«

»Nach Mexiko? Die Arbeit mit unserem Kooperationspartner dort ist doch so schwierig. Mit dem hatte ich noch nie zu tun. Das hat alles Marcel gemacht.«

»Sehen Sie. Deswegen rufe ich so frühzeitig an. Ich brauche dort unbedingt jemanden, auf den ich mich verlassen kann. Es handelt sich um einen Spezialtransport, bei dem alles klappen muss. Es geht um sehr viel Geld.«

»Um was für einen Spezialtransport?«

»Eine komplette Seilbahn. Mexiko ist gewissermaßen das Land der Seilbahnen. In den Millionenstädten versuchen sie damit das Verkehrschaos in den Griff zu kriegen. Im Gebirge gibt es Seilbahnen für Touristen wegen der guten Aussicht, in den Freizeitparks im Touristengebiet Riviera Maya im Osten der Halbinsel Yucatan dienen Seilbahnen als abenteuerliche Attraktionen. Befassen Sie sich schon mal ein bisschen mit Mexiko. Sie werden sehen, es ist ein faszinierendes Land.«

Von dem ich, wenn ich beruflich dort bin, sowieso nicht viel mitkriege, dachte Bastian. »Um was für eine Seilbahn handelt es sich?«

»Es geht um eine Seilbahn, bei der die Besucher in kleinen Gondeln für maximal acht Personen durch den mexikanischen Regenwald schweben. Die Bauteile kommen aus der Schweiz und den Niederlanden und werden vom Flughafen Frankfurt-Hahn aus in drei Flügen mit einer Boeing nach Mexiko transportiert und weiter dann mit 13 Lkw ins Zielgebiet. Jaguar, ich brauche Sie vor Ort.«

Bastian sog die Luft ein und überlegte fieberhaft, mit welchem Argument er diese Aufgabe ablehnen konnte, da fuhr Ferrari fort: »Sie sind vorher noch eine Woche in der Firma. Da können Sie sich einarbeiten. Jaguar, Sie wissen Bescheid. Ich zähle auf Sie. Ich wünsche Ihnen trotzdem einen schönen Urlaub.«

Aufgelegt.

Bastian wischte sich den Schweiß von der Stirn. Da sah er Evi und Lisa. Sie saßen kerzengerade auf ihren Ponys und winkten. Hatten sie ihn schon länger beobachtet? Langsam ritten die Mädchen weiter. Bastian winkte zurück und zeigte von Weitem mit dem Daumen nach oben.

Es war schwül. Er musste weiterarbeiten, um alle Aufträge zu schaffen, bevor das Wetter umschlug. Hatte der Boss wirklich keinen, den er statt seiner nach Mexiko schicken konnte? Wie würde Jenny reagieren, wenn sie davon erfuhr? Das Vorziehen seines Urlaubs für Schnatbach war schon eine große Enttäuschung für sie gewesen. Und jetzt auch noch eine Woche Mexiko – so dicht vor dem errechneten Geburtstermin. Wie sollte er ihr das bloß beibringen?

Am Abend goss es in Strömen. Darum saßen alle zusammen am Tisch. Evi fragte:»Papa, mit wem hast du beim Mähen telefoniert?« Oh nein, von dem Anruf seines Chefs wollte er Jenny nicht hier in Gegenwart der ganzen Familie erzählen.

»Hat der Neumann den Auftrag, seine Felder zu mähen, bei uns zurückgezogen und anderweitig vergeben?«, fragte Thomas besorgt.

»Nein, der Anruf betraf euch nicht.«

»Es war Verena«, vermutete der Vater.

»Nein, es war mein Chef. Es geht nur mich was an.«

»Ein Chef ruft doch seine Mitarbeiter nicht aus Jux und Tollerei im Urlaub an. Sollst du den Urlaub hier abbrechen?«, fragte Anja mit sorgenvollem Blick.

»Nein, das nicht. Eine Woche nach meinem Urlaub muss ich eine Auslandsreise machen.« So, jetzt war es raus. Bastian sah Jenny gespannt an.

»Von wann bis wann?« Jennys Frage war kaum zu verstehen.

»Vom neunten bis dreizehnten September.«

»Wohin fährst du?«, fragte Lisa neugierig.

Sie findet Reisen spannend, dachte Bastian und antwortete: »Ich fahre nicht, ich fliege nach Mexiko.«

»Mexiko!« Es klang wie der vielstimmige Schlussakkord eines Musikstückes.

Die Mutter fand als Erste ihre Sprache wieder: »Dann bist du erst zwei Wochen vor dem Geburtstermin wieder hier. Konnte kein anderer fahren?« Bastian stutzte und war einen Moment abgelenkt. Die Mutter kannte den errechneten Geburtstermin? Das hatte sie nie durchblicken lassen.

Jenny erklärte: »Nein, da kann kein anderer fahren. Die Auslandsreisen hat sonst der Mann meiner Kollegin gemacht. Sein Nachfolger muss erst eingearbeitet werden.«

Bastian fasste über den Tisch, griff nach Jennys Hand und drückte sie.

Jenny sagte leise: »Komm rechtzeitig wieder nach Hause. Wir werden versuchen zu warten, bis du da bist.« Bastian wollte etwas sagen, aber seine Stimme gehorchte nicht. Er nickte nur. Ihm schien, dass auf einmal alle ganz still waren. Schließlich ließ er Jennys Hand wieder los.

»Onkel Bastian, was musst du in Mexiko machen?« Die Frage kam von Lisa.

»Dafür sorgen, dass eine Seilbahn vom Flughafen in Veracruz, das ist eine Hafenstadt am Golf von Mexiko, zum Bestimmungsort transportiert wird.«

»Geht die Seilbahn auf einen Berg?«, fragte Evi.

»Nein, sie geht durch den tropischen Regenwald. Das ist sehr interessant für Touristen. Solche Seilbahnen gibt es bereits an verschiedenen anderen Orten«, erzählte Bastian und dachte: Ich muss sofort im Internet gucken, wo überall.

Evi fragte: »Zeigst du uns die Länder auf dem Globus?«

»Mach ich.«

»Jetzt gleich?«

Bastian sah Jenny fragend an. Sie nickte. Also sagte er: »Ich komme gleich. Wir müssen nur kurz was besprechen.«

»Wir gucken schon mal alleine auf den Globus«, rief Lisa im Rausgehen.

Jenny wollte den Tisch abräumen. Bastians Mutter entließ sie mit der Aufforderung: »Danke, geh ruhig schon mal.« Und zwinkerte ihr zu.

Als er mit Jenny alleine war, sagte er: »Danke für dein Verständnis.«

»Ich kenne deinen Chef. Du hattest keine Möglichkeit abzulehnen. Aber pass auf dich auf!«

Da nahm Bastian Jenny liebevoll in die Arme, küsste sie zärtlich und sagte: »Ich wünschte, ich wäre schon wieder hier.«

18. Schuld sind nur die Zwiebeln

Seit Anfang der Woche half Jenny im Haushalt ebenso wie bei Gartenarbeiten. Dabei hatte sie Zeit zum Nachdenken. Bastian war vom Aufstehen bis zum Schlafengehen im Einsatz. Er wurde wirklich gebraucht, nicht nur wegen der anstehenden Erntearbeiten, sondern auch zur Beruhigung für Thomas, der darunter litt, dass er schnell abbaute und seine Heilung sehr langsam voranschritt. Bastian hatte ihr erzählt, dass der befreundete Hausarzt bei seinem Kontrollbesuch zu ihm gesagt hatte: »Thomas braucht die Unterstützung von euch allen, um diesen langen Genesungsprozess psychisch durchzustehen.«

Mit welcher Selbstverständlichkeit alle davon ausgingen, dass sie da war und mithalf, weil sie seit dem 1. August nicht mehr im Beruf war. Dabei hatte sie das Gefühl, dass die Haus- und Gartenarbeit auch ohne sie erledigt werden konnte. Evi brauchte sie ebenfalls nicht. Sie war die meiste Zeit mit Lisa bei den Pferden und rundum glücklich.

Warum fragte Bastians Mutter sie nie nach ihrem Befinden? Es würde doch auch i h r Enkelkind sein. Als Jenny erwähnte, dass sie im Herbst ihre Examensarbeit schreiben wollte und hoffte, im Frühjahr das Abschlussexamen machen zu können, nahm die Mutter dies kommentarlos zur Kenntnis.

Es war Samstagabend. Jenny saß in der Küche und schälte Pellkartoffeln für den Kartoffelsalat. Heute hatten sie Niemeyers zu einem Grillabend eingeladen. Jenny hatte diese Nachbarn, die in den letzten Monaten in Absprache mit dem Dorfhelfer und Anja sehr viel geholfen hatten, schon kennengelernt. Bastians Mutter hatte Jenny mit den Worten: »Das ist die ... die Lebensgefährtin von Bastian« vorgestellt. Die Pause im Satz der Mutter war nicht zu überhören gewesen. War eine »Lebensgefährtin« ein Status, den sie nicht einordnen konnte, eine Person, die nicht wirklich zur Familie gehörte, sozusagen ein vorübergehendes Familienmitglied?

Jenny hatte sich diese letzten sechs Wochen vor der Geburt ohne die Verpflichtung, zur Arbeit gehen zu müssen, ganz anders vorgestellt. Sie hatte sich in Ruhe auf ihr Baby vorbereiten wollen – so wie in den ersten Augusttagen zu Hause. Ihren Notfallkoffer fürs Krankenhaus hatte sie sogar hierher mitgenommen, was außer Bastian niemand wusste. Er hatte es schmunzelnd akzeptiert. Die anderen werdenden Mütter aus der Schwangerschaftsgymnastik hatten auch alle ein gepacktes Köfferchen bereitstehen.

Und jetzt musste Bastian so knapp vor der Geburt von Nico nach Mexiko! An dem Abend, als er es notgedrungen der ganzen Familie erzählt hatte, war ihr aufgefallen, dass sich Thomas, Anja und die Mutter nach dem Anrufer erkundigten, weil sie befürchteten, Bastian würde in den nächsten Wochen nicht zur Verfügung stehen.

Dabei war es offensichtlich gewesen, dass er eine Nachricht erhalten hatte, die ihn unglücklich machte.

Es passte ihm sichtbar selbst am wenigsten. Gleich nach dem Abendessen, als er den Mädchen versprochen hatte, ihnen Mexiko auf dem Globus zu zeigen, hatten sie sich in Bastians Zimmer so lange und innig geküsst wie schon lange nicht mehr.

Jenny war fertig mit dem Schälen der Pellkartoffeln und begann mit dem Kleinschneiden der Gurken, da kam Bastians Mutter und bereitete eine Soße aus Wasser, Sonnenblumenöl, Kräutern, Salz und Pfeffer.

Dann legte sie ihre Hände in den Schoß und sagte: »Wir müssen einen Moment warten, bis die Kartoffeln abgekühlt sind, dann lassen sie sich besser schneiden. Wir haben noch gut Zeit, bis Niemeyers kommen. Die Männer dürften auch rechtzeitig hier sein und können das Grillen übernehmen.« Sie sah Jenny nachdenklich an. »Warum musst du morgen schon nach Bielefeld? Das verstehe ich nicht.«

»Ich muss arbeiten.«

»Wie arbeiten? Du hattest doch deinen letzten Arbeitstag in Frankfurt schon Ende Juli.«

»Als ich mich entschlossen habe, mein Studium wieder aufzunehmen, war ich davon ausgegangen, dass ich in den Wochen vor meiner Niederkunft viel Zeit zum Lesen habe.«

»Ich lese auch manchmal, im Winter, aber das ist keine Arbeit, sondern Vergnügen«, sagte die Mutter.

»Du liest die Bücher nicht auf Englisch oder Französisch.«

»Wir mussten schon als Kinder auf dem Hof mitarbeiten. Da war keine Zeit für den Besuch eines Gymnasiums.«

Sollte Jenny jetzt erwähnen, dass sie als Schülerin gejobbt hatte, als Babysitterin und später auch als Model bei Modenschauen? Nein, ein Mannequin mit einer alleinerziehenden Malerin als Mutter und einem Vater, der als erfolgloser Schauspieler die Familie im Stich gelassen hatte, das passte bestimmt nicht in die Vorstellung von einem guten Elternhaus.

»Ich habe mir eine Auswahl an Büchern besorgt. Manches habe ich vergessen. Ich muss die Bücher nicht einfach nur lesen, sondern durcharbeiten.«

»Und diese Bücher sind alle in Bielefeld bei deiner Mutter?«

»Die meisten eigenen Bücher sind bei uns zu Hause in Frankfurt. In Bielefeld kann ich die Universitätsbibliothek benutzen.« Von der Aktentasche mit Büchern, die im Auto lag, sagte Jenny nichts.

»Wenn man eine fertige Lehrerin ist, heiratet man dann heutzutage eigentlich noch?« Bei dieser wie nebenbei gestellten Frage begann Bastians Mutter die Kartoffeln in Scheiben zu schneiden – ungewohnt langsam, als müsste sie sich bei dieser Aufgabe besonders konzentrieren.

»Wenn man keinen Lebensgefährten hat, der in seiner ersten Ehe schlechte Erfahrungen mit dem Heiraten gemacht hat, dann schon.« Jenny begann, genauso konzentriert wie Bastians Mutter, die bereitgelegten Zwiebeln zu schälen.

»Das wollte ich wissen. Er hat dich noch gar nicht gefragt!« Die Mutter sagte es so empört, dass es gut war, dass sie nur Kartoffeln klein schnitt. Jenny wusste: Diese heftige Reaktion geht nicht gegen mich. Sie möchte meine Schwiegermutter werden. Sie ertappte sich dabei, dass sie in ihren Gedanken Bastians Mutter zum ersten Mal so nannte. Sie spürte, wie ihr das Blut in den Kopf schoss und Tränen über die Wangen liefen.

»Schuld sind die Zwiebeln«, sagte Jenny und wischte die Tränen mit dem Handrücken zur Seite.

»Ja«, sagte die Mutter. Ihre Augen schmunzelten genauso wie Bastians Augen, wenn er sich liebevoll über sie lustig machte. Unwillkürlich musste Jenny lächeln.

Es war ein warmer Sommerabend. Bastian war der Grillmeister. Seine Fähigkeit, die Nackensteaks gut zu würzen und das Fleisch genau richtig zu grillen, wurde ausgiebig gelobt und, was die Menge des verspeisten Grillguts betraf, auch entsprechend gewürdigt.

Die Salate, besonders der Kartoffelsalat, waren gelungen, der Nachtisch, Eis mit roter Grütze, kam nicht nur bei Evi und Lisa gut an, und die Kinder freuten sich, bis zum Schluss aufbleiben zu dürfen.

Es war Mitternacht, als Bastians Mutter und Anja die Mädchen zu Bett brachten, Thomas hatte sich schon hingelegt. Die Niemeyers verabschiedeten sich als Letztes von Jenny und Bastian. Jenny sagte: »Es ist schön, euch kennengelernt zu haben.«

Bettina Niemeyer antwortete: »Ja, ich freue mich auch. Dann sehen wir uns in den nächsten zwei Wochen sicherlich häufiger.«

Jenny verneinte und erklärte: »Ich bin ab morgen bei meiner Mutter in Bielefeld.«

»Oh, ist deine Mutter krank?«

»Nein«, sagte Jenny, »aber dort habe ich die nötige Ruhe zum Lernen.« Bettina schaute, als hätte sie nicht richtig gehört, also ergänzte Jenny: »Ich habe zurzeit Semesterferien, muss aber noch einiges lesen.«

»Wie, und dann lässt du alle einfach im Stich, wo hier so viel Arbeit ist? Das verstehe ich nicht. Aber du musst es ja wissen.«

Kopfschüttelnd drehten sich die Niemeyers um und verschwanden in der Dunkelheit. Jenny dachte empört: Es war kein Gewinn, euch kennengelernt zu haben. Da sagte Bastian: »Ich verstehe es auch nicht.«

»Du willst nicht, dass ich zu Ende studiere? Das hatte ich schon mal.«

»Darum geht es nicht. Du willst den Beruf über alles stellen. Das hatte i c h schon mal.«

»Bei Alexander habe ich mich gefügt. Das war ein Fehler«, sagte Jenny und dachte: Den mache ich nicht noch mal.

»Ich habe bis zum Umfallen gearbeitet, um Verena den Freiraum für ihre Karriere zu lassen.«

»Jetzt arbeitest du ebenfalls vom Aufstehen bis zum Schlafengehen«, erwiderte sie und fügte hinzu: »Ich bin genauso die ganze Zeit beschäftigt. Es ginge aber auch ohne mich.«

»Verena hat vor lauter beruflichen Ambitionen keine Zeit für Evi.«

Er verglich sie mit Verena. Genau das war es, was er nicht tun durfte. »Bisher habe ich den Beruf der Lehrerin für einen ganz normalen Beruf gehalten und nicht für ein ehrgeiziges Projekt.«

»Du warst eine gute Verkäuferin.«

»Deswegen kann ich keine gute Lehrerin sein? Dieses außerordentlich kluge Argument kommt mir bekannt vor.«

»Das habe ich nicht gesagt.«

»Du willst es nicht zulassen, dass ich mir meinen Traum erfülle, Lehrerin zu werden.« Dieses Mal gebe ich nicht nach, dachte sie kämpferisch, drehte sich um und begann, die Spülmaschine einzuräumen.

Bastian holte den Grill rein und stellte das Gitter in die Spüle. »Es geht um zwei Wochen, in denen wir hier zusammen wären.« Bastian nahm die Bürste und reinigte kraftvoll das Gitter.

»Wir haben hier noch weniger Zeit füreinander als zu Hause.« Bastians Mutter kam in die Küche. Hatte sie Jennys letzte Worte gehört?

Bastian sagte: »Bielefeld kann warten.« Er hatte seine Mutter offensichtlich nicht bemerkt.

Die Mutter sagte: »Nein, kann es nicht. Jenny muss lernen. Kurz vor dem Examen zählt für sie jeder Tag.«

Bastian drehte sich ruckartig um. Sein Blick wanderte zwischen seiner Mutter und Jenny hin und her.

Mit dem Gitter in der Hand stand er da, ein einziges großes Fragezeichen.

Jenny schaute ihre Schwiegermutter an. Konnte man sich von einem Blick umarmt fühlen? Wenn ein Blick wärmen konnte und ungewollt Tränen der Dankbarkeit in die Augen trieb, dann war dies ein solcher Moment.

Da sagte die Mutter mit einem kaum merklichen Augenzwinkern: »Es sind doch nur die Zwiebeln.« Dann wandte sie sich Bastian zu und sagte betont sachlich: »Danke. Der Grill ist sauber. Gute Nacht, ihr beiden.«

Bastian stellte das Grillgitter an seinen Platz und murmelte: »Versteh einer die Frauen.«

Jenny schloss die Spülmaschine, fasste ihn an der Hand und zog ihn mit den Worten: »Einen Versuch ist es wert« hinter sich her in sein Zimmer, setzte sich zusammen mit ihm auf sein Bett und sagte: »Ich glaube, der ausklappbare Sessel muss heute alleine schlafen. Dein Bett in der Balkonkabine auf dem Schiff war auch nicht größer, und wir sind wunderbar damit klargekommen.«

Der Abend endete mit viel Zärtlichkeit. Jenny war glücklich zu spüren, dass Bastian die Auseinandersetzung genauso aufgewühlt hatte wie sie. Aber das Thema, um das es ging, war nicht geklärt.

***

Am nächsten Tag brachte Bastian Jenny nach Bielefeld. Er lud sie, ihre Mutter und Tante Isolde zum Abendessen in das Restaurant in der Sparrenburg ein.

»Na, Jenny, wie gefällt dir das Leben ohne deine Arbeit in der Boutique?«, fragte Tante Isolde.

»Och, eigentlich gut. Ich habe mit der Vorbereitung auf unser Baby und dem Wiedereinstieg in mein Studium genug neue Ziele.«

»Aber deine Kollegin wird dich vermissen«, gab Tante Isolde zu bedenken.

»Ja, schon«, bestätigte Jenny zögernd. »Wir sind auch befreundet, und es klappte problemlos mit uns beiden. Ab 1. August hat sie eine Studentin zur Aushilfe eingestellt. Jetzt ist Urlaubszeit, da geht das, und ab ersten September ist sowieso alles anders.«

»Wieso?« Tante Isolde beugte sich neugierig vor.

Bastian erklärte: »Weil mein Kollege Marcel zum ersten September in unserer Spedition gekündigt hat. Er war für Fernreisen im Auslandsgeschäft zuständig, aber seit er mit Jennys Kollegin Nicole verheiratet ist, hat er keine Lust mehr, viel und weit zu reisen.«

»Hat das einen bestimmten Grund?«, fragte Tante Isolde.

»Marcel hat die meisten Antiquitäten aus dem Geschäft seiner Eltern eingelagert. Jetzt renovieren sie und machen aus dem Ganzen eine interessante Kombination von Edelboutique und Geschäft für kostbare und originelle Antiquitäten.«

Tante Isolde schob ihren leeren Teller zur Mitte des Tisches, als wollte sie sich Freiraum verschaffen für das, was sie sagen wollte. »Jenny, du hast also keinen Rückfahrschein in diese Boutique. Hast du denn die Bestätigung, dass du an der Bielefelder Uni einen Platz bekommen hast?«

»Ich warte täglich auf die Nachricht.«

»Schriftlich hast du es nicht?« Tante Isolde ließ nicht locker. Jenny schüttelte den Kopf und sagte: »Ich denke schon, dass ich angenommen werde.«

»Warum?«, bohrte die Tante.

»Sollen wir uns einen Nachtisch bestellen?«, mischte sich Jennys Mutter ein. Der Ablenkungsversuch kommt zu spät, dachte Bastian. Jenny muss antworten, obwohl ihr das nicht passt, so wie sie errötet.

»Der Professor hat gesagt, dass es gut ist, wenn man als Sonderfall einen Befürworter hat«, sagte Jenny.

Mit dem Satz »Ich drück dir die Daumen, dass der Professor recht hat«, beendete die Tante ihre Nachforschungen. War der Professor ein Schaumschläger oder konnte er wirklich etwas für Jenny tun? Und wenn ja, weil er sie für geeignet hielt oder weil sie ihm besonders am Herzen lag?

Nach dem Essen machten sie einen Spaziergang auf der Promenade, die zum Hermannsweg gehörte. Bastian und Jenny gingen Hand in Hand. Da hatte er eine Idee. Er drehte sich um und fragte Jennys Mutter, die mit Isolde hinter ihnen ging: »Hättest du eigentlich zusätzlich zu Jenny und mir Schlafmöglichkeiten für Evi und Lisa?«

»Ja sicher, habe ich, in dem kleinen Zimmer in der Einliegerwohnung.«

»Wir könnten am Samstag zum Abschluss von Evis Ferien auf dem Bauernhof zusammen mit ihr und Lisa einen Ausflug machen. Und am Sonntagmittag hole ich mit den Mädchen Verena in Bielefeld vom Bahnhof ab. Verena war in Berlin und will mit Evi am Nachmittag weiterfahren nach Frankfurt. Sie erfüllt unserer Tochter damit einen Wunsch. Evi hat sich das so ausgemalt, weil ihr die Fahrt mit Jenny im Zug nach Paris so viel Spaß gemacht hat.«

»Was haltet ihr von Potts Park?«, schlug die Mutter vor. »Dort waren wir früher schon mal.«

»Wir auch, und er soll sich stetig vergrößert haben«, sagte Bastian.

»Gute Idee«, bestätigte Jenny.

Da fiel Bastian auf, dass Tante Isolde nichts dazu gesagt hatte. Diese forsche Tante wirkte betrübt.

»Du kommst doch mit?«, fragte er. »Es macht Spaß, den Kindern beim Spielen zuzuschauen.«

»Wollt Ihr mich wirklich dabeihaben?«, fragte Isolde.

»Natürlich«, antworteten Jenny, Bastian und die Mutter wie aus einem Mund. Da strahlte die Tante mit einem liebevollen Blick auf Jenny, der sie bezaubernd aussehen ließ.

19. Potts Park

Kurz nachdem Jenny, ihre Mutter und Tante Isolde die Porta Westfalica mit dem Kaiser-Wilhelm-Denkmal erreicht hatten, sahen sie den ersten Hinweis auf den Freizeitpark. Als sie auf dem Weg zum Parkplatz langsam am Eingang vorbeifuhren, winkten ihnen Evi und Lisa bereits lebhaft zu. Bastian überreichte ihnen nach kurzer liebevoller Begrüßung je eine Eintrittskarte und einen Plan des Parks.

»Wir sind hier nicht alleine«, stellte Tante Isolde fest.

»Es ist Samstag und es sind Ferien. Bei den begehrtesten Attraktionen müssen wir eventuell anstehen«, sagte Bastian. »Lisa war schon ein paar Mal hier. Die kennt sich aus. Zuerst wollen die Kinder zu den *Turbodrachen*. Die sind relativ neu und sehr begehrt. Die Fahrgeschäfte kosten hier nichts extra.«

»Da sind sie«, rief Lisa begeistert aus und zeigte auf schnittige, an einer Schiene aufgehängte längliche Gondeln, in denen maximal drei Personen hintereinander Platz hatten. Die Flugobjekte schaukelten und legten sich während der Fahrt in die Kurve. Der besondere Reiz lag darin, dass die Kinder selbst bestimmen konnten, wie schnell sie fahren wollten. Bastian und die Mädchen warteten geduldig, bis sie an der Reihe waren. Tante Isolde und Jennys Mutter suchten sich einen Platz auf einer Bank, von der aus sie alles im Blick hatten. Jenny lehnte sich an ein Geländer. Von hier aus hatte sie eine gute Position für ihre Fotos.

Plötzlich sagte eine ihr bekannte männliche Stimme: »Wie man sieht, war Potts Park eine gute Empfehlung. Meine Schwester steht auch mit ihrer Familie in der Schlange.«

Michael Obermeier!

Jenny war dem Professor in der vergangenen Woche auf dem Weg in die Unibibliothek begegnet. Sie hatten ein paar Worte miteinander gesprochen. Michael hatte gefragt, wie es ihr ginge, und ob sie am Wochenende etwas Besonderes vorhätte. Da hatte sie ihm von Potts Park erzählt. Dass er nun auch hier war, hatte sie nicht erwartet.

»Die Frau, die gerade mit ihrer Tochter einsteigt, ist meine Schwester, und in die nächste Gondel setzen sich jetzt mein

Schwager und mein Neffe«, sagte der Professor und fotografierte.

Als die Turbodrachen mit seinen Verwandten aus dem Blickfeld verschwunden waren, drehte sich Michael zu ihr um und sagte: »Bitte recht freundlich.« Unwillkürlich lächelte sie, und er machte ein Foto. Über sich selbst erschrocken suchte Jenny die Wartenden nach Bastian und den Mädchen ab. Sie stiegen genau in dem Augenblick in eine Gondel. Jenny fotografierte noch rechtzeitig, bevor sie hinter der Kurve nicht mehr zu sehen waren.

Hatte Bastian beobachtet, dass Michael ein Foto von ihr machte? Musste sie den Professor gleich Bastian und den Mädchen vorstellen? Oder ihrer Mutter und Tante Isolde? Jenny drehte sich um und sah die beiden von ihrer Bank aus winken. Sie winkte zurück, sah Michaels fragenden Blick und sagte: »Meine Mutter und meine Tante. Wir sollten zu den beiden rübergehen.«

»Ich bin nicht menschenscheu«, sagte Michael lachend. Jenny flüsterte noch: »Ich habe nichts von unserer Verabredung in der Wassermühle erzählt«, da waren sie bei den beiden angekommen. Jenny stellte sie einander vor und erklärte dem Professor: »Sie werden mir eine große Hilfe bei der Betreuung unseres Kindes sein.« Dabei zeigte sie auf sich und Bastian, der gerade aus der Gondel stieg. Evi und Lisa kamen auf sie zugelaufen und schwärmten begeistert von der Fahrt. Michaels Schwester rief ihrem Bruder zu: »Wir gehen zu den Riesenrutschen.«

»Ich sollte mich ihnen anschließen, sonst verliere ich sie bei dem Gedränge«, sagte Michael, nickte allen – auch Bastian – kurz zu und eilte seiner Familie hinterher.

»Wer war das?«, fragte Bastian.

»Mein Professor, ich meine, Professor Obermeier, also der, das ist der, bei dem ich meine Examensarbeit schreibe. Er ist mit Verwandten da«, antwortete Jenny. Warum kamen ihr die Worte bloß so schwer über die Lippen? Es war doch eine ganz normale Situation. War es der prüfende Blick von Bastian, der sie durcheinanderbrachte? Oder bildete sie sich das nur ein, weil sie ein schlechtes Gewissen hatte?

Jennys Mutter schlug vor: »Was haltet Ihr davon, wenn wir jetzt zu den Hüpfkissen gehen? Dann können sich die Kinder richtig austoben.« Einstimmige Begeisterung. Weitere Mitmachattraktionen für die Kinder folgten. Auch Bastian war gut beschäftigt, weil oft ein Erwachsener mit seiner Kraft mitstrampeln musste, um die Fahrgeschäfte zu bewegen. Jenny fotografierte viel, ihre Mutter zückte oft ein Skizzenbuch und notierte zeichnend Ideen für ihre Kinderbücher. Tante Isolde würzte die Unterhaltung mit witzigen Bemerkungen.

Schließlich landeten sie vor dem Schweinezug, einer Bahn auf Schienen für die ganze Familie. In manchen Wagen saßen fröhliche Schweinefiguren in Echtgröße. Evi und Lisa ergatterten einen Platz im vordersten Wagen, Tante Isolde und die Mutter dahinter und danach kamen Bastian und Jenny. Sie fuhren vorbei an Buden, in denen lustig angezogene Schweinefiguren zu Themen wie »Festival Faule Sau« oder »Schönheit siegt« zu sehen waren. Ihre Kleidung war originell, vom feinen Anzug bis zum Bikini, und in leuchtenden Farben aufgemalt.

Als Isolde meinte: »Auweia. Bei dem Schönheitswettbewerb hätte ich Chancen. Mein Klaus hätte mich als Schönheitskönigin gewählt. Soll ich da mitmachen?«, bekamen die Mädchen vor Lachen fast keine Luft. Ihre alberne Fröhlichkeit war ansteckend. Jenny und Bastian küssten sich während der gemütlichen Fahrt nicht nur flüchtig. Jenny gestand: »Ich fühle mich wie fünfzehn bei meinem ersten Kuss hinter dem Rücken meiner Mutter.«

»Jenny.« Evi stieß sie an. »Da ist der Mann von vorhin. Er guckt hierher.« Michael Obermeier rief: »Wart ihr schon in der Riesenwohnung? Ist interessant, lohnt sich.«

»Au ja, die ist toll. Die ist da drüben hinter dem Glockenturm«, sagte Lisa.

Jenny hob kurz die Hand als Dankeschön für den Tipp und forderte ihre Truppe auf: »Dann los, als Nächstes zur Wohnung des Riesen.«

In der Dreizimmerwohnung, in der alles doppelt so groß war wie üblich, erlebten sie als Erwachsene die Möbel aus der Sicht eines zweijährigen Kindes. Als sie vor dem Riesensofa und dem überdimensionalen Laufstall standen, sah Jenny ein

Bild vor sich. Sie musste damals fünf Jahre alt gewesen sein. Ihr Vater hatte sie hoch oben auf das Sofa gesetzt und ihr die Puppe in die Hand gegeben, die sie zu der Zeit überall mitnahm. Dann hatte er ihr zugeflüstert: »Du bist jetzt meine Mama, und ich bin das Kind« und war in den riesigen Laufstall geklettert.

»Mama, Mama, Puppe haben«, jammerte er damals täuschend echt wie ein Kleinkind, und sie beugte sich vor und sagte: »René, sei lieb, mach *bitte, bitte.*« Aber der kleine René wollte die Puppe sofort und gehorchte nicht. Es war ein Spiel zwischen Vater und Tochter – nicht abgesprochen. Die Leute lachten. Da breitete der »Baby-Papa« die Arme aus und Jenny sprang vom Sofa aus in seine Arme. Die Erwachsenen applaudierten.

»Was hast du?«, hörte sie plötzlich Bastians Stimme.

»Ehm, ich? Warum?«

»Du lächelst und weinst zugleich.«

»Ach, ich dachte an früher. Diesen Park gibt es schon lange, nicht so groß wie jetzt, aber in dieser Wohnung war ich als Kind mit meinen Eltern. Ich war damals etwa fünf Jahre alt.« Sollte sie Bastian jetzt mehr von ihrem Vater erzählen? Von seiner Untreue?

»Ich habe Durst«, sagte Evi.

»Und ich Hunger«, ergänzte Tante Isolde.

»Kein Wunder. Es ist schon 14 Uhr. Also auf zur Grillhütte«, bestimmte Jennys Mutter.

Es gab Pommes rot-weiß, Fanta, Sprite, Eis, alles, was die Herzen begehrten. Danach ging Bastian mit den Kindern in die Terra Phänomenalis, eine große Halle, in der es optische Täuschungen zum Lachen und physikalische Überraschungen zum Mitmachen und Staunen gab. Die Mädchen zogen mit Flaschenzügen schwere Säcke leicht in die Höhe und ließen Kugeln um die Wette laufen. Jenny setzte sich gerne zu ihrer Mutter und Tante Isolde. Das viele Stehen und Warten war für sie mittlerweile ganz schön anstrengend.

Zum Schluss dieses besonderen Ferientages tobten die Mädchen im Kinderland, kletterten, sprangen, krochen und rutschten mit ungeahnter Ausdauer, während die vier Erwachsenen sich ihrem Kaffee widmeten und die Kinder aus einiger Entfernung im Auge behielten. Neben dem großen Klettergerüst gab es ein überschaubares, eingezäuntes Areal für Krabbelkinder. Jenny sah, dass Bastian genau wie sie die süßen Kleinen beobachtete. Da legte er seine Hand auf ihren Bauch und flüsterte: »Nico bewegt sich. Nächstes Jahr sind wir wieder hier. Dann krabbelt er auch dort.« Jenny lehnte ihren Kopf an seine Schulter und flüsterte zurück: »Ich möchte diesen Augenblick noch ein wenig festhalten.« Bastian küsste sie auf die Stirn. Da meldete sich sein Handy.

20. Jenny wehrt sich

Sonntagmittag las Bastian auf der Anzeigentafel im Bielefelder Hauptbahnhof, dass der ICE aus Berlin zwanzig Minuten Verspätung hatte. Er erlaubte Evi und Lisa, sich in der Buchhandlung die Kinderbücher anzusehen, und versprach, sie rechtzeitig dort abzuholen.

Seine Vorfreude auf Verena hielt sich in Grenzen. Ihr Anruf gestern am späten Nachmittag war im falschen Augenblick gekommen. Er hätte nicht drangehen sollen. Andererseits wusste man bei ihr nie, ob sie nicht eine wichtige Information wegen ihrer Ankunft durchgeben wollte. Als er erwähnte, dass außer den Mädchen auch Jenny, ihre Mutter und ihre Tante mit in Potts Park waren, hatte sie sauer reagiert und Jenny den Vorschlag unterstellt, mit »der gesamten Großfamilie« einen Ausflug zu machen.

Warum war Verena eifersüchtig? Ab heute würde Evi wieder bei ihr sein – vielleicht für Wochen, denn in vierzehn Tagen musste er schon für Mexiko packen.

Evi und Lisa kamen angelaufen. Evi bettelte: »Papa, kaufst du uns ein Buch? Wir haben uns beide eins ausgesucht.« Mit den Worten »Na, dann zeigt mir mal die Bücher« folgte Bastian den Mädchen. Kurze Zeit später fuhren sie – jede stolz mit ihrem neuen Buch in der Hand – die Rolltreppe zu den Bahnsteigen hinunter.

Der Zug fuhr ein. Verena stieg aus. Bastian dachte: Sie ist eine Schönheit, elegant und perfekt geschminkt. Die Menschen sehen sich nach ihr um, aber ihr Äußeres lässt nichts von ihrem Wesen, von ihren Gedanken und Gefühlen durchscheinen. Evi begrüßte sie begeistert und plapperte drauflos. Anschließend aßen sie in einem Restaurant in der Nähe vom Bahnhof zu Mittag. Verena achtete auf die Uhr, damit sie den Zug für die Heimfahrt nicht verpassten.

Als Bastian sich später auf dem Bahnhof von Verena verabschiedete, tat sie ihm leid. Evi drückte ihn und konnte zum Schluss vor Schluchzen kaum sprechen. Verena sagte: »Evi weint, weil es vielleicht das letzte Mal ist, dass sie den Papa für sich hat, bevor das Baby da ist.« Bastians Mitleid verflog schlagartig. Die Türen des Zuges wurden geöffnet. Evi und Verena stiegen ein. Bastian fiel der Abschied von seiner Tochter schwer. Er versprach ihr: »Wir telefonieren. Bald bin ich wieder in Frankfurt«, aber das konnte sie schon nicht mehr hören.

Als Verena und Evi am Abend anriefen, fragte Bastian: »Na, Evi, wie war die Zugfahrt?«
»Papa, die Zugfahrt war sooo lang.«
»Hast du denn nicht in dem neuen Buch gelesen?«
»Doch, aber nicht die ganze Zeit.«
»Hat deine Mama nicht mit dir gespielt?«
»Wir sind erster Klasse gefahren, damit Mama mit ihrem Laptop arbeiten konnte.«
»Evi, warum weinst du?«
»Mama sagt, dass du mich bald nicht mehr brauchst, weil du ein neues Kind hast.«
»Aber Evi, du bleibst immer meine Evi, auch wenn ...«
»Bastian, es ist schon spät. Evi ist müde. Wir telefonieren demnächst mal wieder.« Verena beendete das Gespräch abrupt. Sie wollte Evi einreden, dass Nico sie ersetzen würde. Dem musste er entgegenwirken. Evi sollte sich auf ihren Bruder freuen. Verena musste sich daran gewöhnen, dass er nach wie vor Evi zu sich nach Hause holen würde, und Jenny und sein Sohn gehörten dazu. Vielleicht sollte er in vierzehn Tagen an dem Samstag Zeit für Evi einschieben. Er musste das bald mit Jenny besprechen, damit Verena den Samstag nicht für Evi verplante.

Schon am Abend erzählte er Jenny am Telefon von Evis Tränen und von Verenas Erklärung dafür. Deswegen wollte er vor Mexiko noch mal einen Tag mit Evi verbringen. Jenny hörte auffallend schweigsam zu. Würde sie ihn verstehen? Er stellte sie wieder vor eine neue Situation. Als er zum Schluss fragte: »Kannst du das nachvollziehen?«, sagte sie: »Das muss ich wohl.« Es klang resigniert. Mutete er ihr zu viel Verständnis zu?

***

Am nächsten Vormittag legte Jenny ihr Buch zur Seite. Sie konnte sich nicht konzentrieren. »Ich gehe ein bisschen an die frische Luft«, sagte sie ihrer Mutter.

»Tu das, mein Schatz. Bewegung ist nie verkehrt«, antwortete die Mutter und zeichnete weiter. Jenny steuerte den Oldentruper Park an. Er war nicht weit von der Wohnung ihrer Mutter entfernt. Sie umrundete gerne den kleinen See in der Mitte des Parks. Die Parkanlage war nicht groß und sehr gepflegt, wie eine Diva, die sich der Jahreszeit entsprechend herausputzte, als sähe sie ganz von selbst so aus, ohne die liebevolle Pflege der Stadtgärtner. In der Mitte des Sees schoss senkrecht eine Fontäne in die Höhe, um schäumend nach allen Seiten wieder herunterzufallen. Nach getaner Arbeit schmiegte sich das Wasser wieder in sanften kreisförmigen Wellen in den See.

Die Fontäne ist der Mittelpunkt, dachte Jenny, und keine Welle protestiert. Selbst die Enten stören diese Kreise nicht, sie erzeugen in ihrem Rhythmus ihre eigenen Wellen. Der Blick auf den See beruhigte sie und half beim Sortieren der Gedanken. Verena versuchte, Bastian und Evi zu entzweien. Das durfte ihr nicht gelingen. Also musste Jenny Bastians Entschluss akzeptieren. Aber wie sollte es weitergehen? Würde Verena ein ständiger Störenfried in ihrer Beziehung zu Bastian bleiben? Dagegen musste sie kämpfen, aber wie? Ducken, nachgeben und einverstanden sein, das ging auf Dauer nicht gut.

Jenny griff zum Handy und schrieb: »*Hallo, Schatz, ich kann verstehen, dass du vor deiner Dienstreise einen Samstag allein mit Evi zusammen sein möchtest, um zu verhindern, dass sie denkt, du würdest in Zukunft nur unser Kind lieben. Dieser Gedanke darf sich bei Evi erst gar nicht festsetzen, denn das täte ihr sehr weh. Aber bitte lass es Verena nicht noch einmal gelingen, mit dir und Evi zusammen einen Familienausflug zu inszenieren.*

Wenn du am Sonntagabend nach Frankfurt fährst, möchte ich die zwei Wochen bis zu deiner Rückkehr in Bielefeld blei-

ben. Lass uns das nächste Wochenende hier oder in Schnatbach genießen. Danach möchte ich bis zur Geburt nicht mehr alleine zu Hause sein oder alleine im Zug oder im Auto. Küsschen, mein Schatz. Verstehst du mich? Deine Jenny«.

***

Bastian las Jennys SMS kurz vor dem Mittagessen in Schnatbach. Er aß schweigend und ohne Appetit.

»Schmeckt es dir nicht?«, fragte seine Mutter.

»Doch, es ist alles lecker wie immer«, sagte Bastian. »Ich wälze nur ein Problem.« Keiner fragte weiter nach, weil Lisa mit am Tisch saß.

Nach dem Essen setzte Bastian sich auf die Bank vor dem Haus und las die Nachricht von Jenny noch einmal. Sein Vater nahm neben ihm Platz. Nach einigen Minuten sagte er: »Eine Nachricht von Verena?«

»Nein, von Jenny.«

»Oh, du siehst aus, als hätte Verena sich gemeldet, aber Jenny? Gibt es Probleme?«

»Ja, mit Verena.«

»Wusste ich es doch. Halte zu Jenny. Sie hat es verdient.«

»Schön, dass du so denkst«, sagte Bastian.

»Was hältst du von einem Männerspaziergang?«, fragte der Vater. Bastian stand sofort auf und sie gingen los. Als sie um die Hausecke gebogen waren, erklärte Bastian die Situation.

»Jenny hat viel Verständnis für Evi«, sagte sein Vater.

Bastian zögerte, doch dann erklärte er: »Ihr Vater hat die Familie verlassen, als sie sechs Jahre alt war, von jetzt auf gleich. Darunter leidet sie bis heute.«

»Schreibt sie wirklich, sie möchte mit dir das Ende deines dreiwöchigen Einsatzes auf dem Hof am nächsten Wochenende in Bielefeld oder bei uns genießen?«

»Ja.«

»Vielleicht kriegst du beides hin.«

Bastian nickte. Mehr Worte brauchten sie nicht, um einander zu verstehen.

***

Jenny saß im Wohnzimmer und blätterte in einem Katalog mit Babysachen. Sie war nicht in der Lage, zu lesen oder zu lernen. Es war schon später Nachmittag. Bastian hatte sich nach ihrer SMS noch nicht gemeldet, musste er auch nicht, verabredet war der nächste Anruf erst für abends. Wie hatte er ihre Entscheidung, in Bielefeld zu bleiben, aufgenommen? Konnte er ihre Argumente nachvollziehen? Sollte sie ihn anrufen? Wie sollte sie reagieren, wenn er nicht einverstanden war? Ihr Handy brummte. Eine SMS von Bastian.

Jennys Hände zitterten ein wenig, bevor sie seine Nachricht las.

»*Hallo, mein Schatz, ich komme Freitagabend, Samstag gehen wir shoppen (wir brauchen bestimmt noch etwas für Nico) und auswärts essen. Am Sonntagmittag werden wir hier zum Mittagessen erwartet und um 14 Uhr schauen wir uns alle zusammen eine Reitvorführung an, bei der Lisa mitmacht. Danach bringe ich dich nach Bielefeld und fahre gleich weiter nach Frankfurt. Wir telefonieren heute Abend. Ich liebe dich! Dein Bastian*«.

Kurz darauf sagte ihre Mutter, die unbemerkt hereingekommen war: »Was machst du da?«
»Ich schicke Bastian ein Selfie.«
»Mit einem Kussmund und Kullertränen im Gesicht?«
Abgeschickt.
»Bastian kommt schon am Freitagabend. Willst du mein Selfie mal sehen?« »Du siehst umwerfend aus.« Jenny sagte leise: »So fühle ich mich auch – endlich mal wieder.«

***

Am Samstagnachmittag lagen Bastian und Jenny auf dem Doppelbett der Einliegerwohnung. Auf der Kommode gegenüber stapelte sich Babywäsche in verschiedenen Größen neben einem Windeltwister. Im Radio sang Celine Dion den Titanic-Hit *My Heart will go on*.

»Wer von den beiden hatte eigentlich die geniale Idee, heute einen Tagesausflug nach Bremen zu machen, deine Mutter oder Isolde?«, fragte Bastian.

»Weiß nicht. Mama sagte: *Das wollten wir immer schon mal machen*, und ich habe nicht widersprochen.«

»Das hast du gut gemacht«, sagte Bastian und küsste ihre Nasenspitze. »Wann haben wir uns eigentlich das letzte Mal mitten am Tag geliebt?«

»Warte mal. Das ist so lange her. Das weiß ich schon gar nicht mehr«, überlegte Jenny und machte ein Gesicht, als würde sie angestrengt nachdenken.

»Die Sonne scheint so neugierig durchs Fenster. Meinst du nicht, sie würde sich über den Anblick deines Körpers freuen?« Bastian grinste sie an.

»Oder über deinen männlichen Herkules-Body? Die Sonne ist schließlich weiblich«, sagte Jenny und begann, sein Hemd aufzuknöpfen. Bastian räkelte sich und hielt still – einige Sekunden. Dann wollte er nicht länger warten. Seine Hände glitten unter ihr T-Shirt und öffneten blitzschnell ihren BH. Jenny wehrte sich nicht.

***

Am Sonntagnachmittag standen alle am Rand des Reitplatzes: Jennys Mutter, Isolde, Anja, Thomas, Bastians Eltern, Jenny, Bastian und Niemeyers neben anderen Zuschauern des Turniers.

»Jetzt reitet Lisa«, sagte Anja.

»Eure Tochter macht eine super Figur auf ihrem Pony. Wir hätten auch gerne Enkelkinder. Aber unsere Kinder lassen sich Zeit.« Bei diesen Worten seufzte Frau Niemeyer.

Da stellte sich Bastians Mutter stolz Schulter an Schulter neben Jenny und sagte: »Und wir bekommen demnächst unser drittes Enkelkind.«

Jenny sah, dass sich ihre Mutter und Bastians Mutter zulächelten.

Am Abend, als Bastian sich in Bielefeld von Jenny verabschiedete, sagte sie: »Dieses Wochenende entschädigt uns für viele Stunden, die wir getrennt voneinander waren.«

»Wenn ich wieder aus Mexiko zurück bin, werden wir es besser machen. Ich freue mich auf unseren Sohn.«

»Ruf an, wenn du zu Hause angekommen bist.«

»Sollte ich in einen Stau kommen, melde ich mich von unterwegs. Ansonsten telefonieren wir jeden Abend, bis mein Flieger startet. Danach gehen die fünf Tage, die ich auf Dienstreise bin, bestimmt auch schnell rum.«

»Hoffentlich. Pass gut auf dich auf«, sagte Jenny.

Bastian fuhr los. Jenny winkte, bis sein Auto nicht mehr zu sehen war. Wie immer, wenn sie besonders glücklich war, musste sie sich gegen die Angst wehren, dieses Glück könnte plötzlich zu Ende sein. Was war, wenn ihm in Mexiko etwas passierte? Es war so schrecklich weit weg.

21. Der uneinsichtige Dieb

»Na, hast du heute keinen Appetit?«, fragte ihre Mutter.

»Doch, deine Pickert mit Apfelmus sind wie immer sehr lecker«, antwortete Jenny und schob den nächsten Bissen auf dem Teller hin und her, bevor sie ihn in den Mund steckte.

»Das sieht aber nicht so aus. Was ist los?«

»Bastian hat vorhin angerufen und erzählt, dass Marcel am Sonntag jederzeit für ihn erreichbar wäre, falls er noch Tipps für Mexiko brauchte, und er hat gesagt, dass ich den morgigen Tag mit Evi für ihn sehr gut vorbereitet hätte.«

»Na, das ist doch ein Kompliment«, sagte die Mutter. Sie will mich nur aufmuntern, dachte Jenny.

»Ich sehe Bastian erst wieder, wenn er aus Mexiko zurück ist. Und dann sind es nur noch zwei Wochen bis zu dem errechneten Termin. Ich meine, ich bin natürlich froh, wenn es endlich soweit ist. Aber trotzdem. Die Zeit der Schwangerschaft ist anders verlaufen, als ich es erwartet hatte. Die gemeinsame Vorfreude von Bastian und mir kam zu kurz.«

»Ach, wenn das alles ist, das geht vorüber. Das empfindest du nur so, weil er jetzt nicht hier ist. Oder gibt es da noch etwas?« Jenny packte sich einen großen Löffel Apfelmus auf ihren Pickert. »Na ja, es ist, ich weiß eigentlich immer noch nicht, was er von meinen Studienplänen hält. Ich habe endlich die Bestätigung, dass ich einen Studienplatz habe, aber richtig mit mir gefreut hat sich Bastian eigentlich nicht.«

»Das kommt noch. Du arbeitest zu viel. Das Wetter ist zu schön dafür. Du solltest jeden Tag einen Spaziergang machen. Soll ich dich begleiten?«

»Danke, Mama, aber das brauchst du nicht. Ich gehe und nehme für alle Fälle mein Handy mit. Du musst doch deinen Auftrag für das Kinderbuch fertig machen. Ich leg mich noch ein bisschen hin, und danach tu ich was für unsere Gesundheit«, sagte Jenny und streichelte liebevoll ihren unübersehbaren Bauch.

Der kleine Mittagsschlaf tat gut. Jenny reckte und streckte sich und beschloss, besser gelaunt als am Vormittag, dem erholsamen Schlaf einen gesunden Spaziergang folgen zu lassen. Da rief Michael Obermeier an.

»Hallo, Jennifer, wie geht's dir und deinem Baby?«

»Gut. Ich wollte gerade los und meine Lektüre durch ein bisschen Bewegung ersetzen.«

»Machst du das morgen Nachmittag zufällig auch?«

»Wenn das Wetter genauso schön ist wie heute.«

»In der Wassermühle gibt es bestimmt schon leckeren Pflaumenkuchen.«

»Klingt verlockend.«

»Mal sehen, ob sie morgen gegen 15.30 Uhr auch welchen haben. Soll ich dir ein Stück reservieren lassen?«

»Besser zwei. Ich komm doch zurzeit immer im Doppelpack.«

»Die Zahl kann ich mir merken. Ciao, Jennifer. Ich freue mich.«

»Ciao«, sagte Jenny und sah im Spiegel, dass ihr die Röte ins Gesicht stieg. Langsam öffnete sie die Verbindungstür zur Wohnung der Mutter, um sich für ihren Spaziergang abzumelden. Als sie im Türrahmen stand, bemerkte sie, dass ihre Mutter ein Telefonat annahm.

»Herzog.«

...

Jenny wollte gerade mit einem leisen »Tschüs« an ihr vorbeigehen, als sie ihre Mutter sagen hörte: »René, wo bist du?«

...

Jenny rührte sich nicht. René, das war ihr Vater. Sprach ihre Mutter mit ihm?

»Du brauchst mir kein Geld zu schicken, für mich nicht und auch für Jenny nicht. Wir kommen längst ohne dein Geld klar.«

...

»Ich weiß, woher du dein zusätzliches Geld hast! Solches Geld wollen wir nicht.«

...

Jenny trat einen Schritt zurück, sodass ihre Mutter sie nicht sehen konnte, und lauschte, aber leider konnte sie die Worte ihres Vaters beim besten Willen nicht verstehen.

»René, ich habe den Weg des Circus Marevalli im Internet verfolgt und mir Zeitungen von dem jeweiligen Ort besorgt, solange der Zirkus dort war. Dabei habe ich außer den Artikeln über eure Auftritte auch andere Artikel gelesen.«

...

»Ich kenne dich und die Rollen, die du schon gespielt hast. Ich will kein geklautes Geld, und unsere Tochter würde es auch nicht wollen!«

Einen Augenblick war Stille. Jenny wartete. Dann hörte sie wieder die Stimme ihrer Mutter: »René. Es fällt auf, dass der Zeuge der Handtaschendiebstähle jedes Mal eine Person ist, die den Täter ganz genau beobachtet hat.«

...

»Ich kann mir gut vorstellen, dass die Passanten, denen du den angeblichen Täter spontan beschreibst, auf deine verschiedenen Auftritte hereinfallen. Aber die Polizei wird irgendwann merken, dass der Zeuge immer bereits verschwunden ist, wenn sie kommt, und dass sie die Beschreibung des Täters regelmäßig aus zweiter Hand erfährt.«

...

»Es kommt der Tag, an dem die Polizei so schnell vor Ort sein wird, dass du ihr nicht entwischen kannst, und dann wollen sie von dem Zeugen die Personalien haben. Dann wirst du keine Zeit mehr haben, die geklaute Handtasche in die nächstbeste Umkleidekabine zu stellen.«

Jenny hielt sich am Türrahmen fest. Ihr Vater ein Handtaschendieb! Mit allem hatte sie gerechnet, neue Freundin oder gar verheiratet und Kinder, treusorgender Familienvater, der seine Tochter verschweigt, aber Dieb?

»Eines Tages werden sie bei dir die soeben geklaute Handtasche finden und du wirst enttarnt werden, und dann beweise ihnen, dass du nur einen kleinen Teil des Geldes aus dem Portemonnaie nehmen wolltest.«

...

»Und dann willst du ihnen deine bisherigen Handtaschendiebstähle gestehen, obwohl die vielleicht gar nicht zur Anzeige gebracht wurden, gerade weil du immer nur einen Teil des Geldes eingesteckt hast?«

...

»Nein, René, dein Trick ist nicht genial. Er ist kein Kavaliersdelikt.«

...

»Das kann doch nicht wahr sein. Du bist auch noch stolz darauf, dass man dir die Rollen als Zeuge so einfach abgenommen hat! René, du bist ein Dieb.«

...

»... nein, du bist kein Schauspieler, der sein Handwerk versteht, du bist kriminell.«

Die Stimme ihrer Mutter wurde immer energischer: »Du bist auch nicht mehr ganz jung, und wenn du erwischt wirst, verbringst du vielleicht den Rest deines Lebens im Gefängnis!«

Plötzlich hörte Jenny die Stimme ihres Vaters. »Das wird nicht passieren. Ich habe immer einen Revolver in der Tasche. Ins Gefängnis gehe ich nicht. Eher erschieße ich mich.« Ihre Mutter hatte das Handy wohl aus Versehen auf laut gestellt.

»René«, rief sie entsetzt: »Rede nicht so einen Unsinn.«

»Ich will doch bloß für Jenny ein Vater sein, der ihr auch mal was zukommen lässt.«

»Jenny würde dein Geld nicht wollen. Sie will dich wiedersehen, und sie will verstehen, warum sie so lange keinen Kontakt zu dir haben sollte.«

»Du willst ihr erzählen, dass ich jahrelang den Clown gespielt habe?«

»Sie wird stolz auf dich sein. Du warst gut und wärest es wahrscheinlich noch, wenn du dir durch deine dämlichen Diebstähle nicht alles vermasselt hättest.«

»Davon willst du ihr doch wohl nichts verraten?«

»Doch, genau das. Das Lügen muss ein Ende haben. Lügen kann man verzeihen und zu verstehen suchen, denn sie sind aus einer Not heraus geboren. Aber wenn man die Wahrheit nicht erfährt, was soll man dann verstehen und verzeihen?«

»Sabine, ich bin dabei, meine Autobiografie in Form eines Romans zu schreiben. Darin erkläre ich vieles. Den Roman habe ich euch gewidmet und das bisherige Manuskript beim

Verleger hinterlegt, damit ihr ihn lesen und veröffentlichen lassen könnt, wenn mir etwas passiert.«

»Meine E-Mail-Adresse steht auf meiner Homepage. Suche Textstellen aus, die dein Verhalten erklären, und schicke sie mir, damit ich sie Jenny zeigen kann. Das wäre ein Anfang! Jenny braucht die Wahrheit – jetzt!«

»Vielleicht mache ich das wirklich; nur einmal lass mich noch den Dieb spielen. Ich möchte es mir noch einmal beweisen, bevor ich die Schauspielerei endgültig an den Nagel hänge.«

»René, du bist ein unverbesserlicher Idiot!« Ihre Mutter beendete das Gespräch. Sie drehte sich um und entdeckte Jenny, die wie erstarrt hinter der angelehnten Tür stand.

»Jenny! Hast du das ganze Gespräch mit angehört?«

»Ja. Ist Papa wirklich ein Dieb?«

»Er hat immer nur einen kleinen Betrag aus den Portemonnaies genommen. Es ging ihm darum, sich selbst zu beweisen, dass er ein guter Schauspieler ist. Vielleicht wird er uns tatsächlich Textstellen aus seinem Roman schicken. Hoffentlich! Dann kannst du versuchen, ihn zu verstehen.«

»Du hast immer mit ihm Kontakt gehabt?«

»Nicht immer, Jenny, ich wollte nicht, dass du denkst, dass dein Vater ein Dieb ist.«

»Mama, hat er wirklich manchmal Geld für mich geschickt?«

»Ja, keine großen Beträge. Ich hätte sie zurückgeschickt, aber ich hatte keine Adresse, und einfach an den Circus Marevalli wollte ich kein Geld schicken. Ich habe für dich ein Konto angelegt. Darauf ist das Geld. Nur einmal habe ich es wirklich für dich gebraucht, für deine Abschlussklassenfahrt. Ich hätte damals die Fahrt sonst nicht bezahlen können. Jenny, bitte setz dich, du darfst dich jetzt nicht aufregen.«

Jenny setzte sich und versuchte, gleichmäßig zu atmen. »Hast du deswegen so entsetzt geguckt, als ich gesagt habe, dass ich die Zeitungsausschnitte gefunden habe?«

»Ja, aber du hast nur den Packen gefunden, auf denen er als Schauspieler erwähnt und zum Teil auch abgebildet ist.

Das war vor seiner Zeit als Clown.

Die Artikel über den Zirkus und die zur gleichen Zeit in den

Zeitungen erwähnten Handtaschendiebstähle habe ich besser versteckt.«

»Zeigst du sie mir?«

»Hältst du das für gut? Du weißt doch jetzt genug.«

»Mama, was soll ich denn jetzt machen? Ruhig spazieren gehen? Französische Bücher lesen? Meine Fantasie spielen lassen? Nein, ich muss die Artikel lesen. Bitte. Vielleicht steht auch was Positives über ihn drin, wenn er ein guter Clown war.« Die Mutter nickte, ging in ihr Schlafzimmer und kam mit einem Stapel Zeitungen wieder.

Jenny blätterte darin, ohne zu lesen, sah nur die Fotos an, dann das Bild eines Clowns.

»Mama, wann hattest du das letzte Mal Kontakt zu Papa?«

»Vor drei Jahren.«

»Dann habe ich ihn wirklich in Paris vor dem Centre Pompidou als Clown gesehen?«

»Wahrscheinlich ja.«

»Und hier in Bielefeld im April auf dem Segway-Ausflug. Wer hat ihm gesagt, dass ich dort sein würde? Das war doch kein Zufall!«

»Jenny, ich weiß es wirklich nicht. Ich habe schon viel darüber nachgedacht, aber ich habe keine Vermutung.« Ihre Mutter seufzte. Es schien zu stimmen. Vielleicht würde Jenny in den Zeitungsartikeln einen Anhaltspunkt finden. Sie begann zu lesen. Er war tatsächlich als Clown ein Star im Circus Marevalli. Und er war ein Dieb.

Bastian rief an. Er fragte, wie es ihr und dem Baby ging.

»Nico ist gelegentlich putzmunter«, antwortete Jenny. »Bist du fertig mit dem Kofferpacken?«

»Ja. Du weißt ja, das kann ich ganz gut.«

»Oh ja, ich weiß, mit Schuhen in Leinenbeuteln.« Unwillkürlich musste Jenny lachen.

»Es tut gut, dich lachen zu hören.«

»Für den Ausflug morgen mit Evi ist alles klar?«

»Ja. Sie freut sich schon sehr. Ich werde sie morgen früh abholen. Ich glaube, deine Idee mit dem Märchentag ist genial. Unser Schiff fährt in Linz um viertel nach zwölf ab und braucht etwa eine Stunde bis Königswinter. Wir melden uns morgen bei dir, wenn wir auf dem Rhein sind, und ich mache Fotos. Die schicke ich dir dann per WhatsApp«, versprach Bastian.

»Ich wünsche euch einen ganz tollen Tag. Das Wetter soll super werden«, sagte Jenny und dachte: Ich wäre gerne dabei.

»Wenn der geplante Ausflug schön ist, werden wir ihn eines Tages mit Nico zusammen nachholen.«

»Küsschen, mein Schatz. Grüß deine Mutter von mir. Ich hab dich lieb.«

»Ich dich auch«, sagte Jenny leise.

Als Jenny an diesem Abend im Bett lag, konnte sie nicht einschlafen. Sie grübelte: Was wird Bastian sagen, wenn er hört, dass mein Vater ein Dieb ist? Wer hatte ihrem Vater einen Hinweis auf die Segway-Tour gegeben? In den Zeitungsartikeln hatte sie nichts gefunden. Wusste Bastian vielleicht schon von den Diebstählen? Ihre Gedanken wurden immer verrückter. Sie umschwirrten sie wie lästige Insekten. Vergeblich versuchte Jenny, sie zu verscheuchen. Sie kamen immer wieder.

22. Der Clown

Jenny kam vom Bäcker und sagte: »Ich habe Croissants mitgebracht.«

»Oh prima, die sind manchmal schon weg, wenn ich am Samstagvormittag Brötchen hole. Hast du Bastian eigentlich von Papa erzählt?«

»Dass mein Vater ein Dieb ist? Nein. Ich kann es ja selbst nicht fassen.«

»Ein Dieb, das klingt sehr hart, so wie du das sagst.«

»Ist er das nicht? Er klaut anderen Frauen ihre Taschen.« Jenny stieß ihre Worte heftiger hervor, als sie wollte.

»Hältst du es für möglich, dass Bastian die Tochter eines Diebs nicht ... ehm, deswegen nicht mehr lieben könnte? Dann hätte er dich nicht verdient.«

»Du hast es mir nicht erzählt, weil du Angst hattest, dass ein Mann die Tochter eines Diebs nicht heiratet.« Jenny hatte ihr Croissant gegessen. Hörbar legte sie ihr Messer auf den Teller.

»Nein«, entgegnete ihre Mutter. »Ich wollte, dass du deinen Vater so in Erinnerung behältst, wie du ihn als Kind gekannt hast.«

»Mama, das könnte man sagen, wenn der Vater plötzlich gestorben ist. Einen Vater, der sich von heute auf morgen nicht mehr für dich interessiert, den kann man nicht lieben.«

»Heute früh ist eine Mail mit einem Auszug aus seinem Roman gekommen. Vielleicht verstehst du ihn besser, wenn du das gelesen hast.«

Mit einem Ruck schob Jenny ihren Stuhl zurück, stand auf und sagte: »Kein Interesse. Ich drehe eine Runde um den Teich.«

»Tu das«, sagte ihre Mutter.

Mit energischen Schritten ging Jenny in Richtung Oldentruper Teich. Als sie den kleinen See erreicht hatte, wurde sie ruhiger. Sollte sie sich auf die Bank in der Sonne setzen? Nein, da bestand die Gefahr, dass jemand neben ihr Platz nahm und ein Gespräch anfing. Sie wollte mit niemandem reden. Also ging sie ein Stück weiter, suchte sich einen Platz auf dem Rasen mit

Blick auf die Fontäne und lehnte sich gegen einen Baum. Sie versteckte ihre Hände im Gras, berührte den Boden darunter und dachte: Ich muss mich erden – im wahrsten Sinne des Wortes. Die Sonne wärmte noch. Ein Vogel hüpfte durch das Gras.

Aus den Augenwinkeln sah Jenny, dass ein Mann auf der Bank Platz nahm. Mit bloßem Oberkörper saß er da, auffallend behaart. Er hielt eine Bierflasche in der Hand und trank, setzte ab und trank, bis sie leer war. Aus einer Plastiktüte holte er eine weitere Flasche und trank. Jenny schaute weg. Auf der anderen Seite des Sees radelten ein Junge und ein Mädchen. Am Fahrrad des Mädchens war am Gepäckträger ein buntes Windrädchen befestigt. Es drehte sich.

Die Kinder fuhren um den See herum und stoppten an der Bank. Der Junge rief: »Papa, komm nach Hause, Mama weint!« Der Mann stand auf, stützte sich auf das Fahrrad des Jungen, versuchte das Windrädchen des Mädchens zu erhaschen.

Nachdenklich ging Jenny zurück. Die Kinder holten ihren vom Alkohol schwankenden Papa nach Hause, als wäre es selbstverständlich. Dieses Bild ließ Jenny nicht mehr los. Als sie in der Wohnung ihrer Mutter angekommen war, ging sie ins Atelier. Ihre Mutter zeichnete, schaute auf und fragte: »Was ist?«

Jenny erzählte von ihrem Erlebnis. Sie beendete ihren Bericht mit der Bitte: »Mama, ich möchte die E-Mail von Papa lesen.« Wenig später saß sie vor dem Laptop ihrer Mutter.

Ausschnitt aus meinem Roman: »Rockys Sehnsucht«

13. Kapitel: Der Clown

Er hatte es geschafft. Er war der Star des Circus Marevalli. Wenn sie in einer Stadt ankamen, schaute ihm auf dem Plakat an jeder Litfaßsäule sein Gesicht überlebensgroß entgegen, immer geschminkt mit der roten Knubbelnase des Clowns. Sein wahres Aussehen kannte niemand. Er war Pedro Picasso, und niemand wusste, dass dies nicht sein richtiger Name war. Es interessierte auch niemanden, dass er eigentlich Rocky hieß.

Außerhalb seines Berufes war er ein Nobody, ein Niemand. Er spielte eine Rolle, die ihm das Schicksal aufgezwungen hatte. Man musste schließlich von irgendetwas leben. Als er jung war, träumte er von großen Rollen. Den Hamlet wollte er spielen. Aber kein Intendant erkannte seine Fähigkeiten. Er bekam Engagements, kleine Rollen; immer musste er die komische Figur spielen, und weil er dies so gut konnte, hatte er seinen Ruf weg.

Eines Tages musste er einen Clown spielen. Der Direktor des Circus Marevalli sah ihn und machte ihm ein verlockendes Angebot. Rocky nahm an und war gut. Er war zugleich Zauberer und Clown. Er wurde berühmt und verriet doch niemals seinen wirklichen Namen, denn es gelang ihm nicht, sich mit seiner Rolle als Clown zu identifizieren. Er war der Star und wurde beneidet, aber er war nicht glücklich.

Eines Morgens zog er einen weiten, schwarzen Mantel an und setzte einen Hut auf, denn es war kalt. So gekleidet schlich er sich vom Circus-Gelände und fuhr in die Stadt. Er war ein Herr, aufrechter Gang, weit ausholende eilige Schritte, vielleicht ein Bankdirektor. Vor einer Edelboutique blieb er neben einer Dame stehen, die ein Kleid für 700 Euro betrachtete. Kurzer Blickkontakt. Er sah sie an, diskret, charmant, nur seine Augen lächelten. Dann sagte er. »Wurde dieses Kleid extra für Sie entworfen?«

»Meinen Sie?«, fragte die Dame geschmeichelt, betrat den Laden und probierte das Kleid an. Rocky stand vor dem Schaufenster und nickte ihr unauffällig – scheinbar bewundernd – zu. Dann sah er, wie sie zur Kasse ging, fünfhundert Euro aus ihrem Portemonnaie nahm, bemerkte, dass ihr Bargeld nicht reichte, die Scheine wieder in das Portemonnaie steckte und mit Karte bezahlte. Als die reiche Dame den Laden wieder verließ, war die Einkaufsstraße voller Menschen, die bereits Weihnachtseinkäufe machten. Rocky nutzte die Gelegenheit, ihr im Gedränge die Handtasche zu stehlen und unter seinem weiten Mantel zu verstecken. Als die Dame ihren Verlust bemerkte, rief er spontan hilfsbereit nach einem Kaufhausdetektiv und beschrieb in lebhaften, aber wohlgesetzten Worten den umstehenden Menschen das genaue Aussehen der Frauen – anscheinend Rumäninnen –, die die Tasche geklaut hatten. Er hätte es gesehen, konnte aber

so schnell nicht eingreifen. Ehe der Kaufhausdetektiv eintraf, war Rocky im Getümmel verschwunden. Er genoss das Gefühl, ein wirklich guter Schauspieler zu sein. Es war ein Adrenalinstoß, ein Geheimnis, eine Rache an der Gesellschaft, die ihn nicht auf einer Theaterbühne sehen wollte.

Fortan suchte Rocky in jeder größeren Stadt eine Gelegenheit, eine offensichtlich gut betuchte Dame ihrer Handtasche zu berauben. Dabei schlüpfte er jedes Mal in eine andere Rolle. Er spielte das alte Mütterchen ebenso gut wie den Bauarbeiter. Wenn der Diebstahl bemerkt wurde, konnte er den Täter ganz genau beschreiben, natürlich total anders, als er in seiner Verkleidung aussah. Er selbst war verschwunden, wenn die Polizei oder ein Kaufhausdetektiv auftauchte. Auf einer Herrentoilette oder in einer Umkleidekabine entnahm er dem geklauten Portemonnaie je nach Geld einen angemessenen Finderlohn, versteckte sein auffallendstes Erkennungsmerkmal wie zum Beispiel den Hut und gab dann der nächstbesten Verkäuferin die Tasche mit der Bemerkung: »Ich glaube, die hat eine Frau in der Kabine vergessen.«

Dieses Spielchen ging lange Zeit gut. Es war sein kleines Glück, bis ihn der neidische Clown Nummer zwei des Circus Marevalli beobachtete und auffliegen lassen wollte.

Zu Rockys Glück verriet dieser Clown seine Beobachtung der beliebtesten Artistin, um sich bei ihr interessant zu machen. Was er nicht wusste, war, dass diese Circus-Dame heimlich in Rocky verliebt war. Sie warnte Rocky. Er konnte fliehen, bevor die Diebstähle bekannt wurden.

Eine Weile saß Jenny vor diesem Kapitel. War es Erfindung oder war es genauso gewesen? Es klang glaubhaft. Er war Rocky.

Jenny ging ins Atelier ihrer Mutter. Diese zeichnete konzentriert einen Clown, der einem Mädchen mit einer Verbeugung ein Windrädchen hinhielt. Das Kind hob ein wenig die Hand. Der Betrachter wusste nicht, ob es das Windrädchen annehmen oder doch eher ablehnen würde. Der Clown hatte eine rote Nase und einen Clownsmund, aber er hatte die ungeschminkten Augen ihres Vaters. Das Mädchen sah aus wie Jenny auf ihren Kinderfotos. Jenny sagte: »Du kannst mit wenigen Strichen und Farbstiften ausdrucksstark zeichnen. Ich möchte Papa wiedersehen.«

»Ich auch«, sagte die Mutter leise. Jenny sah ihre Mutter an. Warum hatte sie keinen neuen Lebensgefährten, von vorübergehenden Affären abgesehen? Mochte sie ihren Vater trotz allem immer noch?

Da bemerkte ihre Mutter: »Das ist doch die Melodie von deinem Handy.«

Jenny hatte sich so in die Zeichnung ihrer Mutter vertieft, dass sie das Klingeln überhört hatte.

Sie lief zurück in ihr Zimmer. »Hallo, Bastian. Ich war gerade nebenan. Wie geht es euch?«

»Wir sind auf dem Schiff und fahren rheinabwärts.«

»Auf welchem Schiff?«

»Auf *Moby Dick*, so wie du es vorgeschlagen hast.«

»Ach ja, natürlich, und gefällt es Evi?«

»Ja, sehr. Die meisten Passagiere sind Senioren. Darum hat sie eine Sonderstellung. Sie durfte auf die Brücke zum Kapitän des Schiffes. Er hat ihr viel erklärt. Sie ist ganz begeistert.«

»Ich freue mich für euch.«

»Wir sind bald in Königswinter. Für die Fahrt mit der Zahnradbahn auf den Drachenfels haben wir eineinhalb Stunden Zeit. Dann geht unser Schiff zurück bis Linz.«

»Habt ihr gutes Wetter?«

»Schatz, das Wetter ist heute doch überall gut. Ist bei dir alles in Ordnung?«

»Ja, alles okay.« Sie konnte ihm unmöglich jetzt von ihrem Vater erzählen, aber es war schwer, auf Evi und Bastian umzuschalten.

»Wenn Evi Lust hat, fahren wir von Königswinter aus nach Bad Breisig zu dem Märchenwald.«

»Ich wünsche euch viel Spaß.«

»Wenn es spät wird, bis ich Evi heute Abend wieder abliefere, melde ich mich morgen am Vormittag.«

»Ja, okay, grüß Evi von mir.«

»Mach ich, tschüs, mein Schatz, wir sind gleich da.«

»Tschüs ...« Jennys Stimme versagte. Heute hätte sie ihm

gerne von ihrem Vater erzählt und ihm dabei in die Augen geschaut.

23. Folgenschwere Nachrichten

Nachdenklich steckte Bastian sein Handy ein. Was war mit Jenny los? Wo war sie mit ihren Gedanken? Sie hatte doch den Ausflug für ihn und Evi ausgearbeitet, weil sie früher mit einer Freundin Radtouren am Rhein gemacht hatte. Es sollte ein märchenhafter Tag für Vater und Tochter werden, wobei das Wort märchenhaft durchaus wörtlich zu nehmen war. Sie war es, die das Schiff *Moby Dick* vorgeschlagen hatte.

Durch den Lautsprecher kam ein Hinweis des Kapitäns: »Sehen Sie dort drüben auf dem Berg den Bogen. Das ist der Rolandsbogen. Darunter liegt der Ort Rolandseck. Bis hierher ist der weiße Wal geschwommen, der unserem Schiff den Namen gab.«

»Was für einen Wal meint der Kapitän damit?«, fragte Evi.

»Dieses Schiff sieht aus wie ein Wal und ist nicht so groß wie die anderen Ausflugsschiffe. Es wurde nach einem weißen Wal benannt, der 1966 im Rhein schwamm. Eigentlich gibt es diese Wale nur ganz weit weg in der Arktis. Die Geschichte klingt wie ein Märchen. Sie ist aber wahr«, erzählte Bastian.

»Ein Wal ist doch so groß. Muss er nicht im Meer schwommen? Warum war er hier?«, fragte Evi.

»Das haben sich die Leute auch gefragt und nachgeforscht. Der Wal war gefangen worden und sollte mit einem Schiff zu einem englischen Zoo gebracht werden. Dann kam ein Orkan, das ist ein ganz starker Sturm, und der Wal wurde über Bord in die Nordsee gespült. Von dort aus schwamm er in den Rhein bis Rolandseck, kehrte hier wieder um und schwamm zurück in die Nordsee. Er wurde nie wieder gesehen.«

»Da hatte der Wal aber Glück«, sagte Evi.

»Ja, mein Schatz. Sieh mal dort oben, das ist der Drachenfels. Das ist der Berg vom Siebengebirge, der am dichtesten am Rhein steht. Und ganz oben siehst du die Ruine von der Drachenburg. Eine Ruine ist immer das, was von einer Burg übrig geblieben ist. Dort fahren wir gleich mit einer ganz besonderen Bahn hinauf. Komm, ich mach noch ein Foto von dir und dem Drachenfels.«

»Und ein Selfie von uns beiden, das schickst du dann an Mama und an Jenny.«

»Wird gemacht. Und wenn das Schiff gleich anlegt, gehen wir von Bord«, sagte Bastian.

Zehn Minuten später stand er mit Evi am Ausstieg des Schiffes zwischen drängelnden Passagieren. Bastian öffnete sein Handy, um zu sehen, ob Jenny die Fotos schon betrachtet oder gar geantwortet hatte, da wurde er angerempelt. Sein Handy rutschte ihm aus der Hand, fiel auf die untere Stange eines Geländers und von da aus in den Rhein.

Ein älterer Herr sagte erschrocken: »Oh, Entschuldigung.« Seine Frau kommentierte: »Man muss ja nun nicht gerade beim Aussteigen mit seinem Handy rummachen.«

Giftziege, dachte Bastian und schaute verzweifelt in das trübe Wasser des Flusses. Sein Handy war weg.

»Papa, da können wir heute nicht mehr telefonieren und keine Fotos mehr machen. Und wir wissen nicht, ob Mama und Jenny unsere Fotos gesehen haben. Das geht doch gar nicht!«

Den letzten Satz hatte Evi so entsetzt ausgerufen, dass Umstehende lachen mussten und Bastian schmunzelnd sagte: »Doch, Evi, das geht.«

Dabei war ihm gar nicht zum Lachen zumute. Nun musste er sich am Montagvormittag ein neues Handy besorgen. Zum Glück ging sein Flieger erst um 13:25 Uhr. Aber er würde sich sputen müssen. Jedenfalls konnte er unmöglich am Montag ohne Handy auf Dienstreise gehen.

***

Jenny stand am Fenster. Keine Wolke war zu sehen. Es war ein herrlicher Spätsommertag, wie gemacht für einen Ausflug zum Drachenfels. Sie würde nachher auch einen Spaziergang machen, einen Miniausflug zur Wassermühle. Das Handy brummte. Bastian schickte drei Fotos per WhatsApp: eine strahlende Evi mit der Mütze des Kapitäns. Evi vor Drachenfels und Petersberg und ein Selfie von beiden. Sie hielten die Köpfe zusammen und lachten in die Kamera. Jennys Mutter kam ins Wohnzimmer. Jenny zeigte ihr die Fotos.

»Evi sieht glücklich aus, weil sie mit ihrem Papa zusammen ist«, sagte Jenny. »Ich möchte meinen Vater auch wiederfinden. Wir müssen ihn suchen.«

»Ja, wir müssen herausfinden, wer so viel Kontakt zu ihm und euch hat, dass er René von eurem Segway-Ausflug erzählen konnte. Vielleicht bringt uns das auf seine Spur.«

Jenny überlegte. »Wir könnten bei dem Unternehmen anrufen und fragen, ob sich jemand telefonisch für die genaue Route interessiert hat. Vielleicht kommt das nicht oft vor, sodass sie sich erinnern, ob das eine weibliche oder eine männliche Stimme war, die gefragt hat.«

»Gute Idee. Das schränkt die in Frage kommenden Personen ein. Hast du die Telefonnummer von dem Veranstalter?«

»Nein, aber Fotos von unserer Tour. Auf den Elektrorollern steht der Anbieter.« Jenny schrieb den Namen von einem Foto ab und ermittelte die Telefonnummer.

»Heute erreichen wir keinen mehr. Aber am Montag rufen wir da an. Und jetzt wird es Zeit fürs Mittagessen.« Die Mutter stellte den Rest eines Auflaufs vom Vorabend in die Mikrowelle.

Wie gewohnt machte Jenny wegen der Nachrichten das Radio an. Es ging um Bundeskanzlerin Angela Merkel und Peer Steinbrück, um Mesut Özil, der von Real Madrid zum FC Arsenal wechselte und die Vergabe der Olympischen Sommerspiele 2020 an Tokio. Schließlich kamen die Regionalnachrichten: »Wieder ein Handtaschendiebstahl. Gestern hat ein Mann als Dame verkleidet einer Frau die Handtasche entrissen. Ein Zeuge hat es gesehen und geschrien: *Hilfe! Ein Dieb!* Da zog der Täter einen Revolver und richtete ihn erst auf den Zeugen, ohne abzudrücken, und danach gegen sich selbst. Er ist etwa 60 bis 65 Jahre alt, circa einen Meter siebzig groß, hat dunkles krauses Haar mit grauen Schläfen, trug einen Damenhut und einen weiten Damenmantel, unter dem er die Handtasche versteckt hatte. Sachdienliche Hinweise bitte an … «

»Mama, war das Papa? Was hat er getan? Was hat Papa neulich am Telefon gesagt? Hat er nicht gesagt, dass er nicht ins Gefängnis will? Eher würde er sich erschießen. Hat er das wahrgemacht?«

»Das hast du verstanden?«

»Du musst das Symbol für Lautsprecher auf deinem Handy berührt haben. Du wusstest, dass er es wahrmacht!« Jenny zitterte am ganzen Körper.

»Kind, um Gottes Willen, beruhige dich. Ich hatte nicht wirklich damit gerechnet, aber ich hatte Angst, weil er schon so viel getan hat in seinem Leben, womit niemand hätte rechnen können. Jenny, bitte, denk an dein Baby. Du darfst dich nicht aufregen.«

»Mama, ich habe das nicht in der Hand. Wir hatten doch gerade beschlossen, ihn zu suchen. Ich wollte mich entschuldigen für mein Verhalten damals, als ich ihn weggeschickt habe. Es ist mir egal, was er gemacht hat. Er sollte mir nur sagen, dass er mich liebt.«

»Das hat er bestimmt alles in seinem Buch geschrieben.«

»Geschrieben!« Jenny schrie dieses Wort, als könnte sie damit alles rückgängig machen, was passiert war. Dann schmiss sie sich auf das Sofa und krümmte sich vor Schluchzen, nein, vor Schmerzen. Nein, bitte nicht, nein! Dann hörte sie, dass ihre Mutter mit jemandem sprach. Sie telefonierte.

»Frau Dr. Fischer ist in fünf Minuten hier«, erklärte sie. Dann gab sie Jenny ein Glas Wasser. Jenny trank langsam, Schluck für Schluck.

Als die Ärztin angekommen war, spürte Jenny wieder diesen Schmerz, der sie wie eine Welle erfasste und dann wieder nachließ.

Die Ärztin fragte: »Haben Sie schon einen Notfallkoffer gepackt?« Jenny nickte. »Wann ist der reguläre Geburtstermin?«

»In drei Wochen.«

»Dann wäre es nicht schlimm, wenn das Baby schon jetzt käme. Wir sollten auf jeden Fall ins Krankenhaus fahren. Ich fahre. Sie beide sind mir viel zu aufgeregt. Wo ist Ihr Mann?«

»Auf einem Ausflug mit seiner Tochter auf dem Rhein. Er wollte so gerne bei der Geburt dabei sein.«

»Rufen Sie ihn ruhig an. Ob es möglich ist, dass er rechtzeitig kommt, kann ich nicht beurteilen.«

Jenny nickte und ging in ihr Schlafzimmer, um ihren kleinen Koffer zu holen. Sie drückte die Kurzwahltaste von Bastians

Handy, aber er ging nicht ran. Dann fiel ihr die Verabredung mit Michael Obermeier ein. Er meldete sich sofort. »Hallo, Michael, ich wollte nur sagen, ich kann nicht zur Wassermühle gehen. Ich habe Wehen. Meine Mutter bringt mich ins Krankenhaus.«

»In welches?«

»Ins Städtische.«

»Dort muss ich sowieso jemanden besuchen. Ich frage morgen nach, wo du liegst, und schau dann mal rein. Ich wünsche dir alles Gute.«

»Danke«, sagte Jenny, versuchte es noch einmal bei Bastian, wieder vergeblich. In diesem Moment kam ihre Mutter und fragte, ob sie soweit wäre. Also schrieb Jenny eine SMS: *»Hallo, Bastian, habe Wehen, fahren jetzt ins Städtische Krankenhaus, Kuss Jenny«*.

Die Ärztin hatte das Krankenhaus inzwischen informiert. Sie waren in fünfzehn Minuten dort. Jenny wurde schon erwartet und sofort von einer Hebamme betreut und in einen Untersuchungsraum geführt.

Kurz darauf sagte die Hebamme: »Oh, ich taste das Köpfchen hier oben, fühlen Sie es? Das heißt, Ihr Baby müsste sich noch drehen. Dann messen wir mal, in welchen Abständen die Wehen kommen, und ich informiere den Doktor.«

Es dauerte nur einen Augenblick, dann war der Arzt da. Er bestätigte die Aussage der Hebamme. »Wir haben es hier mit einer Steißlage zu tun.« In diesem Moment kam die nächste Wehe. Der Arzt sah sich den Mutterpass an, machte ein ernstes Gesicht, nickte der Hebamme bedeutungsvoll zu und sagte: »Beginnen Sie bitte mit den Vorbereitungen. Ich bin gleich wieder da.«

»Was meint der Arzt? Er guckt so ernst.«

»Vielleicht müssen wir Ihr Baby holen. So wie sich das anfühlt, habe ich mir das gleich gedacht«, erklärte die Hebamme.

Es dauerte und dauerte.

Der Arzt kam wieder und erklärte ihr ruhig, warum er einen Kaiserschnitt für notwendig hielt. Jenny war nicht in der Lage zuzuhören.

»Meine Mutter wartet draußen. Ich möchte sie noch sprechen«, sagte sie. Der Arzt versprach, ihr Bescheid zu geben.

Ihre Mutter kam herein und nahm sie in den Arm.

»Mama, ich habe mein Handy in meinem Zimmer bei dir vergessen. Hat Bastian sich bei dir gemeldet?«

»Nein. Ich rufe ihn an. Ich habe auch seine Handynummer. Frau Dr. Fischer ist nach Hause gefahren. Ich habe mit Isolde telefoniert. Sie kommt und wartet mit mir.«

Die nächste Wehe kam. Ihre Mutter streichelte Jenny über das Haar und sagte: »Du hast es bald geschafft.«

24. Wo ist Bastian?

Wie von Ferne vernahm Jenny die Stimme ihrer Mutter: »Dein Nico ist da.« Dann hörte sie die Hebamme. »Sie haben eine kurze Vollnarkose bekommen. Jennifer, hören Sie mich?«

»Ja, ich ...« Jenny wollte sprechen, aber sie bekam die Worte noch nicht heraus. »Nico?«

»Schatz, ihr habt einen kleinen Jungen«, sagte ihre Mutter. Jenny öffnete die Augen, versuchte sich aufzustützen, aber das wollte nicht klappen. Dann sah sie wie durch einen Nebel die Hebamme mit einem Baby. Sie streckte die Hände aus, und die Hebamme legte Nico in ihren Arm. Vorsichtig neigte Jenny ihren Kopf, um ihn besser sehen zu können. Er schlief, ganz entspannt; ein zu großes weißes Jäckchen mit umgekrempelten Ärmeln, eine kleine Hand schaute hervor, am Handgelenk ein Armband mit hellblauen Kugeln und kleinen weißen Würfeln, auf denen der Name »Herzog« stand, ein kleiner und doch für ihr Baby noch zu großer weißer Strampelanzug. Jenny strich ihm über die winzigen Finger, reichte ihm ihren Daumen, den Nico mit seiner kleinen Hand umfasste. Jenny spürte die zarte Berührung. Es war ein Wunder, ein unbeschreibliches Gefühl. Sie hatte einen Sohn! Bastian, wir haben einen Sohn. Bastian? Er musste dieses Gefühl mit ihr teilen. Sie sah sich um. Nur Tante Isolde war da und gratulierte.

»Wo ist Bastian?« Keine Antwort. Die Mutter suchte nach Worten. Dann sagte sie: »Ich habe ihn noch nicht erreicht.«

Jenny hielt den Atem an, langsam wurde ihr die ganze Situation wieder bewusst. »Er hat bestimmt eine Antwort auf mein Handy geschickt.«

»Hier, mein Schatz. Tante Isolde hat dein Handy geholt.«

Jenny schaute nach und sagte: »Bastian hat meine Nachricht nicht gelesen. Wurde ihm das Handy geklaut?«

»Jenny, du darfst heute nicht zu sehr warten. Wenn Bastian kein Handy hat, hat er die Nachricht, dass du ins Krankenhaus fährst, nicht bekommen. Dann erfährt er es erst abends zu Hause. Ich spreche ihm gleich auf den AB«, versprach ihre Mutter.

»Aber verrate ihm nur, dass ich im Krankenhaus bin. Die gute Nachricht möchte ich ihm selbst sagen.«

Jennys Mutter nickte und fügte hinzu: »Ich bitte ihn, sich auf jeden Fall bei mir zu melden. Dann kann ich dir wenigstens in seinem Auftrag eine SMS schicken, damit du weißt, wann er morgen kommt. Sein Flug geht doch erst am Montag?«

»Ja, Gott sei Dank«, sagte Jenny und kämpfte gegen Tränen. Eine Schwester nahm ihr den schlafenden Nico ab, legte ihn in ein Kinderbettchen und schob Nico und Jenny aus dem Aufwachraum in ein Zimmer. Dort lag bereits eine junge Frau, die noch nicht entbunden hatte, aber wegen möglicher Komplikationen vorzeitig eingeliefert worden war. Jennys Mutter und Tante Isolde blieben noch ein paar Minuten, weil die Schwester gesagt hatte, dass Jenny erst einmal schlafen sollte.

»Ich heiße Sarah und du Jenny. Das habe ich mitgekriegt«, stellte sich ihre Zimmernachbarin vor. »Hast du schon Kinder?«

»Nein, Nico ist mein erstes Kind. Und du, hast du schon eins?«

»Ich bin erst sechzehn, und ich bin zu dick. Ich muss vor der Geburt noch abnehmen.«

»Wann ist es bei dir soweit?«, fragte Jenny.

»In zehn Tagen.«

Oh, dachte Jenny, viel konnten zehn Tage bei Sarah nicht mehr bewirken. Ihr Umfang war – nicht nur, weil sie schwanger war – unübersehbar.

»Mein Freund kommt morgen. Heute hat er ein wichtiges Fußballspiel. Er heißt Lukas. Stört es dich, wenn ich fernsehe?«

»Wenn du den Ton wegstellst, dann nicht.«

»Okay.«

Wo war Bastian? Mit Evi im Märchenwald in Bad Breisig? Hoffentlich war nur was mit dem Handy. Schlimmere Möglichkeiten durfte sie sich gar nicht ausmalen. Sie sollte schlafen und glücklich sein. Morgen spätestens würde Bastian hier sein. Davon und nur davon wollte sie träumen.

***

Bastian warf einen Blick auf das Navi. Sie würden erst gegen 22 Uhr in Frankfurt sein. Sie hatten in Bad Breisig zusammen zu Abend gegessen mit einem herrlichen Blick auf den nächtlichen Rhein. Es war, als wollten sie diese letzten Stunden, die Vater und Tochter alleine gehörten, ausdehnen. Evi war gleich hinter Bad Breisig eingeschlafen.

Es war ein anstrengender Tag für sie gewesen und für ihn auch. Die Fahrt mit der Zahnradbahn auf den Drachenfels war ein Erlebnis. Sie hatten unverschämtes Glück mit dem Wetter gehabt. Die Sicht war einmalig gut. Sie hatten sogar den Kölner Dom am Horizont erkennen können.

Evi fehlte unterwegs sein Handy bald mehr als ihm. Sie war es von klein auf gewohnt, dass man jede besondere Situation fotografieren und die eindrucksvollsten Bilder sofort verschicken konnte.

Ihm fehlte der Kontakt zu Jenny, auch wenn er vorsorglich darauf hingewiesen hatte, dass er sich vielleicht erst morgen wieder melden würde. Aber so ganz ernst hatte er das nicht gemeint. Sogar Verena würde er anrufen, damit sie sich darauf einstellen könnte, wann sie zu Hause waren.

Wenn er ehrlich war, dann wäre er von Linz aus gerne direkt nach Frankfurt zurückgefahren. Aber Evi hatte schon oben auf dem Drachenfels an einem Puppenspiel für Kinder, bei dem Siegfried den Drachen besiegte, großen Spaß, und gleich danach beteuert, wie sehr sie sich auf den Märchenwald freute. Dort erzählten die Figuren auf Knopfdruck jeweils eine Szene aus Märchen wie *Der Wolf und die sieben Geißlein* oder *Schneewittchen und die sieben Zwerge*, weil man in der Nähe vom Siebengebirge war.

Evi hatte Jenny auch vermisst, weil sie bestimmt die Zwerge oder Geißlein wunderbar nachgemacht hätte. Wenigstens hatte Bastian Evi klarmachen können, dass sie nicht ihren Papa an Nico verlieren würde, sondern einen kleinen Bruder gewann. Vielleicht würde der Beruf der Lehrerin für Jenny genau das Richtige sein? Hätte er sie mehr darin bestärken sollen? Welche Rolle spielte der Professor bei Jennys Entscheidung? In Potts Park hatte er Jenny fotografiert – nur weil es sich so ergab?

***

Es war schon 20:30 Uhr. Jenny hatte lange geschlafen. Ihre Zimmernachbarin schaute sich mit Kopfhörer einen Film im Fernsehen an. Ob Bastian schon zu Hause war? Jenny drückte die Kurzwahltaste. Der AB sprang an. Sie sagte: »Hallo, Bastian, hattet ihr einen schönen Tag? Was ist mit deinem Handy? Ich konnte dich nicht erreichen. Kuss Jenny.«

Sie konnte nicht wieder einschlafen.

Vielleicht war Bastian noch unterwegs.

Sie konnte nicht untätig hier liegen und warten.

Sie wählte Verenas Handynummer, um ihr zu sagen, dass Bastian sie unbedingt anrufen sollte. Verena ging nicht dran. Die Festnetznummer von Verena hatte sie nicht. Also eine SMS.

»Hallo, Verena, sag Bastian bitte, sobald er zurück ist, dass er mich anrufen soll, und wenn er mich nicht erreicht, dann meine Mutter auf Festnetz. Danke. Jenny«

***

Um 22 Uhr waren Bastian und Evi kurz vor Frankfurt.

»Wann sind wir da?« fragte Evi. »Gleich, mein Schatz.«

»Papa, ich freue mich auf meinen kleinen Bruder.«

»Das kannst du auch, aber drei Wochen dauert es noch«, sagte Bastian und dachte, dass er das wichtigste Ziel des Tages erreicht hatte. Evi glaubte nicht mehr, dass Nico ihr den Papa wegnehmen würde. Trotzdem hatte er das Gefühl, als wenn ihm sein Leben im Moment davonliefe und er zu erschöpft war, es einzuholen.

»Endlich!«, begrüßte Verena die beiden und drückte Evi. »Ich habe mir schon Sorgen gemacht. Du hättest anrufen können, als ihr in – wo wart Ihr noch? – losgefahren seid.«

»Wir waren in Bad Breisig«, sagte Bastian.

»Papas Handy ist in den Rhein gefallen«, erklärte Evi.

»Ach so, deshalb hat Jenny ... habt ihr euch nicht gemeldet.«

Bastian stutzte. Wollte Verena gerade etwas anderes sagen

oder hatte er sich verhört? »Ich fahr dann gleich nach Hause. Es ist schon spät«, verkündete er.

»Papa, du kannst wieder in meinem Bett schlafen und ich bei Mama.« Evi schmiegte sich an ihn. »Dann sind wir noch zum Frühstück zusammen.« Meine kleine Tochter versteht es gut, mich einzuwickeln, ging es Bastian durch den Kopf.

Verena unterstützte ihre Tochter: »Wenn Jenny bei dir zu Hause warten würde, müsstest du natürlich fahren, aber so macht es wirklich Sinn, wenn du hier schläfst und morgen nach dem Frühstück nach Hause fährst. Möchtest du ein Glas Wein?«

»Oh, ich hätte lieber ein Bier«, sagte Bastian und setzte sich.

»Geht auch ein Weizenbier?«

»Egal, ich bin am Verdursten. Aber dann gehe ich pünktlich schlafen. So ein Märchentag schlaucht.«

25. Missverständnisse

Dank der Schmerztabletten hatte Jenny in der ersten Nacht nach dem Kaiserschnitt gut geschlafen. Sie lag im Bett und war hin- und hergerissen zwischen dem Glücksgefühl, wenn Nico bei ihr war, den Schmerzen, die sie hatte, wenn sie sich aufrichtete, und der Enttäuschung, dass Bastian nicht bei ihr war. Letzteres war am schlimmsten, besonders, weil sie noch nicht mit ihm gesprochen hatte.

Würde er nach dem Grund für ihre vorzeitigen Wehen fragen? Was sollte sie ihm antworten - am Telefon? Die Geschichte um ihren Vater konnte sie nicht kurz zusammenfassen. Sie spürte, wie sehr ihr Herz klopfte, wenn sie an die letzten Nachrichten von ihrem Papa dachte. Sie wollte sich nicht wieder aufregen. War er wirklich tot, hatte sich selbst das Leben genommen, weil er nicht ins Gefängnis wollte. War ihre letzte Chance, sich mit ihm zu versöhnen, vertan? Würde morgen Genaueres in der Zeitung stehen?

Jenny sah auf ihr Handy, als könnte sie es hypnotisieren. Es läutete nicht. Warum meldete Bastian sich nicht? Er wollte doch spätestens heute anrufen. Hatte er den AB nicht abgehört, weil er heute Nacht nicht zu Hause war? Hatten sie einen Unfall gehabt?

***

Bastian strich gerade Butter auf sein Brötchen, da hielt Verena ihm ihr Handy hin mit den Worten: »Diese SMS von Jenny muss gestern schon gekommen sein. Ich habe am Abend seit Beginn der Tagesschau nicht mehr auf mein Handy gesehen.« Bastian las die SMS und erstarrte. Er sollte Jenny auf dem Handy anrufen oder ihre Mutter auf dem Festnetz. Die SMS war gestern um 21.15 Uhr angekommen. Da waren er und Evi noch unterwegs gewesen. Jenny wäre möglicherweise nicht auf dem Handy zu erreichen. Das konnte doch nur bedeuten, dass sie ins Krankenhaus musste. War etwas mit ihrem Baby? Verdammt, er hätte den Anrufbeantworter längst per Fernabfrage abhören sollen.

»Ich muss telefonieren. Kann ich dein Handy haben?«, fragte er Verena.

»Natürlich, bitte sehr«, sagte sie und schaute ihn neugierig an. Sollte er mit dem Handy ins Kinderzimmer gehen? Nein, da spielte Evi. Sie sollte nicht alles mitkriegen, was er am Telefon sagte.

Zunächst hörte er sich die Ansage von Jennys Mutter auf seinem AB an: »Hallo, Bastian, bitte rufe Jenny auf dem Handy an. Sie ist im Städtischen Krankenhaus. Wenn du sie nicht erreichst, melde dich bei mir, auch wenn es schon spät ist.« Das war gestern um 18 Uhr. Mit zitternden Fingern suchte er Jennys Namen auf Verenas Handy, fand ihn nicht. »Hast du Jenny nicht gespeichert?«

»Doch, unter *Herzog, J.*«, sagte Verena.

***

Die Schwester kam, um Jenny beim Stillen behilflich zu sein. Genug Milch musste da sein, denn ihre Brust spannte sehr. Jenny ruckelte sich ihr Kissen zurecht. Schwester Beate sagte: »Na, aufgeregt? Nicht nötig. Sie werden sehen, er holt sich das, was er braucht, von ganz alleine.« Bei diesen Worten legte sie Nico an Jennys Brust. Nico nuckelte, dann trank er. Woher wusste er, wie das geht? Jennys Handy klingelte. Jetzt konnte sie wirklich nicht drangehen.

»Genießen Sie diese Zeit der Nähe zu Ihrem Kind«, sagte Schwester Beate. »Und wenn er genug getrunken hat, behalten Sie Ihr Baby ruhig noch im Arm, bis ich wiederkomme. Den Anrufer können Sie danach anwählen.«

***

Bastian ließ Jennys Nummer unter »Herzog. J.« klingeln. Sie nahm nicht an. Auch bei der Festnetznummer von Sabine kam nur der Anrufbeantworter. Ihre Handynummer war mit seinem Handy im Rhein verschwunden. Was war da los? War sie bei Jenny im Krankenhaus?

»Was ist?«, fragte Verena. »Du siehst entsetzt aus.«

»Vielleicht wird gerade mein Sohn geboren. Ich hätte es ahnen können. Sie war so komisch gestern bei unserem letzten Telefonat. Vielleicht hatte sie da bereits Wehen.«

»Wahrscheinlich hatte sie Angst, dass ihr Kind schon kommt.« Verena betonte das »ihr«.

»Unser Kind!«, verbesserte Bastian.

»Bist du so naiv oder willst du es nicht wahrhaben? Ihr Kind ist ja wohl nicht automatisch auch dein Kind.«

»Spinnst du?«

»Na, dann rechne mal nach. Wo war Jenny denn vor neun Monaten? Du hattest jedenfalls Evi-Wochenende und warst mit ihr in Frankfurt im Weihnachtsmärchen. Wen hat Jenny damals heimlich getroffen?«

»Du bist verrückt!«

»Hat sie jemals vor dem Treffen mit dem Professor davon gesprochen, dass sie ihr Studium wiederaufnehmen will?«

»Verena! Was willst du damit sagen?«

»Du glaubst doch nicht wirklich, dass Jenny aus heiterem Himmel wieder anfangen wollte zu studieren und alles dann rund läuft wie im Märchen?«

»Es reicht. Ich fahre sofort nach Bielefeld. Ich wollte bei der Geburt dabei sein.«

»Darf ich auch dabei sein, wenn mein Bruder geboren wird?«, sagte plötzlich eine Stimme aus dem Hintergrund. Hatte Evi gehört und verstanden, was Verena gesagt hatte?

»Nein, mein Schatz das geht nicht. Du bist noch zu klein«, erklärte Bastian. Wie lange stand sie schon da?

»Oh schade«, sagte sie enttäuscht. Dann zeigte sie auf ihr Nintendo und verkündete stolz: »Ich habe den höchsten Level erreicht.«

»Super, mein Schatz«, lobte Bastian erleichtert und fügte hinzu: »Du, ich muss jetzt fahren.«

Evi hängte sich an seinen Arm und bat: »Bleib hier. Du sollst hierbleiben.«

»Ich bin doch am nächsten Wochenende schon wieder in ... in Frankfurt.« Fast hätte er Schnatbach oder Bielefeld gesagt.

Verena erklärte mit ruhiger Stimme: »Dein Papa muss noch Koffer packen, weil er gestern den tollen Ausflug mit dir gemacht hat. Und du musst mir genau erzählen, was du alles erlebt hast. Dazu sind wir gestern Abend nicht mehr gekommen.«

Da ließ Evi seinen Pullover los. Beim Verlassen der Wohnung hörte er noch Verenas Worte: »Fahr trotzdem vorsichtig!« Er lief zum Auto und startete den Motor. Verenas letzter Satz war der einzige, der von all dem, was sie gesagt hatte, stimmte. Er musste konzentriert fahren und durfte nicht rasen. Am liebsten hätte er jede Ampel eigenhändig auf Grün geschaltet. Schließlich erreichte er die A5 in Richtung Kassel. Es war deutlich weniger Verkehr als sonst, weil es Sonntagvormittag war und ohne Lkw.

Verena war eifersüchtig auf Jenny, nicht seinetwegen. Der Zug war längst abgefahren. Nein, Evis wegen. Verena wollte nicht, dass Evi mit ihm und Jenny und Nico eine zweite Familie hatte, eine, in der es sogar einen kleinen Bruder gab. Er sollte noch mal versuchen, Jenny oder wenigstens ihre Mutter zu erreichen. Sie warteten bestimmt schon auf seinen Anruf. Verdammt, er hatte ja kein Handy. Das Navi zeigte ihm, dass er ohne Pause gegen 14 Uhr bei Jenny sein konnte.

***

Als Nico genug getrunken hatte, schlief er in Jennys Armen ein. Vorsichtig, um ihn nicht aufzuwecken, rutschte sie zum Nachttisch und hangelte nach ihrem Handy. Es war die Nummer von Verena.

»Hallo, Jenny, ich habe deine SMS leider erst heute Morgen gesehen und Bastian gezeigt«, erklärte Verena sofort, als wollte sie einem Vorwurf zuvorkommen. »Was ist denn passiert? Ist dein Baby schon da?«

»Ja, aber ich möchte es Bastian gerne selbst sagen.«

»Er ist nicht mehr hier. Ich gebe dir mal Evi, die erzählt dir gerne von gestern. Hier Evi. Es ist Jenny.«

»Hallo, Jenny.«

»Hallo, Evi. Warum hat dein Papa nicht bei mir angerufen? Ist was mit seinem Handy?«

»Sein Handy ist in den Rhein gefallen.«

»Wann ist dein Papa gestern Abend nach Hause gefahren?«
»Gar nicht. Er hat doch hier geschlafen.«
»Wo hat er denn geschlafen?«
»In meinem Bett genau wie neulich. Ich habe schon ein großes Bett.«
»Und wo ist er jetzt?«
»Er muss ein neues Handy besorgen und seinen Koffer packen, weil er nach Mexiko fährt. Das ist in Amerika.«
»Das stimmt. Tschüs, Evi«, sagte Jenny. Sie konnte nicht weitersprechen. Wo musste Bastian erst ein neues Handy besorgen, bei seinem Chef? Aber den Koffer hatte er doch am Freitag gepackt. Verzweifelt fragte sie sich: Warum hat er bei Verena übernachtet? Wann hat er schon mal eine Nacht bei ihr verbracht? Hat er den Tagesausflug doch mit Verena zusammen gemacht? Das hätte Evi bestimmt erzählt. Wann ging morgen sein Flieger? Irgendwann um die Mittagszeit. Wahrscheinlich kam er nachher noch und fuhr morgen am Vormittag von hier aus zum Frankfurter Flughafen. Das machten Bielefelder, die von Frankfurt abflogen, schließlich auch.

Schwester Beate brachte das Mittagessen und fragte: »Wann kommt denn Ihr Mann?«

Jenny antwortete: »Er ist unterwegs.«

Sie stocherte in ihrem Essen herum. Sie hatte keinen Appetit im Gegensatz zu ihrer übergewichtigen Zimmernachbarin. Sarah war von einem Spaziergang pünktlich zum Essen zurück und schlürfte ihre Gemüsesuppe mit sehnsüchtigen Blicken auf Jennys Nudeln mit Gulasch.

»Isst du das nicht auf?«, fragte Sarah.

»Nein, ich würde es dir geben, aber du solltest die verordnete Diät einhalten.« Jenny kam sich bei diesen Worten vernünftig und alt vor. Sie war froh, als die Schwesternhelferin die Teller wieder abholte. Sie schloss die Augen. Vielleicht konnte sie ein wenig schlafen. Und dann kam Bastian und alles würde gut.

Jennys Handy brummte. Eine SMS von Verena. Sie schickte Jenny einen Glückwunsch zur Geburt von Nico und zugleich das Selfie von Bastian und Evi, aufgenommen auf dem Schiff

Moby Dick. Ein zweites Foto zeigte den Frühstückstisch, reich gedeckt für drei Personen. Ein Blumenstrauß stand auf dem Tisch. Die Sonne ließ die Blumen leuchten. Die Mahlzeit war sichtbar vorbei, denn die Messer und Teller waren gebraucht. Eine Wanduhr zeigte 9.15 Uhr.

Das hatte Verena nicht aus Versehen mitgeschickt. Was wollte sie ihr damit zeigen? Dass sie zu dritt gefrühstückt hatten? Das hatte Evi ihr verraten. Hatte Verena mit Bastian in Evis Zimmer geschlafen? Lief da wieder etwas zwischen ihm und Verena? Nico wachte auf und machte unüberhörbar auf sich aufmerksam. Jenny holte ihn in ihr Bett und beruhigte ihn und sich mit den Worten: »Gleich kommt dein Papa.« Er war sofort still. Jenny schmuste mit ihm. Er duftete so gut nach Babycreme.

Es klopfte. Bastian? Es war Michael Obermeier. Er kam mit einem Strauß gelber Rosen und hinter ihm Schwester Beate mit einer Blumenvase. Sie stellte die Vase auf den Nachttisch und flüsterte mit einem Augenzwinkern: »Ich habe gerade gesehen, dass Sie Besuch bekommen haben.« Schon hatte sie das Zimmer wieder verlassen. Michael Obermeier gratulierte herzlich zu ihrem süßen Baby, legte den Rosenstrauß auf ihr Bett und umarmte sie zur Begrüßung. Ihr kamen Tränen, ohne dass sie es wollte. »Na, ist eine junge Mutter am ersten Tag nach der Geburt nah am Wasser gebaut? Ich habe keine Erfahrung.« Eher unbeholfen strich er ihr mit dem Daumen die Tränen aus dem Gesicht.

***

Bastian war so schnell gefahren, wie er konnte. Sollte er noch Blumen kaufen? Unten im Krankenhaus gab es welche. Die konnte er gleich holen. Er fragte nach der Wöchnerinnenstation und fuhr mit dem Fahrstuhl hinauf. Auf der Station fragte er eine Schwester, in welchem Zimmer Jennifer Herzog lag. Sie antwortete: »Zimmer sieben, den nächsten Gang links. Ihr Mann ist auch schon bei ihr.« Ihr Mann? Bastian vergaß anzuklopfen. Irritiert öffnete er die Tür und sah, wie ein Mann Jenny zärtlich übers Gesicht strich und das Baby in Jennys

Arm streichelte. Der Professor, den er in Potts Park gesehen hatte! Auf dem Bett lag ein Strauß goldgelber Rosen, Jennys Lieblingsblumen. Bastian war wie gelähmt. Er war nicht in der Lage, das Krankenzimmer zu betreten. Er brachte keinen Laut heraus. Er drehte sich um, stürmte mehrere Etagen hinunter wie in einen Abgrund, lief zum Auto und ließ den Motor an. Nur weg hier. Eine Gegenüberstellung mit Nico, dem Kind des anderen, und dessen Vater könnte er jetzt nicht ertragen.

Er stellte das Navi an und drückte die Taste für den Weg nach Hause. Verena hatte Recht. Jenny musste erst die Geburt abwarten, um zu wissen, ob ihr Kind das Baby des Professors war oder sein Kind. Daher ihre Einsilbigkeit bei ihrem letzten Telefonat gestern Morgen. Die Wiederaufnahme des Studiums, das war die Idee dieses Professors. Deswegen hatte sie problemlos zugestimmt, als er an ihrem letzten Wochenende einen Ausflug mit Evi machen wollte, diesen Ausflug sogar ausgearbeitet, damit sie sicher war, dass er wirklich mit Evi unterwegs war – an dem kritischen Wochenende. Bastian konnte vor Tränen fast nichts mehr sehen. Er fuhr auf den nächsten Parkplatz und hielt gleich am Anfang an in einiger Entfernung von den anderen Autos. Er machte den Motor aus, umfasste das Lenkrad und legte seinen Kopf auf die Arme. Ein Weinkrampf schüttelte ihn.

Wie lange dieses Schluchzen dauerte, wusste er nicht. Irgendwann hörte es auf. Er war ausgelaugt. Er dachte an Verena. Als sie ihm damals von ihrem Liebhaber erzählt hatte, hatte er sich in seiner Ehre gekränkt gefühlt und sich geärgert, dass er nichts davon gemerkt hatte. Als er klar bei Verstand war, war er wütend auf sich selbst gewesen, weil er nicht längst einen Schlussstrich gezogen hatte.

Aber Jenny! An ihrer Liebe zu ihm hatte er keine Sekunde gezweifelt. Sicher, der Professor war ihm suspekt, weil dieser Mann sie hatte beeinflussen können bei einer Entscheidung, die Bastian nicht sofort nachvollziehen konnte.

Und trotzdem, er konnte es nicht glauben. Er wollte es nicht glauben. Er hatte seinerseits seine Liebe zu Jenny nie infrage gestellt. Deswegen war es ja so schwer. Machte Liebe wirklich blind? War an dieser Redensart etwas Wahres dran? Auf ihn traf es jedenfalls zu.

Er musste sich zusammenreißen. Er hatte schließlich eine Tochter, und er hatte einen Beruf. Morgen ging sein Flug nach Mexiko. Bastian startete und fuhr los. Er war müde, aber er musste sich auf den Verkehr konzentrieren. Er durfte keinen Unfall bauen. Er musste funktionieren, die Gedanken ausschalten. Es war Sonntagabend und viel Verkehr, mehr als sonst. Oder kam ihm das nur so vor, weil er sicherheitshalber langsamer fuhr als normalerweise?

Als er in Frankfurt ankam, war es fast 20 Uhr. Bastian machte sich eine Dose mit Gulaschsuppe heiß, aß eine Scheibe Brot dazu, trank drei Bier und stellte sich den Wecker auf 7 Uhr. Irgendwann würde er schlafen können, schlimmstenfalls erst morgen im Flugzeug.

26. Ein Strauß goldgelber Rosen

Jenny schob ihr Frühstückstablett zur Seite. Einen Joghurt und ein halbes Brötchen. Mehr schaffte sie nicht. Bastian musste noch im Lande sein. Warum meldete er sich nicht? Wenigstens am Telefon von zu Hause aus, wenn er kein Handy hatte. Das war doch das Mindeste, was sie erwarten konnte. Sie konnte sich nicht vorstellen, dass er wieder mit Verena zusammen war.

Es klopfte. Es war ihre Mutter. Statt einer Begrüßung sagte sie: »Gelbe Rosen von Bastian?«

Da ließ Jenny ihren Tränen freien Lauf. Die Mutter gab ihr ein Taschentuch und sagte: »Die Rosen sind nicht von ihm? Er war also nicht hier. Weine ruhig. Das hilft.«

Jenny rang um Fassung. »Du musst dich ablenken«, sagte die Mutter. »Soll ich dir heute Nachmittag etwas zum Lesen vorbeibringen?«

»Nein, danke, Michael Obermeier hat mir zwei Bücher aus der Bibliothek mitgebracht, das reicht erst mal.«

»Der Professor war hier? Dann sind die Rosen von ihm?«

Jenny nickte. Mit einem Seitenblick auf Sarah, die neugierig herüberschaute, fragte die Mutter nicht weiter.

»Es ist ein schöner Blumenstrauß«, sagte sie. »Bevor du dich in deine Bücher vertiefst, habe ich etwas anderes für dich zum Lesen.« Bei diesen Worten zog sie die Tageszeitung aus der Tasche.

Jenny las:

»Seltsamer Handtaschendiebstahl
Am Samstag hat ein als Dame verkleideter Mann einer Frau eine Handtasche entrissen. Ein Augenzeuge schrie ihn an. Daraufhin richtete der Täter einen Revolver gegen sich selbst und schoss. Leblos fiel er zu Boden. Ein Mann rief die Polizei und einen Krankenwagen. Da auch Kinder in der Nähe waren, sorgten die Passanten dafür, dass die Schaulustigen mit den Kindern zurückgedrängt wurden. In dem Tumult wurde zu spät bemerkt, dass der Dieb mit der Handtasche verschwinden konnte, bevor die Polizei eintraf. Kurz danach wurde die Tasche in einer Um-

kleidekabine gefunden und später der Eigentümerin übergeben. Da aus der Tasche nichts fehlte, hat die Bestohlene auf eine Anzeige verzichtet.«

Jenny umarmte ihre Mutter und flüsterte: »Papa lebt.«

»Ja«, sagte die Mutter ebenso leise, »und ich hoffe sehr, dass er seinen Vorsatz, dass dies seine letzte schauspielerische Leistung als Dieb war, beherzigt.«

Sarah verließ das Zimmer. Sie hatte wohl bemerkt, dass Mutter und Tochter etwas sehr Persönliches besprachen. Jenny nahm ihr Handy und sagte: »Wir wollten heute doch den Segway-Veranstalter anrufen«, tippte seine Nummer und brachte sich bei dem Segway-Anbieter Paul mit den Worten in Erinnerung: »Ich bin die, die oben auf der Sparrenburg vor dem Großen Kurfürsten vom Mäuerchen gesprungen ist.«

»Ach ja, die Teilnehmerin mit dem vorgetäuschten Sturz«, lachte Paul.

»Kommt es oft vor, dass sich vor einer Stadtführung mit dem Segway jemand ganz genau nach der Route erkundigt?«

»Nein, eigentlich nicht. Es steht alles auf unserer Homepage. Das heißt, da war mal jemand, der wollte alles ganz genau wissen, möglichst mit Zeitangaben. Das war Anfang der Saison, vermutlich im April.«

»War das ein Mann oder eine Frau?«

»Hm, eher ein Mann, obwohl, eigentlich kann ich es nicht genau sagen. Es könnte auch eine ältere Frau gewesen sein. Die haben manchmal eine tiefere Stimme. Warum fragen Sie?«

»Da wollte mich jemand abpassen, hat mich aber offensichtlich nicht erkannt. Jetzt möchte ich ihn oder sie ausfindig machen. Danke für die Auskunft«, log Jenny, denn sie hatte Blickkontakt mit ihrem Vater gehabt. Er hatte sie ganz sicher erkannt.

»Bitte, gern geschehen«, sagte Paul.

Wer hatte ihren Vater informiert? Vielleicht doch Michael Obermeier? Wenn ja, warum?

Nico wachte auf und forderte lautstark seine Mahlzeit. Kein Kind der Welt konnte so entzückend schreien wie er und zufriedener nuckeln, wenn Jenny stillte. Mit dieser nicht zu widerlegenden Feststellung verabschiedete sich die Mutter. Sie war schließlich berufstätig, auch wenn sie im eigenen Atelier arbeitete.

Als gegen Mittag Schwester Beate nach Jenny und Nico schaute, sagte sie: »Weinen Sie ruhig. Das ist der Baby-Blues. Heute ist der dritte Tag nach der Operation, da ist es am schlimmsten. Morgen sieht die Welt wieder ganz anders aus.« Die Schwester hatte keine Ahnung. Bastian dürfte jetzt am Flughafen sein. Er hatte sich nicht gemeldet.

Ihr Handy summte. Bastian Jäger teilte ihr – ohne Anrede oder Gruß – seine neue Handynummer mit. War dies eine offizielle Mitteilung an all seine Kontaktadressen? Und sie war nur eine von vielen? Es war 12:40 Uhr. Sein Flieger ging um die Mittagszeit – vielleicht kurz nach 13 Uhr. Hatte er mit dieser Mitteilung bewusst so lange gewartet, um nicht mehr bei ihr anrufen zu müssen? Oder hatte er wirklich sein neues Handy auf die letzte Minute bekommen und gerade noch vor dem Abflug die neue Nummer bekanntgeben können?

Ihr Handy summte wieder. Es war Nicole. Sie fragte, warum Bastian eine neue Nummer hätte. Diese Mitteilung habe sie soeben bekommen. Da erzählte Jenny alles, was sie wusste. Nicole erwähnte, dass Bastian sich bei Marcel auch nicht mehr gemeldet hatte.

Am Nachmittag kamen gleichzeitig Tante Isolde und Lukas, der Freund ihrer Bettnachbarin. Tante Isolde brachte einen Storch für Nico und eine große Schachtel Pralinen für Jenny. Sarah verkündete stolz, dass sie fast ein Kilo abgenommen hatte. Tante Isolde gratulierte ehrlich dazu. Sie wusste aus eigener Erfahrung, wie schwer Abnehmen war.

Lukas war der Körperumfang seiner Sarah offensichtlich nicht so wichtig wie das gewonnene Fußballspiel vom Samstag.

»Darfst du schon aufstehen?«, fragte Tante Isolde mit einem verständnisvollen Blick auf Sarah und Lukas. Jenny nickte und legte den Storch neben den schlafenden Nico ins Kinderbettchen.

»Dann wollen wir die beiden mal alleine lassen«, flüsterte Isolde mit einem Seitenblick auf Lukas, dessen Hand bereits unter der Bettdecke verschwand. Jenny musste unwillkürlich schmunzeln, nicht wegen der Hand, sondern wegen des wissenden Gesichtsausdrucks ihrer lebenserfahrenen Tante.

»Es freut mich, dass du lachst«, sagte die Tante. In der Besucherecke angekommen, fragte sie: »Hast du Bastians Eltern und Bruder von der Geburt informiert?« Jenny schüttelte den Kopf.

»Dann wird es Zeit. Du verstehst dich doch gut mit ihnen«, sagte Isolde.

Die Tante hatte recht. Vielleicht konnten Bastians Eltern Licht in das Dunkel bringen.

Als Jenny wieder alleine in ihrem Zimmer war, rief sie in Schnatbach an. Ihre Schwiegermutter war am Apparat. Bastian hatte das ganze Wochenende nichts von sich hören lassen – weder bei ihnen noch bei Thomas. Darüber hatten sie sich gewundert. Thomas hatte versucht, ihm telefonisch einen guten Flug zu wünschen, aber er hatte nicht abgenommen. Als sie von der Geburt ihres Enkelsohns hörten und davon, dass Bastian sich daraufhin nicht bei Jenny gemeldet hatte, konnten sie es nicht fassen. Der Vater rief in den Apparat: »Städtisches Krankenhaus, sagst du? Wir kommen morgen und besuchen dich und unser Enkelkind.«

»Unser Enkelkind.« Diese Worte taten gut.

***

Bastian saß schon seit vier Stunden im Flugzeug und hatte noch neun Stunden vor sich. Das wäre genug Zeit, um sich gründlich mit allen Unterlagen, die ihm sein Chef gegeben hatte, zu befassen. Aber entweder grübelte er oder ihm fielen die Augen zu vor Müdigkeit, denn er hatte, wie erwartet, nicht gut geschlafen. Dieses Bild von Jenny und dem anderen Mann, der Jennys Gesicht und das Baby streichelte, ließ ihn nicht los. Wie sah das Baby aus? Er hatte sein Aussehen nicht wahrgenommen, nur dass der Mann es berührte. Die goldgelben Rosen stachen ihn mit ihren Dornen. Wie gut kannte dieser Mann Jenny, wenn er sogar wusste, welches ihre Lieblingsblumen waren? Das gehörte wohl kaum zu den normalen Pflichten eines Professors seiner Studentin gegenüber. Woher wusste der Mann von der vorzeitigen Geburt? Weil er sie zu diesem Zeitpunkt erwartet hatte? Jenny musste ihn informiert haben. Oder gar ihre Mutter? Was hielt sie vor ihm geheim?

Bastian stand auf, reckte und streckte sich unauffällig, blieb eine Weile stehen und setzte sich wieder auf seinen Platz neben der jungen Frau, die ungeniert mit ihrem Mann, der auf dem Fensterplatz saß, kuschelte und schmuste. Eine Stewardess kam und bot Getränke an. Bastian entschied sich für Apfelschorle, die junge Frau neben ihm bestellte zweimal Sekt und fragte: »Dürfen wir Ihnen auch einen Sekt bestellen? Dann können Sie mit uns anstoßen. Wir sind nämlich auf Hochzeitsreise.« Dabei strahlte sie ihn an. Er konnte die Einladung unmöglich ablehnen.

»Gern«, sagte er. »Und das nächste Glas geht auf meine Rechnung. Ich bin nämlich gerade Vater eines Sohnes geworden.«

»Oh, herzlichen Glückwunsch.« Die Frau und der Mann gratulierten.

»Danke«, sagte er wie in Trance. Was redete er da? Das Baby war der Sohn eines anderen! Wäre er auch aus dem Krankenzimmer weggelaufen, wenn er mit ihr verheiratet wäre? Wie hätte er reagiert? Hätte er vielleicht gefragt: *Welcher Gratulant ist mir denn hier zuvorgekommen?* Er hätte das Krankenzimmer betreten müssen! Er brauchte Klarheit. Es war feige und überstürzt gewesen, einfach wegzulaufen.

»Prost«, sagten die junge Frau und ihr Ehemann.

»Prost, auf Ihr Wohl«, sagte Bastian und dachte, ich muss lächeln, mich zusammenreißen.

Da stellte die Frau fest: »Sie sehen nicht aus wie ein glücklicher Vater. Warum können Sie nicht bei Ihrer Frau sein?«

»Weil ich beruflich für eine Woche in Mexiko zu tun habe.«

»Das konnten Sie an keinen anderen abgeben?«, mischte sich der Mann ein.

»Unser Baby kam drei Wochen zu früh. Bei dem normalen Termin wäre ich längst wieder zu Hause gewesen.«

»Jetzt verstehe ich, warum Sie so traurig aussehen. Aber die Hauptsache ist doch, dass Ihr Kind gesund ist.«

»Ja, das ist die Hauptsache«, sagte Bastian und dachte: Ist

er gesund? War es eine schwere Geburt? Er wusste nichts. Die Frau schwieg. Sie spürte wohl, dass ihm jedes Wort schwerfiel, wie schwer, das konnte sie nicht ermessen.

Und wenn er doch der Vater wäre? Wollte Verena nicht erst etwas anderes sagen, als sie ihm die SMS von Jenny zeigte? Verena guckte ständig auf ihr Handy. Sie wollte, dass er von der SMS erst am nächsten Tag erfuhr, damit er bei ihr übernachtete. Wenn er die SMS am Abend vorher gekannt hätte, wäre er am nächsten Morgen von zu Hause aus ganz früh nach Bielefeld gedüst.

Wie sah die Wahrheit aus? Gut, dass er am Morgen noch das neue Handy bekommen hatte. Eigentlich müsste seine neue Nummer rechtzeitig an alle rausgegangen sein, als er sie beim Warten auf den Boarding-Aufruf abgeschickt hatte. Für eine Reaktion vor seinem Abflug hatte wohl niemand Zeit gehabt.

Bastian stellte seine Armbanduhr um. Nach Ortszeit würde er um 18.20 Uhr in Mexiko-Stadt landen. In Deutschland würde es dann schon 1.20 Uhr sein. Im Flughafen musste er sich sehr beeilen, denn er wollte am selben Abend weiter nach Veracruz fliegen und dort im Hotel einchecken. In Veracruz sollte er das Partner-Unternehmen kontaktieren. Die komplette Seilbahn war seines Wissens bereits mit dem Frachtflugzeug dort eingetroffen. Seine Aufgabe war es unter anderem, den weiteren Spezialtransport mit den Lkw und den beiden Sprintern in den tropischen Regenwald im Osten Mexikos zu betreuen.

Er musste die restliche Flugzeit nutzen, um sich mit seinen beruflichen Aufgaben zu befassen. Das Wichtigste war, dass die Logistik passte, die genaue zeitliche Planung und die Wahl der Transportmittel. Für die sichere Verpackung hatten die Firmen Sorge zu tragen. Für die optimale Beladung gab es Experten. Er musste sich auf alle verlassen können und mehr als nur einen Riecher haben für Dinge, die nicht passten. Er sollte zusammen mit einem einheimischen Ingenieur namens Carlos im letzten Sprinter das Schlusslicht bilden. Hoffentlich kam er mit diesem Mann gut aus.

27. Brennende Fragen

Nico war nun schon vier Tage alt. Jenny wickelte ihn selbst, legte sich aber vorsichtshalber danach wieder hin. Ihre Narbe sah gut aus. Solange sie im Krankenhaus war, wollte sie nichts riskieren. Wenn alles weiter gut lief, durfte sie am Samstag nach Hause, das hieß, in die Einliegerwohnung ihrer Mutter.

Jenny überlegte: Ihre Armbanduhr zeigte 9 Uhr. Deutschland war Mexiko sieben Stunden voraus. Also war es dort 2 Uhr nachts.

Die Ärztin kam zur Visite und konstatierte, dass mit Jenny und Nico im Prinzip alles in Ordnung war.

»Sie machen trotzdem keinen glücklichen Eindruck«, stellte die Ärztin fest.

»Mein Mann ist auf Dienstreise in Mexiko«, antwortete Jenny zu ihrem eigenen Erstaunen.

»Ach so, na dann ist Ihr Stimmungstief vorübergehend. Wann kommt er wieder?«

»Am Samstag.«

»Also sind Sie rechtzeitig zusammen wieder zu Hause, sodass Sie Ihr Leben als Familie gemeinsam beginnen können.«

Jenny nickte. Was sollte sie der Ärztin auch erzählen? Mein Lebensgefährte ist nicht gekommen, obwohl er in Frankfurt war. Er hat dafür lieber bei seiner Ex übernachtet?

Um halb elf klopfte es. Bastians Eltern gratulierten ihr herzlich mit einem Strauß Sommerblumen aus dem eigenen Garten und einem Plüschtier Pony für Nico.

»Ich hätte ihm gerne einen Trecker zum Spielen geschenkt, aber ich fürchte, das wäre ein bisschen zu früh«, sagte Bastians Vater.

»Herzlichen Glückwunsch, den habt ihr gut hingekriegt. Er sieht Bastian ähnlich«, sagte Bastians Mutter mit höchst zufriedenem Gesichtsausdruck.

»Na ja, jedenfalls untenrum«, meinte der frisch gebackene Opa mit einem schalkhaften Blick.

»Natürlich hat Nico auch etwas von Jenny. Sag mal, hat Bastian sich wirklich nicht mehr gemeldet, bevor er abgeflogen ist?«, wollte die Oma wissen.

»Nein, er hat bei Verena übernachtet, in Evis Zimmer. Das hat Evi mir am Telefon erzählt.«

»Ich wusste es«, sagte der Vater. »Bastians Verhalten ist Verenas Werk. Wieder was angefangen hat er nicht mit ihr. Dafür lege ich meine Hand ins Feuer. Aber das genau solltest du vermuten. Ich weiß nicht, wie Verena es fertiggebracht hat, Bastian von dir fernzuhalten, aber ich bin überzeugt, dass sie dahintersteckt.«

In dem Moment meldete sich Nico. »Hört, hört«, sagte der Vater. »Unser Enkelsohn bestätigt meine Worte.« Von da an war Nico die unbestrittene Hauptperson, und ein Handyfoto war schöner als das andere, Mutter mit Kind, Großeltern mit Enkelkind, Selfie von allen zusammen.

Als sich Bastians Eltern verabschiedeten, raunte der Vater: »Schön, dass du wieder lachen kannst.«, Die Mutter fügte hinzu: »Es klärt sich bestimmt auf. Du hast doch die neue Handynummer von ihm?«

Jenny bestellte Thomas, Anja und Lisa liebe Grüße, und die Mutter versicherte: »Die wollen dich morgen besuchen.«

Jenny behielt Nico im Arm, bis er eingeschlafen war. Dann legte sie ihn in sein Bettchen und wählte das schönste Foto von sich und ihrem Sohn aus und schickte es Bastian. Darunter schrieb sie*: »Hallo, Bastian, warum hast du dich nicht gemeldet? Deine Eltern waren heute hier. Sie lassen herzlich grüßen, Jenny«*.

***

Als sein Wecker am Dienstag früh um 6 Uhr klingelte, war Bastian noch hundemüde, denn am Abend vorher war er erst spät im Hotel in Veracruz angekommen. Da summte sein Handy. Jenny! Schlagartig war er hellwach. Jenny hatte eine WhatsApp geschickt: ein Foto von sich und Nico. Sie ließ von seinen Eltern grüßen. Das würde sie nicht machen, wenn Nico nicht sein Kind wäre. Er musste sofort antworten, denn in Deutschland war es schon 13:15 Uhr, und wer wusste, was gleich an Arbeit alles auf ihn zukam? Er tippte: »*Hallo, Jenny, danke für die Grüße und das süße Foto. Woher wusste der Professor, dass Nico geboren war? Gruß Bastian*«.

***

Eine Stunde später las Jenny diese seltsame Antwort. Bastian sah zum ersten Mal ein Foto von seinem Sohn und fand keine anderen Worte als »süßes Foto«, fragte mit keiner Silbe, wie es ihr ging. Stattdessen wusste er offensichtlich, dass der Professor sie besucht hatte, oder vielleicht auch nur, dass er ihr Blumen geschickt hatte. Von wem? Lag da der Schlüssel für sein Verhalten? Jenny zwang sich, genauso kühl zu antworten wie er: »*Hallo, Bastian, ich habe ein für Samstag geplantes Treffen mit dem Professor abgesagt, weil ich ins Krankenhaus musste. Warum hast du bei Verena übernachtet? Gruß Jenny*«.

***

Bastian las nur kurz Jennys Antwort, denn er wurde bereits im Frachtflughafen erwartet. Die Arbeit mit dem Partnerunternehmen gestaltete sich teilweise schwierig. Englisch war für alle eine Fremdsprache. Jeder färbte die Worte mit seinem eigenen Akzent. Es ging nicht ohne Gesten unter Zuhilfenahme von Händen und Füßen.

Der Ingenieur Carlos sprach Schwyzerdütsch mit spanischem Akzent, aber verständlich. Er hatte zeitweise bei der Schweizer Firma gearbeitet und kannte daher die Produkte gut. Er war Bastian sofort sympathisch.

Mit Stolz erzählte er, dass die geplante Seilbahn im Biosphärenreservat Calakmul, dem größten zusammenhängenden tropischen Waldgebiet Mexikos, gebaut werden sollte.

»Es ist faszinierend und sicher ein zusätzlicher Magnet für Touristen, die sich sowohl für die Kultur der Maya als auch für unsere wunderbare Natur interessieren, und es sind keine riesigen Flächen, die deswegen abgeholzt werden, sondern nur Schneisen. Vielleicht lernen die Menschen, dass man unsere Wälder erhalten muss, wenn sie ihre Schönheit einmal auf diese Weise erleben«, schwärmte Carlos.

»Bist du schon in einer Seilbahn im tropischen Regenwald gefahren?«, fragte Bastian.

»Ja, ich war auf Santa Lucia in der Karibik in einer solchen Bahn. Man schwebt in dreißig Metern Höhe über den Wipfeln von Bäumen und hat Urwaldriesen über sich, die dreißig Meter höher sind.«

Das Verladen der schweren Einzelteile auf die Lkw war in vollem Gange.

In der Mittagszeit hatte Bastian die Möglichkeit, noch mal Jennys SMS zu lesen. Hatte sie dem Professor von der Geburt erzählt oder hatte dieser Mann sich am nächsten Tag im Krankenhaus nach Jenny erkundigt und ihr dann die Rosen gebracht? Bastian antwortete: »*Hallo, Jenny, Evi hat mich überredet, in ihrem großen Bett zu schlafen. Wieso wusste der Professor, welches deine Lieblingsblumen sind? Gruß Bastian*«.

***

Die 20-Uhr-Nachrichten waren an Jenny vorbeigerauscht. Sie stellte den Fernseher aus und dachte über Bastians Worte nach. Sie versuchte, den Hintergrund seiner Fragen zu verstehen. Wer hatte ihm erzählt, dass sie vom Professor gelbe Rosen bekommen hatte?

Jenny rief ihre Mutter an, wünschte einen guten Abend und fragte nach: »Hast du Bastian geschrieben, dass der Professor bei mir war und mir meine Lieblingsblumen mitgebracht hat?« Die Mutter verneinte und beteuerte, dass sie Bastian zuletzt am Samstag wie vereinbart auf den AB gesprochen hatte.

Da antwortete Jenny auf Bastians SMS: »*Hallo, Bastian, ich habe dem Professor erzählt, welche Rosen ich am liebsten habe. Ich hatte ihn an der Wassermühle zu Bentrup getroffen. Dort gibt es einen Rosengarten. Seit wann interessiert dich der Professor? Warum bist du nicht gekommen? Gruß Jenny*«.

***

Am späten Abend waren alle Teile verladen und die Lkw startklar für den nächsten Morgen. Bastian ließ sich zum Hotel bringen, ging unter die Dusche und genoss die Körperpflege. Wo er morgen Abend schlafen würde, konnte ihm keiner sagen. Ihm war mulmig zumute, aber zum Nachdenken war er zu müde. Erst jetzt nahm er sein Handy wieder zur Hand und las Jennys SMS. Er antwortete sofort: »*Hallo, Jenny, ich war da, als der Professor bei dir war. Welche Rolle spielt er in deinem Leben? Wie geht es dir und Nico? Gruß Bastian*«

28. Im mexikanischen Regenwald

Am Mittwochmorgen war Jenny wie gerädert. Nico hatte sie heute Nacht nicht schlafen lassen. Oder war es die Sehnsucht nach Bastian? Sie hatte seine SMS schon um kurz nach 5 Uhr gelesen. Bastian war also doch am Sonntag in Bielefeld gewesen. Glaubte er wirklich, dass sie ein Verhältnis mit ihrem Professor hatte? Vielleicht war er in dem Moment eingetroffen, als Michael sie zur Begrüßung umarmte? Dann hätte Bastian als ihr Lebensgefährte und Vater von Nico erst recht in ihr Zimmer kommen müssen. Warum war er wieder weggefahren? Nur weil der Professor ihr gelbe Rosen geschenkt hatte?

Ihr Frühstück wurde gebracht. Jenny setzte sich an den kleinen Tisch mit Blick aus dem Fenster, nahm ihr Handy und schrieb: »*Hallo, Bastian, der Professor wird mir das Thema für meine Examensarbeit geben. Er war bei mir, weil er ohnehin seinen Bruder im Klinikum besuchen wollte. Warum bist du nicht in mein Zimmer gekommen? Ich hatte solche Sehnsucht nach dir! Gruß Jenny*«.

Nachdenklich aß sie ihr Frühstück. Bald würde sie mit Nico im Kinderwagen um den Oldentruper Teich gehen oder zur Wassermühle. In diesem Moment legte jemand eine Schachtel Pralinen auf den Tisch. Michael Obermeier. Jenny saß mit dem Rücken zur Tür und hatte sein Klopfen nicht gehört. Sie fühlte sich ertappt, weil sie gerade an die Wassermühle gedacht hatte.

»Entschuldige, dass ich so früh hereinschneie. Ich muss gleich meinen Bruder abholen. Er wird heute entlassen. Störe ich?« Dabei schaute Michael auch in die Richtung von Sarah, die mit Blick auf den Fernseher im Bett frühstückte.

Sarah versicherte, dass er ruhig bleiben könne, und Jenny bot ihm Sarahs Stuhl an. Sie erzählte, dass Bastian vor seiner Dienstreise nicht mehr gekommen war. Michael konnte ihre Enttäuschung nachvollziehen, fragte aber nicht nach dem Grund. Er bewunderte Nico und riet ihr, sich auf ihren Sohn und auf ihr Studium zu konzentrieren. Er sagte: »Du bist stark.

Du schaffst das.« Er fand, dass Jenny so kurz nach ihrem Kaiserschnitt schon wieder gut aussah. »Das Baby steht dir. Man sieht dir die stolze Mutter an.«

Nachdem er sich verabschiedet hatte, äußerte Sarah: »Der ist in dich verliebt.«

»Ich bin mit Bastian zusammen. Wir haben gerade einen Sohn bekommen.«

»Deswegen kann doch dieser Michael auch in dich verknallt sein. Außerdem bist du ganz rot geworden, als er plötzlich neben dir stand. Das hat ihm gefallen.«

In dem Moment kam Schwester Beate herein, um das Frühstücksgeschirr abzuholen, sah die Pralinen und sagte: »Ihr Mann weiß aber genau, was Sie jetzt brauchen.«

»Mein ... Mann? Der ist beruflich in Mexiko«, sagte Jenny.

»Seit wann?«, fragte die Schwester verunsichert.

»Sein Flieger ging am Montagmittag.«

Sarah mischte sich ein. »Er hätte sie gut noch besuchen können am Sonntagmittag, aber er ist nicht gekommen.«

»Sonntagmittag, gegen 14 Uhr?«, fragte Schwester Beate erschrocken. »Es war aber nicht der Mann, der Sie auch besucht hat, als der Mann mit den Rosen bei Ihnen war?«

»Welcher Mann?«

»So ein großer Dunkelhaariger. Er hat nach Ihrem Zimmer gefragt.«

»Das war mein Mann! Hat er noch etwas zu Ihnen gesagt?«

»Nein, aber ich zu ihm.« Schwester Beate setzte sich auf Sarahs Stuhl und sagte zögernd: »Es tut mir leid, ich wusste es nicht besser, bei den schönen Rosen! Ich habe gesagt, Ihr Mann wäre schon bei Ihnen.«

Jetzt verstand Jenny, dass Bastian geglaubt hatte, sie hätte was mit dem Professor angefangen. Warum hatte Bastian den Irrtum der Schwester nicht aufgeklärt?

»Wir haben das inzwischen per SMS richtig gestellt«, behauptete sie. Sie wollte ihr Problem nicht vor den beiden ausbreiten.

Schwester Beate murmelte eine Entschuldigung und verschwand. Sarah widmete sich wieder ihrem Fernseher. Jenny dachte nach. Bastian traute ihr also wirklich zu, dass sie mit dem Professor etwas angefangen hatte. Warum hatte er das hingenommen? Warum wollte er nicht wenigstens seinen Sohn sehen? Jenny schaute auf ihr Handy. Bastian hatte ihre letzte SMS noch nicht aufgerufen. Jenny rechnete. Es war Nacht in Mexiko.

Um die Mittagszeit hatte er endlich ihre SMS gelesen. Von nun an sah sie alle paar Minuten nach, ob er geantwortet hatte. Das Warten war fast nicht auszuhalten.

***

Veracruz. Am Mittwoch holte der Wecker Bastian aus dem Tiefschlaf. Er musste sich beeilen. Hatte Jenny geantwortet? Ja, hatte sie. Neben dem Frühstück las er ihre Antwort. Da war nichts zwischen ihr und dem Professor! Es musste ein anderes Geheimnis geben, das nichts mit ihm zu tun hatte. Er sollte sofort schreiben, aber er war verdammt spät dran. Er musste sich schnellstens zum Treffunkt im Flughafen begeben.

Die ersten Lkw waren bereits gestartet.

Das war ungewöhnlich. Normalerweise fuhr man im Konvoi hintereinander her.

Heute schien alles anders zu sein. Hektik war spürbar. Dann erfuhr Bastian den Grund. Gleich zwei Wirbelstürme bewegten sich auf Mexiko zu. Wirbelsturm *Ingrid* kam über den Golf von Mexiko, Wirbelsturm *Manuel* steuerte auf der anderen Seite vom Pazifik her auf das Festland zu. Meteorologen prophezeiten, dass sich der Wirbelsturm *Ingrid* zu einem Hurrikan auswachsen könnte. Schon vor seiner Ankunft hatte er heftige Regenfälle in der Küstenregion nördlich von Veracruz ausgelöst.

Zusammen mit dem Ingenieur und dem Fahrer stieg Bastian in einen Sprinter. Er schrieb an Jenny: »*Hallo, Schatz, ich bin solch ein Esel. Es tut mir so leid. Ich erkläre es dir später. Ich muss gleich im letzten Transporter den Konvoi auf dem Weg in den Urwald begleiten. Sie sind alle sehr aufgeregt, weil ein Hurrikan droht. Ich liebe euch beide! Ich wünschte, ich wäre bei euch! Dein Bastian*«.

Jennys Antwort kam sofort.

»Hallo, Bastian, wir lieben dich auch. Pass auf dich auf! Deine Jenny«

»Unsere Route führt uns von hier aus nach Süden durch Villahermosa«, sagte Carlos. »Dort gibt es oft Überschwemmungen, die eine Weiterfahrt verhindern würden. Im Herbst 2007 wurden mehrere Orte überflutet. Hunderte Menschen kamen ums Leben. Auch eine Tante von mir ist ertrunken. Das war schrecklich. Wir müssen uns beeilen.«

Die Fahrt war geprägt von der Angst der Fahrer vor dem angekündigten Wirbelsturm *Ingrid*. Erst als sie gegen Mittag Villahermosa passiert hatten, machten sie eine kurze Pause, fuhren dann aber unverzüglich weiter, um den Anschluss an den Konvoi nicht zu verlieren. Es war offensichtlich, dass alle Fahrer so schnell wie möglich ans Ziel kommen wollten. Dabei stießen sie an die Grenzen ihrer Leistungsfähigkeit. Bastian tat bereits alles weh, obwohl er nur Beifahrer war. Und dazu die drückende Schwüle. Er kam sich vor wie in einer Dampfsauna, mit dem Unterschied, dass er nicht fünfzehn Minuten, sondern sich endlos hinziehende Stunden darin verbrachte. Zum Glück gab es genug Wasser.

Ihr Ziel war ein Naturreservat, das zusammen mit der archäologischen Stätte Calakmul zum UNESCO-Welterbe gehörte. Solange sie auf der Nationalstraße Mex 186 waren, kamen sie einigermaßen gut voran. Als sie gegen Abend die Maya-Festung Bécan erreichten, hatten sie das letzte, aber schwierigste Stück noch vor sich. Hier bogen die Lkw von der Hauptstraße auf eine schmalere, asphaltierte Straße ab. Am Ende dieser Straße befand sich sechzig Kilometer tief im Urwald die archäologische Anlage von Calakmul, dem *Ort der zwei Hügel*. Dort oben ragten zwei massive Pyramiden aus dem Urwald heraus. Bis zu ihrem Ziel, der Tram-Basis für das Seilbahn-Projekt, waren es noch fünfzehn Kilometer bergauf. Die Straße war wegen der geplanten Seilbahn verbreitert worden. An der Basisstation würde man hoffentlich auch vor dem immer stärker werdenden Sturm geschützt sein.

Fünfzehn Kilometer, das war nach deutschen Verhältnissen nicht viel. Aber unter dem wolkenverhangenen Himmel, zwischen diesen riesigen Bäumen und bei den anhaltenden sintflutartigen Regenfällen auf dieser kurvenreichen Straße mit zahlreichen Schlaglöchern, das war mehr als grenzwertig. Ihr Fahrer fuhr langsam, obwohl er dadurch den Anschluss verlor, aber er musste jederzeit mit einem umgestürzten Baum oder abgerissenen Ästen rechnen oder damit, dass das vorausfahrende Fahrzeug hatte anhalten müssen. Bastian starrte genau wie der Fahrer und Carlos konzentriert auf die Straße, als säße er selbst am Steuer. Ein Unfall wegen eines Hindernisses oder ein Auffahrunfall mitten im Urwald wäre bei diesen Wetterbedingungen eine Katastrophe.

Der Fahrer bremste zum Glück noch rechtzeitig vor einem Ast, der quer auf der Fahrbahn lag. Sie stiegen alle drei aus und wuchteten den Ast zur Seite. Das Rauschen dieser gewaltigen Vegetation war beängstigend. Es erinnerte an heranrollende Wellen bei stürmischer Flut. Und da waren laute Schreie von irgendwelchen wilden Tieren. Bastian zuckte jedes Mal zusammen und erwartete, dass ein Tier auf ihn zusprang.

»Das sind Brüllaffen, die so schreien«, sagte Carlos. Dann waren ein Rascheln und Knarren zu hören, ein weiteres Knacken und Reißen! Bastian wollte gerade wieder einsteigen, da sah er etwas Großes, Dunkles von oben auf sich zukommen.

29. Unwetterwarnung

Am Mittwochabend kontrollierte Jenny zum gefühlt hundertsten Mal ihr Handy. Bastian hatte ihr »Pass auf dich auf« gelesen, aber nicht darauf geantwortet. Was wollte er ihr später erklären? Sie hatte am Nachmittag Thomas und Anja die letzte SMS von Bastian gezeigt. Aber die beiden wussten auch keine Antwort auf ihre Frage. Sein Verhalten war und blieb unverständlich. War er schon im Dschungel von Mexiko angekommen und hatte nun kein Netz mehr? Jenny stellte die Tagesschau an.

»Der SPD-Kanzlerkandidat Peer Steinbrück hat eine umfassende Pflegereform in Deutschland angekündigt. Dafür plant er ...« Jenny konnte sich nicht konzentrieren. Die Nachrichten rauschten an ihr vorbei, als würden sie in einer fremden Sprache gesendet.

Plötzlich war sie hellwach: »*Unwetterwarnung aus Mexiko. Es wird befürchtet, dass sich der Wirbelsturm Ingrid, der sich über dem Golf von Mexiko dem Festland nähert, in einen Hurrikan verwandelt. Aufgrund von Starkregen stehen in der mexikanischen Region Veracruz bereits Straßen unter Wasser.*« Veracruz, von dort aus musste Bastian die Lkw bis in den Dschungel begleiten. Hoffentlich kamen sie gut an.

Nico meldete sich und forderte sein Recht. Es wäre so schön, wenn Bastian jetzt bei ihr wäre. Er war unvorstellbar weit weg.

Als Schwester Beate am nächsten Morgen das Frühstück brachte, hatte Jenny keinen Appetit. Sie war müde und konnte trotzdem nicht schlafen. Tante Isolde kam und schenkte Nico ein Handtuch mit Kapuze und eingesticktem Namen.

»Hast du mal in Bastians Firma angerufen?«, wollte sie wissen.

»Habe ich, gleich heute früh«, bestätigte Jenny. »Sein Chef weiß, dass Bastian gut angekommen und mit dem Konvoi in Richtung Urwald aufgebrochen ist. Seitdem gibt es keine Verbindung zu ihm. Das Partnerunternehmen wird Bescheid geben, wenn sie mehr über Bastian und die Fracht wissen.«

»Oh, Liebes, du siehst traurig aus. Dabei hast du einen hinreißenden kleinen Sohn. Er ist ein Wunder.«

»Ich weiß, Tante Isolde, und ich bin auch sehr glücklich darüber. Aber in meinem Leben ist in den letzten Monaten vieles anders gekommen, als ich es mir vorgestellt habe. Ich sehne mich nach Bastian.«

»Du wirst sehen, wenn er wieder da ist, regelt sich alles. Darf ich Nico ein bisschen auf den Arm nehmen?«

»Natürlich«, sagte Jenny. Von da an war Nico die Hauptperson, bis Tante Isolde sich verabschiedete.

Wie ging es Bastian? War er im Urwald durch die hohen Bäume geschützt oder besonders gefährdet? Jenny fühlte sich unwissend. Wäre sie jetzt in der Universitätsbibliothek, würde sie sich statt ihrer Pflichtlektüre Bücher über Mexiko und den dortigen Regenwald ausleihen. Zum Lesen der Lektüre, die ihr Michael mitgebracht hatte, fehlte ihr jegliche Lust.

Am Freitag, den 13. September, klingelte Jennys Handy mehrfach. An diesem Tag hätte Bastians Aufenthalt in Mexiko enden sollen. Aus Schnatbach riefen sie an und fragten, ob Jenny Neues von Bastian gehört hätte. Nicole erkundigte sich täglich. Immer musste sie antworten: Keine Nachricht aus Mexiko. Ihre Freundin Katharina aus dem Reisebüro in Münster berichtete, dass die Flüge von und nach Mexiko ausfielen. Die Fernsehnachrichten stellte Jenny nur abends an, um Sarah nicht zu nerven, denn die Gedanken ihrer Zimmernachbarin drehten sich ausschließlich um die bevorstehende Geburt ihres Kindes, das in diesen Tagen zur Welt kommen sollte.

Michael Obermeier kam zum dritten Mal und schenkte Jenny einen Reiseführer von Mexiko mit einer Extra-Faltkarte des Landes. Jenny umarmte ihn dankbar, denn dieses Buch war genau das, was sie jetzt brauchte. In dem Moment öffnete ihre Mutter die Tür und sah die beiden. Ihr Blick drückte Erstaunen aus. Jenny würde es ihr später erklären. Danach unterhielt sich die Mutter interessiert mit Michael, und natürlich vergaßen beide nicht, Nico gebührend zu beachten.

Nachdem sie gegangen waren, sagte Sarah: »Der würde deinen Sohn sogar als seinen adoptieren.«

»Du bist verrückt«, entgegnete Jenny empört. »Ich liebe meinen Mann.« Sarah zuckte mit den Schultern, griff nach einem Romanheft und vertiefte sich in die Liebesgeschichte.

Im Fernsehen kam in den Nachrichten.

»Die Mexikaner erleben einen schwarzen Freitag, wie es ihn seit mehr als fünfzig Jahren hier nicht gegeben hat. Die beiden Wirbelstürme nehmen das Land in die Zange und bewegen sich auf Mexiko zu. Die Hurrikans bringen Wassermassen, Stürme und Tod.«

Ein Aufschrei von Sarah – nicht wegen des letzten Wortes im Fernsehen, das Jenny aus ihrem Kopf verbannen wollte, sondern weil sie eindeutig Wehen bekam. Von nun an registrierten beide den Abstand von Wehe zu Wehe, bis Sarah endlich in den Kreissaal gebracht wurde.

Als Jenny am Samstagmorgen aufwachte, lag in dem zweiten Kinderbettchen im Zimmer ein kleines Mädchen. Mutter und Kind waren wohlauf und Jenny gratulierte herzlich.

»Ich freue mich, dass ich die Geburt deiner schnuckeligen Tochter noch mitbekommen habe«, sagte Jenny, während sie ihre Sachen packte.

Sarah, die aussah, als stünde sie kurz vor der Entbindung, erklärte strahlend: »Ich finde das auch gut. Bei mir ist alles in Ordnung. Lange muss ich nicht mehr bleiben.«

Pünktlich um 10 Uhr kam Jennys Mutter, um Jenny und Nico abzuholen. Sie gratulierte der jungen Mutter ebenfalls. Kurzer, aber herzlicher Abschied von Sarah und Schwester Beate, dann waren sie mit Nico auf dem Weg zum Auto. Vor dem Einsteigen drehte sich Jenny noch einmal um. Nun hatte Bastian sie nicht im Krankenhaus besuchen können.

In der Wohnung ihrer Mutter wurden sie von Tante Isolde bereits erwartet. Mutter und Tante hatten aus dem kleinen Zimmer in der Einliegerwohnung ein Minikinderzimmer mit provisorischem Wickeltisch und einer nostalgischen Baby-Wiege gemacht.

»Diese Wiege ist aus Schnatbach. Darin hat schon Bastian als Säugling gelegen. Deine Schwiegereltern haben sie für den heutigen Tag hierher gebracht«, sagte die Mutter. Isolde fügte hinzu: »Und morgen Nachmittag kommen sie zum Kaffee und bringen den zusammenklappbaren Kinderwagen, in dem Lisa gelegen hat.«

Jenny stand da, ihr Baby auf dem Arm, und versuchte, ihre Tränen zu verstecken. »Ihr seid lieb, danke«, sagte sie.

Leise kam es von Tante Isolde: »Gestern gab es in Mexiko ein Flugverbot, das sicher noch mindestens das Wochenende anhält. Du solltest auf jeden Fall hier bleiben, bis Bastian wieder da ist und dich abholen kann.«

Nico meldete sich und beschäftigte alle drei für den Rest des Tages.

Im Fernsehen wurde berichtet, dass in Mexiko die höchste Alarmstufe ausgerufen wurde.

»Alleine im Bundesstaat Veracruz wurden mindestens zwanzig Brücken durch die Wassermassen und mehr als siebzig Dörfer von der Außenwelt abgeschnitten.«

Jenny studierte die Karte von Mexiko, die zu ihrem Reiseführer gehörte, und stellte sich vor, dass Bastian im Moment »von der Außenwelt abgeschnitten« war und sich deshalb nicht melden konnte. Aber deswegen musste ihm ja nichts Schlimmes passiert sein.

Auch der Sonntag brachte keine SMS von Bastian. »Kind, du musst essen, du bist nur neun Tage nach der Niederkunft dünner als vor der Geburt von Nico«, sagte ihre Mutter, als sie die Sahneschnitzel auf den Tisch stellte, die sie extra für Jenny zubereitet hatte. Jenny hatte in den letzten Tagen kaum etwas runtergekriegt. Die täglichen schlimmen Nachrichten schlugen ihr auf den Magen.

Trotzdem stellten sie das Radio an.

»Die Behörden in Mexiko geben folgende Warnung heraus: Der Hurrikan Ingrid über dem Golf von Mexiko wird in den kommenden Stunden die Ostküste erreichen. Ingrid soll sich über dem warmen Wasser zu einem Hurrikan der Kategorie zwei mit Windgeschwindigkeiten bis zu 160 km pro Stunde verstärken, bevor er im Laufe des Montags auf Land trifft.«

Klick. Energisch hatte die Mutter das Radio ausgestellt. »Schluss jetzt mit den vielen Nachrichten. Die bringen uns auch nicht weiter. Heute Nachmittag kriegen wir Besuch aus Schnatbach, um uns über Nico zu freuen, und wehe, wenn du meinen Pflaumenkuchen nicht würdigst!«

Drei Stunden später aß Jenny vier Stücke von dem leckeren Kuchen – mit Schlagsahne – und lag abends mit Bauchschmerzen im Bett. Sie musste wirklich vernünftiger werden. Ab morgen!

30. Schlaflose Nächte

Jenny versuchte, nach Plan zu leben – soweit Nico mitspielte. Keine Nachrichten mehr – jedenfalls zunächst, stattdessen einkaufen, kochen, stillen, Baby baden und wickeln, jeden Tag mindestens einen kleinen Spaziergang mit dem Kinderwagen, den die Schnatbacher am Sonntag mitgebracht hatten, und am Abend vertiefte sie sich in ihre Lektüre für das bevorstehende Studium. Die Tage waren gut ausgefüllt.

Abwechslung in diesen Alltag brachten die Telefonate. Gleich am Montag fragte Jenny noch mal in Bastians Firma nach. Sein Chef versicherte wieder, dass er sie informieren würde, sobald er Neues wüsste. Das könnte aber dauern, denn um die Hafenstadt Veracruz herum wäre die Stromversorgung zusammengebrochen. Tante Isolde schaute immer mal wieder vorbei. Die Mutter arbeitete zwar in ihrem Atelier, übernahm aber auch mal das Wickeln. Michael Obermeier fragte nach ihrem und ihres Sohnes Befinden und ob es Neues gäbe aus Mexiko. Als er anrief, schrie Nico gerade. Jenny hatte das Gefühl, dass sich ihre Mutter dieses Mal besonders gerne um ihn kümmerte, weil sie dadurch »zufällig« Jennys Gespräch mit Michael hörte.

Nach dem Telefonat sagte sie: »Der mag dich.«

»Was du wieder hast«, widersprach Jenny vielleicht etwas zu heftig und merkte, wie ihr warm wurde.

»Wann gibt er dir das Thema für die Examensarbeit?« Die Mutter ließ nicht locker.

»Geplant ist Anfang November, damit der Abgabetermin möglichst vor Weihnachten liegt.«

Am Mittwoch machte Jenny einen Spaziergang mit Nico um den Oldentruper Teich. Die ersten Blätter färbten sich bereits bunt. Sie setzte sich auf die Bank mit Blick auf die Fontäne und die Enten und sah vor ihrem inneren Auge die Kinder mit dem Windrädchen vor sich. Wo war ihr Vater jetzt? Wenn er von ihrer Segway-Tour wusste und sogar die genaue Route kannte, dann hatte er sicher auch einen Informanten, der ihm von der Existenz seines Enkelsohns berichtet hatte. Oder eine Informantin? Wusste die Mutter wirklich nicht mehr, als sie erzählt hatte? Sie war doch sonst neugierig wie heute bei ihrem Telefonat mit Michael.

Nico bewegte sich. Jenny schob den Kinderwagen, den sie direkt neben der Bank abgestellt hatte, leicht vor und zurück. Sie wollte noch ein wenig sitzen bleiben und ihren Gedanken freien Lauf lassen.

War der Professor wirklich in sie verliebt, wie Sarah es beobachtet hatte und ihre Mutter es ihm unterstellte? Und sie selbst, weshalb traf sie sich mit dem Professor? Ganz bestimmt nicht aus Berechnung, weil er ihre schriftliche Arbeit positiv beurteilen sollte, aber warum dann?

Wo war Bastian jetzt? Im Urwald? In einer Hütte? In einem Krankenhaus? Wie ging es ihm? Sie sollte Mexiko im Internet aufrufen. Dann hätte sie die aktuellste und sachlich korrekteste Information. Auf einmal hatte sie es eilig, nach Hause zu kommen, da klingelte ihr Handy. Michael.

»Hallo, Jennifer. Störe ich?«

»Nein, ich mache einen Spaziergang mit Nico um den Teich.«

»Apropos Spaziergang. Hast du Lust, am Freitag oder Samstag zur Wassermühle zu kommen?«

Jenny dachte, es wäre schön, hinzugehen. Sein Interesse schmeichelte ihr. Vielleicht gleich morgen, dann könnte sie Samstag zum ersten Mal mit Nico nach Schnatbach fahren.

»Jennifer, ich könnte es mir auch am Sonntag einrichten.«

»Nein, Michael, es geht nicht. Ich bin noch nicht so weit.«

»Oh, schade, aber ich verstehe dich, vielleicht ein andermal. Ich wünsche dir viel Freude an deinem Baby.«

»Danke. Ich wünsche dir auch ein schönes Wochenende.«

Was hatte sie denn da gesagt? Sie wäre noch nicht so weit. Wie sollte er das verstehen? Ein klares »Nein« hätte genügt.

Als Jenny zu Hause ankam, wartete die Mutter mit einer Tafel Schokolade auf sie.

»Oh, super«, sagte Jenny und stopfte sich drei Stücke auf einmal in den Mund.

»Aha, Heißhunger auf Schokolade. Du wälzt Probleme«, stellte die Mutter fest und goss ihr ein Glas Apfelschorle ein. Jenny nahm Nico aus dem Kinderwagen, um ihn zu stillen.

Eine Zeitlang hörten sie nur sein leises Schmatzen. Ihre Mutter blätterte in einer Illustrierten.

Als Nico genug getrunken hatte, legte Jenny ihn neben sich auf die Couch und spielte mit seinen kleinen Fingern, bis er eingeschlafen war. Dann fragte sie: »Mama, geht es dir auch manchmal so: Man denkt etwas, begründet seine Gedanken und tut genau das Gegenteil?«

»Das geht jedem mal so«, sagte die Mutter.

»Was ist richtig, das, was man tut, obwohl man sich gesagt hatte: Das mache ich auf keinen Fall, oder das, was man gedacht hat, und dann doch nicht tut?«

»Ich weiß nicht, was richtig ist«, antwortete die Mutter nachdenklich. »Aber ich glaube, das, was man spontan tut, ist ehrlicher als das, was man kontrolliert denkt. Es ist ehrlicher in Bezug auf das, was man fühlt.«

Jenny dachte nach. Sie hatte vorhin spontan »Nein« gesagt. Das war ehrlich. Warum hatte sie sich trotzdem so unklar ausgedrückt? Wollte sie sich in Wirklichkeit mit ihm treffen? Wenn ja, warum? Er war doch keine Konkurrenz für Bastian.

»Hat sich dein Professor schon wieder gemeldet?«, fragte die Mutter.

Jenny zögerte, dann nickte sie.

»Glaubst du, dass er sich anderen Studentinnen gegenüber genauso verhält wie bei dir?«

»Nein, er mag mich wirklich. Ich meine, ich habe den Eindruck, dass es so ist.«

»Und du, was ist er für dich?«

»Er ist wohltuend für mich, aber er ist nicht Bastian.« Bei diesen Worten legte Jenny den Kopf auf ihre verschränkten Arme. Sie hatte das seltsame Gefühl, auch ohne Tränen zu weinen. Die Mutter streichelte über ihre Haare und sagte: »Du hast Nico; er ist ein Teil von Bastian.«

»Mama, Bastian soll hier sein, egal, ob er verletzt ist, Hauptsache, er ist da!« Jenny stand auf und ging hinüber in die Einliegerwohnung, in der sie sich eingerichtet hatte. Am liebsten würde sie jetzt etwas zerschlagen aus Wut auf ihr Schicksal. Sie setzte sich an ihren Laptop, ging ins Internet und tippte: *Mexiko*. Sie las: *Mexiko kämpft mit einer der schlimmsten*

Naturkatastrophen seiner Geschichte. Fast eine Woche schüttelten und rüttelten die beiden Hurrikane Ingrid und Manuel das Land. Mehr als 150 Menschen starben, 53 werden noch vermisst, Zehntausende sind obdachlos. Straßen, Schulen, Kliniken, Flughäfen und Häfen sind zerstört. Das Verkehrsministerium geht davon aus, dass der Wiederaufbau der Straßen und beschädigten Brücken sechs Monate dauern wird.

Jenny druckte den Text aus, nahm ihn mit hinüber zu ihrer Mutter und gab ihr den Text mit der Bemerkung: »Ich musste wissen, wie es in dem Land, in dem Bastian ist, jetzt aussieht.«

Die Mutter las und fand keine Worte. Das war ehrlicher als ein Satz wie: »Das wird schon wieder.« Nach dem Essen sagte die Mutter: »Ich müsste noch im Atelier arbeiten.«

»Hast du ein paar Farbstifte für mich? Ich könnte wieder anfangen, mein Tagebuch zu zeichnen.«

»Tu das, Schreiben und Malen oder Zeichnen hilft beim Bewältigen von Problemen.«

Als Jenny in ihrer Wohnung war, schaute sie gewohnheitsmäßig nach Nico. Er schlief fest. Das Babyphone war eine tolle Einrichtung. So konnte sie beruhigt in ihr Zimmer gehen.

Sie las den Internet-Text ein zweites und ein drittes Mal und fragte sich verzweifelt: Ist Bastian unter den Menschen, die nicht mehr leben? Dann wäre ich bestimmt informiert worden. Ist er unter den Vermissten? Ist er verletzt und liegt in einer Klinik? Er darf nicht tot sein. Wahrscheinlich kann er nicht aus dem Urwald heraus, weil die Straße beschädigt ist. Wann repariert man einen Weg im Urwald, wenn viele wichtigere Straßen und Autobahnen unbefahrbar sind? In einem halben Jahr? Wie viele Flughäfen sind zerstört?

Sie hatte keine Antwort auf die Fragen. Sie war erschöpft und müde, aber schlafen konnte sie nicht. Da nahm sie ihr Tagebuch und die Stifte und zeichnete Bäume, Laub in allen Farben und abgerissene Äste. An einer Stelle ließ sie eine Lücke im Blätterwald und zeichnete das Gesicht von Bastian hinein. Sie malte, ohne sich vorher vorzunehmen, was sie zeichnen wollte. Es war ihr Unterbewusstsein, das ihr den Stift führte.

Bedeutete dieses Gesicht nun, dass er bald wiederkommen würde oder dass er bereits von oben zuschaute? Jenny ging zu Bett und weinte hemmungslos.

Plötzlich schreckte sie hoch. Es war nicht Nico, der sie weckte. Es war ihr Handy. Jenny zitterte am ganzen Körper. Ein Anruf um 1 Uhr nachts. Aus Mexiko? Dort war es jetzt erst gegen Abend. War er selbst dran oder ein Fremder?

»Jennifer Herzog«, sagte Jenny. Ihre Stimme kam ihr fremd vor.

»Bastian Jäger. Jenny, entschuldige, wenn ich dich aufgeweckt habe, aber ich wollte deine Stimme hören. Es ist meine erste Chance, dich anzurufen.«

»Du lebst! Wie geht es dir? Wo bist du? Bist du verletzt?«

»Ich bin in Chetumal, raus aus dem Regenwald, endlich! Wie geht es dir, euch?«

»Körperlich gut, psychisch weniger. Wann kommst du wieder?«

»Das weiß ich noch nicht. Hast du eine Karte von Mexiko?«

»Ja natürlich. Ich kann sie auswendig.«

»Ich will morgen nach Cancun fahren. Der Flughafen dort ist nicht zerstört. Ich werde versuchen, ein Flugticket in Richtung Europa zu bekommen. Ich weiß aber nicht, ob und wann das klappt und mit wie viel Zwischenstopps ich in Deutschland ankomme. Ich melde mich wieder, wenn es geht.«

»Bist du körperlich okay?«

»Alles reparabel. Ich wäre fast von einem Ast erschlagen worden. Meinen Kollegen hat es erwischt, aber das erzähl ich dir später. Rufst du meine Eltern morgen früh an? Ich will sie heute Nacht nicht mehr stören.«

»Natürlich, mach ich.«

Knack. Ein Rauschen. Die Verbindung war unterbrochen.

Jenny ging mit dem Telefon in der Hand in die Wohnung ihrer Mutter. Vielleicht schlief sie noch nicht. Die Tür zum Atelier war leicht angelehnt. Ihre Mutter arbeitete. Sie sah auf. »Jenny?«

»Bastian lebt. Er hat mich angerufen.«

Ihre Mutter umarmte sie und sagte leise: »Jetzt wird alles gut.«

31. Boarding Time

Als Jenny aufwachte, war Nicos Wiege leer. Sie zog sich rasch an und ging in die Wohnung ihrer Mutter. Dort traf sie die beiden gemütlich miteinander beschäftigt an. »Ich habe ihn vor dir gehört und schon gewickelt, aber das Stillen konnte ich dir nicht abnehmen. Du siehst gut aus, so ausgeschlafen.«

»Danke, Mama, ich bin glücklich wie lange nicht mehr. Gib ihn mir. Ich kann ihn nebenher stillen und gleichzeitig telefonieren. Ich rufe in Schnatbach an. Ich habe es versprochen.«

»Kurt Jäger.«

»Ich bin es, Jenny. Bastian hat heute Nacht angerufen.« Sie hörte den Vater schwer atmen. Dann rief er: »Monika, Bastian lebt.«

»Er wollte euch nicht stören. Er war bis jetzt im Regenwald und konnte sich nicht melden.«

»Ist er verletzt?«

»Er hat gesagt: *Es ist alles reparabel.* Morgen will er nach Cancun weiterfahren und versuchen, einen Heimflug zu bekommen. Er wird sich heute auch bei euch melden, aber das wird nach deutscher Zeit erst gegen Abend sein.«

Kurze Pause. Jenny hörte die Eltern tuscheln.

»Jenny, können wir dich heute Nachmittag besuchen? Wir möchten zusammen erleichtert sein«, fragte der Vater.

»Gerne, das ist eine gute Idee.«

»Wir kommen um halb vier und bringen Lisa mit. Sie kann es gar nicht erwarten, ihren Cousin kennenzulernen.«

»Nico wird sich freuen, dass er jemanden zum Spielen hat.«

Jenny hörte die Eltern lachen.

»Mama, Bastians Eltern kommen. Sie wollen mit uns glücklich sein.«

»Soll ich einen Schokoladenkuchen backen?«

Jenny grinste: »Und Tante Isolde dazu einladen?«

»Du hast die besten Ideen«, antwortete die Mutter. »Aber ich möchte sie einladen. Ich möchte auch jemanden haben, dem ich die gute Nachricht mitteilen kann.«

Kurz darauf meldete sich Bastians Chef und informierte

Jenny, dass Bastian wohlauf wäre und bemüht, nach Hause zu kommen.

Beim Nachmittags-Kaffee war Bastian zwar nicht in natura anwesend, aber die Erleichterung über seinen Anruf war so groß, dass sie über nichts anderes sprechen konnten. Er lebte, und das war das wichtigste.

Um 18 Uhr bekamen Jenny und der Vater die gleiche SMS von Bastian: *»Hallo, ihr Lieben, ich bin in Cancun. Das ist an der Riviera Maya, einem Urlaubsgebiet auf der Halbinsel Yucatan im Osten von Mexiko. Bis hier kamen die Verwüstungen durch die Wirbelstürme nicht, aber am Flughafen ist natürlich die Hölle los, weil viele Menschen, vor allem Touristen, die sich bis hierher durchschlagen konnten, nach Hause fliegen wollen. Ich freue mich auf euch alle. Ich melde mich wieder, wenn ich einen Flug bekommen habe. Bastian«.*

Wenige Minuten später brummte Jennys Handy erneut. Sie ging in ihr Zimmer und öffnete die WhatsApp von Bastian mit einem Foto von ihm. Er war kaum zu erkennen. Er hatte ein blaues Auge, Schürfwunden im Gesicht, die durch den dunklen Schorf besonders auffielen, und einen Achttagebart, aber er trug keinen sichtbaren Verband. Er hatte deutlich abgenommen. Er stand aufrecht zwischen riesigen Bäumen. Das Foto ähnelte im Bildaufbau Jennys Zeichnung. Er schrieb: *»Hallo, mein Schatz, inzwischen bin ich wieder rasiert. Ich liebe dich, Bastian«*

Jenny antwortete sofort: *»Ich liebe dich, obwohl du leicht verändert aussiehst. Ich werde dich wieder schön pflegen. Ich drücke dir die Daumen, dass du bald ein Flugticket bekommst. Dann kannst du versuchen, im Flugzeug zu schlafen wie dein Sohn (siehe Fotos), Kuss, deine Jenny«.*

Dann schickte sie zwei Fotos hinterher: den schlafenden Nico in den Armen ihrer Mutter und einen gähnenden Nico in ihren Armen.

Als sie zurückkam ins Wohnzimmer, wurde sie schon vermisst. Nach kurzem Zögern zeigte sie sowohl die WhatsApp von Bastian als auch ihre Antwort.

»Diese putzigen Fotos werden ihn aufbauen. Er sieht sehr erschöpft aus«, sagte seine Mutter.

»Ein Schlag in der Nähe der Schläfe sieht immer gleich gewaltig aus«, kommentierte der Vater. In diesem Augenblick rief Verena bei ihm an. Sie hatte Bastians Nachricht an alle auch bekommen und jetzt wollte Evi die Großeltern sprechen.

»Hallo, meine kleine Eva-Marie. Geht es dir gut?«, fragte ihr Opa.

...

»Dann gebe ich dir jetzt mal deine Oma«. Der Vater reichte sein Handy weiter.

...

»Tag, mein Schatz. Natürlich, du bist immer bei uns willkommen. Du musst es nur mit deiner Mutter besprechen – und bald auch wieder mit deinem Vater.« Bei den letzten Worten gab sie das Handy an Lisa weiter.

»Hi Evi, wir sind bei Jenny und Nico. Dein kleiner Bruder ist so süß.« Während Lisa noch eine Weile mit Evi sprach, verabschiedete sich Tante Isolde schon von Jenny und ihrer Mutter.

Als alle gegangen waren, stellte Jenny fest: »Tante Isolde war auffallend still. Weißt du, warum?«

»Stimmt, sie war verändert, als würde sie über etwas nachdenken, aber ich habe keine Ahnung, worüber.«

»Und Evi hat nicht verlangt, mich zu sprechen«, fügte Jenny betrübt hinzu.

»Das wird Verena verhindert haben. Evi wollte bestimmt hierher kommen.« Die Mutter hob Nico hoch, schnupperte und reichte ihn Jenny mit dem Wort: »Mutterpflichten«. Jenny lachte und ging mit ihrem Sohn zum Wickeltisch.

Er duftete gerade wieder nach Babycreme, da kam Bastians Antwort. Leise las Jenny ihrem Baby vor: »*Meine liebe Jenny, ich kann mir gar nicht vorstellen, wie man in deinen Armen gähnen kann. 1000 Küsse, dein Bastian*«.

Eine Stunde später blinzelte Jenny. Ihre Mutter erklärte: »Du bist zum ersten Mal seit Langem während der Nachrichten vor dem Fernseher eingeschlafen.«

Eine weitere Stunde später kam von Bastian wieder eine

WhatsApp an alle: »*Hallo, zusammen, habe ein Flugticket nach Frankfurt bekommen mit Stopps in New York und in London. Planmäßiger Abflug in Cancun um 14.35 Uhr hiesiger Zeit. Kriege ich die Flieger in New York und London, bin ich am Samstag am Spätnachmittag in Frankfurt, ist aber nicht sicher. Wenn ich pünktlich bin, starte ich am selben Abend noch durch nach Bielefeld. Gruß Bastian*«.

Jenny schickte sofort ein Foto vom Nachmittag mit seinen Eltern, Lisa und Nico und tippte: »*Guten Flug. Wir freuen uns alle auf dich. Kuss Jenny*«.

***

Obwohl der Flieger in Cancun verspätet gestartet war, hatte Bastian den geplanten Weiterflug von New York nach London in letzter Sekunde erreicht. Gut sieben Stunden Nachtflug lagen vor ihm. Er spürte, wie eine ungeheure Anspannung langsam von ihm abfiel. Ob er jetzt endlich schlafen konnte? Vielleicht nicht so zufrieden wie sein Sohn auf den Fotos, aber genauso entspannt. Nun würde er bald in Europa sein und vielleicht sogar den Anschlussflug nach Frankfurt bekommen. Er sehnte sich so danach, Jenny und Nico endlich in die Arme zu nehmen. Wie musste Jenny gelitten haben, als sie tagelang nichts von ihm hörte.

Bastian schloss die Augen und sah die Fotos von Jenny vor sich. Immer wieder stellte er sich die gleichen Fragen: Wie konnte ich auf die Idee kommen, dass der Professor der Papa von Nico ist? War es nur Verena, die dafür gesorgt hat, dass ich das für möglich gehalten habe? Hat sie es selbst geglaubt? Wollte sie, dass mein Verdacht die Beziehung zwischen Jenny und mir zerstört? Warum fielen Verenas Bemerkungen bei mir auf fruchtbaren Boden? Weil mir die Beziehung von Jenny zu diesem Professor suspekt war? Was habe ich gegen diesen Mann? Warum weicht sie mir aus, wenn ich nach ihm frage? Was verbirgt sie vor mir?

Und ich, welche Geheimnisse habe ich vor ihr? Kann ich ihr erzählen, warum ich bisher Angst vor einer erneuten Hochzeit hatte? Was heißt hier Angst? War ich nur zu feige für eine erneute Bindung? Was Angst ist, weiß ich erst seit meiner halbblinden Fahrt durch den Regenwald.

Unwillkürlich zuckte Bastian zusammen. Nein, nicht schon wieder. Er wollte nicht zum gefühlten tausendsten Mal die Szenen jenes Tages durchleben. Stattdessen sah er sich lieber noch einmal das letzte Foto an. Seine Eltern schauten darauf glücklich auf Nico und Lisa, die ihn im Arm hielt. Solche Augenblicke im Leben zählten. Er musste für Jenny und Nico da sein und sollte sich trotzdem um seine Eltern und seinen Bruder kümmern. Wie wäre es, wenn er in Bielefeld arbeiten würde? Aber er wollte auch für Evi da sein. Wie sollte er sich entscheiden? Er wurde müde ...

Nach einem Flug mit viel Grübeln und unruhigem Schlaf wählte Bastian Jennys Nummer.

»Hallo, Bastian.«

»Hallo, Jenny. Ich habe in Heathrow gerade rechtzeitig den Warteraum für den Flug nach Frankfurt erreicht. Wie geht es euch?«

»Gut. Verena hat angerufen. Evi hat mit Lisa und deinen Eltern am Telefon gesprochen, als sie bei uns waren. Seitdem drängelt sie Verena, mit ihr hierher zu fahren. Sie will nicht länger als alle anderen auf dich warten und ihren kleinen Bruder kennenlernen. Und sie möchte Lisa und Oma und Opa besuchen.«

»Das kann ich mir so richtig vorstellen. Wie reagiert Verena darauf?«

»Sie hat Angst, dass Evi wieder abhaut, um alleine mit dem Zug nach Bielefeld zu fahren. Deswegen ist sie bereits mit Evi unterwegs hierher. Dein Vater bringt gleich Lisa. Wir wollen zusammen Kaffee trinken und anschließend einen Spaziergang an der Sparrenburg machen, sozusagen auf neutralem Boden. Am Abend fährt Verena mit den Mädchen nach Schnatbach und übernachtet dort.«

Jenny klang nicht begeistert. Verena würde zum ersten Mal Gast bei ihrer Mutter sein.

»Dann komme ich auf jeden Fall heute Abend noch nach Bielefeld«, sagte Bastian, »egal, wie spät ich in Frankfurt lande.

Ich melde mich, wenn ich zu Hause bin, es kann aber 17 Uhr werden.«

»Das klingt gut. Schatz, ich freue mich so auf dich.«

»Und ich erst. Jenny, Boarding Time ist aufgerufen. Halt die Ohren steif, wenn Verena da ist.«

»Ich tue mein Bestes. Guten Flug.«

Bastian stieg ein und suchte seinen Platz. Er hatte einen Platz am Gang. Zum Glück, denn in diesem Flugzeug schien es für einen großen Mann besonders wenig Beinfreiheit zu geben. So konnte er seine Beine wenigstens ab und zu mal ausstrecken. Er freute sich riesig auf Jenny, seinen Sohn, die Eltern, und auch darüber, dass Evi nicht länger auf ihn warten wollte. Aber bei dem Gedanken, dass Verena am Nachmittag auf Jenny treffen würde, hatte er ein mulmiges Gefühl.

32. Auf der Sparrenburg

Jenny freute sich so sehr auf Bastian, und nun kam vorher Verena. Die hätte heute wirklich bleiben können, wo der Pfeffer ächst. Aber Jenny konnte Evi verstehen. Am Spätvormittag brachte Bastians Vater Lisa.

Er blieb nur für ein Glas Wasser und verabschiedete sich von Jenny mit der leise geäußerten Bemerkung: »Denk dran, Bastian liebt dich. Du kannst Verenas Störversuchen gelassen gegenübertreten.«

Dabei nickte er ihr aufmunternd zu.

Als Jenny die Küche betrat, schloss ihre Mutter gerade die Kühlschranktür. »Ich habe Isolde auch zum Mittagessen und Kaffee eingeladen.«

»Gerne, Tante Isoldes Anwesenheit trägt bestimmt zu einer entspannten Atmosphäre bei«, sagte Jenny.

»Ich könnte nach dem Kaffee mit Isolde und Nico einen Spaziergang um den Teich machen. Wir müssen nicht unbedingt mit zur Sparrenburg.«

»Guter Vorschlag. Ich sollte mich tatsächlich mal mit Verena aussprechen, während Evi und Lisa auf dem Spielplatz da oben herumtoben.«

Tante Isolde kam pünktlich, brachte für Nico ein Rassel-Schaf und für die Mädchen je eine Tafel Schokolade mit. Lisa und sie spielten begeistert mit Nico und dem kleinen, mit rasselnden Kügelchen gefüllten Schaf, bis sich Lisa mit dem Ausruf »Oh, lecker, Spaghetti ist mein Lieblingsessen« an den Tisch setzte.

»Wann kommen Evi und Tante Verena?«, fragte Lisa.

»Sie wollen um halb drei da sein. Zu Mittag essen sie unterwegs«, erklärte Jenny und füllte Lisas Teller mit Spaghetti.

»Tante Jenny, du heißt doch Herzog? Wenn du Onkel Bastian heiratest, heißt du dann Jäger?«

»Das kann ich mir aussuchen. Ich kann meinen Namen behalten oder den Namen Jäger annehmen oder auch Jäger-Herzog heißen.«

»Und Nico, wie heißt der weiter?«

»Bis jetzt noch Herzog.«

»Tante Sabine, du hast doch denselben Namen wie Jenny, weil du ihre Mutter bist.«

»Stimmt, Lisa, aber jetzt solltest du auch was essen«, sagte Jennys Mutter.

»Nur eine Frage noch. Tante Isolde, wie heißt du weiter?«
»Aufderheide.«
»Klingt komisch«, sagte Lisa und runzelte die Stirn.

»Ist aber ein typischer Name für unsere Gegend. Aufderheide steht sieben Mal im Telefonbuch, und ich bin mit keinem verwandt, aber ich habe die beste Telefonnummer.«

»Welche ist das?«

»334455, also ohne die Vorwahlnummer, wenn du aus Bielefeld anrufst.«

»Deine Telefonnummer kann man sich aber gut merken. Man fängt einfach mit drei an und zählt dreimal jede Zahl doppelt«, sagte Lisa und malte mit dem Zeigefinger eine drei auf den Tisch.

»Lisa«, ermahnte Jenny, »wir sind alle fertig mit Essen.« Das sah Lisa ein und beeilte sich, bis ihr Teller blitzblank war. Während Isolde und ihre Mutter sich in die Küche verzogen, holte Jenny Nico zum Stillen. »Möchtest du zuschauen?«, fragte sie Lisa. Diese nickte heftig.

Als es pünktlich um halb drei klingelte, war Lisa am schnellsten an der Wohnungstür, umarmte Evi stürmisch und gab Tante Verena brav die Hand. Die Begrüßung der Erwachsenen untereinander fiel deutlich kühler aus.

Jenny kam als Letzte dazu. »Hallo, Verena, schön, dass ihr da seid, ich musste Nico eine neue Windel verpassen.«

»Das kenne ich. Die Windeln müssen immer im falschen Augenblick gewechselt werden. Du siehst gut aus. Du bist ja wieder richtig schlank, und das so kurz nach der Geburt.«

So lange wir Floskeln austauschen, ist alles okay, dachte Jenny.

»Wie war die Fahrt?«, fragte Tante Isolde. Darauf konnte Verena normal antworten. Tante Isolde war wirklich Gold wert.

Evi saß vor Nico und betrachtete ihn, sagte aber nichts. Das war ungewöhnlich. Irgendetwas beschäftigte sie.

»Ist er nicht süß?«, fragte Lisa. Evi nickte nur. Jennys Mutter bot ein zweites Stück Kuchen an. Verena lobte den Kuchen, lehnte aber ab: »Ein zweites Stück Kuchen haut so rein.«

Blöde Kuh, dachte Jenny und nahm betont ein drittes Stück, dann sagte sie: »Meine Zimmernachbarin in der Klinik war ziemlich rundlich, aber sehr sympathisch.« Das *und du bist es nicht* war unausgesprochen zu hören.

Da fing Tante Isolde an zu kichern. »Ziemlich rundlich ist sehr geschmeichelt. Ich bin ein Model gegen sie, nur leider zu alt.« Damit hatte sie die Situation wieder gerettet.

Nach einer Stunde brachen Jenny und Verena mit den Mädchen auf, um zur Sparrenburg zu fahren. Als sie den Parkplatz vor dem Burggraben erreicht hatten, schlug Jenny vor, zuerst den Turm zu besteigen, denn noch war gutes Wetter. Von Weitem zogen dunkle Wolken auf. Damit würde die Sicht von oben nicht besser werden.

Lisa stürmte los und zählte laut die Stufen. Oben angekommen, verkündete sie: »Es sind einhundertzwanzig.« Stolz zeigte sie auf das Panorama der Stadt und sagte, als hätte sie die Stadt erbaut: »Bielefeld ist so groß.«

»Ja, Lisa, die größte Stadt in Ostwestfalen. Wir haben rund 330.000 Einwohner«, bestätigte Jenny.

»Die Stadt ist überschaubar. Frankfurt hat fast 720.000 Einwohner«, erwähnte Verena.

»Mama, ich habe Frankfurt noch nie von oben gesehen.«

»Evi, mein Schatz, dann fahren wir demnächst mal mit dem Fahrstuhl auf den Fernsehturm. Du wirst sehen, der Blick auf unsere Hochhäuser ist phänomenal.«

»Versprochen?«

»Wir können ja mal mit deinem Papa zusammen dort hochfahren.«

»Au ja!«, rief Evi aus.

Sie versucht es immer wieder, dachte Jenny. Dabei hat sie heute mit keinem Wort nach Bastian gefragt. Wahrscheinlich wollte sie nicht zugeben, dass ich mehr weiß als sie. Kann man ja verstehen. Aber ich lasse mich nicht provozieren.

Jenny zeigte auf eine auffallende Ansammlung größerer Gebäude und erläuterte: »Schaut mal, diese großen Häuser da hinten, das ist die Bielefelder Universität. Dort habe ich studiert.«

»Ich gehe wieder runter, kommt ihr mit?« Ohne eine Reaktion abzuwarten, drehte sich Verena um und begann mit dem Abstieg. Lisa ging hinter ihr her.

Jenny stupste Evi an und sagte: »Sieh mal, der Berg dort drüben, das ist der Johannisberg. Er gehört zum Teutoburger Wald. Hinter den vielen Bäumen liegt der Tierpark Olderdissen.«

»Können wir mal einen Ausflug zu den Tieren machen?«

»Bestimmt«, sagte Jenny und dachte: Eigentlich habe ich es besser als Verena. Einen Familienausflug sollte Bastian nur mit mir machen und nicht mehr mit ihr. Ich muss ihre kleinen Spitzen überhören und selbst nicht genauso reagieren. Dann ist alles nur halb so schlimm.

Da sagte Evi: »Jenny, Papa hat gesagt, ich kriege einen kleinen Bruder, aber meine Mama hat gesagt, dass dein Kind nicht auch automatisch sein Kind ist.«

»Wann hat sie das behauptet?«

»An dem Morgen, als Papa bei uns übernachtet hat. Mama hat auch gesagt, es ist, weil Papa damals nicht bei dir war, sondern mit mir im Weihnachtsmärchen. Bin ich jetzt schuld, wenn Nico nicht mein Bruder ist?«

»Evi, hat deine Mama das alles gesagt, als du dabei warst, oder hast du das zufällig gehört?«

»Mama hat mich nicht gesehen. Ich stand hinter der Tür.«

»Siehst du, das dachte ich mir. Wenn sie mit dir gesprochen hätte, dann hätte sie sich anders ausgedrückt. Sie hat es bestimmt anders gemeint, als du es verstanden hast. Du bist an gar nichts schuld. Und außerdem ist Nico wirklich dein Bruder, denn dein Papa ist auch der Papa von Nico.«

»Mama hat gesagt, du willst studieren, und du läufst rund wie im Märchen. Das verstehe ich nicht.«

»Sie hat bestimmt gesagt, dass alles rund läuft wie im Märchen. Das sagt man, wenn etwas gut läuft, und jetzt müssen wir runtergehen. Die warten schon auf uns.«

Jenny kombinierte: Hatte Verena Bastian gegenüber behauptet, die Wiederaufnahme ihres Studiums hätte nur geklappt, weil sie mit Michael ein Verhältnis hätte? Dieses raffinierte Biest!

Nach den ersten Stufen drehte sich Evi um und fragte: »Sehe ich Nico heute noch einmal?«

»Heute vielleicht nicht, weil ihr gleich nach Schnatbach fahrt, aber morgen ganz viel, wenn wir mit deinem Papa nachkommen.«

Evi stieg weiter die Wendeltreppe hinunter. In Jenny brodelte es in einem Maße, wie sie es noch nie erlebt hatte, Wut auf Verena, gemischt mit Fragezeichen. Wie hatte es Verena geschafft, Bastian glauben zu lassen, dass Nico nicht sein Kind wäre? Jetzt verstand sie, warum Bastian nicht in ihr Krankenzimmer kommen konnte. Er hatte in der Anwesenheit des Professors die Bestätigung von Verenas Worten gesehen. In dem Moment hatte er wirklich gedacht, Michael wäre der Vater von Nico. Dass er sich so etwas vorstellen konnte, tat weh.

Jenny musste sich am Geländer festhalten. Sie brauchte frische Luft. Endlich war der Ausgang des Turms erreicht.

»Da seid ihr ja endlich. Ich wollte schon eine Vermisstenanzeige aufgeben.«

Jenny biss sich auf die Lippen. Nur nichts sagen. Das würde schiefgehen.

»Gehen wir jetzt in die Kasematten?«, fragte Lisa.

»Nein, das geht nicht. Da ist gerade eine Führung«, erklärte Verena.

»Oh schade, die Kasematten sind gruselig. Das ist voll geil da unten.«

»Da möchte ich auch hin. Ich war noch nie in unterirdischen Gängen von einer Burg«, sagte Evi.

»Du hörst doch, dass es nicht geht. Jenny, sag du doch auch mal was.«

Jenny riss sich zusammen und erklärte: »Schaut mal dort drüben. Das, was aussieht wie ein Mini-Haus, ist der Burgbrunnen. Es ist ein Gitter über der Öffnung, damit niemand hineinfallen kann, und über dem Ganzen ist dieses kleine Dach. Der Brunnen ist einundsechzig Meter tief. Wir können von oben hineinschauen.«

Sie gingen zum Brunnen. Jenny nahm einen kleinen Stein

und warf ihn hinein. Die Kinder staunten über die Tiefe. Dann hielt Jenny es nicht mehr aus. Sie zeigte in Richtung Promenade und sagte: »Wir gehen zum Spielplatz am Beginn des Hermannsweges. Lauft los.«

»Komm, Evi, ich weiß, wo das ist. Wir verstecken uns. Ihr müsst uns suchen«, sagte Lisa begeistert. Sie waren gerade weit genug weg, da platzte Jenny heraus: »Wie hast du Schlange es geschafft, Bastian glauben zu lassen, er wäre nicht der Vater von Nico?«

»Weil es stimmt. Mich kannst du mit deiner Schauspielerei nicht hinters Licht führen«, sagte Verena spöttisch.

»Das hättest du wohl gerne. Evi beschäftigt sich sehr mit dem, was sie zufällig gehört hat. Sie hat Nico heute regungslos betrachtet. Dabei hatte sie sich so auf ihn gefreut.«

»Bildest du dir ein, Evis Mimik interpretieren zu können?«

»Du hast erreicht, dass sich deine Tochter schuldig fühlt, weil sie mit ihrem Papa im Weihnachtsmärchen war.«

»Es wird dir nicht gelingen, dich mit deinen abstrusen Behauptungen bei Evi einzuschleichen.«

»Ich habe Evi nicht nach eurem Gespräch gefragt. Davon wusste ich nämlich vorhin noch nichts«, sagte Jenny. Verena antwortete nicht sofort. Hatte sie erst jetzt realisiert, dass Evi alles von sich aus erzählt hatte?

»Brauchtest du die Höhenluft auf eurer Burg, um Evi auszufragen?«

»Sag mal, willst du mich nicht verstehen oder warum verdrehst du die Tatsachen?« Jenny war im Begriff, ihre Beherrschung zu verlieren und heftig zu reagieren, da durchfuhr sie ein Schreck. Evi und Lisa! Sie hatten die Mädchen ganz vergessen. »Wo sind Evi und Lisa?«

»Du bist diejenige, die sich hier auskennt.«

»Dort drüben geht's zum Spielplatz.« Jenny lief los, ohne sich weiter um Verena zu kümmern, am Standbild des Großen Kurfürsten vorbei, über die Brücke, die den Burggraben überspannte, hin zum Hermannsweg. Am Klacken von Verenas Absätzen auf dem Kopfsteinpflaster hörte sie, dass Verena hinter ihr herkam.

Auf dem Spielplatz suchte sie die Mädchen. Was hatten sie

an? Bei Lisa war es eine Jeansjacke. Jenny drehte sich um. »Welche Farbe hat Evis Jacke?«

»Ihr Anorak ist leuchtend blau-weiß-grün gemustert«, antwortete Verena. »Den müsste man hinter den Sträuchern ringsum durchscheinen sehen.« Nichts. Es waren überhaupt keine Kinder mehr da, denn der Himmel hatte sich zugezogen. Es begann zu regnen.

»Evi, Lisa!« Jenny und Verena riefen beide immer wieder die Namen der Mädchen, aber sie tauchten nicht auf.

»Vielleicht haben sie sich hinter der Burg versteckt«, sagte Jenny.

»Lisa, Evi, meldet euch!« Laut rufend eilten beide zurück zur Burg. Der Regen wurde immer stärker. Da stellte Verena fest, dass die Tür zu den Kasematten offen stand: »Sie wollten doch gerne dort hinunter. Vielleicht haben sie sich da drinnen versteckt.«

»Das kann gut sein. Dann hätten sie gleichzeitig Schutz vor dem Regen.« Jenny machte die Tür weiter auf und lief hinein. Nach einem kurzen Stück ging es auf einer Treppe steil bergab. »Evi, Lisa, wo seid ihr?«, rief sie. Verena kam langsamer nach und hielt sich an dem Handlauf fest.

Jenny schlug vor: »Wir müssen jetzt ganz leise sein, dann hören wir sie bestimmt. Vielleicht machen sie sich bewusst nicht bemerkbar, weil wir sie suchen sollen.« Jenny und Verena lauschten. Da ging das Licht aus, und es knallte.

»Es donnert schon«, sagte Verena.

»Nein, hallo, hallo«, rief Jenny. »Hallo!« Das langgezogene »a« schallte wider, sonst war alles still.

Verena stimmte mit sich überschlagender Stimme ein: »Hallo! Hallo!« Keine Reaktion. »Man hat uns eingeschlossen. Wir müssen zum Eingang zurück.«

Im Dunkeln stiegen sie vorsichtig die Treppen wieder hinauf. Jenny ging vorweg und leuchtete mit der Taschenlampe in ihrem Handy. Die Eingangstür war tatsächlich abgeschlossen. Verzweifelt riefen sie und klopften gegen die Tür. Es war vergeblich. Diese Tür lag zu weit abseits vom Hauptweg. Fast gleichzeitig öffneten sie ihre Handys. Sie hatten hier drin kein Netz.

***

Zu dieser Zeit kam Bastian in der Wohnung in Frankfurt an. Er stellte seinen Koffer ab, holte sich etwas zu trinken und legte sich auf die gemütliche Couch im Wohnzimmer. Tat das gut, die Beine hochzulegen. Er sollte wenigstens eine halbe Stunde ausruhen, danach den Koffer umpacken und losfahren. Dann würde er gegen 22 Uhr bei Jenny sein. Wäre er doch bloß schon da. Aber das schaffte er jetzt auch noch. Er drückte die Kurzwahltaste für Jenny. Sie meldete sich nicht. Dann versuchte er es bei ihrer Mutter.

»Sabine Herzog.«

»Hier ist Bastian.«

»Ist das eine Freude, deine Stimme zu hören! Wo bist du?«

»Zu Hause in Frankfurt.«

»Du, Jenny und Verena sind noch mit den Mädchen unterwegs. Sie wollten einen Spaziergang an der Sparrenburg machen. Sie kommen bestimmt bald wieder, denn hier hat das Wetter umgeschlagen. Es gießt in Strömen. Kommst du heute Abend noch?«

»Ich muss ein wenig meine Beine ausstrecken, aber ich denke, dass ich um 18 Uhr wieder fahrbereit bin. Ich versuche dann nochmal, Jenny zu erreichen.«

»Gute Fahrt, wir freuen uns auf dich.«

»Und ich mich auf euch. Tschüs, Sabine.«

Bastian stellte seinen Wecker auf 17.30 Uhr.

33. In den Kasematten

Jenny dachte, die Kinder sind irgendwo draußen alleine im Regen und wir sind eingeschlossen in den Kasematten unter der Sparrenburg. Ausgerechnet mit Verena und ohne jede Verbindung zur Außenwelt. Das war kein Zufall. Wie hatte Verena nun wieder diese Aktion inszeniert? Was wollte sie erreichen?

»Wo hast du Lisa und Evi hingeschickt?«, fragte Jenny. »Was bezweckst du damit? Willst du mir Angst einjagen?«

»Wie kommst du auf die Idee, dass ich diese Situation wollte?« Verena tat, als wäre dieser Gedanke absurd.

»Um Bastian und mich auseinanderzubringen ist dir doch jedes Mittel recht. Auch die Unterstellung, er wäre nicht der Vater meines Kindes.«

»Ich wehre mich nur, weil du mir meine Tochter wegnehmen willst.«

»So ein Quatsch. Lass uns später in Ruhe darüber reden«, sagte Jenny, klopfte erneut gegen die Tür und rief, so laut sie konnte: »Hallo, ist da jemand?«

Verena stimmte mit ein. Dann waren sie beide still. Niemand antwortete. »Jenny, ich habe Angst. Was ist, wenn unseren Kindern etwas passiert ist? Zwei kleine Mädchen alleine auf dem Spielplatz.«

»Wir müssen hier raus.«

»Aber wie?« Verenas Stimme klang verzweifelt. Sollte sie ihre Finger doch nicht im Spiel haben?

Jenny stellte fest: »Hier hört uns keiner. Niemand geht bei diesem Wetter spazieren. Es gibt einen Lichtschacht, den man auf einem Gitter überquert, wenn man die Burg auf der anderen Seite umrunden will. Der ist in der Nähe der Brücke, die über den Burggraben führt. Den müssen wir finden.«

»Vielleicht hört man unter dem offenen Lichtschacht unsere Rufe«, hoffte Verena.

Jenny schlug vor: »Ich leuchte mit der Taschenlampe von meinem Handy, und du lässt es am besten aus, damit wir eins in Reserve haben. Ich habe vergessen, meins aufzuladen. Komm dicht hinter mir her und halte dich an mir fest.«

Verena bat: »Geh nicht so schnell.« Sie gingen wieder bergab, bis sie in eine große unterirdische Halle mit Tischen und Bänken kamen.

»Komm, setz dich. Wir sind im sogenannten Schusterrondell. Ich habe hier schon mit Kommilitonen gefeiert.« Jenny schaltete ihr Handy aus. Schlagartig kam es ihnen stockfinster vor.

»Ist der Akku von deinem Handy schon leer?«, fragte Verena erschrocken. »Hier soll es Fledermäuse geben.«

»Die sind in einem Bereich, der für die Öffentlichkeit gesperrt ist«, erklärte Jenny. »Ich will warten, bis sich unsere Augen an die Dunkelheit gewöhnt haben. Zu dem Lichtschacht muss man in einen Gang abbiegen, aber es gibt mehrere Gänge. Sie sind insgesamt fast dreihundert Meter lang.« Die beiden schauten sich um. »Da, von dort kommt ein Lichtschimmer.«

»Ich werde nur im Notfall leuchten. In dem Schacht sollten wir gleichzeitig nach oben leuchten, wenn wir rufen. Dann finden sie uns schneller.«

»Kann man hier plötzlich in die Tiefe stürzen?«

»Nein, das kann man nicht. Es ist keine natürliche Höhle unter einem Berg, und die Verließe für Soldaten, die nicht parierten, sind hinter Gittern.«

Jenny und Verena tasteten sich an der Mauer entlang vorwärts, bis sie tatsächlich unter einem Lichtschacht ankamen.

»Das war gerade noch rechtzeitig«, sagte Jenny. »Bald ist es draußen genauso dunkel wie hier drin.« Natürlich hatten sie auch hier keinen Empfang. Dazu lag die Lichtöffnung viel zu weit oben.

»Hallo, Hilfe, hallo!« Verzweifelt riefen sie, so laut sie konnten, und leuchteten in die Höhe. Der Regen prasselte laut auf Bäume, Mauern und Pflastersteine. Er übertönte ihre Stimmen.

»Wenn der Regen nicht wäre, hätten wir eine Chance. Vielleicht sind wir hier von dem Weg, der zum Burg-Restaurant führt, zu weit weg.« Jenny überlegte. Es musste noch eine Möglichkeit geben. Dann erinnerte sie sich an eine Tür auf der anderen Seite der Burg. »Es gibt eine Tür, die von einem

Parkplatz aus zu sehen ist. Sie ist zu ebener Erde zu erreichen. Das war früher das Hauptversorgungstor, durch das die Bürger den Soldaten Nahrungsmittel bringen mussten. Die oberen Parkplätze sind heute bestimmt schnell besetzt, denn im Restaurant der Burg gibt es ein Krimidinner. Dann wird dieser untere Parkplatz auch gebraucht. Dort haben wir eine Chance, dass uns Gäste, die ins Restaurant wollen, hören.«

Jennys Handy-Licht erlosch. »Ich wusste es«, sagte sie.

Verena gab sofort ihr Handy weiter, damit Jenny voran und sie dicht hinterher gehen konnte. Jenny spürte, wie sehr Verena zitterte, aber sie war genauso wacklig auf den Beinen und setzte jeden Schritt langsam und bewusst. Sie durften nicht ausrutschen.

»Ich glaube, wir sind jetzt in dem richtigen Gang«, sagte Jenny. »Früher waren hier mehrere dicke Holztore hintereinander als Schutz gegen eindringende Feinde. Heute ist der Eingang, soviel ich weiß, nur mit einem Tor aus Gitterstäben verschlossen.«

»Wann werden wir eigentlich bei deiner Mutter erwartet?«, fragte Verena.

»Ich denke, spätestens um 18 Uhr. Nico wird sie bestimmt daran erinnern. Ich stille noch. Wir müssen vorher zu Hause sein, und wir müssen die Mädchen finden.«

»Kennt Lisa die Telefonnummer deiner Mutter?«

»Nein, sie hat kein Handy und kennt bestimmt nur die Nummer ihrer Eltern.«

»Evi kennt nur meine Nummer.«

***

Bastians Wecker klingelte. Er hatte lang ausgestreckt tief und fest geschlafen. Nun wollte er endlich wieder Jennys Stimme hören. Aber sie hob immer noch nicht ab. Ob sie wohl inzwischen wieder bei ihrer Mutter war?

Sabine Herzog meldete sich: »Hallo, Bastian. Jenny und Verena sind immer noch nicht da. Aber ein seltsamer Anruf kam vom Wirt des Restaurants in der Sparrenburg bei Isolde an. Evi und Lisa sind völlig durchnässt und weinend im Restaurant aufgetaucht. Der Wirt gab ihnen den Hörer. Die Mädchen erzählten Isolde, dass sie *Verstecken gespielt* hätten, aber ihre Mutter und Tante hätten sie nicht gefunden. Dann wären sie zu Jennys Auto gegangen und hätten dort gewartet, aber niemand wäre gekommen. Isolde ist bereits auf dem Weg dorthin.«

»Haben sich Jenny und Verena bei dir gemeldet?«

»Nein, das ist ja das Ungewöhnliche. Die Mädchen haben dem Wirt erst die Handy-Nummern von Verena und Jenny gesagt, aber niemand hat abgenommen. Zum Glück fiel Lisa die Festnetznummer von Isolde ein, weil meine Schwester beim Mittagessen ihre leicht zu merkende Nummer erwähnt hat.«

»Dann stimmt da was nicht«, sagte Bastian. »Jenny und Verena lassen ihre Kinder nicht aus den Augen.« Oder etwa doch? Steckte Verena dahinter? Ihr Verhältnis zu Jenny war nicht gerade das beste. Aber sie waren doch beide nicht verantwortungslos.

»Bastian, bist du noch dran?«

»Ja, natürlich. Man muss sie suchen.«

»Isolde muss jeden Moment im Restaurant sein. Sie wollte sich sofort melden, wenn sie bei den Kindern ist. Ihren Anruf warte ich noch ab. Wenn Jenny und Verena immer noch nicht aufgetaucht sind, informiere ich die Polizei.«

»Bitte tu das. Ich packe ein paar Sachen zusammen und fahre sofort los. Ruf bitte an, wenn es etwas Neues gibt.«

»Mache ich. Fahr vorsichtig, auch wenn du schnell hier sein willst. Isolde und ich kümmern uns.«

Wie in Trance packte Bastian seinen kleinen Trolley mit dem Nötigsten, duschte, rasierte sich, öffnete eine Dose mit Wiener Würstchen, fand eine Packung Kekse und eine Tafel Schokolade. Er steckte alles zusammen mit einer Flasche Selters in eine Einkaufstasche, eilte die Treppe hinunter zum Auto und fuhr los. Beide Mütter verschwunden. Er durfte nicht darüber nachdenken.

***

Jenny hatte den Weg zum Versorgungseingang gefunden. Das

Tor aus Gitterstäben machte den Blick nach draußen möglich und ließ Geräusche durch. Sie begannen wieder zu rufen. Es hatte aufgehört zu regnen. Sie lauschten.

Eine Autotür schlug zu. Mit vereinten Kräften riefen sie »Hilfe, hallo, Hilfe!« Verena streckte ihre Hand durch die Gitterstäbe und leuchtete mit ihrem Handy auf und ab. Da hörten sie eine Männerstimme: »Ist da jemand?«

»Ja, hier sind wir. Wir sind in den Kasematten. Man hat uns eingeschlossen«, rief Jenny. Ein Mann näherte sich der Tür. Verena erklärte kurz die Situation. Der Mann versprach, im Restaurant Bescheid zu sagen, und ging zurück. Jenny und Verena warteten. Die Minuten schlichen dahin. Es war erst halb sieben. Es kam ihnen viel später vor.

»Lass uns schon mal zum Eingang zurückgehen«, schlug Jenny vor. »Dort wird uns bestimmt jemand abholen.«

»Okay«, sagte Verena und ging mithilfe ihrer Taschenlampe voran. Sie waren fast am Eingang angekommen, da gab auch ihr Akku den Geist auf.

***

Bastian bog auf die A5 in Richtung Kassel ab. Sein Handy brummte. Sabine war am Apparat: »Bastian, ich rufe an, weil Isolde sich gerade aus dem Restaurant gemeldet hat.«

»Ist sie bei den Kindern?«

»Ja, sie ist auf dem Weg hierher, weil die Kinder so durchnässt sind.«

»Und was ist mit Jenny und Verena?«

»Die sind versehentlich in den Kasematten eingeschlossen worden. Ein Gast des Restaurants hat ihr Rufen gehört. Sie warten jetzt auf die Führerin, die sie da rausholt. Die hat gesagt, dass es eine Weile dauern kann, bis sie da ist.«

»Sind sie wohlauf?«

»Weiß ich noch nicht. Jenny wird sich melden. Gute Fahrt.«

»Danke, Sabine.«

Erst jetzt merkte er, wie hungrig er war. Wann hatte er eigentlich das letzte Mal etwas gegessen? Irgendwann am Nachmittag hoch oben über den Wolken auf dem Weg von London nach Frankfurt. Bastian fuhr auf den nächsten Parkplatz und nahm sich ein Würstchen.

Jenny und Verena in den Kasematten eingesperrt. War die Situation zwischen den beiden jetzt noch schlimmer als vorher? Das zweite Würstchen aß er während der Fahrt, hin- und hergerissen zwischen Erleichterung und Sorge.

***

Jenny und Verena tasteten sich bis zur Treppe in der Nähe des Eingangs und setzten sich vorsichtig auf die kalten Stufen.
Nach einer Weile fragte Jenny: »Verena, warum hast du gesagt, dass ich dir deine Tochter wegnehmen will?«
»Weil es stimmt.«
»Nein, das will ich nicht. Ich will nur, dass sie sich auf ein Wochenende mit ihrem Papa freut, auch wenn ich dabei bin. Ich will nicht alle zwei Wochen auf Bastian verzichten, nur weil du es nicht haben kannst, dass ich dazugehöre, wenn Evi bei Bastian ist.« Jenny rückte von Verena ab. Sie war wütend, dass Verena ihr so etwas unterstellte. Sie schwiegen. Es war kalt.
Da fragte Verena leise: »Zitterst du vor Wut oder weil du genauso frierst wie ich?«
»Beides und aus Angst um die Kinder und aus Sehnsucht nach Nico und Bastian. Meine Fingerknöchel tun weh vom Klopfen am Eingangstor und der Busen spannt, weil ich stillen müsste.« Vorsichtig rutschte Jenny wieder näher an Verena heran.
»Warum spricht Evi mit dir und nicht mit mir über die Frage, ob Nico ihr Bruder ist?«, fragte Verena.
»Weil du ihre Mutter bist und ich eine Fremde.«
»Na ja, so fremd nun auch wieder nicht.«
»Dir gegenüber hat sie ein schlechtes Gewissen, weil sie gelauscht hat.«
»Das war aus Versehen. Das würde ich ihr nicht vorwerfen«, behauptete Verena.
»Nach dem, was Evi gehört hat, musste sie glauben, dass

Nico nicht ihr Bruder ist. Und ich bin diejenige, die ihr auf diese Frage eine Antwort geben kann. Verena, wie hast du es hingekriegt, dass Bastian dir geglaubt hat? Die drei Wochen, die Nico früher als errechnet auf die Welt kam, sind doch für eine solche Unterstellung überhaupt kein Beweis.« Jennys Stimme war immer lauter geworden.

»Vielleicht war ich überzeugend, weil ich selbst daran geglaubt habe.«

»Glauben wolltest«, verbesserte Jenny und rückte wieder von Verena ab.

»Welche Rolle spielt dein Professor? Du musst zugeben, dass ein Wiedereinstieg in ein Studium nach so langer Pause zumindest ungewöhnlich ist. Hättest du ohne deinen Professor auch weiterstudieren wollen?«

»Denkst du, dass Bastian gegen mein Studium ist, weil er mir ein Verhältnis mit dem Professor zutraut?«

Verena antwortete nicht. Die Stille war bedrückend. Gab Verena keine Antwort, weil sie genau das dachte, oder war dies wieder nur ein Versuch, sie zu verunsichern?

Dann fragte Verena: »Wo die Mädchen jetzt wohl sind?«

Jenny seufzte. »Hoffentlich zu Hause.«

»Evi ist gerne auf dem Bauernhof.«

»Sie liebt Pferde, und sie versteht sich gut mit Lisa.«

»Aber sie hat auch viele Freundinnen in Frankfurt.«

»Natürlich«, sagte Jenny. »In Frankfurt ist ihr Zuhause. Wenn sie auf dem Bauernhof ihrer Großeltern ist, dann ist das gleichbedeutend mit Ferien.«

»Ihr Urlaub mit mir auf Mallorca hat ihr auch gefallen.«

»Die Zeit, die sie mit dir verbringt, ist das, was am meisten zählt.«

»Danke«, sagt Verena.

»Nico wird schon nach mir schreien, weil er Hunger hat. Verena, eigentlich sollten wir miteinander auskommen. Wir haben doch viel gemeinsam: Unsere Kinder haben die gleichen Großeltern.« Jenny griff nach ihrer Hand. Ihre Hände drückten einander. Dann spürte sie etwas Warmes an Verenas Hand. »Blutest du?«

»Das sind nur die Knöchel. Das heilt wieder.« Jenny zog ein

Taschentuch aus ihrer Tasche und wickelte es um Verenas blutende Finger.

Verena kam so dicht an Jenny heran wie möglich und sagte: »Wir sollten versuchen, uns gegenseitig zu wärmen.«

Plötzlich ging das Licht an. »Hallo, ist da jemand?«, rief eine männliche Stimme.

»Hier sind wir«, antworteten Jenny und Verena gleichzeitig.

»Ich komme Ihnen entgegen.« Das war keine Männerstimme, sondern die einer älteren Frau.

Eine Frau tauchte auf und legte ihnen jeweils eine Jacke um die Schultern. »Ich dachte mir, dass Sie frieren. Hier unten ist es immer gleichmäßig kalt. Ich mache die Führungen auf der Burg und in den Kasematten.«

»Wir vermissen zwei Mädchen. Wissen Sie etwas von unseren Kindern?«, fragte Verena.

»Die Mädchen sind von Ihrer Tante Isolde im Restaurant abgeholt worden.« Da umarmten sich Jenny und Verena, noch immer vor Kälte schlotternd, und Jenny flüsterte: »Gott sei Dank.«

34. Mehr als tausend Worte

Jenny war mit Verena vor dem Haus ihrer Mutter angekommen. Sie hatten während der Fahrt kein Wort mehr gesprochen, sie waren zu erschöpft.

»Bist du wieder aufgewärmt?«, fragte Jenny, als sie ausstiegen.

»Es geht«, antwortete Verena.

Jenny schloss die Wohnungstür auf. Die Kinder kamen angeflogen. Verena nahm ihre Tochter in den Arm und wollte sie gar nicht wieder loslassen. Jenny drückte Lisa ebenso herzlich, aber weniger lange. Sie hörte bereits ihren Sohn schreien. Ihre Mutter ging mit ihm im Zimmer auf und ab ohne die Chance, ihn zu beruhigen. Jenny nickte Isolde zu und sagte: »Wir begrüßen uns später. Ich wasche mir nur gerade die Hände, dann stille ich meinen Sohn im wahrsten Sinne des Wortes.«

Wenige Minuten später war für Nico die Welt wieder in Ordnung. Evi freute sich, ihren kleinen Bruder heute noch einmal zu sehen und beim Trinken beobachten zu dürfen.

Isolde wählte Bastians Nummer und sagte: »Hallo, Bastian, krieg keinen Schreck, dass ich zuerst dran bin. Ich gebe dir gleich Jenny. Sie musste erst euren Sohn anlegen. Der hatte nämlich pünktlich seit 6 Uhr Hunger.«

...

»Ja, alles wieder im grünen Bereich. Verena meldet sich gerade bei deinen Eltern. Sie fährt gleich mit den Mädchen dorthin.« Evi zappelte vor Aufregung. Isolde gab ihr Handy weiter.

»Papa, mein kleiner Bruder ist sooo niedlich. Kommst du morgen? Wir freuen uns alle ganz doll. Tschüüüüs.«

Jenny gab Evi ein Zeichen, dass sie trotz Stillens telefonieren konnte. »Hallo, Schatz, wo bist du? Wann bist du hier?«

»Laut Navi um kurz nach neun. Bist du okay?«

»Jetzt wieder. Es war kalt in den Kasematten.«

»Warum seid ihr hineingegangen, ohne die Kinder?«

»Also in Kurzform: Die Mädchen haben Verstecken gespielt. Wir haben sie gesucht und nicht gefunden. Sie waren um die Burg herumgelaufen und hatten die Orientierung verloren. Lisa erinnerte sich nicht mehr so richtig.«

»Konnten sie denn niemanden fragen? Und warum habt ihr gedacht, sie wären in den Kasematten?«

»Wegen des Wetters waren da keine Spaziergänger mehr. Wir sahen, dass die Tür zu den Kasematten aufstand, und weil die Kinder vorher schon so gerne dort hineinwollten, dachten wir, dass sie sich dort versteckt hätten. Als wir drin waren, hat die Führerin die Tür abgeschlossen, weil sie uns nicht bemerkt hatte.«

»Aber muss die Frau die Tür nicht nach jeder Führung sofort wieder abschließen, wenn alle draußen sind?«

»Muss sie, aber heute war in ihrer Gruppe ein junges Mädchen, dem es nicht gut ging. Da hat sie ihm die Toilette neben dem Restaurant gezeigt und sich, wie sie sagt, wenige Minuten um das Mädchen gekümmert, während die übrigen Teilnehmer der Führung wegen des einsetzenden Regens schnell weggingen. Dadurch konnten wir unbemerkt in die Kasematten gelangen. Die Führerin sagte, so etwas sei ihr in dreißig Jahren nicht vorgekommen. – Tschüs, Verena, Evi, Lisa, bis morgen. – Die haben sich soeben verabschiedet.«

»Und wie war das mit dir und Verena? Die Verabschiedung gerade klang so – normal.«

»Ja, richtig erkannt.«

»Wie lange wart ihr eingeschlossen?«

»Nach unserem Gefühl endlos lange, in Wirklichkeit fast zwei Stunden. Moment mal. Meine Mutter will was wissen. – Ob du mit Brot und Spiegelei auskommst, wenn du hier bist?«

»Spiegelei, das ist doch dieses wunderbare goldgelbe Gericht mit Butter und Brot? Davon träume ich seit vierzehn Tagen. Und von einer warmen Dusche. Jenny, ich bin schon wieder seit, lass mich rechnen, 45 Stunden nicht rasiert.«

»Na gut, ich weiß ja, dass du der Mann sein musst, der gleich kommt. Wir warten sehnsüchtig auf dich. Fahr vorsichtig.«

Jenny legte das Stillkissen zur Seite, klopfte ihrem Sohn auf den Rücken, damit er brav sein Bäuerchen machte, und sagte: »Und dann, Nico, schläfst du gleich ganz schnell ein. Deine Mama möchte nämlich im Badezimmer deiner Oma ein Bad nehmen.«

Ihre Mutter streckte die Arme aus. »Dann gib ihn mir. Ich

singe ihn in den Schlaf. Genieße dein Bad. Das Schaumbad riecht am besten. Du findest es schon.«

Isolde grinste. »Gute Idee, Liebes. Man soll die Männer verwöhnen, wann immer es möglich ist. Dein Bastian hat bestimmt Nachholbedarf.«

Mit den Worten: »Hör gut zu, Nico, du bist auch eines Tages ein Mann, Tante Isolde weiß Bescheid«, verschwand Jenny im Badezimmer. Sie ließ das Badewasser ein und ging großzügig mit dem vorhandenen Badezusatz um. Genussvoll glitt sie in das wohlig warme Wasser. Tat das gut! Sie tauchte kurz ganz unter und schäumte anschließend ihre Haare ein. Bastian liebte ihre langen kastanienroten Locken. Der Farbe hatte sie ein bisschen nachgeholfen. Eigentlich waren sie terrakottafarben. Das hatte Bastian auf dem Schiff auch gefallen, aber zurzeit experimentierte sie mit einem dunkleren Ton. Jenny nahm ein frisches weißes Handtuch aus dem Regal und trocknete sich sorgfältig ab. Anschließend verwöhnte sie ihre Haut mit einer Lotion und fühlte schon seine Finger auf ihrem Körper. Nicht nur er hatte Nachholbedarf. Die Haare musste sie gleich mit der Rundbürste föhnen und offen lassen. Der pflegeleichte Pferdeschwanz war tagsüber angebracht.

Als sie in das Badehandtuch gewickelt im Wohnzimmer erschien, meinte Isolde, die unbedingt die Ankunft von Bastian und die Spiegeleier noch miterleben wollte: »Du solltest aber zum Essen erst noch was anziehen.« »Oh ja, natürlich«, sagte Jenny und verschwand nach nebenan. Ihr dunkelroter Hausanzug aus Samt war genau das Richtige. So hatte der Kummer der letzten Tage wenigstens ein Gutes: Der Anzug passte ihr wie angegossen. Die weiße Bluse darunter? Nein, der schwarze BH reichte. Nur der Anzug, das war warm genug. Ein Blick in den Spiegel, dann auf die Uhr. Oh, er konnte gleich kommen. Jenny ging wieder rüber zu ihrer Mutter und Tante Isolde.

Es klingelte. Die beiden zuckten, standen aber nicht auf. sie hatten sich wohl geeinigt, dass die ersten Minuten nur ihr und Bastian gehören sollten. Jenny hatte das Gefühl, dass ihr Herz bis in die Fingerspitzen klopfte, als sie die Tür öffnete. Bastian. Es spielte keine Rolle, dass der Schorf auf den Wunden noch nicht verschwunden war, die Haut rund um das Auge blaugrün schillerte und der Bart stoppelig war. Die Hauptsache war, sie konnten sich umarmen. Es war ein Moment für die Ewigkeit. Nur langsam lösten sie sich voneinander und gingen ins Wohnzimmer, wo ihre Mutter und Isolde schon warteten, um den verschollenen Fernreisenden gebührend willkommen zu heißen.

Doch ehe sie Bastian in ein Gespräch verwickeln konnten, sagte Jenny: »Es gibt da noch jemanden, den Bastian begrüßen möchte.« Dabei schob sie ihn in Richtung Einliegerwohnung und öffnete leise die Tür zum Babyzimmer.

***

Bastian betrat langsam das kleine Zimmer, als könnte er durch zu viel Eile diesen besonderen Augenblick versäumen. Sanft berührte er Nico, um ihn nicht aufzuwecken.

Jenny flüsterte: »Er schläft fest. Er musste vorhin längere Zeit schreien, bis ich endlich kam. Hunger tut schließlich weh. Nachher wird er aufwachen, dann kannst du mit ihm schmusen.«

Bastian musste sich am Wickeltisch abstützen. Er spürte, wie ihm Tränen übers Gesicht liefen. Wie viele hundert Male hatte er in den letzten beiden Wochen diesen Augenblick herbeigesehnt, hatte sich vorgestellt, wie seine erste Begegnung mit Nico sein würde. Er hatte sich gefragt, was er zuerst zu ihm sagen würde, so etwas wie: »Ich verspreche dir, immer für dich da zu sein.« Das hatte er schon am Tag nach seiner Geburt verpasst, bevor er es ausgesprochen hatte. Und dann kam Mexiko dazwischen. Leise, kaum hörbar sagte er: »Nico, endlich bin ich da. Ich wäre so gerne bei deiner Geburt dabei gewesen. Deine Mama war bestimmt sehr tapfer. Meine Wunden sieht man noch im Gesicht. Ihre Wunden sind unsichtbar. Ich werde daran arbeiten, sie zu heilen.« Bei den letzten Worten drehte er sich zu Jenny um und fragte: »Haben wir noch ein paar Minuten Zeit, damit anzufangen?«

»Wir müssen uns in Zukunft die Zeit nehmen, die wir brauchen«, sagte Jenny und ging mit ihm in das Wohnzimmer der Gästewohnung.

Sie setzten sich nebeneinander auf die kleine Couch.

»Jenny, du hast mich in deiner SMS gefragt: *Warum?*. Ich konnte dir nicht antworten, weil ich es selbst nicht verstehe. Es tut mir so leid.« Immer wieder hatte er sich gefragt: Wie soll ich Jenny mein Verhalten erklären? Was wird sie sagen, wenn ich vor ihr stehe?

»Bastian, mir hat es sehr wehgetan. Wir werden herausfinden, wie es geschehen konnte, damit es nie wieder vorkommt.«

Er holte Luft, um zu antworten, obwohl er nicht wusste, was er sagen sollte, da legte Jenny ihren Finger auf seinen Mund. Manchmal, dachte Bastian, sagt ein Kuss mehr als tausend Worte. Dieser Kuss gehörte definitiv dazu.

Als sie wieder in Sabines Wohnung ankamen, standen die Spiegeleier schon auf dem Tisch. Isolde griff zur Gabel und fragte vor ihrem ersten Bissen noch schnell: »Hast du dich bei deinen Eltern schon gemeldet?«

»Ja, direkt nach eurem Anruf, vom Auto aus. Sie konnten vor Erleichterung kaum sprechen.«

»Kann ich gut verstehen.« Sabine reichte Bastian die Brotschale. Alle würdigten den Abendbrottisch, indem sie ordentlich zulangten. Nach der Mahlzeit verabschiedete sich Isolde sofort. Sabine sagte: »Geht rüber. Wir sehen uns zum Frühstück. Wenn Nico morgen früh nicht schlafen möchte, beschäftige ich mich gerne mit ihm. Gute Nacht.«

Nico war wach, und Bastian sah ihm verträumt beim Trinken zu. »Ja«, sagte Jenny, »daran musst du dich jetzt gewöhnen. Er ist zuerst dran. Wenn du willst, kannst du duschen gehen. Ich war schon in der Badewanne.«

Duschen, das tat gut!

Als Bastian wohlriechend und rasiert aus dem kleinen Badezimmer kam, sagte Jenny vorsichtig: »Wie müde bist du?«

»Danach kann man viel besser schlafen.«

»Ach, du brauchst mich als Schlaftablette, na warte.«

»Also, wenn ich dich so ansehe, passt du in jeden Hochglanzprospekt für sexy Hausanzüge. Darf ich diese Verpackung entfernen?«, fragte Bastian und zog am Reißverschluss ihrer dunkelroten Samtjacke.

»Du bist ja schon dabei, und wie ich sehe, ist dir im Dschungel nichts abhanden gekommen.« Bastian machte erst gar nicht den Versuch, ihr zu widersprechen ...

Die Nacht war kurz, aber intensiv. Bastian reckte und streckte sich. War das schön, wieder bei Jenny zu sein. »Schläft Nico noch?«

Jenny lachte.

»Nein, ich habe ihn um 7 Uhr meiner Mutter gebracht, nachdem ich ihn gestillt und gewickelt hatte. Es war so schön, neben dir zu kuscheln.«

Bastian strich ihr die kastanienroten Locken aus dem Gesicht und küsste sie zärtlich. »Du bist die attraktivste Mutter, die ich mir vorstellen kann.«

»Diese Worte hätte ich gern direkt nach der Geburt von dir gehört.« Jennys Miene war ernst geworden.

Da stützte sich Bastian auf einen Ellbogen und sagte: »Jenny, ich möchte dir erklären, warum ich nicht zu dir ins Krankenzimmer kommen konnte. Als ich die Tür öffnete, hattest du Nico im Arm, der Professor hat dein Gesicht gestreichelt und deine Lieblingsrosen lagen auf deinem Bett.«

»Und weil Verena dir vorgerechnet hat, dass ich ihn neun Monate zuvor getroffen hatte, hast du geglaubt, dass er der Vater ist. Das weiß ich seit gestern. Evi hat es mir auf der Sparrenburg erzählt.«

»Evi? Verena hat Evi in ihre Pläne eingespannt?« Bastian spürte, wie die Wut in ihm hochstieg.

»Nein, so war es nicht. Evi hatte euer Gespräch an jenem Tag mitgekriegt. Von Verena und mir in den Kasematten erzähle ich dir später. Als mich der Professor zur Begrüßung umarmte, hatte ich gerade von Evi am Telefon erfahren, dass du bei ihnen übernachtet hast. Von Verena hatte ich per WhatsApp einen Glückwunsch zur Geburt von Nico bekommen und außerdem das Foto von dir mit Evi auf dem Schiff *Moby Dick* und rein zufällig eins von eurem für drei Personen gedeckten Frühstückstisch.«

»Da hast du gedacht, ich hätte mit Verena den Ausflug gemacht und wieder was mit ihr angefangen?«

»Ich hatte gehofft, dass du kommst und alles richtigstellst. Als es klopfte, war ich sicher, dass du es bist. Aber es war der Professor. Da musste ich weinen, und er wischte mir die Tränen weg. Wärest du reingekommen, wäre alles gut gewesen. Du kennst doch Verena. Wie konntest du denken, ich wollte dir ein Kuckuckskind unterschieben? Bastian, ich verstehe es nicht.«

»Genau das habe ich mich in den letzten zwei Wochen immer wieder gefragt. Jenny, warum hast du mir nicht gesagt, weshalb dich der Professor auf unserem Segway-Ausflug so sehr erschreckt hat, dass vorzeitige Wehen drohten.«

»Der Professor, wie kommst du denn darauf, dass er es war, der mich aufgewühlt hat?«

Bastian stutzte. »War er es nicht?«

»Nein, es war mein Vater.«

»Dein Vater? Warum durfte ich das nicht wissen?«

»Du hättest mich fragen können«, protestierte Jenny.

Bastian überlegte, machte sich die damalige Situation bewusst. »In dem Moment war die Sorge größer, dass dir was passiert sein könnte, als meine Frage. Du warst so plötzlich abgesprungen, und dann ging es mit den Segways auch gleich weiter.«

»Stimmt«, sagte Jenny. »Am Abend konnten wir nicht darüber sprechen, weil Evi abgehauen war und du deswegen nach Frankfurt gefahren bist.«

»Ich war mir sicher, dass es der Professor war. Ich habe gespürt, dass du etwas vor mir verbirgst, und dachte, dass dein Geheimnis mit diesem Mann zusammenhing.«

»Und als Verena dir suggerierte, dass ich mit Michael Obermeier geschlafen hätte, hast du geglaubt, dass das mein Geheimnis ist?«, fragte Jenny.

»Als ich im Krankenhaus eintraf, sagte mir die Schwester, dein Mann wäre auch schon bei dir. Als ich dann den Professor bei dir sah, war ich wie von Sinnen. Ich wollte es nicht glauben. Ich redete mir ein, dass mich meine Liebe blind gemacht hat, und fand auf einmal noch mehr Indizien wie zum Beispiel das Foto, das der Professor von dir in Potts Park gemacht hat. Kannst du jetzt verstehen, dass ich meinen vagen Verdacht plötzlich bestätigt sah?« Unwillkürlich setzte sich Bastian im Bett aufrecht hin, als ob er dadurch besser hören konnte, was Jenny sagen würde.

Er beteuerte: »Schon im Flugzeug habe ich es bereut, nicht bei dir geblieben zu sein, aber da war es zu spät. Was ist mit deinem Vater?«

Jenny schob sich ihr Kopfkissen in den Rücken. »Ich hätte dir längst von ihm erzählen sollen. Es tut mir leid.«

Dann berichtete sie von Halluzinationen, die sich als Irrtum herausstellten, weil ihr Vater sie wirklich beobachtete und heimlich fotografierte, und von einer Recherche beim Segway-Veranstalter, die bewies, dass sich jemand vorher genau nach der Route erkundigt hatte. Sie erzählte von Handtaschendiebstählen und dem gespielten Selbstmord, der sie so aufregte, dass Nico drei Wochen zu früh geboren wurde. Zum Schluss gab sie Bastian sowohl einen Ausschnitt aus dem Roman ihres Vaters als auch einen erlösenden Zeitungsausschnitt, der bewies, dass ihr Vater sogar die Polizei genarrt hatte.

Bastian nahm den Ausschnitt aus dem Manuskript des Vaters und las ihn langsam. Dann griff er zu dem Zeitungsausschnitt, der bewies, dass es ihm sogar trotz der aufgeregten Menschen um ihn herum gelungen war, als angeblicher Selbstmörder lebendig im Trubel zu verschwinden. Nachdem Bastian auch diesen Artikel gelesen hatte, stellte er fest: »Wenn man den autobiografischen Text deines Vaters kennt, kann man sein Handeln am besten nachvollziehen. Wir müssen ihn finden. Es ist gut, dass du mir jetzt alles erzählt hast. Du liebst ihn trotz allem und seine heimlichen Fotos zeigen, wie sehr er sich auch nach dir sehnt. Ihr müsst euch versöhnen.«

Jenny nickte, nahm seinen Kopf in ihre Hände und küsste ihn so intensiv, dass seine Hände von ganz alleine in Bewegung gerieten. Da hielt sie seine Finger fest und sagte: »Ich glaube, wir verschieben das auf heute Abend. Es geht schon auf 10 Uhr. Wir sollten uns am Frühstückstisch sehen lassen.« In dem Moment hörte Bastian die Tür zum Babyzimmer klacken.

»Mama wickelt Nico. Komm, wir beeilen uns«, sagte Jenny leise und schwang ihre Beine aus dem Bett.

Mit den Worten »Das fällt schwer bei den Beinen« begab sich Bastian in ihr Badezimmer.

Bevor sie zu Sabine gingen, bat Jenny darum, beim Frühstück ihren Vater nicht zu erwähnen. Bastian nickte. Er musste Jennys Geständnis auch erst begreifen. Er wollte beide verstehen, Jenny und ihren Vater. Nur so konnte er helfen, ihn zu finden.

35. Was geschah in Mexiko?

Es war ein warmer Herbsttag. Das Weserbergland ist wunderschön, dachte Jenny. Wenn es nach einer leichten Steigung wieder bergab ging, hatte sie einen weiten Blick auf abgeerntete Felder und von altem Baumbestand umgebene landwirtschaftliche Höfe. An den Bäumen leuchteten die ersten farbigen Blätter in der Sonne. Jenny beschloss, diese Landschaft in ihrem gezeichneten Tagebuch mit Farbstiften zu skizzieren.

Nico schlief auf dem Rücksitz im festgeschnallten Kinderwagenaufsatz, und Bastian saß am Steuer. Jenny rieb ihre Hände gegeneinander.

Bastian lachte und fragte: »Worüber freust du dich?«

»Du merkst aber auch alles«, sagte Jenny.

»Du weißt doch. Deine Hände verraten dich. Na, worüber?«

»Über alles. Darüber, dass du da bist und dass wir Nico haben; ich freue mich, dass ich gleich sehe, wie glücklich deine Eltern, dein Bruder und Anja sind, wenn sie dich wohlbehalten wiedersehen, dass es Thomas wieder einigermaßen gut geht und die Ärzte ihm eine komplette Genesung prophezeit haben. Ich bin glücklich, dass wir jetzt wissen, wie alles gekommen ist, und dankbar, dass du mir helfen willst, meinen Vater zu suchen. Es ist schön, dass Evi und Lisa sich gut verstehen.«

»Und was ist mit Verena? Die ist auch gleich da. Sie will erst nach dem Kaffee mit Evi nach Frankfurt fahren.«

»Wir waren zwei Stunden lang in Dunkelheit und Kälte aufeinander angewiesen. Wir hatten die gleichen Ängste. Wir werden vermutlich noch mal streiten, aber wir haben einander zugehört und Vorwürfe nicht ignoriert, sondern geradegerückt.«

Der Hof kam in Sicht. Noch ehe Bastian hielt, ging die Eingangstür auf. Alle kamen und umarmten Bastian und Jenny, auch Verena. Jenny holte Nico aus dem Auto. Er war sofort Mittelpunkt der Gesellschaft, und keiner nahm es ihm übel, dass er trotz der vielen Aufmerksamkeit herzhaft gähnte.

Nur wenig später hatten alle einen Platz auf der Terrasse

gefunden. Bastians Mutter und Anja brachten Brot und Salate aus der Küche, sein Vater goss Getränke nach Wunsch ein und Thomas stand am Grill. Der Duft lockte die Wespen an. Jenny beschloss, sie zu ignorieren, damit sie nicht stachen, und legte einen Bierdeckel auf ihr Glas. Jeder aß mehr als notwendig. Die Kinder waren trotz ihres Herumalberns als Erste satt und betrachteten neugierig den etwas entstellt wirkenden Bastian.

Als Bastian Messer und Gabel zur Seite legte, bat Lisa: »Onkel Bastian, erzählst du uns von Mexiko?«

Einen Moment waren alle still. Jenny sah Bastian prüfend an. Würde er in der Lage sein, über seine Erlebnisse zu sprechen, und das in dieser großen Runde? Sie bemerkte, dass sein Blick zwischen Evi und Lisa hin- und herging. Dann nickte er. »Weißt du, Lisa, ich habe euch doch vor meiner Reise Mexiko auf dem Globus gezeigt. Es ist ein interessantes Land. Es gibt wunderbare Strände für Touristen mit tollen Hotels, aber auch ganz andere Gegenden, einsame Wüsten und große Städte, in denen Menschen zum Teil sehr dicht beieinander wohnen. Und es gibt ein großes Gebiet mit tropischem Regenwald.«

»Ist tropischer Regenwald anders als unser Wald?«, fragte Evi.

»Ja, mein Schatz, und deshalb ist er etwas Besonderes. Die Bäume sind viel höher als bei uns. Ganz oben sind die Baumwipfel wie ein dichtes grünes Dach, Farne, die bei uns klein am Boden wachsen, sind so groß wie unsere Bäume, und der Boden ist bedeckt mit sogenanntem Unterholz und mit einem Teppich von Blättern, die das ganze Jahr hindurch herabschweben, denn es gibt nicht die Jahreszeiten wie bei uns mit Blühen im Frühling und buntem Laub im Herbst.«

»Und da wird jetzt eine Seilbahn gebaut mitten durch die Bäume?«, fragte Lisa.

»Das hast du gut behalten.«

»Onkel Bastian, kann ich da auch mal mitfahren?«

»Ja vielleicht, wenn du groß bist und eine Urlaubsreise dorthin machst.«

»Papa, wieso hast du so viele Kratzer im Gesicht? Bist du

hingefallen wie ich neulich mit meinem Knie?« Evi hatte ihn schon die ganze Zeit kritisch gemustert.

»Es gab dort einen fürchterlichen Sturm, als ich da war, und dabei haben herabfallende Äste mein Gesicht zerkratzt und unser Auto stark beschädigt.«

Evi ging zu ihm und fuhr vorsichtig mit dem Finger über den noch vorhandenen Schorf seiner Wunden. »Tut das weh?«

»Jetzt nicht mehr.«

Endlich lächelte Bastian.

Da kam Anja mit einer Schale Eis und einem großen Eislöffel. Die Kinder bekamen ihr Eis zuerst, dann durften sie zu den Ponys.

»Wir kommen gleich nach, wir wollen sehen, wie gut ihr reiten könnt«, sagte Bastian.

Als die Mädchen bei den Pferden waren, sagte der Vater: »Die Wahrheit war viel schlimmer, habe ich recht?«

»Ja, sehr viel schlimmer. Die Seilbahn soll an einer Straße errichtet werden, die nach Calakmul führt. Dort ragen zwei Pyramiden aus dem Urwald heraus, die, anders als bei den meisten Maya-Ruinen, bestiegen werden dürfen. Es muss beeindruckend sein. Diese archäologische Stätte liegt sechzig Kilometer tief im Urwald und gehört zu den größten bisher entdeckten Mayastätten. Sie ist über eine kurvenreiche asphaltierte Straße mit vielen Schlaglöchern und zuletzt nur nach einem Fußmarsch zu erreichen.«

»Hast du die Pyramiden gesehen?«, fragte die Mutter und füllte auch für die Erwachsenen je ein Schälchen mit Eiskugeln.

»Nein. Unser Ziel war nur die Basisstation des geplanten Objekts nach fünfzehn Kilometern. Schon das war unter den gegebenen Umständen lebensgefährlich, obwohl wir nur die Ausläufer der Hurrikans zu spüren bekamen. Wir fuhren nicht, wie es üblich ist, im Konvoi, sondern jeder Lkw-Fahrer hatte nur ein Ziel: ankommen, bevor ein Baum oder auch nur ein riesiger Ast oder ein Schlagloch die Weiterfahrt unmöglich machen würde. Wir, also ein einheimischer Fahrer, der Ingenieur Carlos und ich, bildeten mit unserem Transporter das Schlusslicht.«

Bastian nahm seinen Löffel und aß langsam sein Eis. Er ist mit seinen Gedanken weit weg, dachte Jenny.

»Warst du auch als Fahrer eingeteilt?«, wollte Thomas wissen.

»Nein, nur Carlos sollte streckenweise das Steuer übernehmen. Ich war für Logistik, Planung, Verpackung, Kontrolle, Aufsicht, für so etwas eben, zuständig. Carlos spricht Deutsch. Zu Anfang unserer Fahrt erzählte er mir stolz von seiner Familie. Er hatte einen kleinen Sohn. Je intensiver der Regen und je stärker der Sturm wurde, desto mehr merkte man ihm Panik an, denn er hatte eine Verwandte bei einem früheren Unwetter in einer Stadt verloren, die wir auch passieren mussten. Es war laut und als wir ankamen bereits dunkel in diesem Dschungel. Wir waren steif von der langen Fahrt. Mir tat alles weh und es war schwül, aber das Schlimmste war die Angst, in dieser unberechenbaren Hölle steckenzubleiben. Dann lag plötzlich quer auf der Straße ein Ast vor uns. Wir stiegen aus und wuchteten ihn zur Seite. Kratzer, die wir uns dabei holten, spielten keine Rolle. Die Hauptsache war, dass wir weiterfahren konnten. Als unsere Straße wieder freigeräumt war, durfte ich als Erster einsteigen, weil ich dran war, in der Mitte zu sitzen. Wir wechselten nach jedem Stopp. Ich hatte gerade die Tür geöffnet, da sah ich einen riesigen Ast auf mich zukommen. Für Sekunden dachte ich: Das war es. Du wirst Jenny, Evi, deine Familie nie wiedersehen und deinen Sohn nicht einmal kennenlernen. Es gelang mir jedoch, mich in das Auto zu retten. Ich glaube, dass sich der Ast gedreht hat, denn wenn er auf unseren Sprinter geknallt wäre, wäre das Dach wie Pappe eingedrückt worden. Dann sah ich Carlos unter dem Ast liegen. Er wollte direkt nach mir einsteigen. Es war ...«

Bastian sprach nicht weiter. Alle waren still und warteten. Jenny nahm seine Hand. Sie spürte, dass er am ganzen Körper zitterte. Da versteckte Bastian sein Gesicht in ihren lockigen Haaren. Evi und Lisa winkten von Weitem. Beide saßen kerzengerade auf ihren Ponys. Jenny hörte, dass Anja rief: »Toll macht ihr das.« Wenig später waren die Mädchen herangeritten und ihre gute Haltung auf dem Pferd wurde allgemein gelobt. Verena informierte Evi: »Wir fahren in einer halben Stunde.« Die Mädchen ritten zur Koppel zurück. Bastian richtete sich auf und flüsterte Jenny dabei ins Ohr: »Es geht wieder.«

Alle sahen ihn fragend an. Er fuhr fort: »Carlos lebte, aber er blutete am Kopf. Ein Arm und ein Bein waren eingeklemmt. Es war ein schreckliches, hoffnungsloses Bild, und jeden Moment konnte der nächste Ast oder Baum auf uns herunterfallen. Der Fahrer und ich funktionierten irgendwie. Es gelang uns, Carlos unter dem Wirrwarr von Ästen und Zweigen hervorzuziehen. Wir umwickelten seinen Kopf mit Verbandsmaterial, um die Blutung zu stillen, öffneten die hintere Tür, schoben die Werkzeuge zusammen und schafften es, für ihn einen Liegeplatz zu präparieren. Dann hoben wir ihn auf die Ladefläche. Dabei bemühten wir uns, seine Arme und Beine, so gut es ging, in einer sinnvollen Position zu fixieren. Carlos war die ganze Zeit bei Bewusstsein, wie lange noch, das wussten wir nicht.« Bastian löffelte sein schon flüssig gewordenes Eis und schob seinen Teller zur Seite.

»Hat er überlebt?«, fragte Jennys Mutter.

Bastian nickte. »Wir wollten gerade die hintere Tür schließen und unsere Plätze einnehmen, da fiel ein Ast so auf uns herunter, dass der Fahrer stürzte, sich mit beiden Händen abstützte und sich dabei die Handgelenke brach. Mich hatte ein Zweig so im Gesicht getroffen, dass ich binnen Sekunden auf meinem rechten Auge nichts mehr sehen konnte. Ich dachte, das Augenlicht habe ich verloren. Mehr fühlend als sehend habe ich dem Fahrer geholfen, auf dem Beifahrersitz Platz zu nehmen, und ihn angeschnallt. Ich habe mich um das Auto herumgetastet. Die Straße vor uns war übersät mit Zweigen, aber noch irgendwie befahrbar. Die Bäume konnte ich nicht mehr erkennen. Sie waren wie eine schwarze Wand. Im Schritttempo bin ich, auf einem Auge sehend, im Scheinwerferlicht unseres Transporters zur Basisstation gelangt.«

»Du hast ihnen das Leben gerettet«, sagte Isolde. »Hattet ihr auf der Basisstation einen Arzt?«

Bastian schüttelte den Kopf. »Nein, wie wir dort die nächsten acht Tage ohne Strom und Verbindung zur Außenwelt überstanden haben, erzähle ich euch ein andermal. Jedenfalls sind Carlos und der Fahrer jetzt im Krankenhaus in Chetumal.

Ich bin dort auch ärztlich untersucht worden. Ich habe Glück gehabt, dass mein Auge nicht verletzt ist.«

Bastian stand auf. »Wir sollten jetzt zu Evi und Lisa gehen. Ich habe es vorhin versprochen.« Jenny umarmte ihn. Sein Hemd war nass geschwitzt. Er hatte spürbar diese Nacht im Urwald noch einmal durchlebt. Dass die Mädchen zwischenzeitlich herangeritten waren, hatte er nicht wirklich bemerkt. Nebeneinander gingen sie Hand in Hand zum Reitplatz.

»Ich habe das alles zum ersten Mal erzählt«, sagte Bastian leise, »aber es tut gut, darüber zu reden. Nur so kann ich wahrscheinlich das Erlebte verarbeiten.«

Jenny drückte seine Hand und sagte: »Du musst mir alles erzählen, nicht nur die Tatsachen, sondern auch die Gefühle, die du dabei hattest.« Dann schaute sie zu ihm auf und spitzte ihren Mund zu einem angedeuteten Kuss.

***

Bastian kam mit Nico in Sabines Wohnzimmer. Wie wenig selbstverständlich ist es, dass ich hier mit meinem Sohn auf dem Arm dieses gemütliche Wohnzimmer betrete. Man sollte jeden scheinbar normalen Augenblick des Lebens bewusst genießen. Es war ein harmonischer Nachmittag in großer Runde gewesen. Auch zwischen Jenny und Verena hatte es keine spitzen Bemerkungen gegeben.

Evi und Verena hatten soeben gemeldet, dass sie gut in Frankfurt angekommen waren.

»Na, so nachdenklich«, sagte Sabine und machte es sich in ihrem Lieblingssessel bequem, indem sie das Fußende hochstellte.

»Es ist solch ein Glück, hier zu sein.« Bastian ging bei diesen Worten mit Nico hin und her. Er hatte von Jenny den Auftrag, ihn in seine Wiege zu legen, sobald er eingeschlafen war, aber er konnte sich noch nicht von ihm trennen.

Da kam Jenny wieder in ihrem figurbetonten Hausanzug und stellte fest: »Dein schlafender Sohn steht dir gut.«

»Und dir dein sexy Hausanzug«, sagte Bastian. »Apropos schlafen. Wollten wir nicht früh zu Bett gehen?«

»Stimmt«, sagte Jenny und drehte sich langsam zur Tür. Sabine sagte: »Ich geh auch gleich« und wünschte gute Nacht.

In ihrem Schlafzimmer fielen Bastian die Bücher auf, die sich auf Jennys Nachttisch stapelten. »Kommst du mit deinem Studium voran?«, fragte er.

»Ich lese und lerne, soviel wie es geht. Aber in den letzten beiden Wochen konnte ich mich schlecht konzentrieren.«

»Wann hast du den Professor zum letzten Mal gesprochen?«

»Er hat sich Anfang der Woche telefonisch nach meinem Befinden erkundigt und danach, ob es von dir Neues gibt.«

»Hast du ihn zufällig an der Wassermühle getroffen oder wart ihr verabredet?« Bastian fragte sich gespannt, ob sie wahrheitsgemäß antworten würde.

»Wir waren lose verabredet. Er hatte gefragt, wie es mir geht. Ich sagte, ich würde schon wieder spazieren gehen, und er erwähnte, dass er gerne mit dem Fahrrad bis zur Wassermühle führe, zum Beispiel am nächsten Tag, mit dem Zusatz: *Vielleicht sehen wir uns dort zum Kaffee?*«

»Ich sagte: *Vielleicht*. Und dann war es genau der Tag, an dem du wegen der Trommelaufführung von Evi in die Schule wolltest. Ich dachte, Verena geht auch mit, und da wollte ich nicht alleine zu Hause sitzen und bin hingegangen.«

Bastian schob ihre Bücher zu einem akkuraten Stapel zusammen. Dann merkte er, dass Jenny ihn beobachtete und lächelte. Er spürte, dass ihm das Blut in den Kopf schoss, was bei ihm selten vorkam. »Ich weiß, ich bin ein Pedant.« Sollte er weiterfragen?

Da sagte Jenny: »Ich habe mich mit ihm noch einmal dort getroffen. Die Situation war ähnlich. Nur warst du wirklich mit Verena und Evi im Zoo.«

»Im Krankenhaus hat er dir gelbe Rosen geschenkt?«

»Und er hat mir drei Tage später, als sein Bruder dort entlassen wurde, einen Reiseführer von Mexiko mitgebracht. Das fand ich sehr aufmerksam.«

»Glaubst du nicht, dass er dir mehr Aufmerksamkeit widmet, als es zwischen Professor und Studentin üblich ist?«

»Er wusste immer, dass ich zu dir gehöre.«

»Wie geht es jetzt mit ihm und dir weiter?«

»Ich werde ihn anrufen und fragen, wann ich genau mit der Examensarbeit beginnen kann.«

»Weiß er schon, dass ich wieder da bin?«

»Nein, das weiß er nicht.« Sie hatte also die ganze Woche nicht mit ihm telefoniert. War es das, was er wissen wollte?

»Wird er auf deine Wünsche bei der Terminierung eingehen, wenn er erfährt, dass wir wieder zusammen in Frankfurt sind?«

»Er hat es mir für November versprochen. Er weiß, dass ich die Arbeit zu Hause schreiben möchte.«

»Apropos versprochen, haben wir uns heute Morgen vor dem Frühstück nicht auch etwas versprochen?«

»Du meinst, was über Kuscheln hinausgeht, weil jetzt niemand auf uns wartet?«, sagte Jenny.

Bastian verriet: »Niemand? Da bin ich mir nicht sicher.«

36. Unerwartete Reaktion

Dienstagmorgen. Bastians Wecker klingelte anders als an seinem letzten Arbeitstag vor achtzehn Tagen. Oder nahm er sogar den Klang des Weckers intensiver wahr?

Unfassbar, was in zweieinhalb Wochen alles passieren konnte: die Geburt von Nico mit den bösen Missverständnissen, sein Aufenthalt im Regenwald von Mexiko, die Stunden von Verena und Jenny in den Kasematten, Nicos erste längere Reise gestern Nachmittag von Bielefeld nach Frankfurt.

Nicos Stimme war zu hören, laut und deutlich, dann leiser Jennys Gesang. Nico war sofort still. Jenny sang auf Französisch. Dachte sie an ihre Kindheit und ihren Vater? Sie erschien im Schlafzimmer und fragte: »Na, solltest du nicht aufstehen?« Bastian sprang aus dem Bett und beeilte sich. Eigentlich brauchte er noch Zeit, um anzukommen. Hätte er sich krankschreiben lassen sollen? Nein, so etwas tat er nicht, wenn es nicht unbedingt notwendig war. Wie würde Ferrari ihm begegnen? Hatte der Chef um ihn gebangt? Würde er froh sein, ihn wiederzusehen, sich bei ihm bedanken für seinen Einsatz? Und die Kollegen, hatten sie ihn vermisst?

Bastian kam in die Küche. Der Frühstückstisch war gedeckt, sogar mit frischem Rührei. Bastian aß hastig. Dabei versuchte er, nicht zu zeigen, wie eilig er es hatte. Er streichelte Nico, den Jenny gerade stillte, und küsste sie zärtlich auf die Stirn, bevor er aus dem Haus ging.

Als er sich bei seinem Chef zurückmeldete, begrüßte ihn Ferrari mit den Worten: »Na, Jaguar, gut, dass Sie wieder da sind. Ihr Schreibtisch quillt bereits über. Sehen Sie die Sachen erst mal durch, und nachher gehen wir zusammen in die Mittagspause. Dann können Sie von Ihrem verlängerten Urlaub erzählen.« Ferrari lachte, als hätte er einen passenden Witz gemacht. Bastian schluckte. So hatte er sich die Begrüßung nicht vorgestellt.

»Hat es Ihnen im Dschungel von Mexiko die Sprache verschlagen?«

»Nein, eher Ihre Art, mich zu begrüßen, nachdem ich gerade dem Tod mehrfach von der Schippe gesprungen bin«, sagte Bastian, drehte sich um und ging in sein Büro. Er hörte noch, wie der Chef sagte: »Na, Jaguar, nun übertreiben Sie mal nicht.«

Bastian drehte sich um. »Die Hölle, die ich für die Firma ertragen musste, kann man nicht übertreiben.« Er schloss die Tür zu seinem Büro lauter als gewöhnlich, setzte sich an seinen Schreibtisch und fragte sich: Was mache ich eigentlich hier? Bin ich nicht mehr geeignet für diesen Beruf? Nein, das ist es nicht. Das Planen, die Aufgabe, schwierige logistische Probleme zu lösen, einen reibungslosen Ablauf auszuarbeiten und nicht zuletzt die Verantwortung für die Mitarbeiter, all das mache ich sehr gerne. Aber dieser Empfang ist echt enttäuschend. Bastian griff zu den Unterlagen, die sich auf seinem Schreibtisch türmten, und begann, sie zu sichten und abzuarbeiten. Er versuchte sich zu beruhigen. Hatte der Chef wirklich keine Ahnung davon, was sich in Mexiko abgespielt hatte? Vielleicht würde er beim Mittagessen Fragen stellen. Dann könnte er es ihm erklären.

Er nahm sich vor, Ruhe zu bewahren und sachlich zu berichten. Schon kurz nach zwölf schaute Ferrari zur Tür herein und teilte Bastian mit, dass er nun zum Essen ginge. Die meisten Mitarbeiter trafen sich für gewöhnlich um eins in der Kantine. War das Absicht? Sie waren tatsächlich die Ersten, die zu Tisch gingen.

Das gemeinsame Mittagessen verlief anders als erwartet. Die einzige Frage, die der Chef stellte, war: »Warum haben Sie sich eigentlich nie gemeldet? Hatten Sie kein Netz in Ihrer Touristenhochburg?«

Die Frage kam Bastian zynisch vor und zeugte von so viel Unwissenheit über den Auftrag, den er zu erledigen hatte, dass er Mühe hatte, ruhig zu antworten. »Wir hatten nicht nur kein Netz, sondern überhaupt keinen elektrischen Strom. Haben Sie denn die Nachrichten über die Hurrikans in Mexiko in den Zeitungen und im Fernsehen nicht verfolgt?«

»Nun nehmen Sie sich mal nicht so wichtig«, sagte Ferrari, als wäre dies ein Schlusswort, spießte ein Stück seines Schnitzels auf und kaute genüsslich.

Bei diesem zur Schau gestellten Desinteresse seines Chefs

konnte Bastian nicht mehr ruhig bleiben. »Wir hatten keinerlei Verbindung zur Außenwelt. Um uns herum waren Wolkenbrüche, die in donnernden Güssen auf uns herniederprasselten, Sturm, gewaltige Bäume, die uns unter sich zu begraben drohten, Dunkelheit.« Bastian sprach immer schneller. Er sah, dass Ferrari die Hand hob, als wollte er Bastian genervt beschwichtigen.

Doch Bastian musste weiterreden. »Durch das dichte Laubdach waren wir in einer riesigen Sauna, aus der es kein Entrinnen gab. Wir kämpften jede Sekunde ums nackte Überleben. Mein mexikanischer Kollege schwer verletzt, mein rechtes Auge zugeschwollen, der mexikanische Fahrer hatte beide Handgelenke gebrochen.«

»Jaguar, hören Sie auf mit Ihren Horrorgeschichten. Sie verderben einem den Appetit.«

»Wir, die Fahrer der Lkw, und die Arbeiter an der Basisstation im Regenwald hatten nicht nur Appetit, sondern das war Hunger. Wir waren tagelang von der Außenwelt abgeschnitten und wussten nicht, ob wir es schaffen würden, die Sturmschäden auf der Straße im Urwald wegzuräumen, um zurück zur Hauptstraße zu gelangen, bevor die Essensvorräte aufgebraucht waren.«

»Jaguar, Sie können sich ja richtig ereifern. Langen Sie zu, damit Sie wieder etwas auf die Rippen bekommen.«

»Danke. Mir ist der Appetit vergangen«, sagte Bastian, stand auf und brachte sein Tablett zur Ablage, ohne sich noch einmal umzudrehen.

***

Jenny hatte nach dem Stillen mit Nico geschmust und gespielt und ihn dann schlafen gelegt. Er atmete gleichmäßig. Sie zog sich einen Stuhl neben das Bettchen und versank in der Betrachtung ihres Sohnes. Als sie das Kinderbettchen vor über einem Monat gemeinsam gekauft hatten, hatte sie sich die ersten Tage ausgemalt, in denen Nico nach der Entlassung aus dem Krankenhaus in diesem Bettchen liegen würde. Und dann war alles ganz anders gekommen. Heute träumte sie wieder von Bastian und Nico, aber nicht nur von ihnen. Als Jenny sich beim Abschied bei ihrer Mutter für alles bedankte, hatte diese leise gesagt: »Und deinen Papa finden wir auch noch. Jetzt lebt euch erst einmal in Frankfurt wieder ein und behalte dein Studium im Auge.«

Studium? Jenny stand auf und rief Michael an. Er war sofort am Apparat. »Hallo, Jennifer, wie geht es dir? Ich habe schon ein paar Mal versucht, dich zu erreichen. Hast du Nachricht aus Mexiko?«

»Bastian ist wieder hier. Er hat schlimme Tage hinter sich. Wir waren am Sonntag bei seinen Eltern und sind seit gestern Abend wieder in Frankfurt.« Michael antwortete nicht sofort. Sollte sie ihm jetzt von Bastian oder den Kasematten erzählen oder gleich das Thema *schriftliche Arbeit* anschneiden? Da sagte er in einem sachlichen Ton: »Ich wünsche dir gutes Eingewöhnen wieder zu Hause. Wirst du hin und wieder nach Bielefeld kommen?«

»Wir haben im Einzelnen nicht darüber gesprochen, aber ich denke schon. Ich habe noch die Bücher, die du mir ins Krankenhaus gebracht hast. Musst du sie zu einem bestimmten Zeitpunkt zurückhaben?«

»Hast du sie schon gelesen?«

»Zum Teil«, antwortete Jenny und hoffte, dass er ihrer Stimme nicht anmerkte, wie wenig sie sich in den letzten Tagen damit beschäftigt hatte. »Wird es bei dem geplanten Termin für meine Examensarbeit bleiben?«

»Welcher Termin war das noch mal?«

»Du hattest mir den 8. November vorgeschlagen.« Pause. Warum sprach Michael nicht weiter? Suchte er nach einer Ausrede, um abzusagen, oder schaute er in seinen Unterlagen nach?

Da sagte er: »Ach ja, stimmt, du wolltest dich mit der deutsch-französischen Freundschaft oder genauer gesagt mit dem DFJW befassen.«

»Ja. Wir waren uns einig, dass sich das Thema in diesem Jahr anbietet, weil es für das Deutsch-Französische Jugendwerk ein Jubiläumsjahr ist«, bestätigte Jenny.

»Und außerdem kommt gerade dir mit französischen Vorfahren das Thema entgegen.« Hatte sie ihm von ihrem Vater erzählt? Wahrscheinlich. Sie hatten sich auch über Privates unterhalten. Michael ergänzte: »Du kannst dich natürlich auch online zur Examensarbeit anmelden – spätestens Anfang Oktober.«

»Das werde ich auf jeden Fall tun, aber kann ich nicht vorher noch einen Termin bei dir bekommen, um mit dir über die Arbeit zu sprechen?« Jenny fühlte sich unsicher. Man war sich vertraut gewesen, aber jetzt war er nur ihr Professor, und sie war auf sein Wohlwollen angewiesen.

»Na, so offiziell? Jennifer, du kannst jederzeit einen Termin bei mir bekommen. Ich dachte, das wüsstest du?« Jetzt klang seine Stimme wieder wie Michael und nicht nur wie die des Professors.

»Ja, sicher, dann melde ich mich also gerne wieder bei dir«, sagte Jenny.

»Tu das, ich freue mich immer, deine Stimme zu hören. Tschüs, Jennifer.«

»Tschüs, Michael.«

Das war ein schwieriges Gespräch gewesen. Jenny fragte sich: Wird Michael sich weniger einsetzen, jetzt, wo Bastian zurückgekommen ist? Wie gut wird er auf meine Wünsche bei dem Thema für die Arbeit eingehen? Als wir das erste Mal über mein mögliches Thema gesprochen haben, gefiel ihm die Idee, eigene Motive für die deutsch-französische Freundschaft mit einzuarbeiten. Darf ich in einer offiziellen Prüfungsarbeit persönlich werden? Ich muss mich unbedingt mindestens einmal vor dem 8. November mit ihm treffen, um solche Fragen zu klären.

***

Als Bastian am Abend nach Hause kam, saß Jenny im Wohnzimmer und las. Sie stand sofort auf und umarmte ihn. Regungslos verharrten sie in dieser Haltung. Wie lange, das hätte er nicht sagen können. Ankommen, aus dem Albtraum des Tages aussteigen, sich beruhigen, sich darauf besinnen, wie wertvoll es ist, bei Jenny und Nico zu sein.

Jenny fragte: »Was ist los?«

Er ließ sich in einen Sessel fallen. Jenny holte ihm ein Bier, und er erzählte. »Kurz vor Feierabend kam Ferrari noch mal herein und sagte: *Ich warte immer noch darauf, dass Sie sich bedanken für den geschenkten Urlaubstag gestern.*

Da habe ich ihm ein Selfie von mir gezeigt und gesagt: *Das Foto entstand vor acht Tagen. Jeder Arzt hätte mich an diesem Tag für mindestens eine Woche krankgeschrieben.*«

»Was hat Ferrari daraufhin gesagt?«

»Mit wem haben Sie sich denn da geprügelt?«

Jenny hielt sich erschrocken die Hand vor den Mund. Dann fragte sie leise: »Wie hast du reagiert?«

»Ich habe geantwortet: *Ich konnte mir den Baum nicht merken. Es war zu dunkel*, habe meine Sachen zusammengepackt und bin gegangen. Weißt du, das Foto konnte ich machen, weil ich mein Handy in einer wasserdichten Tasche direkt am Körper trug. Ich habe es nach unserer Ankunft auf der Basisstation aufgenommen. Ich versuchte, mit meinem Handy zu telefonieren, was natürlich nicht ging. Da dachte ich, wenn du hier stirbst und später gefunden wirst, dann kann dich keiner mehr erkennen, und es weiß keiner, was geschehen ist. Da habe ich von mir ein Selfie gemacht.

Als ich dort eintraf, zeigte ich auf Carlos und unseren einheimischen Fahrer und deren Verletzungen. Ihre Kollegen, die uns schon aufgegeben hatten, verstanden meine Geste und kümmerten sich um die beiden. Ich war in dem Moment nicht wichtig. Ich musste trotz meines Aussehens offensichtlich der am wenigsten Verletzte sein, denn ich war es, der den Transporter seit dem Unfall gefahren hatte. Aus ihrer Sicht hatten die Kollegen richtig gehandelt.«

»Zeigst du mir das Foto?«

Bastian öffnete sein Handy und sagte: »Du musst stark sein.«

Jenny starrte auf das Selfie. Es zeigte Bastians Gesicht, blutverschmiert, ein Auge war geöffnet und zu erkennen, die andere Gesichtshälfte war zugeschwollen.

»Jenny, ich glaube, ich muss mir eine andere Arbeitsstelle suchen.«

»Meinst du, er wird dir kündigen?«

»Nein, jedenfalls nicht sofort. Er braucht mich. Aber ich sollte kündigen.«

»Vielleicht solltest du dich krankschreiben lassen?«

»Nein, dann würde er mich in der Beurteilung als wenig belastbar bezeichnen, und ich hätte Probleme bei der Stellensuche.«

»Und deine Kollegen, wie haben die sich verhalten?«

»Am Telefon sehr erfreut darüber, dass ich wieder da bin. Gesehen habe ich noch keinen, ob aus Zufall oder weil Ferrari Order gegeben hat, mich nicht zu stören, weiß ich nicht.«

Das Babyphone gab Laute von sich. Nico war aufgewacht. Jenny holte ihn und gab ihn Bastian. Da schäkerte Bastian mit ihm und dachte: Ich bin hier bei Jenny und Nico. Die Sehnsucht, mich mit Jenny zu versöhnen, und der Wunsch, für Nico da zu sein, haben mir die Kraft gegeben, weiterzuleben. Das lasse ich mir von Ferrari nicht kaputt machen.

***

Nach dem Abendessen beschäftigte sich Jenny mit Nico, während Bastian vorm Fernseher einschlief. Er wollte sich eine andere Arbeitsstelle suchen, wieder in Frankfurt? Gab es in Bielefeld nicht auch große Speditionen? Was hielt ihn hier noch? Eva-Marie? Evi würde in die Pubertät kommen, und dann würde sie die Wochenenden weder mit ihm noch mit ihrer Mutter verbringen wollen. Sie würde bald alt genug sein, ihn auch in Bielefeld allein zu besuchen, wenn sie Lust darauf hatte. Sollte sie so etwas sagen? Es wäre viel besser, er käme auf die Idee. Jenny seufzte.

Bastian wurde wach und fragte: »Hast du heute deinen Professor angerufen?«

Jenny nickte.

»Und?«

»Er bleibt dabei, dass ich im November/Dezember meine Examensarbeit schreiben kann und auch das Thema DFJW, also Deutsch-Französisches Jugendwerk, soll im weitesten Sinne bleiben. Nur genau müsste ich es mit ihm vorher noch besprechen.«

»Was hat er dazu gesagt, dass ich wieder da bin?«
Jenny überlegte einen Moment zu lang.
»Aha?«, sagte Bastian.
»Nix aha«, protestierte sie.
»Außerdem hat er gegen Nico und mich im Doppelpack keine Chance.«
»Nicht die geringste!«, bestätigte Jenny.

37. Spontane Entscheidung

Jenny zündete drei Adventskerzen an. Heute müssen wir über den Ablauf des Weihnachtsfestes sprechen. Ihre Mutter und Bastians Eltern würden das Fest gerne mit Bastian, ihr und Nico verbringen. Sie warteten auf eine Zusage. Evi wollte natürlich Weihnachten auch etwas von ihrem Papa haben.

In welcher Stimmung würde Bastian heute nach Hause kommen? Gestern war er total niedergeschlagen gewesen. Jenny stellte den Teller mit ihren Weihnachtsplätzchen auf den Tisch. Einige hatte sie mit Schokolade überzogen. Ihr half Schokolade über manchen Kummer hinweg. Männer dagegen griffen eher zum Bier. Das war auch keine Lösung.

Jenny hörte den Wohnungsschlüssel. Sie schnappte sich Nico und ging mit ihm in den Flur. Sein Lachen war immer noch am besten geeignet, Bastian aufzuheitern. Er begrüßte sie mit einem Kuss und nahm Nico auf den Arm. »Du strahlst so. Hast du deine Examensarbeit abgeschickt?«, fragte er.

Jenny nickte. »Pünktlich drei Tage vor dem Abgabetermin.«

»Herzlichen Glückwunsch. Das müssen wir feiern. Noch habe ich keine vergnügliche, aber wenigstens meine normale Arbeit. Ab 1. Januar kann ich als Gelegenheits-Lkw-Fahrer jobben. Dann fällt mein gutes Gehalt weg und wir müssen den Gürtel enger schnallen, denn als Brummi-Fahrer verdiene ich deutlich weniger als das, was ich zurzeit bekomme.« Bastian setzte sich in seinen Sessel, lehnte sich zurück, legte sich Nico auf den Bauch, griff zur Zeitung und sagte: »Meinst du, es bringt mir Glück, wenn ich ihm Stellenanzeigen vorlese?«

»Du musst daran glauben – und nicht aufgeben.«

»Ach, Jenny, das sagt sich so leicht. Du hast es gut. Du machst das, was dir Spaß macht.«

Jenny goss ihm Kaffee ein und reichte ihm die Schale mit Keksen. Seine Stimmung schlug um wie jeden Abend in letzter Zeit. Hatte er heute wieder eine Absage bekommen? Sie traute sich nicht zu fragen.

Da sagte Bastian: »Auch diese Firma hat sich für einen anderen Bewerber entschieden. Sie schreiben, sie wünschen mir Glück bei meiner weiteren Stellensuche. Sie sagen nie deutlich, warum sie andere vorziehen. In Wirklichkeit verstehen sie nicht, warum ich gekündigt habe, ohne einen neuen Arbeitsplatz zu haben. So unvernünftig ist heutzutage niemand. Ich will auf keinen Fall arbeitslos werden, denn das macht sich nicht gut im Lebenslauf. Notfalls muss ich die Stelle als Außendienstmitarbeiter in der Firma für Stützstrümpfe annehmen. Ich bekäme einen schnellen PKW gestellt und wäre abends zu Hause.« Bastian hob Nico hoch, schnupperte und gab ihn Jenny mit den Worten: »Dein Sohn meint, diese Idee wäre beschissen, pardon, ich wollte sagen bescheiden.«

Jenny musste lachen und merkte selbst, dass ihr Verhalten ebenso Galgenhumor war wie Bastians Bemühen um Fassung. Er stand auf und goss sich ein Glas Cognac ein.

Jenny nahm ihm die Flasche aus der Hand. »Bastian, du bist ein Held. Du hast im Urwald einwandfreie Arbeit geleistet, fachlich und humanitär. Du findest einen Arbeitgeber, der das anerkennt. Vielleicht solltest du bei deinen Bewerbungen das fantastische Bedanke-mich-Schreiben der mexikanischen Partnerfirma vorzeigen und erwähnen, dass es genau die Vorenthaltung dieses Schriftstücks war, was dich spontan hat kündigen lassen.«

»Wenn ich Carlos nicht angerufen hätte, um zu fragen, wie es ihm geht, hätte ich nie davon erfahren.« Bastians Stimme zitterte, er griff wieder zur Cognacflasche.

Jenny hielt ihre Hand über sein Cognacglas und sagte: »Trink stattdessen ein Bier zum Abendessen. Ich stelle derweil die Kartoffeln an und wärme den Grünkohl auf, einverstanden?«

»Grünkohl klingt gut«, sagte Bastian.

Als Jenny aus der Küche zurückkam, weil die Kartoffeln kochten, griff Bastian das Gespräch wieder auf: »Ich war ganze vier Mal in den letzten Monaten zu einem Vorstellungsgespräch eingeladen, obwohl es um Frankfurt herum genug Speditionen gibt. Spannungen zwischen mir und meinem Chef sind eben kein Grund, mich einzustellen. Jenny, was hältst du davon, wenn ich mich in Ostwestfalen um eine neue Arbeitsstelle bewerbe? Dann könnte ich wenigstens sagen, dass ich schon seit einiger Zeit mit dem Gedanken spielen würde, wieder nach Westfalen überzusiedeln, weil du dort studierst und wir ein Baby haben, und weil wir in Ostwestfalen mit deiner Mutter und meinen Eltern potenzielle Babysitter in der Nähe hätten.«

Jenny dachte: Ein Umzug nach Bielefeld oder in die Nähe, das wär's, das würde viele Probleme lösen. Aber hatte er bei diesem Vorschlag an Evi gedacht? »Und Eva-Marie?«, fragte Jenny vorsichtig.

»Evi wird älter und wird keinen regelmäßig vorgeschriebenen Vater-Tochter Rhythmus mehr brauchen.«

»Und nach Schnatbach kommt sie bei ihrer Liebe zu Pferden immer gerne. Ich meine, dann wäre sie dadurch auch in unserer Nähe. Schau mal, Nico sieht dich an. Weißt du, was er dir sagen will?«, fragte Jenny.

»Er möchte auch gerne oft bei seinen Großeltern auf dem Hof sein – und natürlich bei seiner Oma in Bielefeld.« Bei Bastians Worten schloss Nico die Augen.

»Das bedeutet, er ist einverstanden, und auch damit, dass ich ihn jetzt schlafen lege«, sagte Jenny und brachte ihn in sein Bettchen.

Als sie wieder bei Bastian war, zog er sie auf seinen Sessel und küsste sie. Die Welt konnte so schön sein!

»Der Vorschlag mit Bielefeld scheint dir zu gefallen«, sagte Bastian.

Jenny lachte und strich ihm sanft über die Stirn. Die senkrechten Falten waren verschwunden. »Du solltest mit Initiativbewerbungen bei Firmen, die dir zusagen, beginnen. Und wenn sie dir eine Stelle als Lkw-Fahrer anbieten, dann wäre das ein Anfang. Wenn du wieder eine Anstellung hast, kannst du dich leichter auf einen anderen Arbeitsplatz bewerben.«

***

Bastian ging hinüber in ihr gemeinsames Arbeitszimmer, das heißt, eigentlich war es mehr Jennys Zimmer als seins. Er musste sich normalerweise abends nicht mehr an den PC setzen. Er ging ins Internet und rief die Speditionen in Ostwestfalen auf, denn er war zwar Diplom-Kaufmann und könnte sich sicherlich auch bei anderen Firmen vorstellen, aber am liebsten würde er wieder bei einer Spedition arbeiten. Wo sollte er anfangen? Jenny hatte gut reden. Es war deprimierend, nicht gebraucht zu werden. Er durfte nicht aufgeben. Hätte er nicht kündigen sollen? Ferrari hätte ihm spätestens, als dieses Belobigungsschreiben kam, zu seiner Leistung gratulieren müssen. Durch den Brief hatte er es schwarz auf weiß, dass Bastians Aufenthalt nun wahrlich nichts mit Urlaub zu tun gehabt hatte. Er hielt den Brief zurück und fühlte sich blamiert. Als Bastian ihn danach fragte, behauptete er sogar, er hätte den Brief nicht bekommen. Da hatte die Sekretärin Bastian bereits gratuliert und auch anderen von Bastians Leistung in Mexiko erzählt. Seitdem war ihr Verhältnis zueinander eisig. Wahrscheinlich hätte Ferrari irgendwann eine Möglichkeit gefunden, ihm zu kündigen. Wäre das besser gewesen? Eher nicht. Von daher war er froh, nach Weihnachten nicht mehr bei seinem Chef antreten zu müssen.

Jenny steckte den Kopf zur Tür herein und bat zum Abendessen. Bastian setzte sich an den Tisch. Er hatte keinen Appetit.

»Du musst was essen. Du bist zum Umpusten dünn. Grünkohl mit Mettwurst isst du doch normalerweise gerne.« Jenny lud ihm eine ordentliche Portion auf den Teller. Er zwang sich zu essen. Jenny wollte über Weihnachten sprechen. Ihm war nicht danach. Bisher hatte er immer großzügige Weihnachtsgeschenke machen können, aber solange er noch keine neue Arbeit hatte, sollte er seine Ersparnisse als eiserne Reserve zusammenhalten.

»Schlag was vor und regle es mit allen. Ich bin einverstanden. Ich geh gleich nach dem Essen wieder ins Internet, Speditionen studieren.« Bastian spürte, dass seine Worte gereizt klangen. Es war besser, wenn er sich zurückzog.

***

Jenny saß alleine im Wohnzimmer und grübelte. Heiligabend würde sie gerne in die Kirche gehen. Das hatten sie bisher immer so gemacht. Es war ein »zur Ruhe kommen«. Als Verkäuferin hatte sie jedes Jahr bis Mittag arbeiten müssen. Früher hatten sie nach dem Gottesdienst mit Isolde zusammengesessen. Dadurch waren sie wenigstens zu dritt, und Isolde verstand es, eine traurige Stimmung erst gar nicht aufkommen zu lassen. Den Vater hatten sie nie erwähnt, obwohl gerade er fehlte. In diesem Jahr wäre Nico dabei. Man müsste zu dem frühen Gottesdienst gehen, wenn auch andere Eltern mit kleinen Kindern anwesend wären. Und Evi? Würde sie sich nicht wünschen, dass ihr Papa bei ihr wäre? Und Großeltern? Gehörten sie nicht auch dazu? Hatte Verena schon einen neuen Bekannten, mit dem sie Weihnachten feiern würde, mit oder ohne Evi? Sie musste Verena anrufen und die Frage, wann und wie Evi mit ihrem Papa zusammenkommen könnte, als Erstes klären. Jetzt kam sie mit dem Problem nicht weiter.

Sie könnte morgen auf den Weihnachtsmarkt gehen und weihnachtliche Deko für die Wohnung kaufen. Was fehlte denn noch? Jenny zog die unterste Schublade der Regalwand auf, in der sie ihre jahreszeitlich passenden Deko-Artikel aufbewahrte, und griff nach einem Modellauto, dem Lkw der Spedition Wegweiser. Das war's. Jenny sprach den Namen in ihr Handy. Die Spedition hatte ihren Sitz in der Nähe von Bielefeld. Gab es glückliche Zufälle?

Jenny ging zu Bastian hinüber und legte ihm den Lkw neben den PC. Bastian stutzte, verstand und gab den Namen in den PC ein. Er las die Homepage durch. Sie gefiel ihm.

Jenny sagte: »Vielleicht sollten wir darüber einmal sprechen – bei einem Glas Wein?«

»Wieso Wein? Oh, du hast recht. Heute solltest du die Hauptperson sein. Die schriftliche Arbeit abgeschickt und keiner feiert mit dir, das geht absolut nicht.«

»Es ist noch nicht zu spät. Ich trinke ein Glas Weißwein«, sagte Jenny. »Er steht schon im Kühlschrank.«

Mit den Worten »Ich bin ein Egoist« stand Bastian auf und ging in die Küche, um den Wein zu holen, während Jenny zwei Gläser auf den Tisch stellte. Bastian goss ein, gab ihr einen Luftkuss und sagte: »Prost, auf deine Leistung. Dein Professor ist bestimmt begeistert.«

»Und sein Team. Er liest und bewertet schließlich nicht alleine«, ergänzte Jenny.

Bastian drehte den Modell-Lkw hin und her. »Was meinst du? Soll ich dort einfach anrufen, mein Interesse bekunden und fragen, ob ich meine Unterlagen schicken darf? Ich habe das Anschreiben zu dem Modellauto noch.«

»Ich glaube, es ist gut, wenn man sich auf ein Telefongespräch beziehen kann.«

»Soll ich dann die Situation vom Parkplatz erwähnen?«

»Natürlich. Der Inhaber scheint auch Westfale zu sein.«

»Wie meinst du das?«

»Der Westfale ist bei Fremden erst einmal zurückhaltend. Wenn er jemanden dagegen schon mal irgendwo erlebt hat, dann ist man ein guter Bekannter, und es gibt eine Gelegenheit, sich darüber zu unterhalten. Das ist ein großer Unterschied«, sagte Jenny.

Bastian wiegte den Kopf hin und her, stand auf, holte Untersetzer für die Weinflasche und für die Gläser. Jenny musste schmunzeln. Wenn Bastian der Lösung eines Problems auf der Spur war, musste er immer irgendeine Ordnung herstellen.

»Du meinst, er wird mich zum Gespräch einladen, weil er mich irgendwie einordnen kann, wenn ich mich auf diese Weise in Erinnerung bringe?«

»Wetten, er wird als Erstes nach dem Befinden deines Bruders fragen?«

»Und ich würde vermutlich fragen, ob er noch rechtzeitig zu der Hochzeit in der Kirche war.«

»Genau, und erst nach diesem Wir-kennen-uns-doch-Gespräch würde er auf deinen Wunsch eingehen und sagen, dass du deine Unterlagen unverbindlich schicken kannst.«

»Und wenn er mich dann zum Vorstellungsgespräch einladen sollte, nimmt er sich vielleicht für mich etwas mehr Zeit als die bisherigen Gesprächspartner, für die ich ein völlig Unbekannter war. Ach, Jenny, ich wünschte, du hättest recht.«

»Darauf könntest du uns noch ein Glas Wein eingießen, damit du in Stimmung kommst.«

»Heute dürfen es dir zu Ehren auch zwei sein«, sagte Bastian und schenkte nach. Da nahm Jenny ihr Glas, tanzte damit durch den Raum und sang: »Erst ein Cappuccino, dann ein bisschen Vino und dann ganz viel du ...«

»Oh, klingt nach einem Schlager. Woher kennst du den Text?«

»Die Sängerin heißt Kristina Bach. Tja, ich bin gebildet. Schließlich war ich fünf Wochen bei meiner Mutter, und sie lässt während der Mahlzeiten das Radio dudeln.«

»Der Schluss gefällt mir am besten«, sagte Bastian. Sein Kuss und alles, was danach kam, passte auf wunderbare Weise zu dem Refrain ...

***

Am nächsten Tag kam Bastian zum ersten Mal seit vielen Tagen wieder mit neuem Mut nach Hause. Er hatte in der Mittagspause den Inhaber der Spedition Wegweiser am Telefon erreicht und sich mit Hinweis auf die Parkplatz-Episode vom 12. April an der A44 bei Kassel in Erinnerung gebracht. Das Gespräch hatte sich genauso entwickelt, wie Jenny es prophezeit hatte. Bastian setzte sich sofort an seinen PC, rief nochmal die Homepage der Firma auf und machte sich Notizen, damit er seinen Wunsch, gerade bei dieser Firma arbeiten zu wollen, fachlich belegen konnte. Mit Bezug auf das Telefonat bat er um ein Vorstellungsgespräch und druckte sein Anschreiben an die Geschäftsleitung der Spedition Wegweiser aus. Er kopierte das aussagekräftige Bedanke-mich-Schreiben aus Mexiko und schrieb dazu eine kurze Erklärung. Davon, dass er bereits gekündigt hatte, schrieb er nichts. Das musste er mündlich erläutern. Dann gab er Jenny seine Unterlagen. Sie las aufmerksam. Mit Sprache konnte sie schließlich gut umgehen. Bastian erkannte, wie wichtig ihm ihr Urteil war.

»Dieses Anschreiben klingt ansprechender als deine anderen Bewerbungsschreiben.«

»Dadurch, dass ich nicht auf eine Stellenanzeige geantwortet habe, musste ich nicht ein vordefiniertes Profil erfüllen, sondern konnte kreativ meine Fähigkeiten und Interessen hervorheben.«

»Ich drücke dir ganz fest die Daumen«, sagte Jenny. Hoffentlich hilft es, dachte Bastian, während er sie küsste.

38. Überraschung am Heiligabend

Jenny ließ ihre Blicke über das Altarbild, den großen Weihnachtsbaum mit den echten und den elektrischen Kerzen, geschmückt mit Strohsternen, die hohen Säulen und bunten Kirchenfenster wandern. Heute besuchte sie zum ersten Mal den 14-Uhr-Heiligabend-Gottesdienst für Eltern mit Kleinkindern. Nico wechselte von Zeit zu Zeit von Jenny zu Bastian, im Gegensatz zu manch anderem Kind, schweigend. Die Orgel übertönte auch die stimmgewaltigsten Babys. Alle Erwachsenen waren stolz auf den Nachwuchs. Niemanden störte es, wenn man die Weihnachtsgeschichte nicht immer verstand. Der Inhalt war schließlich bekannt.

Bastian drückte ab und zu ihre Hand. Dann durchströmte sie ein Glücksgefühl. Über einen Termin für Nicos Taufe hatten sie sich noch nicht einigen können. Bastian wollte erst wieder eine neue Arbeitsstelle haben und dann eine schöne Taufe feiern. Dabei hatte das eine mit dem anderen nichts zu tun. Jennys Gedanken machten sich selbstständig. In dieser Kirche waren Nicole und Marcel getraut worden. Die beiden kannten sich auch erst seit der gemeinsamen Kreuzfahrt.

Der Gottesdienst war zu Ende. Schon während die Besucher die Kirche verließen, wünschten sich einige gegenseitig frohe Weihnachten. Eine Frau gab Bastian die Hand. »Herr Jäger, Sie sind in den Kleinkindergottesdienst gegangen? Ihre Eva-Marie ist doch schon älter?«

Bastian antwortete: »Ich gehe nachher noch mal mit Evi und Verena in den Gottesdienst um 16 Uhr.«

»Und mit welchem Kind sind Sie hier?«

»Mit meinem Sohn.« Bastian zeigte stolz auf Nico, den Jenny auf dem Arm hatte.

»Und Sie sind Frau ...?«, wandte sich die Frau an Jenny.

»Herzog«, antwortete Jenny. Warum hatte sie einen Kloß im Hals und konnte nicht weiterreden? Die Frau schaute einen Moment irritiert auf Bastian, der bereits einem anderen Ehepaar frohe Weihnachten wünschte, und rief ihm hinterher: »Na denn, schönen Gruß an Verena und Eva-Marie.«

Um 16 Uhr zündete Jenny die vier Kerzen auf ihrem Adventskranz an. Das Krippenspiel, an dem Evi teilnahm, hätte sie auch gerne gesehen. Aber das wäre gar nicht gegangen, und dass Bastian anschließend noch zur Bescherung mit zu Evi und Verena ging, hatte Evi sich gewünscht. Ob Verena und Bastian sich pro forma auch eine Kleinigkeit schenkten? Jenny biss dem Weihnachtsmann auf ihrem Plätzchenteller den Kopf ab. Sie brauchte jetzt Schokolade. Wenn ich mir etwas wünschen dürfte, dann wäre es ein neuer Mann für Verena.

Jenny hatte zum Abendessen Kartoffelsalat mit Wiener Würstchen vorbereitet, so wie es Heiligabend in Bastians Elternhaus Tradition war. Ob er pünktlich war? Er kam oft auf die letzte Minute und manchmal auch ein bisschen zu spät. Ich komme gegen 18.30 Uhr, hatte er gesagt. Es war 18.25 Uhr, da ging die Wohnzimmertür auf. Er war da. Bastian nahm sie in den Arm. »Frohe Weihnachten«, sagte er. Jetzt war wirklich Weihnachten. Jenny drehte die Kerze fest, die dadurch alle anderen Kerzen zum Leuchten brachte und die blauen und grünen Kugeln glänzen ließ, mit denen sie den Weihnachtsbaum liebevoll geschmückt hatte.

Während des Abendessens erzählte Bastian von Evis Auftritt beim Krippenspiel und richtete aus, dass Verena sich bei ihr für ihr Verständnis bedankte. Nach dem Essen hörten sie sich die Weihnachtsansprache von Bundespräsident Joachim Gauck an. Bastian holte den Sekt aus dem Kühlschrank und Jenny legte eine CD mit Weihnachtsliedern zur leisen Untermalung auf. Als Erster bekam Nico sein Geschenk vom Weihnachtsmann: einen beigen Plüschhund. Bastian spielte mit Nico, sodass er vor Vergnügen quietschte, und Jenny fotografierte. Dann setzte sie ihrem Sohn eine rote Weihnachtsmannmütze auf mit der Aufschrift »Baby's first Christmas« und platzierte ihn in seiner Babyschale. Nico spielte mit seinem Kuscheltier und kämpfte nur noch ein paar Minuten gegen den Schlaf.

Jenny legte ihr Geschenk auf den Tisch und sagte: »Pack du zuerst aus.« Sie hatte keine Ahnung, was er ihr schenken würde. Dieses wunderbare Gefühl der Spannung wollte sie noch genießen. Sorgfältig entfernte er das Weihnachtspapier. Jenny hatte ihm einen Kalender zusammengestellt mit Fotos von sich mit ihm oder mit Nico, wobei sie jedes Kalenderblatt zusätzlich mit ihren Zeichnungen dekoriert hatte, meistens zwei Tiere, die einander zugetan waren oder miteinander schmusten, oder auch zwei Kerzen, Sonne und Mond oder Regen und Regenbogen.

»Du kannst wirklich wunderbar zeichnen und hast schöne Szenen ausgesucht«, sagte Bastian und bedankte sich mit einem zärtlichen Kuss.

Als Jenny die Augen wieder öffnete, lag ein Päckchen auf dem Tisch, in Weihnachtspapier eingewickelt, kleiner als ein Buch. Bastian schob es Jenny hin. Sie packte aus und öffnete ein Kästchen. Darin lag ein goldener Ring mit einem Brillanten. Bastian nahm den Ring, steckte ihn an Jennys Ringfinger und erklärte: »Ich habe mir heimlich einen Ring von dir genommen und wegen der Größe zum Juwelier gebracht. Passt er?«

Jenny nickte, wollte sich bedanken, suchte nach Worten. Bastian ließ ihre Hand nicht los. Es war, als wollte er noch mehr sagen. Da fuhr er fort: »Ich möchte dir noch etwas schenken, noch einen Ring – einen schlichteren ohne Stein, einen, den es nur im Doppelpack gibt, einen für dich und einen für mich.« Jenny wurde heiß, sie sah Bastian an, sagte aber nichts.

»Jenny, ich meine, sollen wir, willst du mich heiraten?« Da stand Jenny auf, setzte sich auf seinen Schoß, nahm seinen Kopf in beide Hände und sagte »Ja, ich will« und küsste ihn. Nach einem gefühlten Blitzstart in den siebten Himmel und langsam schwebend zurück zur Erde vernahm sie Bastians Stimme: »Du bist die verführerischste Weihnachtsbraut, die es gibt.«

Nico, der bisher ruhig in seiner Babyschale geschlafen hatte, machte sich bemerkbar. Bastian stellte fest: »Hörst du es? Unser Sohn bestätigt mein Kompliment.«

Jenny strich ihre Haare zurück und gestand: »Das schönste Kompliment hast du mir mit deiner Frage gemacht.«

Da schickte er ihr einen Luftkuss und gab zu: »Ich hätte es längst aussprechen sollen.« Jenny beugte sich zu Nico herab und schaukelte ihn wieder in den Schlaf. Sie war sich sicher, dass Bastian gespürt hatte, wie sehr sie auf diese Frage gewartet hatte. Bastian holte den Sekt, goss ein, sie stießen die Gläser aneinander und tranken einen Schluck.

Dann erklärte er: »Im Flugzeug nach Mexiko habe ich beschlossen, dich sofort nach unserer Rückkehr zu fragen, ob du mich heiraten willst. Es gab nie den richtigen Augenblick, und als meine Kündigung dazwischen kam, schien es mir erst recht nicht der richtige Zeitpunkt zu sein.«

Warum hatte er nicht schon lange vorher gefragt? Jenny drehte ihr Glas hin und her und sagte: »Heute war ein guter Zeitpunkt.«

Da bemerkte sie, dass Bastian ihre Hände beobachtete, hörte auf, ihr Glas zu drehen, und entdeckte, dass er seinerseits versuchte, sein Glas genau in den Mittelpunkt des Untersetzers zu stellen. Als er wieder aufschaute und ihren Blick sah, erinnerte er Jenny an ein Kind, das etwas angestellt hatte und nun ertappt worden war. Unwillkürlich musste sie lächeln.

»Also gut«, sagte Bastian und legte seine beiden Hände mit den Handflächen nach oben auf den Tisch.

Jenny verstand die Geste und legte ihre Hände in seine.

»Ich habe mal behauptet: *Wer einmal geschieden ist, der heiratet nicht so schnell wieder.* Das war in dem Moment bequem dahingesagt. Trotzdem ist viel Wahres dran. Als Verena und ich beschlossen zu heiraten, war ich stolz darauf, dieses von allen umschwärmte Mädchen erobert zu haben, den anderen Jungen den Rang abgelaufen zu haben. Als Verena bereits am Abend der Feier anfing, mit anderen Männern zu flirten, war ich nicht eifersüchtig, sondern ich habe mich gefragt: *Was habe ich hier eigentlich gemacht?* Ich habe meine Verbindung mit ihr schon an dem Abend bereut und dieses Gefühl, so gut es ging, unterdrückt.

Ich hatte ein schlechtes Gewissen und habe dagegen angekämpft – umso mehr, als sie schwanger wurde. Nach Evis Geburt wollte ich unsere Ehe Evi zuliebe unbedingt aufrechterhalten und übersah Verenas Kontakte zu anderen Männern. Als sie mir gestand, dass sie sich in einen anderen verliebt hätte und die Scheidung wollte, war ich nicht unglücklich, sondern ärgerte mich über mich selbst, weil ich nicht längst einen Schlussstrich gezogen hatte.«

Jenny spürte, dass seine Hände sich verkrampften und sich danach wieder langsam entspannten. Er fuhr fort: »Als ich am Tag nach der Geburt von Nico blind vor Enttäuschung nach Frankfurt zurückfuhr, war ich verzweifelt. Ich hatte mit dir das Beste, was mir je im Leben begegnet ist, verloren. Ich konnte es nicht glauben, denn ich hatte meinerseits nie auch nur eine Minute meine Liebe zu dir infrage gestellt.«

Bastian spielte mit dem neuen Ring an ihrem Finger, sah sie an und sagte: »Jenny, wenn wir am Freitag zum Juwelier gehen und uns Ringe aussuchen, könnten wir unsere Namen noch vor Silvester eingravieren lassen.«

»Du meinst mit einem Datum, wie das früher üblich war, sozusagen einem Verlobungsdatum?«

»Ja, allerdings müsstest du dann den Ring auch schon tragen«, sagte Bastian mit einem erhobenen Zeigefinger.

»Aber nur an der linken Hand«, bestätigte Jenny, »denn Ordnung muss sein.«

»Apropos Ordnung, ist es für unseren Sohn nicht Zeit, ins Bett zu gehen?«

»Gute Idee. Bringst du ihn ins Bett mit einer frischen Windel? Ich hätte in der Zwischenzeit etwas anderes zu tun.«

Mit den Worten »Oh, da bin ich aber gespannt« nahm Bastian Nico aus seiner Babyschale und verschwand im Badezimmer.

Jenny holte sich ihre Farbstifte und zeichnete auf das Januarblatt für das neue Jahr zwei Eheringe mit Gesichtern, die sich schmusend ineinander verhakten.

Gerade rechtzeitig, bevor Bastian wiederkam, versteckte sie die Stifte wieder. Dann sagte sie: »Wo möchtest du denn deinen neuen Kalender aufhängen?«

»Vielleicht hier neben dem Telefon. Da passt er gut hin, und es macht Sinn.« Bastian schlug das Deckblatt um und stutzte. »Die beiden Ringe waren aber vorhin noch nicht da.«

»Ich weiß auch nicht, wie die auf einmal dahingekommen sind.«

»Aber ich weiß, woran sie mich erinnern.«

»Meinst du, wir schaffen es, uns genauso ineinander zu verhaken, wie ich es hier gezeichnet habe?«
»Wir haben doch die ganze Nacht Zeit zum Ausprobieren.«

39. Das Geständnis

Erster Weihnachtsfeiertag. Bastians Blick fiel auf das Ortsschild von Bielefeld. Stand es schon immer an dieser Stelle oder nahm er es nur zum ersten Mal wahr, weil Bielefeld vielleicht demnächst ihre neue Heimat sein würde? Bastian hielt vor dem Haus, in dem Jennys Mutter in der ersten Etage die beiden Eigentumswohnungen hatte.

»Was meinst du? Ist Tante Isolde wohl da?«

»Bestimmt«, sagte Jenny. »Wir sind doch ihre Familie. Isolde war gestern Abend schon bei Mama und heute ist sie zum Nachmittagskaffee bei ihr.«

»Wie werden sie auf unsere Neuigkeit reagieren?«

»Sie werden sich riesig freuen und am liebsten gleich Einzelheiten wissen wollen.«

Bastian stellte den Motor aus. Nico hatte während der ganzen Fahrt geschlafen. Dafür machte er jetzt in mehreren Stimmlagen auf sich aufmerksam. Sekunden später öffnete Isolde bereits die Haustür und sagte statt einer Begrüßung: »Was kann ich hochtragen?«

»Hier, am besten die Tasche mit den Geschenken vom Weihnachtsmann«, sagte Jenny und ging mit Nico in der Tragetasche hinterher, während Bastian die Koffer trug und sich fragte, warum der Koffer einer Frau immer so schwer sein musste.

***

Das Weihnachts-Kaffeetrinken mit Haferflockenplätzchen, Marzipanstollen und Lebkuchenherzen war vorbei, die Bescherung mit Alkoholischem und Pralinen ebenfalls. Sie unterschied sich von den früheren Jahren durch die Babysachen für Nico und zwei kleine Fotokalender mit einem Starfoto von ihm auf jeder Seite.

Jenny hielt es fast nicht mehr aus. Sie brannte darauf, ihre Neuigkeit loszuwerden. Sie überlegte. Mit welchen Worten sollte sie die Nachricht langsam und spannend verkünden? Den Brillantring hatte sie schon griffbereit in der Hosentasche. Da fragte Tante Isolde endlich: »Und was habt ihr euch geschenkt?« Bastian begann sofort ausführlich den Kalender zu beschreiben, den er von Jenny bekommen hatte, wobei er die beiden gezeichneten Ringe ausließ. Es dauerte ewig, bis er bei dem Monat Dezember angekommen war.

Jenny steckte sich den Ring an ihren Finger, legte ihre Hand auf den Tisch und sagte: »Das ist ein Verlobungsring. Wir wollen heiraten.«

Ihre Mutter ergriff spontan eine Hand von Jenny und eine von Bastian. »Ich freue mich so sehr darüber und wünsche euch alles Glück der Welt.«

Tante Isolde platzte heraus: »Auweia. Die Idee hätte von mir sein können«, sprang auf, wobei sie ihren Stuhl umschmiss, und drückte zuerst Jenny und dann Bastian. Nico wanderte von Arm zu Arm und wurde informiert, und weil ihm die Aufmerksamkeit gefiel, lachte er so goldig, wie nur das eigene Baby lachen kann. Dann kamen die Fragen: »Wann soll die Hochzeit stattfinden? Wie wollt ihr feiern?«

Bastian antwortete: »Standesamtliche Trauung im April nach Jennys Examen mit einer kleinen Feier und kirchliche Hochzeit später mit einer schönen, großen Feier. Wie wir das mit Nicos Taufe machen, wissen wir noch nicht.«

Jenny war glücklich. Die Reaktion war genauso, wie sie es erwartet hatte.

Da fragte die Mutter: »Warum heiratet ihr nicht direkt nach der standesamtlichen Trauung auch kirchlich?«

Jenny druckste herum: »Weil, ... weil ich mir wünsche, dass mein Vater dabei ist. Bastian hat gesagt, dass er mir hilft, ihn zu suchen.«

Auf einmal war es ganz still.

Tante Isolde atmete ein, als wollte sie etwas sagen, aber ihr fehlten die Worte. Jenny schaute Bastian an und merkte, dass er ihre Mutter fragend ansah.

Hatte sie Tante Isolde von den Handtaschendiebstählen und den seltsamen Fotos erzählt?

In das Schweigen hinein sagte ihre Mutter: »Isolde weiß nichts von den Diebstählen. Auch die Fotos und Zeitungausschnitte habe ich niemandem gezeigt.« Und zu Isolde gewandt: »Es ist ein trauriges Thema, aber irgendwann würdest du es sowieso erfahren. Ich hole mal alles und außerdem den Auszug aus seinem Roman.«

Isolde blieb weiter still. Sie sagte nicht nur nichts, sie bewegte sich auch nicht. Sie griff nicht einmal zu einem weiteren Weihnachtsplätzchen. Es war ungewöhnlich.

Jennys Mutter kam wieder, legte die Unterlagen auf den Tisch und begann zu erzählen. Isolde hörte gebannt zu. Wurde ihr Gesicht immer roter? War sie enttäuscht, dass ihre Schwester ihr noch nie etwas davon erzählt hatte?

Die Mutter endete ihren Bericht mit den Worten: »Unsere einzige Chance ist, den Informanten zu finden, der René gesagt hat, wo Jenny sich aufhält. Der Vater wusste jeweils, wo er Jenny sehen und fotografieren konnte. Dass es ihr Vater war, der die Fotos machte, steht fest, denn Jenny hat ihn ein paar Mal gesehen und am Tag des Segway-Ausflugs eindeutig erkannt.«

Bastian ergänzte: »Als Informant oder Informantin kommt nur jemand infrage, der von dem Segway-Ausflug wusste: Verena, meine Familie, Jennys Kollegin Nicole, Jennys Professor, ihre Freundin Katharina aus dem Reisebüro in Münster. Aber wir können es uns bei keinem von diesen Personen vorstel ...« Bastian stockte, er sah Isolde an, seine Augen wurden immer größer. Jenny sah hinüber zu Isolde. Natürlich. Sie kannte alle ihre Termine. Der Segway-Veranstalter hatte gesagt, es könnte auch die Stimme einer älteren Frau gewesen sein.

Jennys Mutter fragte als Erste: »Isolde, weißt du, wo René jetzt ist?«

Die Tante schüttelte den Kopf und begann stockend zu erzählen: »Damals, als das mit euch auseinanderging, war er verzweifelt. Er rief mich an und sagte, er hätte Mist gebaut, den er nie wieder gutmachen könnte. Er müsste ohne euch weiterleben, aber er hätte solche Sehnsucht nach Jenny. Ich wäre doch neutral. Ob ich ihm nicht verraten könnte, wann und wo sie eingeschult würde. Er sagte: *Du kennst mich. Ich verkleide mich so, dass mich niemand erkennt. Aber dann bin ich wenigstens als heimlicher Beobachter dabei.* Ich dachte, es ist gut, wenn er auf diese Weise den Kontakt zu euch behält, damit ihr wieder zusammenfinden könnt.«

»Wusstest du, dass er heimlich Fotos machte?«, fragte die Mutter.

»Zuerst natürlich nicht, aber dann schickte er mir jeweils ein Foto, dem ich ansehen konnte, dass er es unauffällig geschossen hatte. Dazu schrieb er, dass er mir dankbar wäre. Diese Fotos würden ihm in einsamen Stunden helfen, weiterzuleben. Aber ich musste ihm versprechen, euch nichts davon zu erzählen. Ich war mir sicher, dass er den Kontakt zu euch abbrechen würde, wenn ich ihn verraten würde.«

»Wenn er dir ein Foto geschickt hat, konntest du dann dem Stempel entnehmen, wo er den Brief eingeworfen hat?«, fragte Bastian.

»Soweit ich es erkennen konnte, in dem Ort, in dem er das Foto gemacht hat. Sein Brief kam immer sofort am nächsten Tag oder, wenn es aus Frankreich kam, ein bis zwei Tage später.«

Jenny beugte sich vor. »Hat er dir auch ein Foto von mir geschickt, als ich mit Evi in Paris war? Ich glaube, ich habe ihn als Clown vor dem Centre Pompidou gesehen.«

Da holte Isolde ihr Smartphone aus der Tasche, zeigte ein Foto von Jenny mit Evi und Marie-Christine, das Jennys Vater ihr geschickt hatte, und erklärte: »Dies ist das erste Foto, das ich von ihm per Handy bekommen habe. Seit er ein Handy hat, kann ich ihn informieren. Ich soll ihn aber auf keinen Fall anrufen, sondern nur eine SMS schreiben. Er ruft dann zurück. Damals hatte ich dir telefonisch ein vergnügliches Wochenende in Paris gewünscht, und du hast mir erzählt, dass ihr am nächsten Tag zum Centre Pompidou wolltet. Dein Vater ist oft in Paris, da habe ich ihm auf gut Glück eine SMS geschickt.«

»Wir müssen eine neue Gelegenheit finden, die du ihm mitteilen kannst. Wenn wir alle wissen, dass er wahrscheinlich kommt, dann entdecken wir ihn und Jenny kann ihn ansprechen«, sagte Bastian.

»Vielleicht die Taufe von Nico«, schlug Isolde vor. »Ein Baby hat schon manche Familien wieder zusammengeführt.«

Jenny hob Nico hoch, setzte ihn auf den Schoß ihrer Tante und sagte: »Danke, dass du den Kontakt aufrechterhalten hast.«

»Ihr seid mir nicht böse, dass ich nichts gesagt habe?«

Jenny umarmte Nico und ihre Tante. »Du hast es gut gemeint. Wir wissen, warum Papa es nicht wollte.« Isolde holte ihr umhäkeltes Taschentuch hervor und wischte sich damit ein paar Tränen aus ihrem Gesicht.

40. Hoffnungsschimmer

Zweiter Weihnachtstag. Nach dem ausgedehnten Frühstück sagte Jenny: »Wir möchten gerne um 11 Uhr nach Schnatbach fahren, damit wir dort ankommen, bevor Verena mit Evi eintrifft. Es wäre schön zu sehen, wie sich alle freuen, wenn wir unsere Neuigkeit verkünden.« Es wäre weder für Verena noch für sie angenehm, wenn Verena in diesem Augenblick dabei wäre. Es reichte, wenn sie es später erfuhr.

»Kann ich verstehen«, sagte Jennys Mutter, »Isolde hat mich zum frühen Abendessen mit Gänsebraten eingeladen. Für sie ist das zu Weihnachten Kult.«

»Eine Gans, nur für euch beide? Muss Isolde ihr Gewicht halten?«, fragte Bastian.

»Nein, den Rest friert sie ein.«

»Okay, liebe Grüße an alle«, sagte die Mutter.

Als sie eine halbe Stunde später Schnatbach erreichten, kam Thomas gerade aus dem Stall. »Entschuldigt, dass ich noch nicht festlich angezogen bin. Die Pferde haben auch an Feiertagen Hunger.«

»Also deine Arbeitskleidung gefällt mir gut«, sagte Bastian. »Sie zeigt, dass du wieder fit bist.«

»Ja, Gott sei Dank. Noch so eine monatelange Auszeit brauche ich wirklich nicht«, erwiderte Thomas und begleitete sie ins Haus. Als sie an der Küchentür waren, fügte er hinzu: »Ich komme gleich nach. Ich ziehe mich nur schnell um.« Bastian und Jenny gingen in die große Wohnküche und wurden von allen Familienmitgliedern mit vielen guten Wünschen zu Weihnachten herzlich begrüßt.

Als wenig später Thomas erschien, sagte Bastian: »Jenny und ich haben euch etwas mitzuteilen.« Schlagartig war Ruhe. Alle schauten ihn gespannt an. »Wir wollen heiraten.«

Bastians Mutter reagierte als Erste: »Das ist das schönste und beste Weihnachtsgeschenk, das ihr uns machen könnt.« Thomas meinte mit einem Augenzwinkern: »Es wird höchste Zeit, dass ihr eure wilde Ehe legalisiert.« Jenny badete in dieser wunderbaren Stimmung und beantwortete gerne die Fragen, die ihre Mutter und Tante Isolde am Vortag schon gestellt hatten. Nur den Grund für den Abstand zwischen standesamtlicher und kirchlicher Trauung verriet sie nicht.

***

Die fantastische neue Nachricht wurde noch ein paar Minuten fröhlich kommentiert, aber dann hatten die Frauen in der Küche zu tun. Also fragte der Vater Bastian: »Männerspaziergang noch vor dem Gänsebraten?«, Bastian nickte.

»Hast du dich von deiner Firma endgültig verabschiedet?«

»Ja, ich hatte alle Kollegen zu einer kleinen Verabschiedungsrunde eingeladen – so mit Sekt und kleinen Häppchen. Den Kollegen tat es offensichtlich sehr leid, dass ich gegangen bin.«

»Und wie hat sich dein Boss verhalten?«

»Na ja, er hat halt betont, dass ich es bin, der wechseln will. Er wollte den Eindruck erwecken, dass er meine Kündigung bedauert. Den wahren Anlass hat in dem Zusammenhang niemand erwähnt, obwohl ich glaube, dass ihn alle kennen und auch nachvollziehen können.«

»Aber es war sicher besser so, als wenn du jetzt in offenem Streit gegangen wärst.«

»Ja, natürlich, auch wenn die Harmonie nur gespielt war«, stimmte Bastian zu.

Der Vater blieb stehen, stützte sich auf seinen Stock und fragte: »Deine Suche nach einer neuen Arbeitsstelle gestaltet sich schwierig?«

»Ja, wenn ich etwas Adäquates finden will. Aber ich habe einen kleinen Hoffnungsschimmer.«

»Über den du nicht sprechen willst?«

»Dir gegenüber schon. Zum Thema sollten wir heute meine berufliche Situation nicht machen«, sagte Bastian, erzählte die Parkplatz-Geschichte und berichtete von seinem Anruf bei der Spedition Wegweiser, und dass er seine Bewerbungsmappe genau vor einer Woche abgeschickt hatte.

»Das war kurz vor Weihnachten. Der Inhaber hat sich die Mappe möglicherweise noch nicht angesehen.«

»Doch, hat er. Er hat mich einen Tag vor Heiligabend angerufen und zu einem Gespräch am 27. Dezember eingeladen.«

»Das ist ja gleich morgen. Der hat aber schnell reagiert.«

»Das macht mir Mut. Er weiß allerdings noch nicht, dass ich bereits gekündigt und ab 1. Januar keine feste Arbeit mehr habe.«

»Du musst damit rechnen, dass er dich gegebenenfalls erst in drei Monaten braucht.«

»Ja, Papa, das ist mir klar. Ich muss sehen, dass ich vorher als Lkw-Fahrer jobben kann«, bestätigte Bastian.

»Es gibt hier eine Spedition, die im Moment dringend einen Aushilfsfahrer sucht. Einem ihrer Fahrer ist nämlich für ein paar Monate der Führerschein wegen Trunkenheit am Steuer entzogen worden. Die stehen ganz schön auf dem Schlauch.«

»Kannst du mir die genaue Adresse geben? Dann rufe ich morgen dort an, nachdem ich mich bei der Spedition Wegweiser vorgestellt habe.«

»Gebe ich dir, und du kannst dich ruhig auf mich berufen. Ich kenne den Inhaber gut. Wo liegt eigentlich die Spedition Wegweiser?«

»In Bielefeld-Sennestadt. Das wäre ideal für mich.«

»Vielleicht hast du Glück. Manchmal hilft es, fest daran zu glauben. Dann tritt man selbstbewusster auf. Aber das Wichtigste ist, dass ihr, du und Jenny, zusammenhaltet. Alles andere, mein Junge, findet sich.«

»Danke, Papa.« Sie gingen noch ein paar Minuten schweigend nebeneinander her. Dann hatten sie ihre Runde beendet.

»Herzlichen Glückwunsch zu deinem Entschluss zu heiraten«, sagte sein Vater. »Wir wünschen euch alles Gute. Und jetzt wollen wir den Weihnachtsbraten genießen.« Seine Worte unterstützte er mit einem wohlwollenden Schlag auf die Schulter. Bastian stellte gerade fest, dass Verenas Auto inzwischen auf dem Hof stand, da kam Evi schon angelaufen und drückte ihn und danach ihren Opa, so fest sie konnte.

Jenny kam ihr hinterher. »Wir sollen schon mal im Esszimmer Platz nehmen. Es kann gleich losgehen.«

***

Sie waren bereits beim Vanillepudding angekommen, da erwähnte Bastian, dass Jenny inzwischen ihre Examensarbeit fristgemäß abgegeben hatte.

»Wann erfährst du das Ergebnis?«, fragte Verena.

»Spätestens am 7. Februar, und mein Examen ist im März«, antwortete Jenny. Hätte sie die Prüfung doch bloß schon hinter sich.

»Worum geht es in deiner Arbeit?«, wollte Thomas wissen.

»Im Januar 1963 wurde der Deutsch-Französische Freundschaftsvertrag von Bundeskanzler Konrad Adenauer und Staatspräsident Charles de Gaulle im Pariser Elysée-Palast unterzeichnet. Damit wurde das Deutsch-Französische Jugendwerk gegründet. Die Aufgaben dieses Jugendwerks waren mein Thema«, erklärte Jenny.

»Das ist im Januar genau 50 Jahre her«, stellte Bastians Vater fest.

»Eben, unter anderem deswegen bot sich das Thema an. Es gab aktuelle Abhandlungen, die ich für den theoretischen Teil meiner Arbeit durchforsten konnte, und besonders viele Schulen nehmen das Jubiläumsjahr zum Anlass für einen Schüleraustausch mit Frankreich. Ich durfte ausdrücklich eigene Erfahrungen und zukunftsweisende Ideen einarbeiten. Das machte die Arbeit für mich interessant.« Jenny begann sich warm zu reden. Sie könnte so viel darüber erzählen. Aber interessierte das überhaupt?

»Können wir die Arbeit auch mal lesen?«, fragte Bastians Mutter.

»Sie ist auf Französisch geschrieben. Ich habe Interviews gemacht mit Lehrern und Schülern, die an einem Schüleraustausch teilnahmen oder eine Klassenfahrt nach Frankreich machen wollten. Das hat Spaß gemacht.«

»Wir würden auch eine französische Austauschschülerin bei uns aufnehmen«, sagte Anja. »Vielleicht eines Tages, wenn Lisa auch Französisch in der Schule hat.«

»Dazu braucht man Grundkenntnisse in der anderen Sprache«, fügte Bastian hinzu.

»Und die Möglichkeit, diese Kenntnisse anzuwenden, selbst wenn es nur auf einer Klassenfahrt ist«, unterstrich Jenny.

»Das habe ich bei meinen Interviews deutlich gemerkt und auch in meiner Arbeit betont.«

»Jedenfalls wünschen wir dir alles Gute fürs Examen«, sagte Anja, »und jetzt sollten wir mit den Kindern ins Weihnachtszimmer gehen. Sie warten schon auf euch. Sie wollen euch ihre Geschenke zeigen.«

Auf dem Weg dorthin sagte Bastian leise zu Jenny: »Na, wie fühlst du dich?«

»Einesteils ganz toll. So viel Aufmerksamkeit von deiner Familie zu bekommen ist für mich ungewohnt und genau das, was ich mir als Kind oft gewünscht habe.«

»Und andererseits?«

»Ich muss das Examen erst noch bestehen. Ich habe nicht mehr viel Zeit, mich darauf vorzubereiten. Mir fehlt der Kontakt zu anderen Mitstudenten. Je mehr ich lerne, desto mehr erkenne ich, was ich alles nicht weiß. Vielleicht habe ich mir doch zu viel vorgenommen – nach diesem großen Abstand zu meinem Studium.«

»Wenn du es nicht schaffen solltest, hast du es wenigstens versucht und musst dir niemals sagen, ich hätte mein Studium beenden sollen.«

»Sehr beruhigend, dass du es so siehst«, sagte Jenny und legte Nico in seine Babyschale. Er protestierte lautstark. Da fasste Bastian ebenfalls an den Tragebügel. Nico sah von einem zum anderen und gab Ruhe. »Siehst du«, grinste Bastian, »gemeinsam werden wir das Kind schon schaukeln.«

41. Nur ein Zufall?

Am Tag nach Weihnachten lief Jenny in der Wohnung hin und her und beschäftigte sich mit Daumendrücken. Seit einer Stunde war Bastian bei Wegner, dem Inhaber der Spedition Wegweiser, zum Gespräch.

Endlich kam er wieder. »Wie war's?«, fragte Jenny.

»Wenn ich das wüsste. Wegner war wirklich sympathisch. Stell dir vor, der Mann ohne Lkw-Führerschein, der damals mein Auto gefahren hat, war sein achtzehnjähriger Sohn. Er hatte ihm meine Bemerkung wiedergegeben, im Notfall wäre ein Kumpel am Steuer eines Lkw schwerer zu ersetzen als der Mann am Schreibtisch. Das hat ihm gefallen.«

Jenny sagte: »Siehst du, so viel zum *Wir-kennen-uns-doch-Gespräch* zur Einstimmung.«

»Danach hatte er viele Fragen zu meinem Arbeitsbereich, meiner Bereitschaft zu unvorhergesehenen Überstunden, zur Teamarbeit und so weiter. Er betonte von Anfang an, dass es sich um eine Einstellung zum 1. April handelt, weil ein Mitarbeiter in den Ruhestand geht.«

»Aber?«

»Dann kam die Frage: *Sie haben nicht geschrieben, dass Sie in ungekündigter Stellung sind?* Als ich sagte, dass ich bereits gekündigt hätte, wurde er sichtbar reservierter, hellhörig wie ein Kommissar im Film, der dem Täter auf der Spur ist.«

»Wie hast du reagiert?«

»Ich versuchte, ruhig und selbstbewusst zu bleiben. Ein bisschen Erfahrung durch die bisherigen Gespräche habe ich ja schon. Ich sagte, dass wir, besonders, seit meine Frau ihr Studium in Bielefeld wieder aufgenommen hat und weil wir ein Kind haben, daran gedacht hätten, nach Ostwestfalen überzusiedeln. Beide Großeltern wohnen hier und wären potenzielle Babysitter. Aber das reichte natürlich nicht aus als Begründung für eine Kündigung, ohne eine neue Arbeitsstelle zu haben. Ich habe versucht, Ferrari nicht schlecht zu machen, sondern habe meine Geschichte mit Mexiko geschildert, aber natürlich musste ich auch einen Anlass für meine Kündigung aufzeigen, und das war die Tatsache, dass Ferrari den Brief der Mexikaner zurückgehalten hatte. Diesen Brief hatte Wegner gelesen.«

»War er beeindruckt?«

»Ich weiß nicht recht. Ich glaube, er ist klug und hat gemerkt, dass ich diese Geschichte schon häufiger erzählt habe. Davon wird sie nicht eindrucksvoller.« Bastian machte eine Pause. Jenny wartete.

»Ich wollte ihn unbedingt überzeugen, und da habe ich ihm das Handyfoto von mir mit den Verletzungen und dem angeschwollenen Auge gezeigt und auf seine Frage hin, was der Chef dazu gesagt hat, geantwortet: *Ferrari hat gesagt, Jaguar* ... Da hat er mich unterbrochen: *Wie heißt Ihr Chef? Ferrari? Den Namen habe ich schon mal von einem Berufskollegen gehört. Der war nicht gut auf ihn zu sprechen.* Daraufhin habe ich Wegner gesagt, dass Ferrari nur ein selbst gegebener Spitzname ist. Dann wollte Wegner wissen, was Ferrari zu meinem Foto gesagt hat. Als ich ihm die Frage, mit wem ich mich denn da geprügelt hätte, wiederholte, schüttelte er fassungslos den Kopf. Er wollte wissen, warum Ferrari mich Jaguar nannte. Ich habe ihm die Marotte von Ferrari erzählt, dass er allen leitenden Angestellten den Spitznamen einer teuren und schnellen Automarke gibt in der Hoffnung, jeder Mitarbeiter würde sich besonders bemühen, in die Riege der *Rennautos* aufzusteigen.«

»Fand er die Idee von Ferrari gut?«, fragte Jenny.

»Nein, sie hätte etwas Militärisches an sich, nach dem Motto: *Ein Offizier ist mehr als ein Unteroffizier.* Wegner ist für ein Betriebsklima nach dem Motto: *Wir sitzen alle in einem Boot. Jeder hat seine Aufgabe und ist gleich viel wert.* Vielleicht konnte er nach diesem Gespräch meine Entscheidung zu kündigen nachvollziehen.«

»Und worin siehst du trotzdem einen Knackpunkt?«

»Wegner sagte zum Schluss: *Ich habe natürlich vorschriftsmäßig eine hausinterne Ausschreibung veranlasst und auch andere Bewerber eingeladen. Herr Jäger, ich melde mich zeitnah bei Ihnen.* Jenny, wenn er mich nicht nimmt, wer soll mich dann nehmen? Bin ich schon zu alt für einen Stellenwechsel? Ich habe den nächsten Bewerber gesehen. Er war sehr jung, als käme er direkt aus der Uni. Der ist für ihn natürlich billiger.«

»Aber der hat nicht deine Erfahrung. Habt Ihr über dein Gehalt gesprochen?«

»Ja, er sagte, seine Spedition wäre zwar auch international tätig, aber nur im europäischen Raum, was mir gut gefällt. Er würde nicht mehr zahlen als meine bisherige Firma. Nach den Erfahrungen der letzten Wochen bin ich froh, wenn er mich zu den gleichen Bedingungen einstellt.«

»Die Hauptsache ist, dass wir uns nicht aufgeben. Wir haben einen wunderbaren Sohn.«

»Und wir haben uns«, sagte Bastian und küsste sie. Es fühlte sich an, als wollte er sich und ihr beweisen, dass ihm alle Chefs der Welt egal wären.

Danach beschäftigte sich Jenny mit Nico, während Bastian bei der Spedition anrief, die laut Information seines Vaters vorübergehend einen Lkw-Fahrer zur Vertretung suchte. Dann gingen sie hinüber in die Wohnung ihrer Mutter. Bastian erzählte in Kurzform das Wichtigste von dem Gespräch bei der Spedition Wegweiser.

»Woher kommt der Name?«, fragte ihre Mutter.

»Er wurde abgeleitet vom Namen des Inhabers, Wegner. Übrigens werde ich in den nächsten drei Monaten als Lkw-Fahrer arbeiten. Mein Vater hat mich auf eine Spedition aufmerksam gemacht, die gerade aushilfsweise einen Fahrer sucht.«

»Wo befindet sich diese Spedition?«

»In Herford. Da stellt sich die Frage: Können wir vorübergehend während der Woche hier wohnen?«

»Selbstverständlich, ich freue mich. Ich habe es euch gerne angeboten, und Nico werde ich sowieso vermissen, wenn er nicht mehr hier wohnt.«

Der Küchenwecker klingelte. Ihre Mutter holte den fertigen Gemüseauflauf und verkündete: »Heute gibt es etwas Gesundes.«

»Riecht gut, und morgen koche ich«, verkündete Jenny.

»Gleich 17.30 Uhr«, stellte Bastian fest. »Heute meldet Wegner sich bestimmt nicht mehr.« Also hatten sie ein Wochenende zwischen Hoffen und Bangen vor sich. Da klingelte sein Handy. Bastian ging in ihre Wohnung hinüber. Jenny und ihre Mutter konnten hören, dass er sprach, aber nicht verstehen, was er sagte. Es dauerte. War das ein gutes Zeichen? Würde ein Chef per Telefon absagen? Negative Nachrichten verschickte man einfacher per Post.

Ruhe. War das Gespräch beendet?

Bastian kam zurück.

Seiner Mimik nach zu urteilen war das Telefonat zumindest nicht schlecht gelaufen.

Er setzte sich zu ihnen an den Tisch und berichtete: »Im eigenen Haus, wo die Ausschreibung schon lange bekannt war, hat Wegner keinen geeigneten Mann gefunden. Bei den Bewerbern von außerhalb fehlte nur noch der junge Mann, der sich nach mir vorstellte und tatsächlich direkt vom Studium kam.« Bastian machte eine Pause.

»Und?«, fragte Jenny.

»Wegner hat sich für mich entschieden. Ich habe die Stelle! Am Montag um 10 Uhr werde ich den Vertrag unterschreiben.« Seine Augen strahlten.

Jenny fiel ihm um den Hals. »Du hast es geschafft. Du musst einen unheimlich guten Eindruck auf ihn gemacht haben.«

Ihre Mutter gratulierte herzlich. »Das ist ja super. Das ist sogar noch vor Silvester.«

»Nun war mein Parkplatz-Abenteuer doch ein glücklicher Zufall«, sagte Bastian nachdenklich.

»Nein«, widersprach ihre Mutter. »Dein Wesen, dein spontanes Handeln, das war entscheidend. Andere hätten damals auf dem Parkplatz oder in Mexiko nicht so flexibel und tatkräftig geholfen.«

Jenny ergänzte: »Vieles im Leben ist Zufall, aber es kommt immer darauf an, was man daraus macht. Ich bin stolz auf dich.«

»Danke, mein Schatz, ich auf dich auch. Du hast mich schließlich mit dem Modellauto an diese Spedition erinnert.« Jenny lachte: »Wir geben dem kleinen Lkw einen Ehrenplatz.«

»Er muss besonders in den nächsten Monaten auf der Auto-

bahn mein Talisman sein. Und jetzt rufe ich in Schnatbach an. Mein Vater weiß von dem heutigen Vorstellungstermin.«
»Dann wird er mit dir gefiebert haben«, sagte ihre Mutter.

Jenny und Bastian saßen in ihrem Wohnzimmer. Der kleine Fernseher lief leise. Die Tagesschau war vorbei. Bastian schaltete hin und her. Jenny wählte die Handynummer von Nicole. »Hast du Feierabend oder stehst du noch im Laden und machst Inventur?«
»Du weißt noch gut, wie es bei uns am Tag nach Weihnachten zugeht. Nein, ich bin zu Hause. Die Umtauschkunden kamen früh, und mit der Inventur bin ich auch fast durch. Hattet ihr ein schönes Weihnachtsfest?«
»Ja, sehr schön. Habt ihr Silvester schon was vor?«
»Nein, wir haben bis Mittag geöffnet. Du kennst das ja.«
»Schafft ihr es trotzdem, zur Silvesterparty nach Schnatbach zu kommen?«
»Nach Schnatbach? Was will mir dieses Ziel sagen?«
»Wir haben uns heute Nachmittag Eheringe gekauft. Neben unseren Vornamen wird als offizielles Verlobungsdatum der 31.12.13 eingraviert. Bastians Bruder hat gesagt, wir hätten ihm so viel geholfen, als er monatelang ausgefallen war, da hätten sie sowieso schon überlegt, wie sie sich dafür bedanken könnten. Jetzt wollen sie für uns eine Silvesterparty ausrichten und haben meine Mutter, Tante Isolde und unsere besten Freunde dazu eingeladen. Und das seid ihr.«
»Und du, was hältst du davon?«
»Ich habe schon als Kind von einer großen Familie geträumt, und verlobt sind wir eigentlich schon seit Heiligabend.«
»Dann war der Abend besonders gelungen?«
»Bingo!«
»Könnt ihr uns bitte ein Zimmer in der Nähe des Hofes deiner Schwiegereltern besorgen?«
»Machen wir. Danke für deine prompte Zusage.«
»Marcel kommt gerade nach Hause. Der wird staunen.«

Jenny sagte: »Nicole hat zugesagt. Wir sollen für die beiden ein Zimmer reservieren.«

»Prima. Es gibt da eine kleine Pension. Da rufe ich morgen an.«

Jenny stand auf, um die Rollladen herunterzulassen, blieb am Fenster stehen, ohne zu verdunkeln, und schaute in die Nacht hinaus. Der Himmel war sternenklar. Plötzlich spürte sie, dass Bastian hinter ihr stand. Sie lehnte den Kopf an seine Schulter. »Na, so nachdenklich?«, fragte er.

»Mit dem Blick in den Sternenhimmel verbinde ich viele Erinnerungen.«

»Meinst du unsere Sterntalermädchen-Nacht auf dem Schiff?«

»Ja, die auch.«

»Oder denkst du schon an die Silvesternacht?«

»Ja, auch.«

»Und woran denkst du wirklich?«

»An unsere Verlobungsfeier zu Silvester. Das ist eine schöne Idee von den Schnatbachern.«

»Jenny, was bedrückt dich?«, fragte Bastian, nahm ihren Kopf in seine Hände und drehte ihn sanft, sodass sie ihn ansehen musste.

»Ich denke an meinen Vater«, gestand sie. »Wir haben es nicht geschafft, ihn zu finden. Ich wünschte mir, dass er Silvester dabei wäre – und dann auch wieder nicht. Ich weiß gar nicht, wie er sich benehmen würde, oder wie er von deinen Eltern aufgenommen würde. Er ist doch bestimmt ganz anders als sie.«

»Schatz, darüber mach dir keine Gedanken. Wenn er zu uns zurückfindet, dann werden sie ihn akzeptieren, so wie er ist, weil er zu dir gehört.«

»Auch wenn sie erfahren, was er getan hat?«

»Auch dann.«

»Und du, was denkst du über ihn?«

»Ich habe dir schon auf dem Schiff gesagt, dass du ihn suchen sollst, da hattest du mir nur erzählt, dass du ihn vermisst. Mehr wusste ich nicht über ihn. Jetzt wissen wir, dass er sich nach dir sehnt, denn sonst hätte er nicht versucht, dich zu sehen und zu fotografieren. Wäre es nicht viel schlimmer, wenn er ein glücklicher Familienvater wäre, der dich verleug-

net? Im nächsten Jahr finden wir ihn bestimmt. Wir wissen doch nun schon, dass wir ihn über Isolde erreichen können.«
»Versprochen?«
»Versprochen. Jenny, deine Eltern gehören zu dir – beide.«
»Danke, jetzt kann ich es gar nicht erwarten, bis es endlich Silvester ist – unsere Verlobungsfeier!«

42. Taufe und ein Rosenstrauß

Drei Monate waren vergangen, es war schon Ende März und der Frühling hatte Einzug gehalten. Heute sollte endlich Nico getauft werden. Er war nun schon sieben Monate alt. Jenny und Bastian saßen in der Peter-und-Pauls-Kirche in Bielefeld-Heepen in der ersten Reihe. Dahinter hatten bereits Bastians Eltern und Jennys Mutter Platz genommen. Thomas, Anja und Lisa fehlten noch.

Evi wäre auch gerne dabei gewesen, aber Verena wollte nicht. Heute hätte Jenny mit ihrer Anwesenheit leben können. Bei der standesamtlichen Trauung vor zwei Tagen dagegen hätte sie ein komisches Gefühl gehabt, wenn Verena zugeschaut hätte. Ohne sie war der Tag traumhaft gewesen. Nicole und Thomas waren Trauzeugen und die Idee, die standesamtliche Trauung und die Taufe von Nico auf dasselbe Wochenende zu legen, hatte ihnen gefallen. Der Gottesdienst war gut besucht, da auch die Gäste eines zweiten Taufkindes anwesend waren.

Jennys Gedanken wanderten zurück in ihre Kindheit. In dieser Kirche hatte sie an Heiligabend auf das Christkind gewartet und heimlich gehofft, es würde ihr den Papa wiederbringen. Hier wurde sie konfirmiert. Damals hatte ihr Vater sich mit ihr versöhnen wollen, doch sie hatte ihn weggeschickt. Heute wünschte sie sich, ihn zu sehen.

Isolde hatte ihn informiert und alle Eingeweihten hofften, dass er kommen würde, wenn auch verkleidet, inkognito eben. Sie wollten Jenny Bescheid sagen, wenn sie ihn entdeckten. Dann würde sie ihn ansprechen. Was sollte sie ihm sagen? Gab es für so eine Situation überhaupt die richtigen Worte? Sie würde ihm Nico vorstellen, und wenn er sie zurückwies, würde sie sagen: »Vor mir kannst du weglaufen, aber dein Enkelsohn möchte seinen Opa kennenlernen, das kannst du ihm nicht verwehren.«

Die Kirchenglocken läuteten. Jenny drehte sich um. Thomas war noch nicht da. In einer Minute war es 10 Uhr. Da endlich, Thomas und Anja waren über den Köpfen im Kircheneingang zu erkennen. Noch etwas aus der Puste sagte Anja mit einem

Augenzwinkern: »Auf uns ist eben Verlass.« Plötzlich flüsterte eine Stimme in Jennys Ohr: »Jenny, ich bin auch da.« Evi! Wo war Verena? Thomas sagte leise: »Ich habe Evi gestern geholt, Verena war einverstanden. Wir bringen sie auch wieder zurück.« Evi begrüßte Nico, als müsste sie ihn vorstellen: »Mein Bruder!«

Bastian drehte sich zu Thomas um und sagte leise: »Danke.« Seine Augen glänzten vor Freude. Jenny fragte sich: Wie wird es nachher sein, wenn mein Vater und ich uns wiedersehen? Werden wir uns auch gerührt in die Augen blicken? Werden wir uns umarmen? Oder werden wir uns fremd sein?

Ein Presbyter ging zum Mikrofon, sprach die einleitenden Worte, stellte die Taufkinder vor und stimmte die Gemeinde auf den Gottesdienst ein. Der Pfarrer schritt zum Altar. Mit gewaltigem Klang setzte die Orgel ein. Die Gemeinde sang: »Komm, Herr, segne uns, dass wir uns nicht trennen ...«

Nico turnte auf Jennys Schoß herum. Die Kirchenbesucher lauschten der Predigt des Pfarrers, freuten sich gleichzeitig an den neugierig schauenden Augen Nicos und warteten gespannt darauf, dass das Baby den Pfarrer in seiner Rede unterbrach. Tat es aber nicht. Von ein paar kleinen Wohlfühllauten abgesehen ließ Nico den Pfarrer ausreden.

Der Höhepunkt dieser Stunde kam zum Schluss. Nico Jäger wurde zuerst getauft. Pfarrer, Eltern und Paten gruppierten sich um das Taufbecken. Die Paten Nicole und Thomas zündeten eine große, weiße Kerze an, gaben Nico gute Wünsche mit auf den Weg und verlasen den Taufspruch. Der Pfarrer sparte nicht mit Wasser, was ihren Sohn aber nicht störte. Er war fasziniert von der Kerze und ließ sie nicht aus den Augen.

Dann wurde ein wenige Wochen altes Mädchen getauft. Nico wollte sich nicht von der Kerze trennen. Er zog die Stirn kraus, ein untrügliches Zeichen dafür, dass er die Absicht hatte, mit seinem energischen Stimmchen den dezenten Gesang der Gemeinde zu übertönen. Er begann sich einzusingen. Auf diesen Augenblick hatte Jenny gewartet. Sie hatte mit dem Pfarrer verabredet, dass sie in diesem Falle mit ihrem Kind in der Kirche auf und ab gehen dürfe. Sie stand auf und wiegte Nico sanft in den Armen. Er verstummte sofort und schaute sich die Gemeinde an. Jenny durchquerte mit ihm die Kirche der Länge nach, wobei sie suchend den Blick über die Kirchenbesucher gleiten ließ. Niemand sah aus wie ihr Vater. War er nicht da oder hatte er sich so gut verkleidet, dass sie ihn nicht erkennen konnte?

Am Ende des Gottesdienstes verließen Jenny und Familie hinter den sich langsam zum Ausgang bewegenden Besuchern die Kirche. Hatte ihr Vater draußen hinter irgendwelchen Büschen gewartet? Hatte Isolde ihn gesehen? Als Jenny vor der Kirche ankam, wartete ihre Tante bereits auf sie. Sie berichtete. Vereinbarungsgemäß war sie so spät gekommen, dass sie in der letzten Reihe neben den Konfirmanden Platz nehmen musste und die Kirche als Erste wieder verlassen hatte. Niemand hatte vor der Kirche gewartet. Da hatte sie die Jugendlichen gefragt, ob sie einen Reporter gesehen hätten, der Fotos gemacht hatte. Ein Junge sagte: »Keinen Reporter, aber eine alte Reporterin.«

Wann diese die Kirche verlassen hatte, wusste der Jugendliche nicht.

Jenny wurde schwindelig. Sie hielt sich an Isolde fest. Bastian nahm ihr Nico ab. Jenny sagte: »Mir ist, als wäre ich weit gelaufen und dabei mitten auf dem Weg in ein tiefes Loch gefallen.« Noch ganz benommen ging sie mit ihren Gästen zum Restaurant. Sie hatte das Gefühl, dass ihr Kopf ganz leer war. Später, zwischen Mittagessen und Kaffee, zeigte Isolde ein Foto von Jenny und Nico während der Taufe, das sie per MMS bekommen hatte. Jenny und Nico waren gut getroffen. Darunter stand: »Danke. Bitte informiere mich weiterhin, aber verrate mich nicht.«

»Ich möchte ihn sprechen«, flehte Jenny.

»Warte trotzdem noch. René hat sich so weit vorgewagt wie nie zuvor. Er wird sich wieder melden.«

»Tante Isolde, die Zeit läuft uns davon!«

»Meine liebe Jennifer, mach nicht so ein trauriges Gesicht. Es war eine gelungene Taufe, dein Mann ist glücklich, weil er ab übermorgen wieder auf einem qualifizierten Arbeitsplatz bei der Firma Wegweiser angestellt ist und die drei Monate Lkw-Fahren ohne Unfall überstanden hat. Widme dich deinen

Gästen.« Jenny gab sich Mühe, ein fröhliches Gesicht zu machen und ihre Enttäuschung zu unterdrücken.

Das Wetter hielt sich für Ende März erstaunlich gut, sodass sie nach dem Mittagessen einen Spaziergang machen konnten, bevor sie zum Kaffee bei Jennys Mutter erwartet wurden. Die Omas einschließlich Tante Isolde, unterstützt von Evi und Lisa, kümmerten sich um Nico, sodass Jenny und Nicole sich entspannt unterhalten konnten.

»Schade, dass ihr nun bald umzieht«, sagte Nicole. »Bisher wart ihr wenigstens am Wochenende in Frankfurt.«

»Wir bleiben auf jeden Fall in Verbindung. Bielefeld ist keine Weltreise von euch entfernt, und in der neuen Wohnung haben wir ein Gästezimmer. Bis Ende April wollen wir umgezogen sein.«

»Hast du schon Nachricht von der Uni über das endgültige Ergebnis deiner Prüfung?«

»Nein. Die Examensarbeit ist mit *gut* bewertet worden. Die Ergebnisse der schriftlichen und mündlichen Prüfung kann ich absolut nicht einschätzen. Dieses Warten nervt total, zumal ich schon eine Realschule habe, die mich gerne nehmen würde.«

»Wann rechnest du mit Nachricht?«

»Eigentlich täglich. So genau legen sie sich nicht fest.«

Die Männer kamen hinzu.

Das Gespräch drehte sich von nun an um das Fußballspiel von Arminia, das gerade lief. Es war zum Verzweifeln, es fiel kein Tor.

Sie waren in der Wohnung von Jennys Mutter angekommen. Die Kaffeetafel war bereits gedeckt. Die Omas, Jenny und Isolde hatten je eine Torte gebacken. Das Angebot war verführerisch. Jenny gelang es, die Gedanken an ihren Vater und das ausstehende Ergebnis ihrer Prüfung zu verdrängen und diese Familienfeier doch noch zu genießen.

***

Bastians erste Arbeitswoche war gut gelaufen. Heute Vormittag hatte er von Jenny die SMS mit der erfreulichen Nachricht, dass sie ihr Examen bestanden hatte, bekommen. Gleich nach Dienstschluss besorgte er einen Strauß langstieliger Rosen.

Zu Hause wickelte er vorsichtig den Strauß aus dem Papier und schloss leise die Wohnungstür zu Sabines Einliegerwohnung auf. Der heutige Tag gehörte Jenny. Er öffnete vorsichtig die Tür zum Wohnzimmer. Jenny zuckte zusammen. Sie hatte ihn tatsächlich nicht gehört. Bastian überreichte ihr die Rosen und sagte: »Herzlichen Glückwunsch. Ich bin stolz auf dich.«

»Dunkelrote Rosen! Bastian, die sind wunderschön!« Jenny legte sie auf den Tisch und bedankte sich gebührend. Dann sagte sie: »Das Tollste weißt du noch nicht. Ich habe das Schreiben sofort eingescannt und an die Realschule gemailt, in der ich mich vorgestellt habe. Der Direktor hat mich angerufen, mir gratuliert und gefragt, ob es dabei bleibt, dass ich den Lehrauftrag für den Französischkurs der 10. Klassen gleich von Anfang an wahrnehme, denn die bisherige Lehrerin geht definitiv am 1. Mai in den Schwangerschaftsurlaub. Die schriftliche Zusage von der Regierung habe er schon. Ich bekomme die vier Stunden pro Woche zusätzlich zum Referendargehalt vergütet.« Jenny hatte so schnell gesprochen, dass sie ganz aus der Puste war.

»Na, dann kannst du ja gleich richtig loslegen. Nimmt deine Mutter Nico?«

»Ich darf ihn ihr immer bringen. Wenn sie keine Zeit hat, hilft Tante Isolde.« Jenny bückte sich und räumte die bunten Papierservietten, die Nico gerade in einer Schublade entdeckt hatte und auf dem Boden verteilte, wieder ein.

»Hast du deine Tante schon angerufen?«

»Na klar. Sie gehört doch dazu.«

Bastian zeigte auf den Rosenstrauß. »Sag mal, willst du deine Blumen nicht in eine Vase stellen?«

»Dann lass uns rübergehen. Wir haben hier nämlich keine so große Vase.«

»Moment«, sagte Bastian »die Zeit für den Gratulationskuss muss sein.«

43. Bedenkzeit?

Der Wecker klingelte schriller als sonst. Jenny haute drauf. Das Biest fiel runter und bestand nun aus zwei Teilen. Es donnerte, regnete, stürmte. Mistwetter! Da schrie Nico. Verdammt, war die Nacht kurz.

»Guten Morgen, kleiner Löwe, genug gebrüllt. Willst du erst die Flasche oder erst eine neue Windel?«

Jenny hob Nico aus seinem Bettchen. Geruchsprobe. Also wickeln. Sieht nach großer Bescherung aus. Gerade heute, wo sie gerne ein bisschen mehr Zeit für ihr eigenes Aussehen gebraucht hätte.

Dann die Flasche. Nico trank und schrie danach weiter.

»Oma spielt gleich mit dir.« Jenny versuchte ihrer Stimme einen beruhigenden Tonfall zu verleihen, während sie sich gleichzeitig anzog und ein trockenes Brötchen kaute. Nico hatte sich eingeschrien. Jenny wiegte ihn auf den Armen, bis er sich beruhigt hatte, griff zu Schultasche und Regenschirm und hastete die Treppe hinunter. Seit dem Umzug brauchte sie mit dem Auto zehn Minuten bis zu ihrer Mutter. Vor der Haustür blinkte sie auf. Sekunden später öffnete ihre Mutter die Tür.

»Guten Morgen, Mama, kannst du bitte Nico beruhigen? Vielleicht hat er Bauchweh. Ich muss los. Ich habe heute meine erste Unterrichtsstunde in der 10. Klasse in Französisch – als vollwertige Lehrkraft«, sagte Jenny und gab ihr Nico.

»Weißt du, was ich heute Nacht geträumt habe? Ich bin ...«

»Bitte, Mama, erzähl es Nico und mir heute Mittag. Ich muss weg.«

»Kind, du hast es immer so eilig, ich ...«

Der Regenschirm klemmte. Die Frisur war hin. Warum schlich das Auto vor ihr so? Konnte der Blödmann nicht schneller fahren? Jenny hupte.

Als sie auf den Schulparkplatz fuhr, zeigte ihre Uhr 8.28 Uhr. Gleich würde es zur ersten Pause klingeln. Aussteigen. Tür zuknallen. Schirm aufspannen, Schultasche schultern. Ein Blick in den Raum der 10a zeigte ihr, dass Kollegin Rosi, die ihren Platz im Lehrerzimmer neben ihr hatte, noch vor der Klasse stand. Also hatte es noch nicht geklingelt. Die kleine Eingangstür war zu. Wo war denn bloß der Schulschlüssel? Jenny schob ihre Hand in die Schultasche und tastete nach dem Schlüssel. Da öffnete ihr Rosi. »Ich hab dich kommen sehen. Die Kinder schreiben gerade die Hausaufgaben auf. Die Französischschüler sind schon ganz gespannt. Toi, toi, toi für deine erste Stunde.«

»Danke«, sagte Jenny, ging hinauf in die erste Etage in die Garderobe, schaute in den Spiegel, lächelte sich zu und dachte: Rosi ist eine nette Kollegin. Es war gestern so sympathisch, dass sie mir gleich an meinem ersten Tag das *du* angeboten hat. In dem Moment hörte Jenny neben sich die Stimme ihrer strengen Mentorin: »Na, Frau Jäger, vous souriez, Sie lachen. Das ist ein guter Anfang. Dann viel Glück, bonne chance.«

Jenny betrat den Klassenraum. »Bonjour, les élèves.« Die Schüler antworteten im Chor: »Bonjour, Madame«. Es klang wie Musik. Unwillkürlich musste sie lächeln. Manche lächelten spontan zurück. Sie stellte sich in ihrem akzentfreien Französisch vor und bat die Schüler nacheinander, ebenfalls etwas auf Französisch über sich zu erzählen. Dabei hörte sie gut zu und half unauffällig aus, wenn ein Schüler ins Stocken geriet. Die Klasse hatte sichtlich Spaß daran. Natürlich gab manch einer ein Hobby an, das nicht stimmte und überhaupt nicht zu ihm passte. Da diese Erfindungen an dem Grinsen der Schüler deutlich zu erkennen waren, brauchte sie diese Selbstbeschreibung nur mit einem ebenfalls schmunzelnden »Oh, là là« zu kommentieren, und konnte den nächsten Schüler drannehmen.

Sie hatte sich gut vorbereiten können, denn sie war noch vor den Osterferien in die Schule eingeladen worden und hatte die entsprechenden Bücher und Informationen über den Wissensstand der Schüler von ihrer Vorgängerin bekommen. Auch die Information, dass es in diesem Französischkurs eine Schülerin gäbe, die es immer wieder verstand, den Unterricht zu stören. Als sie bei einer Jugendlichen ankam, die nichts weiter sagte als »Lara, c'est moi« hätte sie auch ohne dieses »Lara, das bin ich« gewusst, um wen es sich handelte. Sie schaute Lara etwas länger an und ihr war klar, dass dieses

Mädchen ihr, wie allen anderen Lehrern auch, den Kampf angesagt hatte.

Zehn Minuten vor Schluss der Stunde kam die Frage, auf die sie noch keine Antwort wusste. »Machen wir mit Ihnen auch die Wochenendfahrt nach Paris, die Frau Kugler mit uns machen wollte?«

»Gute Frage«, sagte Jenny und fügte hinzu: »Schreibt euch erst einmal die Hausaufgaben von der Tafel ab.« Sie lehnte sich mit dem Rücken ans Fensterbrett und betrachtete die Schüler. Sie hatte von dieser geplanten Fahrt gehört. Sie würden mit dem Bus am Freitagabend losfahren, am frühen Morgen in Paris ankommen, einen Tag für Paris zur Verfügung haben, am Abend an einer Lichterfahrt auf der Seine teilnehmen und um Mitternacht mit dem Bus zurück nach Bielefeld fahren. Das waren zwei Nächte hintereinander im Bus. Ab Sonntagvormittag würden sie zu Hause den fehlenden Schlaf nachholen können. Die Kollegen nannten es Horrortrip. Alle Eltern der Französischschüler hatten dieser anstrengenden Wochenendtour zugestimmt, weil sie günstig war, denn jede 10. Klasse machte außerdem im Klassenverband eine Abschlussklassenfahrt, die schon teuer genug war. Die Kollegen hatten Jenny dringend von diesem freiwilligen stressigen Paris-Wochenende abgeraten, besonders, weil sie noch unerfahren war. Vor allen Dingen müsste sie es ablehnen, Lara mitzunehmen. Ihr Blick blieb auf dieser Schülerin hängen. Sie hatte die Figur eines Models und sah aus, als wäre sie älter als sechzehn Jahre. Der Gesichtsausdruck jedoch erinnerte Jenny an ein trotziges Kind.

Die Schüler waren fertig mit Abschreiben und warteten gespannt auf eine Antwort. Da sagte Jenny: »Wir haben noch sechs Wochen bis dahin. Ich habe noch zwei Wochen Zeit, die Fahrt abzusagen. Wir haben uns heute erst kennengelernt. Ich denke, diese Bedenkzeit müssen wir uns geben.«

Sie hörte Stimmen: »Wetten, die kneift.«, »Das können wir knicken.« Aber auch: »Wart's doch erst mal ab. Sie hat nicht *nein* gesagt.« Lara sagte laut und deutlich: »Das ist Erpressung.« Jenny antwortete: »Hältst du dich für erpressbar?« Lara schaute verdutzt und machte »Pfff.« Es klingelte. »So, und jetzt raus, es ist große Pause«, sagte Jenny und setzte sich für ihre Klassenbucheintragung ans Pult. Das waren anstrengende 45 Minuten gewesen. Der Rest des Tages war dagegen Entspannung. Sie musste zunächst nur ihre Mentorinnen für Englisch und Französisch in den Unterricht begleiten und zuhören.

***

Am Abend fragte Bastian: »Was haben die Schüler gesagt, als du die Paris-Fahrt abgesagt hast?«

»Ich habe sie nicht abgesagt und auch mit niemandem darüber gesprochen. Ich will mir erst selbst eine Meinung bilden.«

Bastian sah Jenny prüfend an und stellte fest: »Du hast schon eine Meinung.«

»Ich habe in meiner Examensarbeit ausführlich die Bedeutung einer Klassenfahrt nach Frankreich für die deutsch-französische Freundschaft hervorgehoben. Ich finde es ungeheuer wichtig. Wozu sollen die Kinder Französisch lernen, wenn sie ihre Kenntnisse nicht anwenden können?«

Bastian dachte: Jenny liebt die französische Sprache. Schafft sie es, diese Liebe an die Schüler weiterzugeben, oder wird sie enttäuscht werden? Er fragte nur: »Willst du dich mit deiner Freundin treffen?«

»Ich fürchte, dazu werde ich kaum Zeit haben.« Jenny lehnte sich zurück und strich sich mit beiden Händen ihre Locken aus dem Gesicht, ein Zeichen dafür, dass sie über etwas intensiv nachdachte. Auf einmal wusste Bastian, was ihr durch den Kopf ging. »Du willst Isolde bitten, deinen Vater zu informieren.«

»Er ist nicht der Grund, weshalb ich diese Fahrt machen möchte. Ich weiß nicht, ob er in Paris ist, aber wenn ich schon fahre, dann kann Isolde ihm sagen, was wir vorhaben. Den genauen Tagesablauf werde ich ohnehin mit den Schülern ausarbeiten.«

»Paris ist groß. Sich punktgenau an einen zeitlichen Plan halten zu müssen, stelle ich mir schwierig vor.« Bastian wollte Jenny keine Hoffnung auf ein Treffen mit dem Vater machen. Sie hätte den Kopf nicht frei für ihre Schüler und wäre maßlos enttäuscht, wenn sie ihn verpassen oder ihn erkennen würde, ohne ihn sprechen zu können.

Jenny holte ein Lehrbuch, zeigte ihm den Metroplan und erklärte: »In der Klassenarbeit, die vor der Fahrt geschrieben werden muss, bekommen die Schüler einen Pariser Stadtplan und einen Metroplan und müssen damit bestimmte Aufgaben lösen: zum Beispiel nach dem Weg fragen, eine Strecke mit der Metro raussuchen und beschreiben.«

»Ich sehe schon, ich muss mich auf ein einsames Männer-Wochenende mit Nico einstellen«, stöhnte Bastian.

Jenny schüttelte den Kopf. »Das muss nicht einsam sein. Deine Eltern würden sich über einen Besuch meiner beiden Männer freuen.« Bastian grinste. »So viel zu der Behauptung, dass du in Bezug auf die Klassenfahrt Bedenkzeit brauchst.«

44. Wochenende in Paris

Endlich war es soweit. Der Bus war bis auf den letzten Platz besetzt. Aus Jennys Französischkurs fehlte niemand, denn trotz der Warnungen ihrer Kollegen hatte Jenny Lara mitgenommen. Der Wochenendausflug nach Paris konnte beginnen. Die Kollegen hatten Jenny für verrückt erklärt, als sie hörten, worauf sie sich eingelassen hatte. Das würde sicherlich wahnsinnig anstrengend werden. Ob sie sich klargemacht hätte, wie gefährlich das wäre? Was den Schülern alles zustoßen könnte!

Als Begleitperson fuhr Frank Baumann mit, der Physik- und Sportlehrer. Er war ein sympathischer junger Kollege, der zwar weniger gut Französisch sprach als die Schüler, aber Jenny war froh, dass er mitkam, denn es musste ein männlicher Begleiter mit dabei sein.

Nun ging es los. Die Wettervorhersage für dieses Wochenende war positiv. Alle waren sehr aufgeregt, was man daran merkte, dass jeder, wirklich jeder, das Bedürfnis hatte zu reden. Also musste man schreien, um verstanden zu werden. Der Busfahrer – er stellte sich mit Holger vor – nahm diesen ungeheuren Geräuschpegel mit stoischer Ruhe hin. Er kannte das wohl schon. Er war bereit, die Musik-CDs der Schüler abzuspielen. Die allgemeine Stimmung hätte nicht besser sein können. Die Schüler schienen alle Lieder zu kennen. Auch die achtzehn fremden Jugendlichen, die direkt bei dem Busunternehmen gebucht hatten, sangen lautstark mit.

Gegen 1 Uhr streikte Holger und machte die Musik aus. Aber Lara stimmte mit ihrer schönen, klaren Stimme die Songs immer wieder an und fand Klassenkameradinnen, die weniger melodisch als laut mitsangen. Jennys ermahnende Worte fruchteten nur kurze Zeit. Erst gegen Morgen war es relativ ruhig.

Sie fuhren inzwischen durch Frankreich. Da rief Anna plötzlich vor lauter Begeisterung: »Hier sind sogar die Reklameschilder auf Französisch!«

Natürlich wusste sie sofort, was sie gesagt hatte, aber die Einsicht kam zu spät. Lara griff diesen Satz immer wieder auf und sang ihn von Zeit zu Zeit in unterschiedlicher Betonung. Es war einfach nur gemein. Jenny verbot ihr, den Satz zu wiederholen, aber es war zu spät. Lara hielt zwar daraufhin ihren Mund, aber sie hatte ihre Anhänger. Es vergingen keine fünf Minuten, ohne dass jemand diesen Satz vor sich hinsang. Anna tat Jenny leid.

»In der Ukraine gibt es wohl keine Reklameschilder – oder vielleicht doch, aber nicht auf Russisch.« Lara formulierte diesen Satz scheinbar gleichgültig, aber laut genug, dass man ihn gut verstehen konnte, wohlwissend, dass Anna zu schüchtern war, um sich zu wehren.

»Du ärgerst dich ja bloß, dass Anna bessere Arbeiten schreibt als du«, sagte Maria, die auch in der Ukraine geboren war.

»Pffff«, schnaubte Lara »ich mache eben nicht jede Hausaufgabe gleich dreimal!«

»Nee, du machst sie grundsätzlich nicht«, sagte Fabian grinsend. Da diese Bemerkung eindeutig wie ein Lob klang, war für Lara die Unterhaltung beendet.

Sie hätte tatsächlich Jennys beste Schülerin sein können, denn sie hatte einen tunesischen Vater, der mit ihr Französisch gesprochen hatte. Er war bei einem Autounfall ums Leben gekommen, als Lara zwölf Jahre alt war. Ihre Mutter kümmerte sich nicht darum, ob ihre Tochter Hausaufgaben machte oder nicht. Sie hatte eigene Probleme.

Gegen Morgen kamen sie in Paris an. Es war noch kühl. In einem Bistro waren vom Busunternehmen Plätze zum Frühstück reserviert worden. Das Mitteilungsbedürfnis der Reisenden war auf einem Nullpunkt. Auch dem Espresso und den Croissants gelang es nicht, die allgemeine Müdigkeit zu vertreiben. Jenny machte ein Foto von dem französischen Frühstück und schickte es mit dem Kommentar »*Wir sind in Paris, Gruß Jenny*« an Bastian und an ihre Mutter. Da Bastian sich mit Nico in Schnatbach aufhielt und Evi wegen beweglicher Ferientage nach Pfingsten bereits seit Anfang der Woche dort war, teilte Jenny dadurch allen mitfiebernden Angehörigen ihre gute Ankunft mit. Bastians Antwort kam prompt. »*Guten Appetit!*« Dazu gab es ein Smiley mit Kussmund.

Um 8.30 Uhr nahmen die Teilnehmer der Reise – leicht gestärkt – wieder im Bus Platz. Eine junge Frau stieg zu, denn der Tag in Paris begann mit einer Stadtrundfahrt.

»Bonjour, meine Damen und (H)erren, bienvenu à Paris. Je suis Céline«, begann die sympathische Französin ihre Ausführungen mit sanfter, melodischer Stimme in gutem Deutsch mit einem angenehmen, französischen Akzent. In den nächsten zweieinhalb Stunden erklärte sie die Sehenswürdigkeiten von Paris, die die Reisenden vom Bus aus sehen konnten. Besser gesagt, gesehen hätten, wenn sie nicht geschlafen hätten. Céline kannte das wohl schon und freute sich über jeden, der wach war.

11 Uhr. Sie waren auf dem Place du Tertre in Montmartre, dem Künstlerviertel von Paris, angekommen. Auch diejenigen, die die Stadtrundfahrt komplett verschlafen hatten, bedankten sich bei Céline mit einem Applaus.

Holger verabschiedete sich mit den Worten: »Vergesst nichts im Bus. Wir sehen uns erst um 23 Uhr an der Anlegestelle des Ausflugsbootes an der Seine wieder.« Und schon war er mit dem Bus im Verkehrsgetümmel verschwunden. Zwölf Stunden Eroberung von Paris lagen vor ihnen!

Jenny hatte die Route im Unterricht genau ausgearbeitet. Es gab bestimmte Stationen, die sie gemeinsam besuchen wollten, und dazwischen Zeit für die Schüler, alleine auf Entdeckungsreise zu gehen. Das war es, worauf sich die Jugendlichen am meisten freuten, während Frank und Jenny sich indessen die bange Frage stellen würden: »Kommen alle Schüler pünktlich und unversehrt zum vereinbarten Treffpunkt?«

Als Erstes stiegen sie gemeinsam die vielen steilen Treppen zu der leuchtend weißen Kuppelkirche Sacré Coeur hinauf. Die Bewegung tat gut. Der Blick von oben auf Paris war grandios. Sie sahen auf die Stadt, ein Gewirr von Gebäuden, breiten Straßen und engen Gassen. Hochhäuser begrenzten das Panorama in der Ferne.

Auf den Stufen der breiten Treppe saßen überall Gruppen von meist jungen Leuten, diskutierten in verschiedenen Sprachen, lauschten einem Musiker, der seiner Querflöte zauberhafte Klänge entlockte, und sangen zum Klang einer Gitarre:

»Plaisir d'amour ne dure qu'un moment, ...« Dieses Chanson vom Liebesglück, das nur einen Augenblick dauert, war eines von Jennys Lieblingsliedern. Sie lauschte verträumt. Ihre Schüler schauten und hörten zu. Lara rief mit einer Bewegung, als wollte sie die ganze Stadt umarmen: »Voilà Paris!«

Jenny zeigte auf das untere Ende der Treppe und sagte: »Ihr habt jetzt Freizeit. Dort treffen wir uns pünktlich in einer Stunde wieder. Sollte irgendetwas sein, dann meldet euch bei mir. Ihr habt ja meine Handynummer. Herr Baumann und ich halten uns in oder vor dem Straßencafé neben unserem Treffpunkt auf.« Kaum hatte sie diesen ersehnten Satz ausgesprochen, liefen die Mutigen die Treppe wieder hinunter, um auf dem Place du Tertre den Malern bei ihrer Arbeit zuzusehen. Vor dem Treffpunkt hatte Pierrot seinen Platz. Ob er wieder da sein würde?

Frank und Jenny folgten ihnen langsam und suchten sich auf der Terrasse des Cafés zwei Plätze. Von hier aus hatten sie freie Sicht auf das bunte Treiben, die Maler und die Touristen. Die zaghafteren Schüler konnten sie immer sehen, was für die Jugendlichen inmitten dieser vielen Menschen eine Beruhigung darstellte.

Sie hatten sich gerade gesetzt, da entdeckte Jenny Pierrot. Frank sagte: »Geh hin. Ich halte die Stellung.« Einige Schüler standen in der Nähe und sahen ihre herzliche Begrüßung mit dem urigen Maler und hörten auch ihren Spitznamen *Duchesse*. Plötzlich stand ihre Freundin mit dem kleinen Philippe neben ihr. »Claudia! Schön, dass du es geschafft hast zu kommen«, rief Jenny erfreut aus. Auch diese französische Begrüßung mit angedeuteten Küsschen sahen die Schüler. Dass Jenny mitten in Paris gleich mehrere Bekannte hatte, schien ihr Ansehen zu erhöhen. Einige Schüler machten Fotos mit ihren Handys und schickten die Bilder an Jenny. Sie suchte ein Foto aus, auf dem sie mit Pierrot, Claudia und ihrem kleinen Sohn zu sehen war, und schickte es Bastian und ihrer Mutter. Er schrieb sofort zurück: »*Herzliche Grüße unbekannterweise*« und ihre Mutter antwortete: »*Sieht gut aus. Viel Spaß, Isolde lässt grüßen.*«

Einige Schüler erzählten begeistert, dass sie auf Französisch ein Baguette gekauft hätten. Stolz darauf, ihre Sprachkenntnisse erfolgreich angewandt zu haben, bissen sie hinein.

»Köstlich!«, rief Katharina aus. Ihre Freundin fügte schwärmerisch hinzu: »Es schmeckt, es schmeckt so, so französisch!« Damit war alles gesagt!

Andere kauften ein Bild von diesem Platz mit Sacré Coeur im Hintergrund, einen preiswerten Druck. Ein in Paris selbst gekauftes Bild war eine unbezahlbare Erinnerung! Die größte Attraktion auf diesem Platz waren die Porträtmaler. »Schade, dass wir keine Zeit haben, uns malen zu lassen«, sagte Katharina.

»Außerdem haben wir nicht das Geld dafür«, ergänzte ihre Freundin.

Als die Stunde Freizeit für die Schüler vorüber war, bedankte sich Jenny sehr bei Claudia, dass sie mit dem kleinen Philippe gekommen war. Sie waren sich einig, dass selbst diese kurze Zeit des Wiedersehens besser war als nur ein Telefongespräch.

Auf dem Weg zum vereinbarten Treffpunkt sah Jenny Lara. Sie saß leger auf einem Stühlchen, die Beine elegant übereinandergeschlagen. Mit ihrem aufreizend tiefen Dekolleté und der schicken pinkfarbenen Jeansjacke war sie nicht zu übersehen. Ein Maler hatte gerade begonnen, ein Porträt von ihr zu zeichnen. Sie konnte also auf keinen Fall zum vereinbarten Zeitpunkt fertig sein. Immer mehr Mitschüler versammelten sich um Maler und Modell und verfolgten die Entstehung des Kunstwerks. Lara hatte es wieder geschafft, die Aufmerksamkeit auf sich zu ziehen.

Sollte Jenny schimpfen, weil Lara sich nicht an den festgelegten Zeitplan hielt? Es war, als wäre über allen Schülern ein Bogen gespannt, der sie vereinte. Sollte sie schulmeisterlich den Pfeil abschießen und die Spannung lösen? Sie hätte die Schüler gegen sich, denn die Entstehung einer Zeichnung von Lara durch einen Pariser Maler hatte sichtlich großen Unterhaltungswert. Jenny entschied sich für die sprichwörtlich gute Miene zum bösen Spiel.

Das Bild wurde fantastisch. Als es fertig war, betrachtete der junge Franzose mit ausgestreckten Armen sein Kunstwerk, als ob er sich schwer davon trennen könnte. Lara sah wirklich gut aus mit ihren langen schwarzen Haaren und ihren dunklen, funkelnden Augen. Sie zahlte und nahm mit einem triumphierenden Seitenblick zu Jenny ihr Bild unter den Arm. Sie hatte gewonnen.

Nun konnten sie zusammen ihr nächstes Abenteuer in Angriff nehmen. Sie wollten mit der Metro zur Kathedrale Notre-Dame auf der Île de la Cité fahren. Gemeinsam gingen sie zur nächsten Metrostation und verteilten sich auf dem Bahnsteig. Als die U-Bahn kam und sich die automatischen Türen öffneten, stiegen alle gleichzeitig ein. Erleichtert sah Jenny, dass kein Schüler auf dem Bahnsteig zurückgeblieben war. Einige hatten sogar einen Sitzplatz bekommen. Die meisten hielten sich stehend aneinander oder an den dafür vorgesehenen Stangen fest. Lara stand im nächsten Wagon in der Nähe der Tür, umringt von ihren Fans.

Zwei Stationen vor Notre-Dame rief sie plötzlich: »Wir sind da! Aussteigen!« Michelle und Merle gehorchten ihr sofort. Die Türen schlossen sich wieder, begleitet von einem entsetzten Aufschrei der in der Metro verbliebenen Jungen und Mädchen. Auf dem Bahnsteig sah Jenny für den Bruchteil einer Sekunde die erschrockenen Blicke von Michelle und Merle und dann den zugleich amüsierten und triumphierenden Blick von Lara. Jenny war wütend. Sie hätte Lara doch nicht mitnehmen sollen! Die Vorahnung, dass dies nicht ihr letzter Streich war, verdrängte Jenny.

Station Notre-Dame! Dieses Mal war Jenny es, die »Alle aussteigen!« rief. Auf dem Bahnsteig zählten sie zunächst die vorhandenen Schüler. Wenigstens war keiner mit der Bahn weitergefahren. Einige Schüler fragten aufgeregt: »Was wird jetzt mit Michelle und Merle?« und »Warum fahren wir nicht zurück, um sie zu holen?«

»Die steigen bestimmt in die nächste Bahn dieser Linie wieder ein«, beruhigte sie Jenny. Schließlich hatten sie das Fahrplanlesen der Metro gründlich geübt. Frank beschloss, auf die nächste Metro zu warten, während Jenny mit den Schülern langsam zu der mächtigen, eindrucksvollen Kirche mit den beiden viereckigen Türmen schlenderte. Erleichtert stellte sie fest, dass er kurz darauf mit Michelle und Merle nachkam. Vor dem Hauptportal erwischte sie Lara und sagte bestimmt: »Du schreibst ein ausführliches Protokoll von dieser Kathedrale und ihrer Geschichte.«

»Wenn Sie meinen.« Lara zuckte lässig mit den Schultern.

Sie würde die Strafarbeit machen. Aber sie hatte ihr Ziel erreicht. Die gemeinsame Besichtigung von Notre-Dame war Pflicht für alle. Als sie das hohe Mittelschiff dieses großartigen Bauwerks der Gotik betraten, erfüllte der sagenhafte Klang der Orgel die Kathedrale. Auch der größte Besichtigungsmuffel war überwältigt. »Die Orgel ist mit 113 Registern die größte Orgel Frankreichs. Die fantastische Akustik in dieser Kirche ist weltberühmt«, erklärte Frank in gedämpftem Ton. »Die berühmte Fensterrosette dort oben mit ihren prachtvollen Farben stammt aus dem 13. Jahrhundert.«

Jenny hörte Franks Stimme wie von ferne und war froh, dass er die Führung übernommen hatte. Es wäre ihr schwergefallen, sich auf einen Vortrag zu konzentrieren. Warum benahm Lara sich so? Wollte sie ihre Mitschüler auf sich aufmerksam machen oder sie, die Lehrerin? Jennys Gedanken verloren sich in dem diffusen Licht, das durch die farbigen Fenster der Kirche fiel.

Nach diesen besinnlichen Minuten stand wieder Freizeit für die Schüler auf dem Programm – diesmal würden es zwei Stunden sein. »Um 16 Uhr treffen wir uns unter dem Eiffelturm. Pünktlich! Wenn ihr zu Fuß an der Seine entlang geht, könnt ihr euch nicht verlaufen. Ihr habt genug Zeit.« Jenny hatte es kaum ausgesprochen, da gab Lara ihr eine Karte, auf der pflichtgemäß mindestens drei Namen stehen mussten, in diesem Fall: Lara, Michelle und Merle. Diese Minigruppe verschwand in Richtung Metrostation. Die anderen Schüler entschieden sich, meistens in größeren Gruppen, für den Bummel an der Seine und hatten, wenn sie wollten, Blickkontakt zu Frank und Jenny, die ebenfalls diesen Weg nahmen.

Es war sehr warm. Frank und Jenny suchten bei den Bouquinisten an der Seine nach literarischen Schätzen. Wenn man Glück hatte, fand man unter den antiquarischen Büchern, alten Bildern, Drucken und Stichen echte Kostbarkeiten. Anna, die einmal Bibliothekarin werden wollte, und Maria waren in ihrem Element.

»Ein Schnellkochbuch auf Französisch und so billig. Das kaufe ich mir.« Anna hielt begeistert ein Buch in die Höhe, das ein Glas Rotwein, Baguette und eine Käseplatte zeigte.

»Und dann brauchst du die dreifache Zeit, weil du jedes Wort im Wörterbuch nachgucken musst«, sagte Maria grinsend.

Die Sonne schien hell und strahlend auf sie herab. Jenny blinzelte. War sie etwa müde? »Es ist bestimmt nur der Sonnenschein«, behauptete Frank, nicht unbedingt überzeugend. »Aber vielleicht könnte man sich im Jardin des Tuileries ein ruhiges Plätzchen suchen?«

Gesagt, getan. Dieser herrliche Park erstreckte sich zwischen dem Louvre und der Place de la Concorde. Überall standen nostalgische Stühle herum, deren ursprünglich weiße Farbe kaum noch zu erkennen war. Die Stühle hatten eine Rückenlehne und manche sogar Armlehnen. Verlockend! Frank und Jenny stellten sich jeweils zwei Stühle gegenüber – einen zum Sitzen und einen für die Füße. Jenny sah noch, dass Frank in sein Baguette biss, da war sie auch schon eingeschlafen.

Lange währte dieses erholsame Vergnügen jedoch nicht, denn bequem waren die Stühle nicht. Aber der Kurzschlaf erquickte ungemein.

Frank war auf seinen beiden Stühlen etwas verrutscht, der linke Arm hing schlaff über einer Armlehne. Auf dem rechten Arm ruhte sein Kopf. Er schlief mit etwas geöffnetem Mund. Fabian und Jan entdeckten sie und hatten großen Spaß dabei, die Lehrkräfte zu fotografieren – erst in die eine Richtung mit der berühmten gläsernen Pyramide im Hintergrund, die François Mitterand vor dem Louvre bauen ließ, dann in die andere Richtung. Dort sah man den ägyptischen Obelisken auf dem Place de la Concorde. In der Ferne grüßte der Eiffelturm.

Der Eiffelturm! Es wurde Zeit, Frank zu wecken. Denn sonst kamen womöglich die Lehrer zu spät. »Werden alle pünktlich am Eiffelturm sein?«, fragte sich Jenny. Auf einmal wurde ihr ganz flau. »Was ist, wenn jemand fehlt? Welches Ziel hatten

Lara, Michelle und Merle angesteuert?« Welche Katastrophen es geben könnte, durfte sie sich nicht ausmalen. Dann hätte sie diese Fahrt nicht machen dürfen.

»Du rast vielleicht«, sagte Frank, und fügte hinzu: »Wir sind gut in der Zeit.« »Entschuldige, aber mir ist auf einmal so komisch. Ich muss wissen, dass wir alle unsere Schäfchen wiederhaben.«

Ihre Antwort konnte Frank gut nachvollziehen. Er legte auch einen Zahn zu. Schon von Weitem erkannten sie, dass sich einige ihrer Schützlinge bereits eingefunden hatten. Doch als sie den Eiffelturm erreicht hatten, stellten sie fest, dass Lara, Michelle und Merle fehlten.

45. Die Entschuldigung

»Sollen wir uns schon mal am Fahrstuhl anstellen?«, rief die rundliche Katharina.

»Nix da, die Fahrstühle sind zu teuer«, bestimmte Jenny. »Und außerdem, sieh dir mal die Schlange vor dem Fahrstuhlschalter an. Das dauert viel zu lange. Ihr steigt schön zu Fuß die Treppen rauf.« Katharina schaute entsetzt nach oben.

»Na«, fragte Jenny, »wer weiß denn noch, wann der Ingenieur Gustave Eiffel diesen Turm zusammenfügen ließ?«

Jan antwortete sofort: »Zur Weltausstellung von 1889. Perfekt, dann lauft los. Der Aufstieg bis zur ersten Plattform ist Pflicht«, entschied Jenny kategorisch.

»Wer mehr Puste hat, kann auch die zweite oder dritte Plattform in Angriff nehmen.«

Frank ergänzte: »Dann müsst ihr euch ranhalten. Bis oben sind es mehr als 1.665 Stufen.«

So beiläufig wie möglich fügte Jenny hinzu: »Ich warte hier unten auf Laras Gruppe.« Einige stürmten sofort los, andere setzten sich müde in Bewegung. Frank führte die Spitzentruppe an, Jenny blieb zurück.

Um sie herum wimmelte es von Menschen aller Nationen und Hautfarben. Jenny nahm diese fröhlichen Touristen kaum wahr. Ihr war, als stünde sie ganz allein unter diesem mächtigen Stahlkoloss. Sollte sie Lara, Michelle und Merle hinterhertelefonieren oder noch warten? Sie zog die Liste mit den Handynummern der Schüler aus der Tasche. Bevor sie wählte, ließ sie ihren Blick langsam die Metalltreppe hinauf bis zur ersten Plattform nach oben wandern. Da sah sie Lara, ganz klein, aber es bestand kein Zweifel. Dort schwenkte jemand seine leuchtend pinkfarbene Jacke wie ein Lasso über dem Kopf. Als Jenny auf der ersten Plattform ankam, war ihr schwindelig. Sie sagte sich: Ruhig durchatmen. Jetzt nur nicht abbauen.

Den Ausblick auf Paris registrierte sie nicht. Da entdeckte sie Merle und Michelle, aber sie suchte zwischen all den Touristen die pinkfarbene Jacke. »Wo ist Lara?«, fragte sie noch etwas außer Atem. Das schlechte Gewissen hatte Merle und Michelle die Sprache verschlagen. Sie zeigten beide, ohne zu antworten, auf die Stufen, die zur nächsten Plattform führten. Lara hatte nicht gewartet, also musste Jenny weiter. Dabei überholte sie Frank mit einigen Schülern, die langsamer hinaufstiegen.

Auf der zweiten Plattform sah sie Lara. Sie machte ein Foto nach dem anderen, als wollte sie ganz Paris einfangen. Da bemerkte sie Jenny und zuckte erschrocken zusammen. Ihre Augen wurden dunkel. Nichts von ihrem gewohnt lässigen, etwas überheblich wirkenden Blick war zu spüren.

»Ich, ich war früher da, da bin ich ... « Sie steckte das Handy in ihre Tasche und wartete auf Jennys Reaktion.

Ohne besondere Betonung sagte Jenny: »Ich habe auf euch gewartet.«

Lara schwieg verlegen. Dann hob sie den Kopf und sagte deutlich: »Entschuldigung.«

Laut Aussage der Kollegen hatte sich Lara noch nie bei jemandem entschuldigt. Jenny blickte auf das gewaltige Häusermeer von Paris, hielt sich am Geländer fest und schaute wieder zu Lara. Dann nickte sie, ohne weitere Worte. Lara griff ebenfalls nach dem Geländer. Es war, als wenn sie beide diesen Augenblick mit ihren Händen festhalten wollten.

Am blauen Himmel von Paris waren einige weiße Wolken, sodass die Sonne zeitweise verdeckt wurde. Dadurch sah es so aus, als wenn sie langsam über Paris wandern würde. Jetzt beleuchtete sie Sacré Coeur auf dem Hügel von Montmartre. Frank war mit den Schülern nun auch angekommen.

Anna rief begeistert aus: »Ich sehe den Arc de Triomphe und das Palais Chaillot! Alle die Sehenswürdigkeiten, die in unserem Französischbuch sind, sind hier wirklich!«

Jenny wartete darauf, dass Lara den Satz mit ironischem Unterton wiederholen würde, aber sie sagte nichts. Stattdessen nahm sie wieder ihr Handy und fotografierte in alle Richtungen, auch in die Richtung, in der Jenny stand. Frank holte Jenny in die Wirklichkeit zurück: »Wir müssen gleich wieder absteigen, wenn wir unser weiteres Programm durchziehen wollen.«

Gemeinsam fuhren sie als Nächstes mit der Metro zum Arc de Triomphe, dem mächtigen »alten« Triumphbogen.

»Ich wäre gerne einmal dabei, wenn die Radprofis bei der Tour de France hier ins Ziel fahren«, gestand Jan.

»Das ist doch keine ehrliche Leistung mehr. Die sind alle gedopt«, entgegnete Lara.

»Das musst du gerade sagen. Ob dopen oder Ecstasy oder Cannabis, das liegt doch alles auf einer Ebene.« Jans Worte zerschnitten die Luft.

Lara warf Jenny einen schnellen Blick zu und zog Jan mit sich fort. Jenny konnte nicht hören, was sie zu ihm sagte. Sie fror, obwohl die Sonne schien. Nie zuvor hatte sie den Satz »Es läuft mir eiskalt den Rücken hinunter« so gut verstanden wie in diesem Augenblick.

Am Triumphbogen bot Frank an, mit ihm auf die Terrasse hinaufzusteigen. Von dort sähe man deutlich die mehrspurigen, sternförmig angelegten Straßen, in deren Mitte sich der Triumphbogen befand. Die Champs Elysées war die größte unter ihnen. »Nicht schon wieder Treppen steigen« war die einhellige Meinung. Also gingen sie zusammen die Champs Elysées hinunter bis zu einer Ampelkreuzung. Die Ampel für die Fußgänger sprang auf Grün. Die Schüler liefen los. Die meisten Autofahrer hielten an. Einige Autos mogelten sich zwischen den Fußgängern hindurch, ohne die Ampel zu beachten. Neben Jenny stand Anna wie versteinert und rührte sich nicht. Ängstlich starrte sie auf das wilde Treiben vor sich. Jenny nahm ihre Hand. Anna ließ es geschehen. Sie überquerten die Allee. Lara wartete längst auf der anderen Seite.

»Fühlt ihr euch fit, jetzt in Gruppen alleine mit der Metro zu eurem Wunschziel zu fahren?«, fragte Jenny.

»Na klar!« Die Reaktion war vielstimmig, laut und überzeugend.

»Gut. Dann seid Ihr um 20.30 Uhr an der Anlegestelle Nummer 7 an der Seine. Pünktlich! Die Boote warten nicht.«

Die Gruppen bildeten sich. Yannik gab Jenny als Erstes eine Karte mit fünf Namen und rief seinen Leuten zu: »Los, ich hab' Hunger.«

Die Reaktion kam prompt: »Mac Donald's auf den Champs Elysées, voll geil!« Und schon war die Gruppe im Gewühl verschwunden.

Anna stand alleine etwas abseits. Keiner kümmerte sich um sie. Da kam Lara und bot an, Anna in ihrer Gruppe mitzunehmen. Anna passte überhaupt nicht in diese Gruppe mit den beiden flotten Jungen Marvin und Fabian und der unternehmungslustigen Merle, die Lara bewunderte und jeden Unfug, den sie vorschlug, mitmachte.

Jenny fragte sich, warum Lara Anna mitnehmen wollte? Weil sie durch diesen Vorschlag auffiel? Weil Anna ihr leid tat? Oder weil sie mit Anna etwas vorhatte und wenn ja, was?

Jenny fiel so schnell kein plausibler Grund ein, den Vorschlag abzulehnen. Sie blieb mit Frank alleine zurück. Eine unheilvolle Vorahnung beschlich sie. Leise sagte sie zu Frank: »Ich habe so ein komisches Gefühl in der Magengegend.«

»Du hast bestimmt nur Hunger«, meinte Frank in einem unglaubwürdig sorglosen Ton. Sie setzten sich in ein Straßencafé und bestellten Espresso und Crêpes mit Champignons. Zu müde zum Reden beobachteten sie die Passanten, denn vor den französischen Cafés saß man wie in einem Kino, alle mit dem Blick zur Straße. Von ihren Schülern war niemand mehr zu sehen. Der Film rauschte an Jenny vorüber – unwirklich, ohne Konturen.

»Für eine Sehenswürdigkeit haben wir noch Zeit. Welche sollen wir nehmen?«, fragte Frank.

Jenny schlug das Centre Pompidou vor. »Der Platz an der Westseite dieses Museums für Moderne Kunst ist bekannt als Aktionsfläche für Musikgruppen und Straßenkünstler. Ich kann mir vorstellen, dass dieser internationale Treffpunkt auf Laras Gruppe eine große Anziehungskraft ausübt.«

Jenny hatte den ganzen Tag die Gedanken an ihren Vater unterdrückt, aber vor dem Centre Pompidou konnte sie die Erinnerung an ihren letzten Besuch in Paris nicht wegschieben. Nach ihm Ausschau zu halten nutzte nichts, denn sie hatte Tante Isolde für ihren Vater nur den letzten Programmpunkt mit der Abfahrtszeit des Bootes für die Nachtfahrt angegeben. Würde er sich heute Abend in der Nähe der Anlegestellen aufhalten? War er überhaupt in Paris? Wie viele Gruppen würden dort abreisen? Hatte er die Möglichkeit, herauszufinden, auf welchem Boot die Schülergruppe aus Bielefeld fahren würde?

Vor dem Centre Pompidou pulsierte das Leben. Vor allem junge Leute saßen hier in Gruppen zusammen, musizierten, sangen und schauten den Gauklern und Straßenkünstlern zu. Ein Feuerschlucker zeigte seine Kunst. Lara und Co. waren nirgends zu sehen.

Mittlerweile war es 19.30 Uhr. »Lass' uns zur Anlegestelle an der Seine fahren«, bat Jenny ihren Kollegen. »Vielleicht sind schon einige von unseren Schülern da.« Dass sie sich insgeheim fragte, ob ihr Vater dort auftauchen würde, verriet sie nicht.

Am Seineufer hatte sich noch niemand von ihrer Truppe eingefunden. Jenny und Frank setzten sich auf eine Bank und warteten. Ihr fielen die Augen zu.

Wie aus weiter Ferne hörte sie ihren Namen. »Frau Jäger, wachen Sie auf. Man darf auf das Boot. Wir wollen auch drauf. Es fährt gleich ab.« Jenny schreckte hoch.

»Du hast so schön geschlafen. Wir wollten dich nicht wecken«, sagte Frank. »Fast alle sind da.«

»Was heißt fast? Ist Lara mit ihrer Gruppe da?«

»Nein, die sind es, die noch fehlen.«

Jenny hatte das Gefühl, dass ihr Herz immer lauter schlug, je später es wurde. Sie behielt ihre Karte und fünf für die Schüler zurück und gab die anderen Karten Frank, der mit den aufgeregten Zehntklässlern schon mal vorging.

Jenny lief hin und her und hielt Ausschau nach den Fehlenden. Der Ärger über die erneute Verspätung wich immer mehr der sorgenvollen Frage: Wo waren diese fünf Jugendlichen? Warum riefen sie nicht an? Die abendliche Fahrt in einem *Bateau-Mouche* war der absolute Höhepunkt der Paris-Fahrt. Darauf hatten sich alle am meisten gefreut. Jenny griff zum Handy. Da sah sie Marvin, Fabian und Merle.

»Wo sind Lara und Anna?«, rief sie, als ihre Schüler nahe genug heran waren.

»Da war Midnight-Shopping mit tollen Sonderangeboten«, sagte Merle ganz außer Atem.

»Shopping!« Jenny konnte es nicht fassen.

»Die können warten, bis wir zurückkommen.« Jenny schnaubte vor Wut.

»Los jetzt, an Bord.«

Hinter ihnen wurde die Gangway hochgezogen. Das Schiff fuhr los.

Jenny wählte die Nummer von Lara. Anna hatte als Einzige kein Handy. Warum ging Lara nicht dran? Hörte sie ihr Handy nicht? Warum rief sie nicht von sich aus an? Jenny versuchte es wieder und wieder. Keine Reaktion.

***

Das letzte Foto, das Bastian von Jenny per WhatsApp bekommen hatte, zeigte Jenny und Frank auf Stühlen schlafend vor der gläsernen Pyramide des Louvre, abgeschickt um die Mittagszeit. Er hatte mit einem Bild von dem schlafenden Nico geantwortet und dazu gutes Durchhalten gewünscht. Seitdem hatte sich Jenny nicht mehr gemeldet. Das kam Bastian komisch vor, denn Paris lud zum Fotografieren und Weiterschicken ein, wie es Jenny am Vormittag gemacht hatte. Kein Bild vom Eiffelturm oder den Booten auf der Seine. Mittlerweile war es 21 Uhr. Da sollte das Schiff abfahren.

Bastian rief Sabine an. Aber auch sie und Isolde hatten nichts von Jenny gehört. Die beiden warteten besonders auf Nachricht, denn diesmal hatte sich René zum ersten Mal schon vor dem Termin für die Information bedankt und nicht erst danach. Isolde hatte ihn so verstanden, dass er sich tatsächlich in Paris aufhielt und Jenny vor der Bootsfahrt abpassen wollte. Hatten sie sich getroffen?

Bastian konnte nicht länger warten und rief Jenny an. Sie schilderte ihre Situation und hoffte, dass alles gut ausgehen würde. Ihren Vater hatte sie nicht gesehen. Sie hatte sich auf die Suche nach den beiden Mädchen konzentriert. Zum Schluss sagte sie: »Drück mir die Daumen, dass die beiden nachher heil und wohlbehalten am Anleger stehen.«

»Was machst du, wenn sie nicht da sind?«

»Dann bleibe ich in Paris. Ich kann nicht ohne die Mädchen mit dem Bus zurückfahren. Bastian, ich habe Angst. Es kann ihnen so viel zugestoßen sein. Du, Schüler wollen etwas von mir. Ich melde mich wieder.«

Abgebrochen. Ihre Stimme hatte verzweifelt geklungen. Sie war voller Elan und Optimismus losgefahren, und jetzt? Wenn sie mit einem schlimmen Ereignis konfrontiert würde, müsste sie mit dem Problem ganz alleine fertig werden. Würde sie bei einer Katastrophe noch einmal den Mut zu einer Klassenfahrt haben? Wäre gar ihr Traum vom Lehrerberuf ein für alle Mal geplatzt?

Die letzten Wochen waren optimal gelaufen. Jenny hatte alles im Griff, bekam Berufs- und Mutterpflichten souverän unter einen Hut. Die Stunden, die sie beide alleine miteinander verbracht hatten, waren entspannt, intensiv, ein Schweben über den Wolken.

Bastian musste etwas tun. Wie könnte er ihr helfen? Er rief Jennys Mutter an, informierte sie und beendete seinen Bericht mit der Bitte: »Kann Isolde nicht Jennys Vater telefonisch bitten, mich anzurufen? Ich würde ihn gerne sprechen. Vielleicht war er da und hat Jennys Aufregung mitbekommen.«

»Moment, warte mal«, sagte Sabine. Bastian hörte Gemurmel.

»Ja, Bastian, Isolde versucht, Jennys Papa zu erreichen und meldet sich dann wieder bei dir, damit du Bescheid weißt.«

»Danke.«

46. Da muss etwas passiert sein

»Wir haben über eine Stunde auf die beiden gewartet«, sagte Marvin. Fabian fügte hinzu: »Da muss etwas passiert sein.« Der Satz traf Jenny wie ein Blitz. Wie in Trance starrte sie auf das nächtliche Paris. Der Motor des Bootes tuckerte gleichmäßig. Die Stimme aus dem Lautsprecher erläuterte in verschiedenen Sprachen die Sehenswürdigkeiten, an denen sie vorbeiglitten. Gesprochen wurde nicht viel. Jennys Schüler standen an der Reling oder saßen auf den Bänken und kuschelten sich aneinander. Starke Scheinwerfer beleuchteten von den Booten aus das Ufer. Die berühmtesten Gebäude wurden zusätzlich separat angestrahlt. Das war Paris!

Diese Fahrt hätte der Höhepunkt des Tages sein sollen. Vielleicht war es das auch – für die Jungen und Mädchen ihres Französischkurses. Hoffentlich! Der Eiffelturm kam in Sicht, goldfarben angestrahlt. Dort oben hatte sie mit Lara gestanden. War das wirklich erst heute Morgen gewesen? Warum schickte Lara nicht wenigstens eine SMS?

Sie fuhren unter einer der vielen Brücken hindurch. »Da, ein Clochard«, rief ein Mädchen aus. »Was macht der denn mit einem Kinderwagen?« Alle beobachteten den bärtigen Mann. Jetzt zog er eine Flasche Rotwein unter einer Decke hervor und nahm einen Schluck. »Die Babykarre ist seine Vorratskammer. Cool.« Für die Schüler war dieser Mann ein Abenteuer. Waren es seine Kinder, die in diesem altmodischen Kinderwagen gelegen hatten? Ehe Jenny sich in ihrer Fantasie eine Antwort auf diese Fragen ausmalen konnte, sah sie in Gedanken Lara und Anna vor sich, zwei junge Mädchen, allein in Paris. Sie werden bestimmt um Mitternacht an der Anlegestelle sein, redete sie sich ein. Und wenn nicht? Wo sollte sie die Mädchen suchen? Sie waren alt genug, alleine durch Paris zu bummeln, und hatten die sprachlichen Fähigkeiten, sich verständlich zu machen, nach dem Weg zu fragen. Die Eltern hatten unterschrieben, dass ihre Kinder Freizeit haben dürften. Das war pro forma. In Wirklichkeit verließen sie sich darauf, dass Jenny sich für die Schüler verantwortlich fühlte, und das tat sie auch.

»Sie sehen den Justizpalast auf der Île de la Cité. Unter Charles V. wurde der Bau Sitz des Parlaments und ...« Die Worte, die aus dem Lautsprecher klangen, erzählten nichts von der traurigen Berühmtheit, die dieses Gebäude während der Französischen Revolution als Gefängnis erlangt hatte. Grausame Informationen passten nicht zu dieser stimmungsvollen Schiffsfahrt. Schließlich war das alles lange her. Und heute? Die schlimmsten Schlagzeilen sprangen vor Jennys Augen auf und ab: Mädchen entführt ... Sechzehnjährige unter Drogenverdacht ... Schülerinnen spurlos verschwunden ...

Der Lautsprecher verstummte. Stattdessen erklang leise französische Akkordeonmusik. Das Schiff legte an. Lara und Anna waren nicht am Anleger. Das drückte auf die Stimmung. Der Busfahrer wartete noch einen Moment. Wegen der anderen Gruppe im Bus musste er pünktlich abfahren. Außerdem waren alle zum Umfallen müde.
»Ich bleibe hier«, sagte Jenny.
»Was wirst du tun?«, fragte Frank.
»Noch etwas warten und dann eine Vermisstenanzeige aufgeben. Ich wünsche euch eine gute Fahrt.«
Sie war allein. Alle Passagiere waren zu ihren Bussen, den Autos oder in die Stadt gegangen. Es war eine warme Sommernacht. Noch gingen Liebespaare vorüber und Gruppen junger Leute, die an der Seine entlang bummelten. Es wäre Lara zuzutrauen, dass sie durch eine Ablenkung die Abfahrtszeit des Schiffes verpasst hatte. Aber auch die Abfahrtszeit des Busses? Das war unvorstellbar. Jenny beschloss, noch zehn Minuten zu warten. Dann musste sie handeln. Sie hatte das Gefühl, trotz der fröhlichen Nachtschwärmer noch nie so hilflos gewesen zu sein. Sie wünschte, sie würde aufwachen wie aus einem bösen Traum.
Jenny rührte sich nicht von der Stelle. Eine unsichtbare Macht hielt sie zurück. Sie lehnte sich an eine Laterne, deren schwaches Licht nicht darüber hinwegtäuschen konnte, dass es schon 23.30 Uhr war. Jenny versuchte, ihre Gedanken in vernünftige Bahnen zu lenken. Sie rief ein Taxi an und hoffte, Lara und Anna würden noch vor dem Taxi kommen. Da blen-

deten sie die grellen Scheinwerfer eines Autos. Das Taxi. Als Jenny die Beifahrertür öffnete, hörte sie Schritte. Es war Lara, allein.

»Wo ist Anna?«, platzte Jenny heraus.

»Im Krankenhaus.«

»Weißt du, welches Krankenhaus?«

»Ich habe einen Zettel mit dem Namen und der Adresse.«

»Steig ein und gib dem Fahrer den Zettel«, sagte Jenny und öffnete gleichzeitig die hintere Wagentür. So schnell wie diesmal hatte sie noch nie auf dem Rücksitz eines Autos Platz genommen. Da hörte sie eine männliche Stimme hinter sich, die etwas aus der Puste rief: »Jenny, Jenny!« Sie kannte diese Stimme, das war keine Sinnestäuschung, sie war real. Jenny schaute auf, rückte zur Seite, streckte ihre Hand aus und sagte: »Papa! Komm, bitte steig ein. Ich habe gerade ein großes Problem.« Ihr Vater ergriff ihre Hand und rutschte neben sie. Jenny sagte zum Taxifahrer: »Zum Hospital, bitte. A l'hôpital, s'il vous plaît.«

Der Taxifahrer verstand. Er wendete und brauste los.

»Hatte Anna einen Unfall? Warum hast du nicht angerufen?«, fragte Jenny atemlos.

»Mein Akku war leer. Ich habe viel fotografiert und gefilmt, und ich hatte keine Möglichkeit, ihn aufzuladen. Wir haben unser Geld zusammengelegt und für Anna High Heels gekauft, die ersten hochhackigen Schuhe in ihrem Leben. Stellen Sie sich das einmal vor! Deswegen ist sie umgeknickt, gleich vor dem Schuhgeschäft. Sie konnte nicht mehr auftreten. Da hat die Verkäuferin den Krankenwagen gerufen, und wir sind zum Krankenhaus gefahren.«

»Was ist jetzt mit Anna?«

»Weiß ich nicht, ich wollte doch so schnell wie möglich zur Anlegestelle kommen, damit Sie noch da waren.«

»Lara, ich wäre nicht ohne euch abgefahren!«

»Ich weiß«, sagte sie und konnte ihre Tränen nicht mehr zurückhalten.

»Aber wenn ich zu spät gekommen wäre, wären Sie vielleicht auf dem Weg zur Polizei gewesen. Ich habe gedacht, ich wäre schneller hier. Aber ich musste die richtige Metrolinie finden, und umsteigen musste ich auch. Das hat alles gedauert«, schluchzte sie.

Jenny sagte nichts darauf. Sie merkte, dass sie immer noch Hand in Hand mit ihrem Vater dasaß. »Gleich wache ich auf«, dachte sie. »So verrückt kann nur ein Traum sein.«

Da drehte Lara ihren Kopf leicht nach hinten und fragte: »Frau Jäger, wer ist ...«

»Das ist mein Vater. Er wohnt hier in Paris.« Jenny spürte den Druck seiner Hand. Sie durfte jetzt nicht vor Glück weinen. Sie musste die Fassung bewahren.

»Voilà l'hôpital!« Der Fahrer hielt direkt vor dem Krankenhaus. Jenny zahlte den Fahrpreis. Sie gingen zusammen hinein, als wäre es selbstverständlich. Jenny fragte an der Information nach ihrer Schülerin. Dann fuhren sie mit dem Fahrstuhl nach oben. Jetzt nahm Jenny zum ersten Mal das Aussehen ihres Vaters wahr. Er war alt geworden. Mit seinen ergrauten, aber dichten, lockigen Haaren sah er gut aus. Er war kleiner, als sie ihn in Erinnerung hatte, immer noch schlank, trug Jeans, ein weißes bedrucktes Shirt und eine legere dunkelblaue Strickjacke.

Als Anna sie kommen sah, weinte sie vor Erleichterung. Lara setzte sich zu Anna ans Bett und erzählte, wie sie Jenny und ihren Vater gefunden hatte. Eine Schwester kam und berichtete Jenny, dass Anna tapfer das schmerzhafte Biegen ihres Fußgelenks beim Röntgen ausgehalten hätte. Sie hätte einen Innenbandriss, der ohne Operation heilen sollte. Mit der Schiene und Gehhilfen könne sie morgen nach Hause fahren, vielleicht nicht gerade mit dem Zug, aber mit dem Auto ginge das. Für die Nacht bekäme sie schmerzstillende Medikamente.

Jenny wollte gerade sagen, dass sie kein Auto zur Verfügung hatte, da unterbrach ihr Vater sie und sagte: »Das geht in Ordnung. Bleib bei deinen Schülerinnen. Ich muss was mit der Schwester besprechen.« Nach wenigen Minuten kam er wieder und sagte: »Wir haben das geklärt. Das zweite Bett in diesem Zimmer ist zurzeit nicht besetzt. Lara kann den Rest der Nacht hier bei Anna schlafen. Es ist schließlich eine Ausnahmesituation. Du kannst bei mir übernachten. Wir holen die jungen Damen morgen früh um 10 Uhr ab.« Jenny wollte etwas sagen, da sah ihr Vater sie bedeutungsvoll an. Jenny nickte und fragte Anna: »Hast du deine Eltern schon informiert?«

»Ja, die Schwester hat mir ein Telefon gegeben«, sagte Anna. »Ich kann jederzeit telefonieren.«

Während das Mädchen bereits die Nummer wählte, fragte Jenny an Lara gewandt: »Und was ist mit deiner Mutter?«

Da zeigte Lara auf eine Steckdose, an die sie bereits ihr Handy zum Aufladen angeschlossen hatte, und erklärte: »Mir hat die Schwester ihr Ladekabel geliehen. Aber ich schreibe meiner Mutter eine SMS, weil sie mich morgen früh nicht abholen muss. Jetzt schläft sie.«

»Hat Anna zu Hause was von den Schuhen erzählt?«, fragte Jenny leise. Lara schüttelte den Kopf, gab ihr eine Einkaufstüte mit einem Schuhkarton und sagte: »Können Sie die bitte mitnehmen?«

»Alles klar. Wir bleiben dabei, dass Anna einfach so umgeknickt ist. Von den High Heels braucht keiner was zu wissen. Dann schlaft gut, bis morgen.« Mit diesen Worten verließen Jenny und ihr Vater das Zimmer.

»Mit welchem Auto ...«

»Bastian ist auf dem Weg nach Paris. Du könntest ihn jetzt anrufen.« Ihr Vater zeigte auf eine Nische im Hausflur, wo sie in Ruhe telefonieren konnte. »Ich warte da vorne.«

Bastian meldete sich sofort. Es tat gut, seine Stimme zu hören. Zum Schluss sagte Jenny: »Es ist lieb, dass du kommst«, und wünschte eine gute Fahrt.

Jenny und ihr Vater fuhren mit dem Fahrstuhl nach unten. Während sie am Eingang der Klinik auf ein Taxi warteten, fragte Jenny: »Warum konntest du gegen Mitternacht so schnell am Busparkplatz an der Seine sein?«

»Ich war noch in der Nähe, als Bastian mich anrief. Ich wollte dich vor dem Schiff abpassen, aber zuerst hast du auf einer Bank neben deinem Kollegen gesessen und geschlafen, da wollte ich nicht stören, und dann, als du aufgeweckt wurdest, fehlten offensichtlich Schüler, und du warst sehr besorgt und ratlos«, sagte ihr Vater und fügte mit gedämpfter Stimme hinzu: »Das war wieder nicht der richtige Augenblick für unser Wiedersehen.«

»Dieses Mal habe ich dich nicht bemerkt«, sagte Jenny ebenso leise. Das Taxi fuhr vor.

Wie durch einen Nebel hörte Jenny ihren Namen. Es klang, als würde ihr Vater sie rufen. Jenny wollte diese Vision festhalten, da hörte sie wieder die vertraute Stimme: »Jenny, aufwachen. Wir müssen hier aussteigen.« Sie öffnete die Augen. Sie befand sich im Fond eines Taxis. Die hintere Tür war geöffnet. Ihr Vater half ihr beim Aussteigen.

»Wo sind wir?«, fragte sie noch etwas benommen.

»Ich wohne hier in der dritten Etage«, sagte der Vater. Sie standen vor einem hohen Altbau mit großen Fenstern, vor denen sich schmiedeeiserne Gitter befanden, französische Balkone. Ihr Vater schloss die Haustür auf. Sie stiegen die Holztreppen hinauf. All das war Wirklichkeit. Jenny kam es immer noch vor wie ein fantastischer Traum. Ihr Vater öffnete eine Wohnungstür. Sie standen dicht voreinander in einem kleinen Flur neben einer Garderobe.

Jenny sagte: »Papa, ich ...« Sie stockte, suchte nach Worten.

Der Vater unterbrach sie: »Jenny, über die vielen verlorenen Jahre reden wir später. Du bist müde, und die Nacht ist kurz. Lass uns heute über das sprechen, was im Moment wichtig ist.«

Da schlang sie ihre Arme um ihn und sagte: »Nach einem solchen Augenblick habe ich mich schon lange gesehnt.«

»Ich mich auch, Jenny, mein Mädchen.« Die Stimme versagte ihm. Wie lange er sie in seinen Armen hielt, spielte keine Rolle. Es war ein zeitloser Augenblick, der nur ihnen beiden gehörte.

Ihr Vater fasste sich als Erster wieder. Er schob Jenny in eine kleine Küche und goss für sie beide ein großes Glas Wasser ein. Mit dem Glas in der Hand gingen sie in sein Wohnzimmer. Bis auf einen antiquarischen Sekretär war es modern eingerichtet. Sie setzten sich auf eine neu wirkende Couch mit dunkelroten Kissen.

Ihr Vater fuhr fort: »Als ich deinen Mann anrief, war ich

noch an der Seine und hatte beschlossen zu warten, bis euer Schiff wiederkommt.«

»Bastian hat mir gesagt, er sei losgefahren, kurz nachdem er von mir gehört hatte, dass nicht alle Schüler an Bord des Bootes sind«, sagte Jenny. »Wollte er denn wieder umkehren, wenn die Mädchen rechtzeitig gekommen und wir alle mit dem Bus zurückgefahren wären?«

»Nein, er bestand darauf, mich in jedem Falle zu holen. Ich musste ihm versprechen, dass ich morgen mit ihm zu euch fahre.«

»Und hältst du dein Versprechen?«

»Soll ich denn?«, fragte ihr Vater.

»Bien sûr, ganz sicher«, antwortete Jenny.

Da strich der Vater ihr behutsam über die Haare und sagte: »Jetzt zeige ich dir, wo ihr übernachtet, und mein Badezimmer. Du schläfst mir sonst hier im Sitzen ein.« Er führte Jenny ins Schlafzimmer, in dem ein breites französisches Bett stand.

»Ich schlafe auf der Couch im Wohnzimmer. Gute Nacht, mon petit chou.«

»Mein kleiner Liebling.« Wann hatte sie diese Worte das letzte Mal gehört? Und nun auf Französisch. Schon war sie eingeschlafen.

***

Bastian streichelte Jenny, sie wachte nicht auf. Da flüsterte er: »Guten Morgen, mein Schatz, schlaf weiter, aber rück ein Stück, ich brauche auch ein bisschen Platz.«

»Du bist schon da! Bist du geflogen?«, fragte Jenny.

»Nicht ganz. Es ist 5 Uhr morgens, dein Papa will uns gegen 9 Uhr wecken.«

»Bastian, ich bin so froh, dass du da bist.«

»Und ich erst. Ich liege mit der besten Lehrerin der Welt im Bett. Ich bin stolz auf dich.« Er kuschelte sich an Jenny.

»Auch wenn du übertreibst, es klingt so schön, wie du das sagst, und der allergrößte Liebesbeweis ist sowieso, dass du gekommen ...« Er küsste sie sanft, um sie nicht wieder aufzuwecken.

***

Es klopfte. »Papa, wir kommen«, rief Jenny. Bastian lag neben ihr und schlief noch fest. Vorsichtig weckte sie ihn mit Küsschen. Er war im Tiefschlaf. Sie wurde energischer und zärtlicher. Da sah sie, dass er blinzelte. »Du bist längst wach. Na warte!« Ruckartig zog sie ihm die Bettdecke weg und verschwand unter der Dusche.

Als sie mit Bastian ins Wohnzimmer kam, roch es nach frischen Croissants.

»Na, habt ihr gut geschlafen?«, fragte ihr Vater und goss Kaffee ein.

»Bestens«, antwortete Bastian.

»Es ist nur eine Zweizimmerwohnung, denn der Wohnraum in Paris ist teuer«, erklärte ihr Vater.

»Wohnst du schon lange hier?«, fragte Jenny.

»Seit drei Jahren. Ich übersetze vom Französischen ins Deutsche für einen Verlag, der auch meinen Roman in Deutsch und Französisch herausbringen will. Der Verleger wartet darauf, dass ich ihm den Schluss schicke. Der fiel mir bisher schwer. Und ihr wohnt jetzt in Bielefeld?«

»Ja, zuerst in Mamas Eigentumswohnung, aber seit April in unserer eigenen.«

»Deine Schülerin nannte dich *Frau Jäger*. Dann seid ihr also verheiratet?«

»Standesamtlich, ja.«

»Das hat Isolde mir verschwiegen. Kirchlich wollt ihr nicht heiraten?«

»Doch, schon«, sagte Jenny. »Damit haben wir noch gewartet.«

»Warum?«

Jenny zögerte. Sollte sie die Wahrheit sagen?

»Du brauchst nicht zu antworten«, sagte der Vater. »Es ist ganz allein eure Sache.« Er reichte Jenny den Brotkorb.

»Eben nicht«, widersprach Jenny.

Sollte sie ihn jetzt fragen oder war es noch zu früh?

Ihr Vater hielt in seiner Bewegung inne und wartete auf eine Erklärung.

Da fuhr sie fort: »Papa, ich wollte dich fragen, ob du mich zum Altar führst, wenn wir heiraten.«

Ihr Vater stellte den Brotkorb wieder hin, schaute unsicher von Jenny zu Bastian und fragte: »Habe ich das verdient?«

Jenny suchte nach Worten. Da sagte Bastian: »Manches bekommt man auch geschenkt. Wir würden uns wirklich sehr freuen.«

»Dann gerne«, sagte der Vater, umarmte Jenny und flüsterte: »Endlich habe ich meine Tochter wieder. Außerdem habe ich den bestmöglichen Schluss für meinen autobiografischen Roman gefunden.«

47. Ein Jahr später

Es war Freitag, der 12. Juni. Heute hatte Jenny frei und saß bereits morgens beim Friseur, denn eine Brautfrisur war bei ihren widerspenstigen Locken eine Herausforderung.

»Na, aufgeregt?«, fragte die Friseurin.

»Ich glaube, weniger als meine Mutter und meine Tante. Und natürlich Evi und Lisa, die Blumen streuen wollen«, sagte Jenny. »Aber ganz wird sich meine Anspannung erst legen, wenn alle neunzig Gäste da sind.«

»Haben denn schon welche abgesagt?«

»Nein, keiner ist im Urlaub, und diejenigen, die weiter entfernt wohnen, sind unterwegs.«

»Standesamtlich sind Sie schon lange verheiratet?«

Friseurinnen sind Meister im geschickten Fragen nach dem, was sie wirklich interessiert, dachte Jenny, und antwortete: »Ja, ursprünglich hatten wir die Absicht, auch kirchlich eher zu heiraten, aber dann haben wir den Termin verschoben. Wir wollten uns erst in unserer neuen Wohnung fertig einrichten und auch beruflich in Bielefeld Fuß gefasst haben.«

»Haben Sie einen Musiker gebucht?«

»Ja klar, wir tanzen doch gerne.«

Drei Stunden später kam Jenny, fertig geschminkt, im weißen Bademantel aus dem Badezimmer, während Bastian schon im nachtblauen Anzug mit champagnerfarbener Weste auf Nico aufpasste. Ihr Sohn musste zurzeit pausenlos etwas unternehmen oder erforschen.

Sein neuestes Interesse galt Blumen, vom Gänseblümchen bis zur Pusteblume.

Er brabbelte vor sich hin: »Nico, Eis, Teddy, Bagger ... «

»Meine Mutter und Tante Isolde sind mächtig stolz auf seinen Wortschatz. Oft kümmern sie sich alle beide um ihn, wenn ich in der Schule bin«, sagte Jenny und ging ins Schlafzimmer.

Vorsichtig zog sie ihr Brautkleid an. Es war ein Traum, ein Neckholderkleid, champagnerfarben, lang und weit schwingend. Sie holte die farblich passenden hochhackigen Brautschuhe hervor und musste lächeln bei dem Gedanken an die knallroten High Heels, die Lara und Anna in Paris gekauft hatten.

Als sie ins Wohnzimmer zurückkehrte, schnalzte Bastian bewundernd mit der Zunge. »Du siehst umwerfend aus.«

»Du machst auch eine gute Figur mit dieser schicken Weste. Ein Schelm, wer meint, wir hätten unser Outfit aufeinander abgestimmt. Ich weiß nicht, ob unsere Ehe gut gehen kann, weil du mein Kleid schon vor der Hochzeit gesehen hast.«

»Wir werden allen beweisen, dass diese Lebensweisheit bei uns nicht gilt«, sagte Bastian und küsste sie. Jenny wollte gerade ihre Augen schließen, da sah sie, wie Nico den Esstisch ansteuerte und am Tischtuch zog.

»Die schönen Rosen«, schrie sie. Zu spät, die Vase fiel um und der Strauß auf den Boden. Nico saß erschrocken daneben, stammelte: »Hose, Hose« und versuchte, nach einer Rose zu greifen.

Mit den Worten »Auweia, Nico, der Brautstrauß, das hätte schiefgehen können« hob Bastian den Strauß auf.

Nico wollte protestieren, weil er die Rose nicht bekam, da hielt Jenny ihm den Modell-Lkw von Bastians Arbeitgeber hin und sagte: »Ich glaube, wir sollten fahren, ehe hier noch mehr umfällt.«

Vor der Kirche warteten ihre Eltern im Auto. Ihre Mutter stieg sofort aus. »Lass dich anschauen. Super, du siehst traumhaft aus.« Dann schnappte sie sich Nico, obwohl er nicht damit einverstanden war. Ihr gelang es, ihn abzulenken und mit ihm in die Kirche zu gehen.

Bastian begrüßte seinen Schwiegervater und ergänzte mit einem Augenzwinkern: »Ich gehe schon rein. Ich vermute mal, wir sehen uns gleich.«

Jenny stand vor ihrem Vater. Sie schauten sich an. Von diesem Augenblick hatte sie geträumt. Der Glanz in seinen Augen verriet ihn.

»Komm, Papa, gib mir deinen Arm. Es macht nichts, wenn man merkt, wie sehr uns dieses Zusammensein bewegt.« Langsam betraten sie gemeinsam die Kirche und schritten zum Altar. Sahen die Besucher ihr an, wie glücklich sie war? Es waren so viele, nicht nur ihre Gäste, auch Lehrer und Schüler und sogar Ehemalige aus ihrem ersten Französischkurs waren gekommen.

Vor dem Altar nickte ihr Vater würdevoll und vertraute seine Tochter mit einem vielsagenden Blick Bastian an. Als er sich umdrehte, rutschte Isolde, die neben Jennys Mutter gesessen hatte, für ihn einen Platz weiter.

Jenny und Bastian setzten sich auf die für sie vorgesehenen geschmückten Stühle. Der Traugottesdienst begann. Bastian drückte ab und zu ihre Hand. Hin und wieder warfen sie einen Blick auf Nico. Er saß zwischen seinen beiden Omas und spielte mit Blumen aus den Körben der Mädchen. Irgendwann unterbrach er den Pfarrer mit dem Ruf nach seiner Mama. Jenny nickte ihrer Mutter zu. Nico tapste zu Mama und Papa nach vorne, guckte zum Publikum und beschäftigte sich damit, die Gesichter zu betrachten.

Jenny versuchte, jede Minute zu genießen: das Ja-Wort, das Anstecken der Ringe, den Trausegen. Zum Schluss verkündete der Pastor den bekannten Satz: »Sie dürfen die Braut jetzt küssen.« Bastian beugte sich vor und kam der Aufforderung sichtbar gerne nach. In diesem feierlichen Moment sagte Nico laut und deutlich: »Auweia.«

Das einstimmige Lachen aller Anwesenden war nicht zu überhören. Als sie die Kirche verließen, schmunzelten die Hochzeitsgäste noch immer.

Vor der Kirche bildeten ihre ehemaligen Schüler ein Spalier. Auf ein Zeichen von Lara hin riefen alle zusammen ein fröhliches: »Auweia.«

Danke!

An dieser Stelle möchte ich mich bei meinem Mann herzlich bedanken für
das sorgfältige Lesen meines Romans,
die vielen konstruktiven Gespräche,
die hilfreiche Kritik und die wertvollen Tipps,
die große Geduld mit mir,
und das Führen unseres Haushalts,
wenn es meine Freude am Schreiben erforderte.

Gisela Böhne

Dank an die LeserInnen

Liebe LeserInnen,

diese Geschichte ist hier zu Ende. Wir hoffen, sie hat Ihnen gefallen und Sie sind ein paar Stunden in die Welt dieser Geschichte eingetaucht, haben geschmunzelt, gelacht, mitgefühlt und mitgelitten. Das freut uns. Wenn Sie weiterhin Bücher dieser Autorin, dieses Autors oder unseres Verlages lesen möchten, dann reden Sie über dieses Buch. Oder twittern Sie, schreiben Sie einen kurzen Blogbeitrag oder eine Leserbewertung in Ihrem bevorzugten E-Book- oder Online-Shop.

Mund-zu-Mund-Werbung ist für AutorInnen und Verlage wie Sauerstoff für jedes Lebewesen – sie ist lebenswichtig. Lesermeinungen sind Motivation und Ansporn, so dass Sie schon bald ein weiteres Buch Ihrer Lieblingsautorin oder Ihres Lieblingsautors lesen können.

Herzliche Grüße

Ihre
edition oberkassel

Romane
bei
edition oberkassel
kribbeln, regen an
und bringen Wohlgefühl.

ISBN: 9783958130562
Ich fliege nach Singapur,
Gruß Jennifer

ISBN: 9783958131453
Wir sind in Paris,
Gruß Jennifer

ISBN: 9783958131170
Der Sommer des Raben

ISBN: 9783958131347
Der Weg
der verlorenen Träume

EDITION OBERKASSEL